HEYNE <

W0279544

Die Chroniken des Raben

Erstes Buch:	Zauberbann
Zweites Buch:	Drachenschwur
Drittes Buch:	Schattenpfad
Viertes Buch:	Himmelsriss
Fünftes Buch:	Nachtkind
Sechstes Buch:	Elfenmagier

Die Legenden des Raben

Erstes Buch:	Schicksalswege
Zweites Buch:	Elfenjagd
Drittes Buch:	Schattenherz
Viertes Buch:	Zauberkrieg

JAMES BARCLAY

Schicksalswege

Die Legenden des Raben

Erstes Buch

Deutsche Erstausgabe

WILHELM HEYNE VERLAG
MÜNCHEN

Titel der englischen Originalausgabe
ELFSORROW (Part 1)
Deutsche Übersetzung von Jürgen Langowski

FSC
Mix
Produktgruppe aus vorbildlich bewirtschafteten Wäldern und anderen kontrollierten Herkünften
Zert.-Nr. SGS-COC-1940
www.fsc.org
© 1996 Forest Stewardship Council

Verlagsgruppe Random House FSC-DEU-0100
Das für dieses Buch verwendete
FSC-zertifizierte Papier *München Super*
liefert Mochenwangen.

Deutsche Erstausgabe 5/2006
Redaktion: Rainer Michael Rahn

www.heyne.de
Printed in Germany 2006
Karte: Franz Vohwinkel
Titelillustration: Jakob Werth
Umschlaggestaltung: Nele Schütz Design, München
Satz: Christine Roithner Verlagsservice, Breitenaich
Druck und Bindung: GGP Media GmbH, Pößneck

ISBN 10: 3-453-53238-4
ISBN 13: 978-3-453-53238-0

Für Michael, Nancy und Virginia.
Bessere Geschwister kann sich ein Bruder
gar nicht wünschen.

BALAIA DER
NORD-
BUCHT
SUNATAS ZÄHNE
TERENETSA
SETHE-FLUSS
TORN-WÜSTE
PARVE
BARAVALE-
TAL
KERNLAND DER
WESMEN
(UNERFORSCHT)
ZENTRAL-
TEMPEL DER
WRETHSIRES
AUGSEE
LEIONU
HIMMELS-
SEE
GARAN-
BERGE
N
W
E
S
SÜDSTROM
GARAN-
BERGE
SÜDMEER

NORDKONTINENT
Bucht von Triverne
Jaden
Rache
Blutsee
Julatsa
Triverne-Fluss
Berge
Dordover
Havern
Corin
Triverne-See
Burg der Schwarzen Schwingen
Lystern
Xetesk
Understone-Pass
Understone
Ebene von Pontois
Pontois
Denebre
Septerns Haus
Blackthorne
Yarnawk-Kuppen
Erskan
Hyld
Korina
Grethern-Wald
Burg Taranspike
Dornenwald
Gresse
Burrs
Greythorne
Arlen
Orytte
Balan Berge
Blackthorne
Gyernath
Bucht von Arlen
Bucht von Gyernath

Es gibt Menschen, ohne die das Schreiben eines Romans nicht die Freude wäre, die es (meistens) ist. Zu ihnen zählen Simon Spanton, der ein großartiger Freund und Redakteur ist; Nicola Sinclair, die hervorragend zu argumentieren versteht und einen guten Blick für Publicity hat; Sherif Mehmet, ein Produktionsgenie, das zwischen den Zeilen immer eine Drohung zur Hand hat, und Robert Kirby, ein ausgezeichneter Agent, der ein Footballteam unterstützt und trotzdem noch lächeln kann …

Mein Dank gilt auch Peter Robinson, John Cross und Dave Mutton, weil ihr in eurer Kritik nicht nachlasst; meinem Neffen David Harrison, der in diesem Jahr mein größter Fan ist; Ariel für die magische Website; Caffe Nero auf der Edgeware Road für den besten Kaffee und die bequemsten Lederstühle in ganz London; und allen anderen, die sich die Zeit genommen haben, mir in Zusammenhang mit dem Raben eine E-Mail zu schreiben.

Personenverzeichnis

DER RABE	Hirad Coldheart, Barbarenkrieger Der Unbekannte Krieger Thraun, Gestaltwandler Ry Darrick, Kavallerieoffizier und Schwertkämpfer Denser, Magier aus Xetesk Erienne, Magierin aus Dordover Ilkar, Magier aus Julatsa
DIE KOLLEGIEN	Dystran, Herr vom Berge, Xetesk Ranyl, Meistermagier im Kreis der Sieben, Xetesk Aeb, ein Protektor Vuldaroq, Erzmagier, Dordover Heryst, Lordältester Magier, Lystern Kayvel, Meistermagier, Lystern Rusau, Unterhändler, Lystern Izack, General der Kavallerie, Lystern

DIE ELFEN

Anmerkung: Der Apostroph in weiblichen Elfennamen ist eine Abkürzung. Traditionell nehmen Elfenfrauen die Namen ihrer Familien oder Dörfer als Namensteil an. Daher steht Ren'erei für Ren-al-erei, wobei »al« so viel wie »von« bedeutet.

Myriell, Al-Drechar
Cleress, Al-Drechar
Ren'erei, Gilde der Drech
Rebraal, Anführer der Al-Arynaar
Mercuun, Al-Arynaar
Auum, Anführer der TaiGethen
Die Krallenjäger
Jevin, Kapitän der *Calaianische Sonne*
Kayloor, ein Führer
Kild'aar, Dorfälteste

BARONE, SOLDATEN UND BALAIANER

Blackthorne, ein Baron
Gresse, ein Baron
Erskan, ein Lord
Selik, Hauptmann der Schwarzen Schwingen
Devun, Seliks Stellvertreter
Yron, ein Hauptmann
Ben-Foran, ein Leutnant
Erys, ein Magier
Stenys, ein Magier
Avesh, ein Flüchtling
Ellin, ein Flüchtling
Diera, Frau des Unbekannten Kriegers

DIE KAAN

Sha-Kaan, der Große Kaan
Nos-Kaan

Erstes Kapitel

Der Unbekannte Krieger zügelte sein Pferd auf einer Anhöhe, von der aus er den einst so friedlichen Hafen Arlen überblicken konnte. In der aufkommenden Dämmerung und im herankriechenden Nebel tobte eine Schlacht in den Straßen der Stadt am See. Überall im Ort waren Brände ausgebrochen, dicker Rauch stieg auf und verstärkte den Dunstschleier. Das Donnern und Krachen der Sprüche hallte von den Bergen im Norden wider, dunkelblau auf der Seite von Xetesk und grell orangefarben bei den Magiern aus Dordover. Die Rufe der Männer und das vom Nebel gedämpfte Waffenklirren drangen bis auf den Hügel.

In den letzten beiden Jahreszeiten hatte es reichlich Belege dafür gegeben, dass die Beziehungen zwischen den Kollegien sich zusehends verschlechterten, doch dies hier war unendlich schlimmer. Es war ein regelrechter Krieg. Er hatte gehofft, seine Familie in Sicherheit bringen zu können, ehe es losging. Er hatte sogar gedacht, sein Plan könne Frieden stiften. Nun sah er den Beweis für seine Narrheit vor sich.

»Müssen wir wirklich durch diesen Tumult zum Hafen reiten?« Diera war neben ihm, ihr Pferd stupste seines mit den Nüstern an.

Er drehte sich zu ihr um, dann blickte er auf Jonas hinab, seinen kleinen Sohn, den er in seinem großen Arm wiegte. »Ich will euch beide in Sicherheit wissen, und deshalb müsst ihr Balaia verlassen.«

»Tomas war anderer Meinung«, wandte Diera ein. Einige Strähnen ihres blonden Haars drängten sich aus der Kapuze ihres Mantels.

»Tomas ist der sturste Mann, den ich kenne«, entgegnete der Unbekannte lächelnd. Er hatte sich redlich bemüht, auch Tomas zu bewegen, mit seiner Familie zu fliehen und den Krähenhorst zu verlassen. Der Gasthof, den sie zusammen geführt hatten, war von einem Wirbelsturm zerstört worden. »Abgesehen von einem einzigen anderen. Tomas hat Korina nie verlassen, er verschließt die Augen vor den Seuchen, den Ratten und der Hungersnot. Er hofft, es würde besser, sobald der Frühling beginnt. Ich glaube es nicht. Ich habe mehr von Balaia gesehen und glaube, dass es schlimmer wird und nicht besser. Ich will dich nicht hier lassen. Ich kann nicht.«

Diera schauderte, und als spüre er ihr Unbehagen, obwohl er geborgen im Arm seines Vaters lag, begann Jonas zu wimmern.

»Sch-sch«, machte der Unbekannte sanft und wiegte das Kind. »Alles ist gut.«

»Es ist nicht alles gut«, widersprach Diera. »Schau nur dort hinunter. Da bringen sie sich gegenseitig um, und du willst, dass wir mitten hindurchreiten.«

»Das ist erst der Anfang, glaube mir.« Er sah ihr tief in die Augen. »Bitte, Diera. Der Krieg ist ausgebrochen. Jetzt ist es in Balaia nirgends mehr sicher.«

Sie nickte. »Wie kommen wir zum Hafen?«

»Wir müssen beide auf einem Pferd reiten, also musst du bei mir mit aufsteigen. Setze dich vor mich und halte Jonas. Ich passe auf, dass du nicht herunterfällst. Hab keine Angst.«

»Sag das nicht«, erwiderte sie. »Ich habe schreckliche Angst. Du bist an den Lärm und an das Blut gewöhnt.«

»Ich werde nicht zulassen, dass dir irgendjemand etwas antut.«

»Das will ich doch hoffen.« Beinahe lächelte sie.

»Vergiss nur nicht zu tun, was ich dir sage. Es wird da unten schwieriger, und dort haben wir keine Zeit mehr für Diskussionen. Du musst mir vertrauen.«

»Immer.«

Sie stieg ab, und er half ihr, vor ihm aufzusteigen und ihren kleinen Sohn zu nehmen. Dann ließ er seinen großen Hengst im leichten Trab bergab nach Arlen laufen.

Als sie sich von Nordosten auf einem schmalen, wenig benutzten Weg der Stadt näherten, konnte der Unbekannte ein paar Meilen entfernt im Osten ein Lagerfeuer sehen. Eine dordovanische Truppe marschierte im Fackelschein auf der Hauptstraße zur Hafenstadt. Xetesk hatte Arlen insgeheim kontrolliert, als er vor zwei Jahren im Hafen eingetroffen war, und er sah keinen Grund zu der Annahme, dass sich seitdem etwas geändert hatte, abgesehen von der Tatsache, dass Dordover jetzt die offene Konfrontation suchte.

Während sie näher kamen, sahen sie brennende und einstürzende Gebäude. Sprüche krachten in Häuser und trafen Soldaten. Der Lärm des Nahkampfes war ohrenbetäubend. Jonas weinte, und Diera saß stocksteif im Sattel.

»Es wird alles gut«, beruhigte sie der Unbekannte.

»Bring uns nur hier heraus, Sol«, sagte sie und versuchte, das plärrende Kind zu beruhigen.

Durch eine Seitenstraße voller Schatten erreichten sie die Stadt. Der Unbekannte ließ die Zügel schnalzen.

»Halt dich fest«, sagte er. »Jetzt wird es schwierig.«

Er gab seinem Pferd einen Tritt mit den Hacken, und das nervöse Tier rannte los. Das Klirren von Stahl und die Rufe der Kämpfer ergaben in seinen Ohren zusammen mit dem Jammern seines Sohnes eine unangenehme Mischung. Er bemühte sich, das Pferd mitten auf der Straße zu halten, und galoppierte geradewegs zum Hafen. Er wollte am Ostrand der Stadt am Märtyrerpark vorbei und durchs Salzviertel reiten, um am Ende der Hafenanlagen herauszukommen, wo Kapitän Jevin die *Calaianische Sonne* festgemacht hatte.

Er konnte jetzt schon sehen, dass es schwierig, wenn nicht gar unmöglich war, den ringsum tobenden Kämpfen völlig zu entgehen. Rechts brannten mehrere Feuerkugeln den Nebel weg. Sie kamen in hohem Bogen geflogen und schlugen in Häuser ein oder landeten auf der Straße. Auf das scharfe Knacken und das orangerote Glühen eines zusammenbrechenden Manaschildes folgten sofort die Schreie derjenigen, die auf einmal ohne Schutz dastanden. Rauch wallte auf, als das Manafeuer das Holz und Fleisch verschlang, auf eine Seitenstraße übergriff und sich über Dächer ergoss, bis es ihnen auf allen Seiten den Weg zu versperren drohte.

Vor ihnen rannten Menschen ungeordnet und panisch umher. Es waren die Einwohner der Stadt, die vor den Klingen und den Sprüchen der Kollegien zu fliehen suchten. Einige Dutzend Menschen wurden von drei verunsicherten Kämpfern der Stadtmiliz angeführt. Sie blickten mehr hinter sich als nach vorn, und alle trugen Habseligkeiten oder Kinder und konnten sich nur schwerfällig bewegen. Der Unbekannte fluchte, das Pferd tänzelte nervös unter ihm und wurde unwillkürlich langsamer.

»Halte dich fest.«

Die Einwohner eilten weiter, keiner achtete auf das einzelne Pferd, als sie aus der Stadt flohen. Die schmutzigen, mit Ruß verschmierten Gesichter waren von Angst verzerrt.

»Ihr müsst umkehren, da gibt es kein Durchkommen«, rief einer der Milizionäre, als sie nahe genug waren.

»Wir wollen zum Hafen«, rief der Unbekannte. »Welches ist der beste Weg?«

»Es gibt keinen Weg«, antwortete der Soldat. »Genau dort kämpfen die Bastarde. Lauft weg, das ist eure einzige Chance.« Damit war er verschwunden.

Der Unbekannte ritt weiter, Jonas quiekte und hustete abwechselnd, als der Rauch dichter wurde, je näher sie dem Kampfgeschehen kamen. Dieras Gesicht war bleich und hart.

»Es ist nicht mehr weit.«

Einige Nachzügler kamen ihnen entgegen, als sie rasch die Straße hinunterritten. Den Park hatten sie bereits hinter sich gelassen. Vor ihnen tauchten jetzt niedrige Lagerhäuser und die dicht an dicht gebauten Mietshäuser des Salzviertels auf. Einst war hier Frachtgut gelagert worden, und Seeleute hatten sich hier herumgetrieben. Jetzt brannte es an unzähligen Stellen, und überall wurde gekämpft. Von rechts kamen Männer in enger Formation gerannt und kreuzten ihren Weg, ohne auf sie zu achten. Direkt vor ihnen ging die Außenwand eines Lagerhauses in Flammen auf, Balken brachen krachend zusammen. Ein Brüllen ertönte, das Waffengeklirr klang grimmiger denn je. Sie hatten den Schauplatz der Kämpfe fast erreicht.

Der Unbekannte nahm das Pferd nach links herum und lenkte es zwischen zwei finsteren Lagerhäusern einen schmalen, schlammigen Weg hinunter. Der Kampflärm war hier vorübergehend etwas gedämpft, obwohl er ganz aus der Nähe kam. Als sie im Handgalopp eine Kreuzung überquerten, spähte der Unbekannte nach rechts. Der Durchgang war voller Männer, die Flammen spiegelten sich in den Klingen der Kämpfer, die einen von hier aus unsichtbaren Feind angriffen.

Einen Herzschlag später stiegen Feuerkugeln aus der Finsternis und dem Rauch empor und trafen die vordersten Reihen der Kämpfer. Flammen loderten auf, Balken lösten sich von den Dächern und trafen die Soldaten, rissen sie von den Beinen und schleuderten sie zu Boden. Als kreischende menschliche Fackeln starben sie.

Das ohnehin schon verängstigte Pferd des Unbekannten brach aus und stieg hoch. Die zweifache Bewegung war zu viel für den Krieger, da er auch noch die ohnehin schon schwankende Diera festhalten musste. Er verlor den kurzen Kampf ums Gleichgewicht. Doch als er sich nach links und nach hinten fallen ließ, schloss er seine Frau und seinen Sohn fest in die Arme und federte ihren Sturz mit seinem Körper ab, indem er sich über die Schulter abrollte.

Er stöhnte, vorübergehend außer Atem, als ein stechender Schmerz durch seinen Rücken fuhr. Der Unbekannte rollte sich weiter ab und schützte seine Familie mit dem breiten Rücken vor den Trümmern und dem Schmutz, die durch den Durchgang flogen. Dann kam er wieder auf die Beine, zog Diera hoch und drehte sie zu sich herum. Der kleine Jonas war zu erschrocken, um zu weinen.

»Bist du verletzt?« Er zwang sich zu atmen. Wieder schossen die Schmerzen durch seinen Brustkorb.

Diera schüttelte den Kopf. »Was machen wir jetzt?« Sie presste Jonas an ihre Brust.

»Keine Sorge«, sagte er. »Ich beschütze euch.« Er trat einen Schritt zurück und zog das Schwert und den Dolch. »Mache alles, was ich sage, ohne zu fragen.«

Diera zuckte zusammen. Seine Stimme war hart, seine Augen kalt. Sie hatte Angst, doch es gab keinen anderen Weg, wenn sie überleben wollten. Er schätzte ihre Position ein. Sie mussten weitergehen, etwas anderes kam nicht in Frage. Aus der Querstraße stolperten schon die ersten blutenden, wütenden Überlebenden in ihre Richtung.

»Zurückweichen«, sagte der Unbekannte. Er schob sie sanft in die richtige Richtung. »Nicht rennen.«

Man hatte sie gesehen. Vier Männer mit gezückten Schwertern. Einen Moment lang wurde der Unbekannte von Schuldgefühlen geplagt, weil er seine Familie in diese Situation gebracht hatte. Andere wären als vermeintliche Einwohner Arlens ignoriert worden, doch sein rasierter Kopf, der Stiernacken und die Körpergröße des Unbekannten Kriegers sorgten dafür, dass man ihn sofort erkannte. Und jeder Dordovaner wusste, auf wessen Seite der Unbekannte auf Herendeneth gekämpft hatte. Auf der Seite von Xetesk.

»Rennst du, um dich deinen Seelenbrüdern anzuschließen?«, höhnte einer. Er hatte eine Verbrennung am Kopf, war aber sonst unverletzt. »Leider sind sie ein bisschen zu weit entfernt, was?«

»Ich bringe nur meine Familie in Sicherheit«, sagte der Unbekannte. »Ich habe keinen Streit mit euch.«

»Du bist ein Mann aus Xetesk.«

»Ich gehöre zum Raben.«

»Aber der Rabe ist nicht hier.«

»Halte Abstand, Diera«, sagte der Unbekannte.

»Warum?«

»Und halte Jonas verborgen.«

Der Unbekannte tippte einmal mit der Klinge auf den Boden, dann rannte er den Dordovanern entgegen. Überrascht zögerten sie einen Moment, wie er es erwartet hatte. Das war ihr Fehler. Seine Klinge schlitzte den Bauch des ersten Soldaten auf, wurde aber vom zweiten abgeblockt. Er wehrte einen wilden Hieb des dritten mit dem breiten Handschutz des Dolchs ab, dann ging er in die Hocke und trat dem Schwertkämpfer die Beine weg.

Mit dem rechten Bein stieß er sich ab und durchstach den Hals des Zweiten. Sein rascher Angriff unterlief jegliche Abwehr des Gegners. Kaum dass er zugeschlagen hatte, drehte er sich schon wieder, dieses Mal nach links. Mit dem Dolch wehrte er den raffinierten Stoß des vierten Kämpfers gegen seine Hüfte ab. Er ließ den Schlag abgleiten, brachte den Dolch in Position und stach ihn dem Soldaten ins Auge.

Er ließ die Klinge im Kopf des Toten stecken, bewegte sich sofort weiter, packte sein Langschwert mit beiden Händen, drehte sich um sich selbst und trieb es dem letzten Überlebenden in die Schulter, der gerade wieder aufstehen und sich verteidigen wollte. Weder das eine noch das andere gelang ihm.

Der Unbekannte kniete nieder, um seine blutbespritzte Klinge an der Kleidung der Gegner zu säubern. In der Nähe ertönten Rufe. Einige Dordovaner hatten seinen vernichtenden Angriff beobachtet und wollten auf ihn losgehen. Sie kamen aus beiden Richtungen und waren höchstens noch zwanzig Schritt entfernt. Ein Pfeil zischte an ihm vorbei.

»Verdammt.«

Er richtete sich auf, drehte sich um und steckte die Klingen ein. Diera starrte ihn mit großen Augen und kreidebleichem Gesicht an. Sie deutete auf die vier Leichen hinter ihm.

»Du …«, begann sie.

»Das ist nicht schön, was?« Er nahm sie beim Arm, drehte sie herum und begann zu rennen. »Wir müssen verschwinden. Sofort.«

»Sie sind tot. Du hast sie alle getötet.«

»Das ist mein Beruf. Du weißt das. Komm jetzt.«

Er trug sie fast, als er mit ihr durch die schmale Gasse eilte. Jenseits des Lagerhauses, das sich dunkelgrau rechts neben ihnen erhob, konzentrierten sich die Kämpfe auf den mittleren Bereich der Hafenanlagen. Er nahm an, dass sie noch zweihundert Meter laufen mussten, um das Zentrum des Salzviertels zu erreichen. Viel sicherer war es dort wohl nicht, aber vielleicht fanden sie dort freundliche Klingen.

Hinter ihnen brüllten die Verfolger. Ein Knall neben seinem Kopf und die herabregnenden Steinsplitter verrieten ihm, dass die Bogenschützen sich eingeschossen hatten. Er stieß Diera vor sich her und stützte sie, während sie stolpernd rannte und den wimmernden Jonas unter dem Mantel verbarg.

»Laufe weiter, falls ich hinfalle.«

Ein weiterer Pfeil pfiff knapp an seinem Kopf vorbei und blieb neben ihm in der Mauer stecken. Diera stieß einen erschrockenen Schrei aus. Noch zehn Schritte, dann kam eine Biegung.

»Nach links.«

Er sah sie nicken. Pfeile prasselten hinter ihm gegen die Mauer, einer flog über ihn hinweg. Er duckte sich und hob instinktiv die Arme, um Diera zu schützen. Sie bogen nach links ab. Der Unbekannte spürte, dass ganz in der Nähe gekämpft wurde. Der Durchgang endete vor einer nackten Wand, vor der es entweder links oder rechts weiterging.

»Rechts, geh nach rechts«, sagte er und trieb Diera weiter. Sie stolperte beinahe wieder.

»Bitte«, sagte sie. »Denk an Jonas.«

»Beweg dich«, fauchte er. »Bleib nicht stehen.«

Sie erschrak und rannte weiter nach rechts.

Zwanzig Schritt vor ihnen tobte der Kampf. Die Straße brannte lichterloh, überall rannten Männer umher, Befehle wurden gebrüllt, um das Schlachtgetümmel zu übertönen. Sprüche schlugen hier und dort ein, Feuer und Blitze rissen den Boden auf und vernichteten ungeschützte Soldaten. Leichen und kreischende Verwundete lagen überall am Boden.

»Zehn Schritt noch, dann stehen bleiben«, rief der Unbekannte. »In den Hauseingang, und duck dich.«

Er wartete nicht, ob sie seine Anweisungen befolgte, sondern drehte sich zum Ende der Gasse um, zog das Schwert und tippte rhythmisch auf den Boden. Ihre Verfolger waren nur noch wenige Schritte entfernt, er konnte schon ihren Atem und ihre Rufe hören. Der Erste war ein Bogenschütze, der blindlings um die Ecke rannte, einen Pfeil schussbereit in den Bogen gespannt. Der Unbekannte verlagerte sein Gewicht und zog dem Bogenschützen das Schwert vom Schritt bis in den Brustkorb hoch. Die Wucht des Schlages warf den Mann zurück. Er war tot, ehe er auf den Boden stürzte.

Gleich hinter ihm kamen zwei Schwertkämpfer, einer ein wenig vor dem anderen. Sie waren vorsichtiger als ihr gefallener Kamerad. Der Unbekannte fegte die erste Klinge zur Seite und versetzte dem Soldaten einen Schlag ins Gesicht, der ihm die Nase brach und ihn zurücktaumeln ließ. Der Zweite, ein schneller und gewandter Kämpfer, fügte dem Unbekannten einen tiefen Schnitt im Unterarm bei.

Er fluchte über die plötzlichen Schmerzen, zog einhändig das Schwert herum und traf den Oberschenkel des Angreifers. Der Mann schrie auf und krümmte sich. Der Unbekannte ergriff die Chance, trat nach dem Soldaten und traf sein Kinn. Es riss dem Mann den Kopf zurück, und sein Genick brach mit einem scharfen Knacken. Er sackte in sich zusammen.

Der Unbekannte wandte sich dem zweiten Schwertkämpfer zu, der ihn durch blutverschmierte Finger anstarrte, kehrt machte und um Hilfe rufend wegrannte. Das sollte reichen. Der Rabenkrieger eilte zu Diera.

»Komm jetzt.«

»Dein Arm.« Sie wollte die Wunde berühren.

»Das geht schon«, sagte er mit einem Blick auf das Blut, das über seine Hand rann.

»Nein, du bist verletzt.«

»Wir haben keine Zeit, die Wunde zu verbinden. Wir müssen gehen, jetzt sofort.« Er beugte sich zu ihr und küsste sie. »Bleib nahe bei mir, dann wirst du überleben.«

»Müssen wir da raus?«

»Es ist der einzige Weg.«

Der Unbekannte wusste, was er zu tun hatte. Das Schwert in der Rechten und Dieras zitternde Hand mit der Linken umfasst, lief er rasch auf die breite Hauptstraße hinaus, hielt sich dabei jedoch so gut wie möglich im Schatten.

Draußen auf der Straße war die Hölle los. Links verteidigte Xetesk den Zugang zu einem kleinen Platz, doch die Reihe der Kämpfer war zersplittert. Dordovanische

Kräfte drängten von Norden her auf die Straße, ihre Magier bombardierten die Gegner mit Feuerkugeln und Heißem Regen, sodass der ganze Himmel rot zu glühen schien. Soldaten stürzten sich auf die geschwächten Xeteskianer, machten sie nieder, trieben sie weiter und drohten gar, sie einzukesseln. In der Stadt wurde an einem halben Dutzend Stellen gekämpft, doch die Verteidigung, die er brauchte, war nicht hier.

»Wo sind sie nur?«

»Wer denn?«

»Du weißt schon«, erwiderte der Unbekannte. Ein Kraftkegel wurde von der xeteskianischen Seite losgelassen und vertrieb die ungeschützten Dordovaner. Eine Lücke entstand. »Los jetzt.«

Dieras Schrei verlor sich im Lärm, der sie draußen auf der Straße umfing. Der Unbekannte schlug nach links, und ein Soldat fiel, die Hände vor seinen Bauch gepresst. Der große Krieger zerrte seine Frau und sein Kind hinter sich her und folgte so schnell er konnte den dordovanischen Angreifern.

Er ignorierte die Rufe der Dordovaner, als er sie überholte, und betete, dass die Verwirrung im Kampf ihnen lange genug Deckung gab. Er blickte auf die zierliche, zerbrechliche Diera hinab, und sein Herz war von Angst erfüllt. Vielleicht brachte er sie doch nicht unversehrt hier heraus. Vielleicht würden sie und Jonas von den Schwertern der Männer getötet, die nur deshalb angriffen, weil man ihn so leicht erkannte. In diesem Augenblick schaute sie auf, und hinter der Angst sah er ihre Entschlossenheit. Sie drückte Jonas unter dem Mantel eng an sich. Der Unbekannte nickte.

Er ließ sie keine Sekunde los und zog sie dicht hinter sich her, während er sich durch das Chaos, das sie hoffentlich schützte, einen Weg bahnte. Er drängte Männer zur Seite, stieß ihnen unsanft den Schwertgriff gegen die Schulter, ins Gesicht und in den Rücken.

»Platz da, macht Platz!«

Sie reagierten, wie alle Soldaten auf eine befehlsgewohnte Stimme reagieren. Ein paar kostbare Augenblicke lang öffnete sich eine Gasse in den Reihen der Kämpfer, doch er wusste, dass es nicht mehr lange gut gehen konnte. Einer drehte sich um und erkannte ihn.

»Was …«

Das Schwert des Unbekannten zerfetzte seine Kehle. Der große Krieger packte Dieras Hand fester und drängte sich weiter, doch inzwischen waren alle Soldaten ringsum auf den Feind in ihrer Mitte aufmerksam geworden. Er trieb seine Klinge einem Mann in den Rücken, der zu langsam reagierte, beförderte ihn mit einem Tritt zur Seite, wich nach links aus, um einem Schwerthieb zu entgehen, und parierte mit der Klinge den Angriff eines Dritten, der sich zu ihm umgedreht hatte.

»Öffnet die Linien!«, brüllte er zu den Xeteskianern hinüber. »Öffnet die Linien!«

Doch es waren immer noch zu viele Dordovaner im Weg. Nur wenige Schritte noch, bis sie in Sicherheit waren, doch er steckte in der Falle. Er zog Diera herum und wich rückwärts zum linken Straßenrand aus.

»Rufe, wenn uns jemand folgt«, sagte er.

Feuerkugeln schlugen im Zentrum der Straße ein und prallten von magischen Schilden ab. Das Feuer verlor sich harmlos im Boden. In den grellen Lichtblitzen konnte der Unbekannte acht oder zehn Dordovaner ausmachen, die sich ihm näherten. Im Gegensatz zu den anderen hatten sie ihn erkannt. Sie waren vorsichtig, aber trotzdem siegesgewiss.

»Sol …«

»Es wird schon gut gehen«, sagte der Unbekannte.

Doch es sah nicht danach aus. Er blickte hektisch zu den xeteskianischen Linien hinüber, die von Bogenschützen und Magiern unterstützt wurden, während die Dordovaner angriffen.

»Stoßt nach rechts vor, verdammt«, rief er. Er wusste nicht einmal, ob sie ihn überhaupt bemerkt hatten.

Ein Schwertstreich wurde gegen ihn geführt, den er mühelos abwehrte. Er stellte sich der überwältigenden Zahl der Angreifer, ließ Diera endlich los und packte sein Schwert mit beiden Händen. Er bewegte es langsam vor sich hin und her und wehrte die ersten Finten ab. Er wählte das erste und das zweite Ziel aus und fragte sich, wie viele er mitnehmen konnte.

»Zieh einen Dolch aus meinem Gürtel. Wenn ich falle, läufst du. Bleib an der Mauer und versuche durchzukommen. Suche einen Protektor.«

»Ich werde dich nicht verlassen.«

»Du wirst tun, was ich dir sage. Ich habe dich in diese Lage gebracht, und ich hole dich wieder heraus.«

Er machte einen Ausfall, schlug von links nach rechts zu, fegte die schwache Verteidigung weg und schlitzte die Lederrüstung des Gegners auf. Sein Gegner wich zurück, der Unbekannte zog sich ebenfalls zurück. Die anderen schlossen auf, waren nur noch wenige Schritte entfernt, konnten sich aber noch nicht überwinden, ihn anzugreifen. Es war eine versprengte Gruppe ohne Offizier. Vielleicht ging es noch einmal gut. Vielleicht.

Bestürzung machte sich zu seiner Linken in den Reihen der Dordovaner breit. Kraftkegel der xeteskianischen Magier sausten herüber und trieben die Dordovaner zurück. Zwei seiner Angreifer stürzten. Eine schwere Explosion war zu hören. Das Gebäude neben ihm bebte und schwankte unter einem Erdhammer. Weitere Kraftkegel kamen. Sehr nahe waren sie. Der Rand eines Kegels traf ihn, und er stürzte. Diera schrie.

Der Unbekannte rollte sich auf den Rücken herum. Dordovaner kamen angerannt; mindestens drei waren sehr schnell wieder aufgestanden.

Wir kommen.

Panik breitete sich in den dordovanischen Reihen aus. Die drei, die den Unbekannten angreifen wollten, zögerten, dann rückten sie weiter vor. Erst halb auf die Beine gekommen, lenkte der Unbekannte einen Schlag auf seine Brust ab und sprang zurück. Ein zweiter Schlag wurde geführt, der ihn aber nicht mehr erreichte, weil er von der flachen Klinge einer riesigen Axt aufgehalten wurde.

Vor ihm waren jetzt Protektoren. Er kam mühsam auf die Beine, Diera stieß einen überraschten Schrei aus. Als er sich umdrehte, sah er, dass einer der xeteskianischen Elitekrieger sie geschnappt hatte und in Sicherheit brachte.

»Du musst auch gehen«, sagte jemand dicht neben ihm.

Er drehte sich um und sah die leere Maske eines Protektors. Er nickte.

»Danke.«

»Geh jetzt.«

Ein rascher Blick nach hinten zeigte ihm, dass die Protektoren die Lücke zwischen den Gebäuden hielten. Der Unbekannte nickte noch einmal und rannte hinter seiner Frau her über die Mole, an der die *Calaianische Sonne* dümpelte.

Als seine Frau und sein Sohn wohlbehalten unter Deck in der Kabine waren, kehrte er aufs Ruderdeck zurück, um Jevin, dem Kapitän, die Hand zu geben. Er sah sofort, dass nicht alles im Lot war. Überall waren Protektoren und xeteskianische Magier, und das Schiff hatte bereits abgelegt.

»Danke, dass Ihr gewartet habt.«

»Dafür habt Ihr mich bezahlt«, meinte Jevin kurz angebunden.

»Was ist hier eigentlich los?«, fragte der Unbekannte. »Ich habe zugestimmt, dass ein halbes Dutzend Magier mitkommen. Es müssen mindestens zwanzig sein.«

»Dreißig«, korrigierte Jevin. »Und einhundert Protektoren.«

»Was?«

»Fragt den da.« Jevin deutete auf einen jungen Magier, der sich der Leiter zum Ruderdeck näherte. »Ich muss das Schiff steuern.«

Der Unbekannte sah zu, wie der Magier rasch die Leiter hochkletterte und lächelnd zu ihm kam.

»Der Unbekannte Krieger.« Er streckte die Hand aus. »Ich bin froh, dass Ihr Euch durchgeschlagen habt.«

»Sytkan.« Der Unbekannte übersah die ausgestreckte Hand. »Wollt Ihr mir vielleicht verraten, was diese kleine Armee an Bord von Jevins Schiff zu suchen hat?«

Sytkan besaß immerhin den Anstand, verlegen dreinzuschauen. »Man glaubte auf höchster Ebene, Herendeneth müsse vor einer Invasion aus Dordover geschützt werden.«

Der Unbekannte räusperte sich und blickte zum Hafen zurück. Überall brannte es, doch der Hafen war gesichert. Spruch auf Spruch ging auf die Schilde nieder, und hoch am Himmel konnte er gerade eben noch die Silhouetten xeteskianischer Hausgeister ausmachen, die die Umgebung überwachten. Er schauderte, als er sich an das irre Lachen dieser Dämonen erinnerte.

»Es sollte eine friedliche Mission werden«, sagte er. »Ihr sollt Eure Erkenntnisse den anderen Kollegien zur Verfügung stellen. So war es jedenfalls abgesprochen.«

Sytkan deutete auf die Ruinen von Arlen. »Manchmal ändern sich die Dinge«, sagte er. »Die Dordovaner haben etwas verlangt, das wir ihnen nicht gewähren konnten.«

»Was denn?«

»Sie wollten ihre Magier an der Forschungsexpedition teilhaben lassen.«

»Und das hier ist die Folge davon?« Der Unbekannte schüttelte den Kopf. »Bei den brennenden Göttern, war es die Sache wirklich wert, deshalb einen Krieg anzufangen?«

»Wenn es nicht dieser ist, dann findet sich ein anderer Grund.« Sytkan zuckte mit den Achseln.

Der Unbekannte klatschte die flache Hand auf die Reling. »Die Expedition sollte doch eigentlich einen Friedensschluss fördern. Was, zum Teufel, ist denn schief gegangen?«

Sytkan schwieg sich aus.

»Dystran und Vuldaroq«, sagte der Unbekannte, der die Antwort bereits ahnte. »Das hier könnt ihr wirklich nicht gebrauchen. Ich meine jetzt alle Kollegien. Es gibt schon genug Unruhe.« Er deutete auf Arlen. »Das da wird letzten Endes der Tod der Magie sein.«

Sytkan schnaubte. »Ich denke nicht.«

Der Unbekannte trat auf ihn zu und kam seinem Gesicht sehr nahe. »Unterschätzt nur Selik und die Schwarzen Schwingen nicht. Wenn Ihr mich jetzt entschuldigen wollt, ich muss mich um meine Familie kümmern und eine Schnittwunde nähen lassen.«

Er nickte Jevin zu, als er die Leiter hinunterstieg. Der Schmerz schoss durch seine linke Hüfte und sein Kreuz.

Jetzt, da das Adrenalin verbraucht war, forderte auch die alte Verletzung ihren Tribut. Bevor er nach unten ging, warf er noch einen Blick zum Deck und sah viel zu viele Xeteskianer.

Das würde Ilkar nicht gefallen. Es würde ihm ganz und gar nicht gefallen.

Zweites Kapitel

Zwei Stunden vor der Dämmerung veränderte sich die Atmosphäre im Regenwald. Es war für niemanden zu spüren, dessen Leben nicht untrennbar mit dem Blätterdach verbunden war, und doch war es eine deutliche Veränderung. Rebraal hielt sich völlig still und verschmolz beinahe mit dem Hintergrund.

Hinter ihm erhob sich das grün-goldene Dach von Aryndeneth zweihundert Fuß hoch in die Luft. Die Spitze der Kuppel befand sich auf gleicher Höhe mit den höchsten Zweigen des Blätterdachs. Der Tempel stand dort seit mehr als fünftausend Jahren, sein Stein war teilweise hinter einem Vorhang aus dichtem Moos, Efeu und Lianen verborgen. Hin und wieder wurde er von den Pflanzen befreit, doch der wuchernde Wald ließ sich nicht lange zurückhalten.

Ob freigeräumt oder nicht, der Tempel war aus fünfzig Schritt Entfernung kaum zu sehen.

So war es schon immer gewesen. In den Jahrhunderten nach seinem Bau war Aryndeneth ein Ziel für Pilger gewesen, ein heiliger Ort der Elfen, der das Zentrum ihres

Glaubens bildete. Das Heim der Erde. Ein großer, mit Stein ausgelegter Vorplatz und ein gewundener Weg zwischen mächtigen Steinplatten hatten die Wanderer empfangen. Der Weg durch den Regenwald war in nördlicher Richtung hundert Meilen weit sorgfältig gesäubert und unterhalten worden.

Der Weg war schon lange verschwunden, ein Teil des Vorplatzes und des Weges waren noch unter den Pflanzen und Lianen sichtbar, doch der Regenwald rückte unerbittlich weiter vor, und Rebraal und seine Leute kämpften einen ewigen Kampf gegen den Wald.

Rebraal blickte nach rechts zu den großen, mit Eisen beschlagenen Holztüren des Tempels. Auch Mercuun hatte es gespürt. Er spähte suchend in die Dunkelheit, und seine Ohren zuckten, als er die Stimmung des Waldes auffangen wollte. Ein Stück entfernt hatten Skiriin, Rourke und Flynd'aar auf den Baumplattformen die Bogen gehoben. Das war die Bestätigung, die Rebraal brauchte.

Er stellte ein Ohr schräg, lauschte angestrengt und versuchte, die Bedrohung zu identifizieren. Die Geräusche des Waldes umgaben ihn, die Hitze war selbst in den Stunden vor der Dämmerung erdrückend. Ein Dutzend Vogelarten stieß Warn- oder Paarungsrufe aus, Affen schrien und begrüßten einander kreischend. Ihre Wanderung durch die Baumkronen war am Rascheln und Knacken der Äste zu erkennen. Unzählige Insekten summten und flatterten und surrten, und das Knurren einer Wildkatze vervollständigte die morgendliche Kakophonie.

Beinahe war es eine Nacht wie jede andere, an die Rebraal sich erinnern konnte. Die Warnrufe fühlten sich jedoch anders an. Die Atmosphäre hatte sich verändert, und alle Wesen im Wald spürten es. Fremde. Nahe und direkt voraus.

Das Schmatzen eines braunen Baumfrosches drang von einer Baumplattform herunter. Rebraal schaute auf. Rourke signalisierte acht Fremde, die sich im Gänsemarsch näherten. Krieger und Magier, die sich einen Weg nach Aryndeneth freihackten. Sie waren keine Pilger. Die Pilger kamen erst nach der Regenzeit, die noch fünfzig Tage anhalten würde. Rebraal nickte, legte die Finger auf die Augen und zog eine Hand quer über seinen Hals. Wer sie auch waren, man durfte nicht erlauben, dass sie entkamen und jemandem den Standort des Tempels verrieten.

Er schnippte zweimal mit den Fingern und hörte, wie Erin'heth und Sheth'erei zu seiner Linken aufschlossen. Magische Schilde wurden eingerichtet, und dann ging er los. Mercuun passte sich seinem Tempo an. Die beiden Krieger liefen geräuschlos, die Magier hinter ihnen bewegten sich nur, um die Krieger innerhalb der Schilde zu halten. Als er zu den dreißig Fuß hoch in den Bäumen hängenden Plattformen sah, konnte Rebraal beobachten, wie die drei Bogenschützen ihre Ziele ins Visier nahmen. Aus dem Winkel der Bogen zu schließen, waren die Eindringlinge nahe, höchstens noch fünfzig Schritt entfernt. Er blieb stehen und hob die Hand.

Die unbeholfen trampelnden Fremden waren jetzt deutlich zu hören. Rings um sie wurde es still im Wald. Er winkte mit dem linken Arm und deutete nach oben. Erin'heth sollte aufsteigen und die Plattform schützen. Er zog seine schlanke, leichte Klinge und hielt sie mit der rechten Hand fest. Mit der Linken öffnete er die Gürteltasche mit den Jaqrui-Wurfsternen.

Er ging weiter, kniff die Augen zusammen und bemerkte vor sich in der Dunkelheit eine Bewegung. Die Fremden benutzten keine Fackeln, doch das Zwielicht konnte sie nicht verbergen. Er hörte das regelmäßige Hacken der Klingen, mit denen die Pflanzen aus dem Weg geräumt wurden, er hörte Zweige unter den Füßen knacken und hin und wieder ein Wort. Zweifellos hatte man ihnen gesagt, dass Lärm im Regenwald die Raubtiere abschreckte. So war es auch, doch es gab eine besonders gefährliche Ausnahme.

Die Fremden sollten den Tempel niemals zu sehen bekommen. Rebraal stieß den eigenartigen klagenden Ruf des braunen Bussards aus und begann zu rennen. Wie ein Geist huschte er über den Vorplatz und verschwand im Wald.

Von den Plattformen wurden Pfeile abgefeuert. Die Fremden stießen erstickte Schreie aus, und er hörte ihre Körper auf den Waldboden stürzen. Eine weitere Pfeilsalve surrte in die Dunkelheit. Befehle und Rufe waren zu hören, und die noch lebenden Fremden verteilten sich. Rebraal nahm einen Jaqrui und duckte sich, während er ins dichte Unterholz eindrang. Mit der Rückhand warf er ihn, als er einen hockenden fremden Krieger über einen umgestürzten Baumstamm spähen sah. Der Wurfstern war wie eine kleine Sichel geformt und hatte an einem Ende einen Griff für zwei Finger. Die rasiermesserscharfe doppelschneidige Klinge flüsterte, während sie flog. Die Waffe war klein genug, um durch die hängenden Ranken einen Weg zu finden.

Der fremde Krieger sah die Waffe nicht kommen, obwohl er geradewegs in ihre Flugbahn blickte; sie traf direkt über den Augenbrauen seine Stirn. Er schrie auf und kippte zurück. Rebraal stieß weiter vor, huschte durch Lücken in der üppigen Pflanzenwelt und schlug einen Bogen um die Überlebenden. Er konnte Mercuun sehen, der die Fremden auf der anderen Seite umging; sie würden sie in die Zange nehmen.

Zwei Magier, einer gebückt und der andere stehend, schauten mit leeren Gesichtern zum Blätterdach hinauf und suchten nach den Plattformen. Einer hatte einen Spruch vorbereitet, der andere hatte gerade einen Spruch gewirkt und vor Konzentration die Stirn in Falten gelegt. Wahrscheinlich wollte er mit einem harten Schild weitere Pfeilsalven abwehren.

Rebraal stürmte los, und der stehende Magier sah ihn erst, als er nur noch fünf Schritt entfernt war. Er sprang über den hockenden Magier hinweg und prallte mit den Füßen voraus gegen die Brust des zweiten. Der Mann ging zu Boden, ehe er einen Spruch wirken konnte. Rebraal landete breitbeinig über ihm, stach ihm die Klinge ins Herz, drehte sich um und schlitzte dem hockenden Magier die Kehle auf, als dieser sich gerade erst umzudrehen begann. Ein weiterer Pfeil durchschlug das Blattwerk, rechts neben Rebraal gurgelte ein Mann und stürzte. Stahl klirrte, ein Schwert prallte klatschend gegen eine Lederrüstung, dann ertönte ein gequälter Schrei, der rasch wieder abbrach.

»Das waren alle«, rief jemand von einer Plattform herunter.

»Beobachte weiter, Rourke«, antwortete Rebraal. »Guter Schuss.«

Er sah sich um, ob die in der Nähe gefallenen Feinde noch lebten, dann drang er ins Gebüsch ein, um seinen Wurfstern zu bergen. Der Krieger atmete noch, obwohl Blut und Gehirnmasse aus der Wunde quollen. Rebraal bohrte ihm die Klinge ins Herz und setzte einen Fuß auf den Kopf des Mannes, um den Wurfstern aus dem Schädel zu bekommen. Er wischte die Waffe am Hemd des Opfers ab, bevor er sie in den Beutel steckte, den er wieder verschloss.

Mercuun kam zu ihm.

»Was sollen wir mit ihnen tun?«

Rebraal wandte sich zu seinem dunkelhäutigen Freund um und sah die Falten auf der Stirn über den schrägen, ovalen Augen. Seine blattförmigen, leicht zugespitzten Ohren zuckten, während er zu verarbeiten versuchte, was gerade geschehen war.

»Hole Skiriin und schleppe die toten Fremden fort vom Weg, den sie sich gebahnt haben. Legt sie auf die Lichtung im Norden. Behaltet alles, was nützlich scheint, zerschneidet die Kleidung und lasst die Körper liegen. Der Wald wird sich um sie kümmern.«

»Rebraal?« Mercuuns Stimme verriet sein Unbehagen.

»Ja, Meru?«

»Wer waren sie, und woher wussten sie, wo sie uns finden können?«

Rebraal fuhr sich mit gespreizten Fingern durchs lange schwarze Haar. »Das sind zwei sehr gute Fragen«, sagte er. »Sie stammen sicherlich aus Balaia, aber viel mehr kann man wohl nicht sagen. Ich werde morgen versuchen, ihren Weg zurückzuverfolgen. Vielleicht finde ich dabei etwas heraus. Inzwischen müssen wir wachsam bleiben.«

»Sie waren sicher nicht die Letzten, oder?«, fragte Mercuun.

»Nein«, erwiderte Rebraal. »Wenn ich raten sollte, dann würde ich sagen, dass sie anderen den Weg hierher bahnen sollten. Ihr Gepäck war zu leicht für irgendetwas anderes. Noch mehr werden kommen, und vielleicht sind sie schon in der Nähe. Wir haben möglicherweise nicht mehr viel Zeit.«

Rebraal sah Mercuun tief in die Augen. Sein Freund machte sich Sorgen, genau wie er selbst. Es war schon schlimm genug, dass die Männer vom nördlichen Kontinent es überhaupt geschafft hatten, an Informationen zu gelangen, die eigentlich niemand haben sollte. Außerdem aber waren sie nicht auf diejenigen hereingefallen, die Fehlinformationen streuten, und sie waren den TaiGethen entgangen, die jeden töten sollten, der allzu beharrlich war. Der Regenwald war ungeheuer groß, doch der äußere Verteidigungsring und die von seiner Art, die in den Städten lebten, hatten mehr als vierhundert Jahre lang alle uneingeladenen Gäste von Aryndeneth fern gehalten.

Er schnalzte mit der Zunge, die Entscheidung war gefallen. »Meru, du sollst die Kunde verbreiten. Beginne bei Sonnenaufgang. Wir können nicht auf die Ablösung warten. Alle verfügbaren Al-Arynaar müssen so schnell wie möglich hierher kommen. Die äußeren Ringe müssen nach Norden gehen. Sie müssen im Norden in Told-Anoor, im Westen in Ysundeneth und im Osten in Heri-Benaar Bescheid geben. Nimm Vorräte für zwei Tage mit, verbreite die Neuigkeiten und komme wieder hierher.«

Mercuun nickte.

Rebraal kehrte zum Tempel zurück und betrachtete dessen verborgene Schönheit. Es war ein Anblick, an dem er sich nicht satt sehen konnte. Er kniete auf dem Vorplatz nieder und schickte ein Gebet zu Yniss, dem Gott der Harmonie, der sie alle beschützen sollte. Danach stützte er die Hände auf die Oberschenkel und lauschte dem Wald.

Wenigstens der Wald hatte sich wieder beruhigt.

Hirad Coldheart, an Sha-Kaans breiten Hals gelehnt, änderete ein wenig seine Position. Die Schuppen kratzten ihn sogar durch das Wollhemd. In der Luft hing eine

Wolke von ranzigem Öl und Holzgeruch. Hirad war froh, dass sie im Freien lagerten. Der mächtige Körper des Großen Kaan, mehr als hundertzwanzig Fuß lang von der Schnauze bis zur Schwanzspitze, war auf dem Hang ausgestreckt, auf dem sie ausruhten. Von hier aus konnten sie das verschandelte Idyll von Herendeneth betrachten.

Die kleine Insel, nur anderthalb Meilen breit und zwei Meilen lang, lag tief im Inneren des Ornouth-Archipels. Hier im Süden, nicht weit vor der nordwestlichen Spitze des Südkontinents Calaius, schien die Sonne warm vom Himmel. Die Landschaft war eine wundervolle Mischung aus üppigen grünen Hängen, lichten Buchenhainen und spektakulären Felsformationen, die einen flachen Berggipfel umgaben, auf dem eine mächtige Säule aus Stein als monumentale Erinnerung an eine lange untergegangene, alte Magie erinnerte. Doch die Schönheit war durch Kämpfe und den Tod Unschuldiger unwiderruflich besudelt.

Sha-Kaan hatte sich so hingelegt, dass er Hirad sehen und gleichzeitig über den Hang zu den Hainen, den terrassenförmig angelegten Gräberfeldern und den Gärten blicken konnte. Hinter ihnen standen die Ruinen des einst stolzen Hauses der Al-Drechar. Es war von einer Magie zerstört worden, die die gesamte balaianische Dimension bedroht hatte. Der Drache verdrehte das linke Auge und warf dem Barbarenkrieger einen unergründlichen Blick zu.

»Stören dich meine Schuppen?«, grollte er.

»Tja, ein besonders angenehmes Polster geben sie nicht ab«, sagte Hirad.

»Ich lasse sie von jemandem für dich glatt polieren. Sage mir nur, welche der besonderen Aufmerksamkeit bedürfen.«

Hirad kicherte, drehte sich um und erwiderte den Blick des Großen Kaan. Die strahlend blauen Augen saßen in einem Kopf, der fast so groß war wie er selbst.

»Wie ich sehe, erwacht dein Humor wieder zum Leben«, sagte er. »Aber das wird noch eine Menge Arbeit erfordern.«

Sha-Kaans schlitzförmige schwarze Pupille verengte sich. »Eine kleine Drehung, und dein winziger Körper zerbricht wie ein Zweig.«

Hirad spürte die Belustigung in seinem Bewusstsein wie Nebelschwaden in einer Brise. Zweifellos war der Drache während des erzwungenen Aufenthalts auf Herendeneth milde geworden. In früheren Zeiten hätte er eine solche Bemerkung in vollem Ernst und mit voller Absicht gemacht. Doch ob es in diesem Fall ein Scherz war oder nicht, es entsprach der Wahrheit.

»Ich wollte nur ehrlich sein«, sagte Hirad.

»Ich auch.«

Sie schwiegen. Es war nicht leicht gewesen, sich in den letzten sechs Jahren aneinander zu gewöhnen, doch inzwischen hatte Hirad das Gefühl, Sha-Kaan als Freund bezeichnen zu können. Er hatte seine Beziehung zu dem Drachen als eine Art Lehrzeit verstanden. Seit er sich einverstanden erklärt hatte, der Drachenmann des Großen Kaan zu werden und dem Drachen eine lebenserhaltende Verbindung zur Dimension von Balaia zu öffnen, war er der geringere Partner in einem Bündnis zwischen Ungleichen gewesen. Zwar waren die Vorteile eines direkten Kontakts mit einem Drachen – und die Gewissheit, im Notfall dessen Unterstützung zu bekommen – nicht von der Hand zu weisen, doch solange sie sich kannten, hatte das Ehrfurcht gebietende Wesen, das sich seiner Herrschaft und seiner Kräfte sicher war, nie das Gefühl gehabt, sich dem Menschen gegenüber bewähren zu müssen. Hirad dagegen hatte genau das Gegenteil empfunden.

Doch das Gefälle hatte sich während des langen Exils Sha-Kaans und seines Brutbruders Nos-Kaan etwas ausgeglichen. Die Drachen saßen in einer fremden Dimension fest, der Rückweg war ihnen nach einer gewaltsamen Neustrukturierung der Dimensionen versperrt, und sie konnten ihre Heimat nicht mehr spüren. So war Sha-Kaan sich seiner Sterblichkeit bewusst geworden, da seine Gesundheit stetig schlechter wurde. Hirad dagegen glaubte, seine unerschütterliche Loyalität den Kaan-Drachen gegenüber habe bewiesen, dass er weit mehr war als ein geschätzter Diener – und dass er sich als echten Freund betrachten durfte. Es schien, als teilte mindestens Sha-Kaan diese Ansicht.

Hirads Aufmerksamkeit wurde durch eine Bewegung unten auf den Terrassen erregt. Eine Frau kam hinter einer baumbestandenen Grabstätte hervor und kniete vor einem kleinen, sorgfältig gepflegten und mit einem wundervollen Blumenarrangement geschmückten Grabhügel nieder. Sie war von mittlerer Größe und hatte eine reife Figur, das braune Haar war mit einem schwarzen Band zurückgebunden. Sie zupfte einige Gräser aus dem Beet, und Hirad konnte sehen, wie sie die toten Triebe von einem blühenden Strauch entfernte, dessen gelbe Blüten leise im warmen Windhauch nickten.

Wie immer, wenn er sie sah, schlug Hirads Herz etwas schneller, seine Stimmung sank, und er wurde traurig. Dem unbedarften Auge wäre es so vorgekommen, als erfreue die Frau sich einfach an der Schönheit, die sie dort geschaffen hatte. Doch diese Frau, Erienne, litt unvorstellbare Qualen, weil unter den Blüten ihre Tochter Lyanna begraben war.

Lyanna, die der Rabe hier auf der Insel hatte retten wollen. Lyanna, die mit dem Verstand eines fünfjährigen Mädchens nicht die Kräfte verstehen konnte, die in ihr entfesselt worden waren. Lyanna, die mit ihrer unkontrollierten Magie ganz Balaia hätte zerstören können. Lyanna, die von genau denen dem Tod überlassen worden war, die Erienne versprochen hatten, sie würden das Kind ausbilden, damit es überleben konnte.

Dies war etwas, das Hirad einfach nicht verstehen konnte, obwohl er im letzten halben Jahr auf Herendeneth reichlich Gelegenheit gehabt hatte, es sich zusammenzureimen. Zwei der vier Al-Drechar, die Lyanna hatten sterben lassen, lebten in den noch bewohnbaren Bereichen ihres Hauses hier auf der Insel. Doch die Erklärungen zu Lyannas keimenden Kräften und die Unfähigkeit des Mädchens, diese Kräfte zu kontrollieren, weil sie viel zu klein und körperlich zu schwach war, überstiegen sein Begriffsvermögen.

Er wusste nur, dass der Kern der Einen Magie, der in Lyanna zu keimen begonnen hatte, auf Erienne übertragen worden war, als das kleine Mädchen starb. Und er wusste, dass Erienne das Eine hasste. Sie erlebte es wie eine unheilbare Krankheit, und daher hasste sie die noch lebenden Al-Drechar umso mehr. Sie bekam davon Kopfschmerzen, sagte sie; und auch wenn die Al-Drechar, die schwachen uralten Elfenfrauen, Erienne angeblich helfen konnten, diese Kräfte zu kontrollieren, zu benutzen und zu entwickeln, war sie nicht bereit, ihre Gegenwart überhaupt zur Kenntnis zu nehmen.

Diese Reaktion konnte Hirad verstehen. Im Grunde wunderte er sich sogar darüber, dass Erienne noch nicht versucht hatte, die beiden überlebenden Al-Drechar zu töten. Er wusste, was er gegenüber Leuten empfunden hätte, die sein Kind ermordet hatten. Dennoch war er dankbar, denn trotz Sha-Kaans momentan gelöster Stimmung brachte das Exil in Balaia die Drachen langsam um, und die Al-Drechar konnten mit ihrem Verständnis und ihrer Erfahrung in der Dimensionstheorie den Kaan eine echte Chance bieten, wieder nach Hause zu gelangen.

Das alles hatte die Spannungen verstärkt, unter denen sie während der letzten beiden Jahreszeiten auf Herendeneth ständig gelitten hatten. Hirad brauchte genau die Leute, die Erienne mit inbrünstiger Leidenschaft hasste. Doch hinter ihrem Hass gab es eine Ebene, auf der auch Erienne die Al-Drechar brauchte. Lyanna war das Kind des Einen gewesen, der alten magischen Ordnung, die in Balaia geherrscht hatte, bevor die vier Kollegien vor über zweitausend Jahren entstanden waren. Erienne und ihr Mann Denser glaubten an diese Ordnung, und die Al-Drechar waren deren letzte lebende Vertreter. Was Erienne in ihrem Bewusstsein barg, war die letzte Hoffnung für diese Ordnung, doch sie musste dazu die Hilfe der Al-Drechar annehmen. Allein dieses Wissen verstärkte ihr Elend erheblich.

»Ihr Geist ist umwölkt«, sagte Sha-Kaan, der zu Erienne hinabschaute. »Kummer verschleiert die Vernunft.« Die Bemerkung des Großen Kaan, der die extreme Verfassung von Eriennes Geist in seinem eigenen spüren konnte, verriet kein besonderes Mitgefühl.

»Das ist nur natürlich«, erwiderte Hirad.

»Für Menschen vielleicht«, antwortete Sha-Kaan. »Es macht sie gefährlich.«

Hirad seufzte. »Sha-Kaan, sie hat mit ansehen müssen, wie drei ihrer Kinder ermordet wurden, Lyanna von den Al-Drechar und ihre Zwillinge von den Hexenjägern der Schwarzen Schwingen. Es wundert mich, dass sie überhaupt noch bei Verstand ist. Würdest du dich nicht ähnlich fühlen?«

»Ehrlich gesagt sind Geburten bei den Kaan schon seit langer Zeit ein sehr seltenes Ereignis«, erwiderte der Drache nach einer Weile. »Wenn ein junger Kaan stirbt, dann müssen wir ihn ersetzen. Wir haben keine Zeit zu trauern.«

»Aber du musst doch etwas für die Mutter und das junge Wesen empfinden, das gestorben ist«, sagte Hirad.

»Die Brut trauert, und die Brut unterstützt. Der Geist der Mutter wird durch die Psyche der Brut getröstet, und ihr Schmerz wird geringer, wenn sie ihn teilt. So ist es bei den Drachen. Bei den Menschen ist Kummer etwas Einsames, das daher lange anhält.«

Hirad schüttelte den Kopf. »Einsam ist es nicht. Wir sind alle hier, um Erienne zu helfen.«

»Aber da du nicht in ihren Geist schauen kannst, kannst du ihr nicht dort helfen, wo sie es am dringendsten braucht.«

Ein reptilisches Bellen hallte über die Insel. Nos-Kaan umrundete die dreißig Fuß hohe Steinsäule und glitt herab, um dicht neben Sha und Hirad zu landen. Seine goldenen Rückenschuppen schimmerten im Sonnenlicht, und die Erde bebte, als seine Hinterpfoten den Boden berührten. Die mächtigen Schwingen, die hundert Fuß oder mehr von Spitze zu Spitze maßen, schlugen noch einmal, damit er nicht das Gleichgewicht verlor, dann faltete er sie auf seinem langen Körper zusammen. Der Luftzug wehte Hirad ins Gesicht. Nos-Kaan krümmte den Hals, um den Kopf dicht neben Sha-Kaans Kopf zu legen. Die Drachen berührten sich kurz mit den Mäulern. Selbst jetzt noch, nach so vielen Jahren, fand Hirad den Anblick Ehrfurcht gebietend und fühlte sich einen

Moment lang klein und unbedeutend angesichts solcher Größe und Pracht.

»Sei gegrüßt, Hirad«, sagte Nos-Kaan mit schmerzerfüllter Stimme.

»Wie war der Flug?«

»Willst du die Wahrheit wissen?«, fragte der Drache. Hirad nickte. »Ich brauche die heilenden Ströme des interdimensionalen Raumes, sonst muss ich sterben. Vorher jedoch werde ich an den Boden gefesselt sein.«

Hirad war erschüttert. Er hatte angenommen, die Ruhe, die die beiden Kaan in den letzten beiden Jahreszeiten auf Herendeneth gefunden hatten, hätte die magischen Wunden heilen lassen, die sie sich beim Kampf gegen die dordovanischen Magier zugezogen hatten.

»Wie lange noch?«

»Eine Jahreszeit noch, länger nicht. Ich bin schwach, Hirad.«

»Und du, Großer Kaan?«

»Ich bin bei besserer Gesundheit«, erklärte Sha-Kaan. »Aber auch mein Tod ist unausweichlich, wenn ich nicht bald nach Hause komme. Wo sind dein Unbekannter Krieger und seine Forscher?«

»Er müsste bald kommen. Er hat es versprochen.«

Eigentlich hätte er längst hier sein müssen. Die letzte Begegnung mit dem großen Mann lag lange zurück, und Hirad begann allmählich zu fürchten, ihm sei etwas zugestoßen. Aus Balaia hatten sie wenig gehört. Was sie erfahren hatten, hatte auf dem unvollständigen Wissen der Protektoren beruht, und nichts davon hatte erfreulich geklungen.

»Deine Loyalität ist bewundernswert«, meinte Sha-Kaan.

»Er gehört zum Raben«, erklärte Hirad. Er zuckte mit

den Achseln und stand auf. »Es ist mal wieder Zeit, nach Schiffen auf dem Meer Ausschau zu halten.«

Vor allem wollte er aber einen Augenblick allein sein. Nur noch eine Jahreszeit, bis Nos-Kaan sterben musste. Auch beim allerbesten Willen auf der Welt konnte die Forschung bis dahin keine brauchbaren Sprüche zur Neuanordnung der Dimensionen entwickeln. Nos-Kaans Grabstein würde auf Herendeneth stehen.

Hirad ging rasch den Hang hinunter, ließ Erienne einen guten Vorsprung und bewegte sich im Dauerlauf, sobald er am verbarrikadierten Haupteingang des Hauses vorbei war. Der Protektor Aeb stand dort und blickte nach Norden. Hirad nickte ihm im Vorbeigehen zu.

Der Weg, der zur einzigen Landestelle der Insel hinunterführte, schlängelte sich durch Buchenhaine bis zu einer kleinen, von Riffen gesäumten Bucht. Es war ein friedlicher Spaziergang. Der warme Luftzug ließ die Blätter der Bäume rascheln, Vogelrufe drangen von den Ästen herab, in der Ferne war das Rauschen der Wellen am Strand zu hören. Trotz allem, was er gerade gehört hatte, musste Hirad lächeln. Als er um die nächste Ecke bog, verflog das Lächeln auf der Stelle.

»Bei den brennenden Göttern.« Er langte instinktiv nach der Klinge, die er schon seit hundert Tagen nicht mehr trug, und zog sich bergauf zurück.

Männer in langen Gewändern und Roben kamen den Weg herauf. Es waren zwei Dutzend, vielleicht mehr. Magier. Und wo Magier auftauchten, waren Soldaten nicht fern.

»Aeb!«, rief er über die Schulter nach hinten. »Darrick! Wir werden angegriffen!«

Einer der Magier hob die Hände. Er wollte sicher einen Spruch wirken. Da es zum Weglaufen zu spät war und die Gegner ihm hoffnungslos überlegen waren, tat Hirad das Einzige, was ihm jetzt noch einfiel. Er griff an. Um seinen Kopf zu klären, stieß er einen Schrei aus und stürzte sich mit erhobenen Fäusten auf den Magier. Sein Zopf flatterte hinter ihm.

»Hirad! Bei den Göttern, so beruhige dich doch!«, rief jemand hinter der Gruppe der Magier, die stehen geblieben waren und ihn erschrocken ansahen.

Hirad bremste ein paar Schritte vor ihnen in einer Staubwolke schlitternd ab.

»Unbekannter?«

Er sah genau hin. Da näherte sich der unverkennbare rasierte Schädel; neben ihm ging eine Frau, und Protektoren umringten ihn. Viele Protektoren. Hirad schnaufte erleichtert.

»Bei den ertrinkenden Göttern, ihr habt mir vielleicht einen Schrecken eingejagt.«

Die Magier teilten sich, und der Unbekannte kam nach vorn. Er humpelte stärker als sonst und hatte das Gesicht vor Schmerzen verzogen.

»Es ist schön, dich zu sehen«, sagte der Unbekannte und erdrückte Hirad fast mit seiner Umarmung.

»Ich freue mich auch, Unbekannter. Allerdings siehst du etwas blass aus. Hast du die Familie in den Urlaub mitgebracht, damit ihr etwas Farbe bekommt?«

Der Unbekannte gab Hirad lachend wieder frei und wich einen Schritt zurück. Diera, mit zurückgekämmtem langem Haar und starken, schönen, aber bleichen Gesichtszügen, trat neben ihren Mann. Jonas zappelte in ihren Armen und wollte alles gleichzeitig sehen. Verunsichert starrte er Hirad an, und der Barbar erwiderte kichernd den Blick des kleinen Jungen. Der Unbekannte nahm seine Frau in den Arm und zog sie an sich.

»Wir hatten in den letzten beiden Jahreszeiten leider nicht die Muße, uns in der Sonne aalen zu können«, antwortete er. »Ganz im Gegensatz zu dir, wie es scheint.«

»Ganz so einfach war es freilich nicht«, entgegnete Hirad.

»Das glaube ich dir gern«, lenkte der Unbekannte ein.

»Ich vergesse meine Manieren«, sagte Hirad. Er beugte sich vor und küsste Diera auf die Wange, dann streichelte er Jonas' Kopf. »Schön, dich zu sehen, Diera. Und wie ich sehe, hat Jonas die Haarpracht vom Vater geerbt.«

Diera blickte lächelnd auf den völlig kahlen Kopf ihres Sohnes hinab. »Hirad, er ist noch kein Jahr alt, der arme Kleine. Vor einer Jahreszeit hatte er noch reichlich Haare.«

Hirad nickte. »Das wächst wieder nach, junger Mann«, sagte er zu Jonas. »Hoffentlich. Und wie geht es dir, Diera? Du siehst ein bisschen müde aus, wenn ich das sagen darf.«

»Seereisen behagen mir nicht«, gab sie zu.

»Darüber solltest du mal mit Ilkar reden. Er ist unser Experte fürs Fische füttern.«

»Hirad, du bist widerlich«, ermahnte Diera ihn sanft. »Ich brauche einfach nur einen Platz zum Schlafen, der sich nicht ständig unter mir bewegt.«

»Ich denke, so etwas lässt sich hier einrichten.« Hirad sah sich zum Unbekannten um, legte den Kopf schief und musterte die zahlreichen Protektoren und xeteskianischen Magier.

»Was hat das zu bedeuten?«, fragte er. »Das ist ein bisschen mehr als eine Forschungsexpedition, oder?«

Der Unbekannte schüttelte ernst den Kopf.

»Es ist viel mehr als das«, sagte er. »Hör mal, wir können nicht hier bleiben. Auf Balaia gibt es Arbeit für den Raben.«

»Wir müssen wohl zuerst nach Calaius.« Hirad führte sie den Weg hinauf und warf einen letzten Blick zu den Xeteskianern. »Das wird Ilkar nicht gefallen. Kommt schon, wir wollen euch im Haus unterbringen.«

Drittes Kapitel

Dystran, der Herr vom Berge in Xetesk, dem Dunklen Kolleg der balaianischen Magie, hatte es sich in seinem tiefen, mit Leder gepolsterten Lieblingssessel bequem gemacht. Ein Feuer wärmte an diesem kühlen Spätfrühlingstag sein Arbeitszimmer und erfüllte es mit einem gelben, flackernden Schein, passend zum bleichen Sonnenlicht, das durchs Fenster hereinfiel. Ein Becher Kräutertee dampfte rechts neben ihm auf dem niedrigen Tisch.

Er hatte das höchste Amt in Xetesk seit nunmehr sechs Jahren inne, was ihn sogar selbst erstaunte. Sein Aufstieg war von einer mächtigen Splittergruppe zu einem Zeitpunkt inszeniert worden, als der vorherige Amtsinhaber Styliann noch lebte – ein beispielloses Vorgehen. Dystran war sich darüber im Klaren gewesen, dass seine Amtszeit kurz und blutig hätte verlaufen sollen, doch die Begleitumstände und das schiere Glück hatten sich zu seinen Gunsten verschworen.

Styliann war getötet und eine Invasion war zurückgeschlagen worden, und danach verlangte man nach einer

Phase der Ruhe. Dystran hatte überlebt, war zunächst aber kaum mehr als eine Marionette gewesen. Die folgenden Jahre hatten es ihm jedoch erlaubt, weitgehend ohne Widerstand eine eigene Machtbasis aufzubauen. Aus dem früheren Fädenzieher war ein unterwürfiger Ratgeber geworden, und auch wenn kein Herr vom Berge seines Lebens jemals wirklich sicher sein konnte, hatte Dystran immerhin die Achtung des Kreises der Sieben erworben, des Zirkels der Seniormagier von Xetesk, deren Türme das Zentrum des Kollegs umgaben.

Wenn Dystran sich nicht sehr irrte, stand Xetesk kurz davor, die endgültige Vorherrschaft in Balaia zu erringen, auch wenn es ein teuer erkaufter Sieg werden konnte. Die Ereignisse, die im unglücklichen Tod des Nachtkindes Lyanna gipfelten, hatten in den Augen der Nichtmagier ein Vermächtnis von Hass und Misstrauen hinterlassen. Diese Leute stellten freilich eine eher desorganisierte Bedrohung dar, die von aggressiver Magie hinweggefegt werden sollte, sobald der richtige Zeitpunkt gekommen war.

Als positiv war die Tatsache zu verbuchen, dass man die Al-Drechar gefunden hatte. Dystran war entschlossen, sie unter seine Kontrolle zu bringen, und hatte die ersten Schritte in diese Richtung bereits unternommen. Eine Schande, dass Dordover beschlossen hatte, gegen ihn zu kämpfen, doch auf die eine oder andere Weise war ein Krieg ohnehin unvermeidlich gewesen. Solange er Lystern außen vor halten konnte und Julatsa hilflos war, stand außer Frage, wer in diesem Krieg den Sieg davontragen würde.

Noch besser als die Entdeckung der Al-Drechar war das, was seine Agenten beim Studium der komplizierten Texte über die natürlichen Verbindungen zwischen den Elfen, der Erde und der Magie herausgefunden hatten.

Dies hatte ihn auf eine Idee gebracht, die durchaus dazu führen konnte, dass Xetesk sehr bald schon nicht nur über Balaia, sondern auch über Calaius herrschte. Er wartete voller Ungeduld auf die Fortschritte, wenngleich er verstand, dass man umsichtig und verdeckt vorgehen musste. Und der Mann, der ihm gegenüber am Feuer saß, teilte seine Einschätzung.

Der alternde Ranyl war dem Tode nahe, besaß jedoch eine große Vitalität und Geistesschärfe, die in seinem schlaffen Gesicht die Augen leuchten ließen und die nicht recht zu seinem hinfälligen, vom Krebs verwüsteten Körper passen wollten.

»Und wann werden wir etwas von der Expedition hören?«, fragte Dystran.

»Das wird noch einige Zeit dauern, mein Lord«, antwortete Ranyl. »Die Kommunion ist über eine so weite Entfernung nicht möglich. Ich habe um einen Zwischenbericht binnen dreißig Tagen gebeten, doch es könnte eine langwierige, schwierige Operation werden.«

»Wir müssen die Schriften bekommen«, sagte Dystran. »Ich muss Gewissheit haben. Ihr habt meine Erlaubnis, alle notwendigen Ressourcen einzusetzen.«

Ranyl neigte den Kopf. »Danke, mein Lord.«

Dystran hob seinen Becher an den Mund und ließ den frischen, süßlich-herben Duft in seine Nase steigen. Er nippte am heißen Tee und kostete den Geschmack aus.

»Wie steht es mit unserem Proviant?«, erkundigte er sich.

»Glücklicherweise leben wir in einer durch Mauern geschützten Stadt«, erklärte Ranyl. »Unsere Rationierungen greifen, und unser Volk wird bis zur nächsten Ernte überleben. Nicht sehr komfortabel, aber es wird niemand verhungern. Über die Flüchtlinge vor unseren Toren kann ich leider nichts Zuversichtliches sagen, und das gilt auch für das übrige Balaia. Ich konnte in Erfahrung bringen, dass es in der Gegend um Korina nicht sehr gut aussieht, ebenso weiter im Landesinneren, etwa in Erskan oder Pontois.«

»Die Flüchtlinge stellen allerdings eine Bedrohung für uns dar, Ranyl. Sie besetzen unser Ackerland und haben unsere Stadt praktisch umzingelt. Wenn die Ernte beginnt, werden sie Nahrung verlangen, die ich ihnen nicht geben will. Sie müssen auf jeden Fall veranlasst werden, diese Gegend zu verlassen.«

»Gebt nur Acht, sie nicht Selik in die gierigen Hände zu treiben.«

Dystran machte eine abfällige Handbewegung. »Diesen Mann und seine Organisation können wir jederzeit beseitigen. Und was will er schon mit zehntausend halb verhungerten Balaianern anfangen?«

»Ihr solltet mehr Rücksicht auf die öffentliche Meinung nehmen«, schalt Ranyl ihn.

Dystran kicherte. »Dazu habe ich keine Zeit. Ich sorge mich vor allem um Dordover und die Bedrohung, die es darstellt. Wie schlagen sich unsere Truppen in Arlen? Der Weg dorthin muss offen bleiben.«

»Die Lage ist ernst, aber nicht hoffnungslos«, erklärte Ranyl. »Dordover ist ein zäher Gegner.«

»Haltet mich auf dem Laufenden«, befahl Dystran. »Wie geht es Euch persönlich, mein Freund?«

»Ernst, aber nicht hoffnungslos«, wiederholte Ranyl und legte unwillkürlich eine Hand auf seinen Bauch. »Meine Sprüche unterdrücken die Schmerzen, und ich werde mich um die Beschaffung der Texte kümmern, die Ihr haben wollt. Abgesehen davon liegt mein Schicksal in den Händen der Götter.«

»Was werde ich nur ohne Euch tun?«

»Wachsen und gedeihen, junger Dystran. Ihr habt das Zeug dazu, der heimliche Herrscher von ganz Balaia zu werden. Die Sieben werden Euch den Rücken stärken. Die Zeit arbeitet für Euch, und Ihr müsst nichts überstürzen. Ich werde meinen Nachfolger schulen, ebenso aufreizend vorsichtig zu sein wie ich.«

Die beiden Männer lachten.

»Glaubt Ihr denn, ich bin auf dem richtigen Weg?«, fragte Dystran und zeigte die Unsicherheit, die von ihm erwartet wurde.

»Solange unser Volk in den kommenden Auseinandersetzungen nicht sinnlos stirbt, wird man alles begrüßen, was den Ruhm des Kollegs und der Stadt Xetesk mehrt.«

Dystran sah Ranyl tief in die Augen. Er glaubte nicht, dass er schon einmal ein so grimmiges Feuer in ihnen hatte brennen sehen.

Rebraal lief schnell über den Weg, den die Eindringlinge aus Balaia in den Regenwald gehackt hatten. Es war ein brutal freigeschlagener, schmaler Pfad, der keine Rücksicht auf den Wald nahm und schnurgerade hindurchführte. Der Saft der Bäume tropfte aufs Laub und auf den Boden. Es gab erheblich bessere Möglichkeiten, sich durch den Regenwald zu bewegen, die jedoch Verständnis voraussetzten. Fremde verstanden den Wald nicht.

Während er lief, sah Rebraal sich von unguten Vorahnungen geplagt. Diese Fremden hatten in Aryndeneth nichts zu suchen. Es war offensichtlich, warum sie hergekommen waren. Sie waren Räuber. Warum sonst sollten sie uneingeladen und bewaffnet hier auftauchen? Rebraal konnte nur nicht verstehen, wie sie an die Informationen gelangt waren, die sie hierher geführt hatten, und was genau sie wollten. Er nahm an, dass es Geschichten über verborgene Reichtümer gab, die jedoch weit von der Wahrheit entfernt waren. Nichts, was man hier mitnehmen konnte, würde irgendwo anders einen guten Preis erzielen. Vielleicht kam es ihnen auch nur darauf an, beweisen zu können, dass sie hier gewesen waren. Über eine solche Entweihung wollte er nicht weiter nachdenken.

Es war jedoch ein gutes Argument gegenüber den Al-Arynaar, von denen allzu viele skeptisch waren und meinten, es sei kein zahlenmäßig starker Orden nötig, um einen Tempel zu bewachen, den man als das am besten gehütete Geheimnis auf ganz Calaius betrachtete. Die Realität war schwer zu akzeptieren, und der Elf musste seine Furcht beiseite schieben, empfand zugleich aber Stolz darüber, dass ihre Wachsamkeit geholfen hatte, wenigstens den ersten Angriff abzuwehren. Sie hatten den Tempel bewacht und verteidigt. Und je nachdem, was er am anderen Ende des rücksichtslos in den Wald gehackten Weges fand, mussten sie vielleicht noch einmal ihre Pflicht tun.

Soweit Rebraal es wusste, hatte es noch nie einen Angriff auf Aryndeneth gegeben. Natürlich waren gelegentlich ungebetene Gäste gekommen. Besucher, die keine Pilger waren, sondern eher das Abenteuer als die Erleuchtung suchten. Bis heute hatte keiner von ihnen böse Absichten gehabt oder etwas stehlen wollen. Doch angesichts dieser Gefahr, so fern sie zunächst auch erschienen war, hatte man vor mehr als dreitausend Jahren, nachdem die letzten Priester den Tempel verlassen hatten, die Al-Arynaar gegründet.

Rebraal sandte ein kurzes Gebet an Orra, Appos und Shorth, die Götter der Erde, und dankte für die Weitsicht der Vorfahren. Einen Moment lang verdrängte kalte Abscheu seine Ängste. Diesen Eindringlingen durfte es nicht gestattet werden, die Harmonie zu stören. Aryndeneth, das Heim der Erde, war aus vielen Gründen das Zentrum des Elfenvolks, und die Al-Arynaar, die Hüter der Erde, hatten den Elfen gegenüber eine Pflicht, die den meisten Elfen nicht einmal bewusst war. Sie waren mehr als nur zeremonielle Wächter, so viel war jetzt leider klar geworden. Sie waren die Hüter des ganzen Elfenvolks.

Als die Sonne am Morgenhimmel emporstieg, begann jedes Blatt zu dampfen, und mit steigender Temperatur nahm auch die Luftfeuchtigkeit zu. Rebraal lächelte in sich hinein. Er war hier geboren und darauf eingestellt, die erdrückende Hitze zu ertragen, die mit jedem Herzschlag zunahm. Er konnte sich mühelos bewegen, sein Atem blieb ruhig, und sein Körper sonderte Schweiß ab, um im Gleichgewicht zu bleiben.

Am Ende des Weges würde er jedoch wahrscheinlich auf Fremde stoßen, die jetzt schon litten, wie sie an jedem Tag ihrer Reise nach Aryndeneth gelitten hatten. Er verstand, was dieses Klima mit einem Menschen machte, der nicht richtig darauf vorbereitet war. Flüssigkeitsverlust im Körper, Lethargie, Hitzschlag. Die Hitze spielte dem Verstand eigenartige Streiche und machte die Menschen träge und reizbar. Und das war erst der Anfang der Probleme.

Die Schlangen, die großen Raubkatzen und die Spinnen konnte man wenigstens sehen und bekämpfen. Außerdem gab es jedoch beißende, krabbelnde, grabende Insekten und ihre unsichtbaren Vettern, gegen die man sich kaum wehren konnte. Man konnte sie nur ertragen und die Wunden versorgen. Mit Kräutern und Blüten, wenn man die richtigen Pflanzen kannte, und mit Magie, wenn man es nicht besser wusste. Niemand war immun.

Nicht die Elfen, die hier geboren wurden, und erst recht nicht die Fremden. Rebraal und die anderen Al-Arynaar tranken morgens und abends ein Gebräu aus gepressten Kräutern und Blüten. Es sorgte dafür, dass die Krankheiten nicht zum Ausbruch kamen, tötete die unter die Haut gelegten Eier ab und linderte den Juckreiz. Doch die Angriffe der Insekten waren nicht aufzuhalten. Der Regenwald und alles, was in ihm lebte, waren die Waffen der Al-Arynaar. Rebraal war entschlossen, sie einzusetzen, wenn er konnte.

Anhand des Temperaturanstiegs schätzte Rebraal, dass er zwei Stunden gelaufen war, ehe er brennendes Holz roch. Er hatte nichts gehört, und der Geruch war nicht stark, nur ein flüchtiger Eindruck im trägen Lufthauch. Dennoch lauschte er jetzt angestrengt. Er hatte keine klare Vorstellung, was ihn erwartete, es wäre jedoch gefährlich anzunehmen, die Besatzung des Lagers müsse ebenso unfähig sein wie die Vorhut.

Er hörte nichts Ungewöhnliches. Der Regenwald war erwacht. Vögel kreischten, die Äste knackten, wenn Affen und Eidechsen in den Baumwipfeln wanderten, im Unterholz wimmelte es von Nagetieren, Spinnen, Insekten und Reptilien. Es summte und surrte in der Luft. Alles war, wie es sein sollte, abgesehen vom Brandgeruch, den der Wind herantrug. Er lief weiter, bewegte sich fast lautlos auf dem Weg, und lauschte angestrengt, um die Geräusche aufzufangen, die er früher oder später hören musste.

Es sollte noch einmal zwei Stunden dauern, bis er sie endlich wahrnehmen konnte. Stimmen drangen durch die dichten Pflanzen, das Knacken eines brennenden Zweiges, das Flappen einer Zeltplane. Er bedauerte jeden, der beschlossen hatte, auf dem Boden zu schlafen.

Die meisten Tiere, die dort herumkrochen oder krabbelten, waren mehr oder weniger giftig. So etwas Dummes aber auch.

Auf den letzten dreihundert Schritten verließ er den Weg, blieb aber nahe genug, um ihn überblicken zu können. Die Fremden hatten zwei Wächter aufgestellt, die jedoch ängstlich waren und sich bei jedem Geräusch, ob real oder eingebildet, nervös umsahen. Beinahe hätte er gelacht, doch er wollte sie nicht erschrecken und verscheuchen. Sollten sie sich ruhig weiter an den Beinen kratzen und hilflos nach den Insekten schlagen, die um ihre Köpfe summten. Er ging weiter.

Näher am Lager wurde er noch langsamer und runzelte die Stirn. Die Stimmen, meist unwirsch und unglücklich, waren lauter, als er es erwartet hatte, und das Licht vor ihm war hell, als hätten die Eindringlinge eine große Lichtung gefunden oder freigeschlagen. Der Geruch von brennendem Holz war jetzt stärker, und er konnte Rauchfahnen unter dem Blätterdach vorbeiwehen sehen. Der Wald war hier leiser, denn die Anwesenheit von Fremden ängstigte die wilden Tiere, und der Rauch dämpfte die gefräßige Begeisterung der Insektenschwärme.

Er schob sich durch ein hüfthohes Meer riesiger Farnwedel. Die Stängel waren klebrig vor Saft. Gebückt arbeitete er sich weiter vor, den Blick auf das Licht vor ihm gerichtet. Er schob einen Vorhang aus Efeu zur Seite, der von den Ästen eines Balsabaumes herunterhing, lehnte sich an den Stamm und spähte ins Lager.

Es verschlug ihm den Atem. Dies war kein Überfallkommando, es glich schon eher einer gut organisierten Invasion. Er ließ den Blick über die von Menschen geschlagene Lichtung wandern, die gut und gern dreihundert Fuß breit war, und zählte die Eindringlinge, die sich zwischen den ordentlich um ein Dutzend Lagerfeuer gruppierten Zelten bewegten.

Krieger, Magier und Bogenschützen. Es mussten hundertfünfzig Fremde sein, vielleicht sogar mehr.

Rebraal wich in die beruhigende Umarmung des Waldes zurück. Das Herz schlug wie wild in seiner Brust und pochte so laut, dass er fürchtete, es könne ihn verraten. Tausend Fragen, Möglichkeiten und erschreckende Visionen schossen ihm durch den Kopf. In weniger als einem Tag würden diese Männer sich wundern, wo ihre toten Fährtensucher geblieben waren. Dann würden sie kommen. Langsam vielleicht, aber mit großer Macht.

In Aryndeneth hatte Rebraal zehn Al-Arynaar. Meru war fort, um Alarm zu schlagen. Es war zu spät. Was auch kommen mochte, die wenigen Leute am Tempel mussten sich der Gefahr stellen und sie allein bekämpfen.

Bevor er sich noch einmal nach vorne schob, um sich alles genau einzuprägen, schickte Rebraal ein inbrünstiges Gebet an Yniss und bat um ein Wunder. Denn sie brauchten so sicher ein Wunder, wie die heiße Sonne auf den Regen folgte.

Erienne sah ohne große Anteilnahme zu, wie der Drache oben am Berghang landete, wo der zweite Kaan mit Hirad saß und sich aufführte, als wäre er der Herr von allem, was er überblickte. Wenn es nach ihr ging, konnten sie alles haben. Es war ein Königreich von Verrätern.

Die ganze Zeit summte sie Lyannas Lieblingslied und streichelte die Erde, unter der ihre Tochter lag. Sie drehte sich wieder um. Das Grab sah heute besonders schön aus mit den strahlenden roten, gelben und purpurnen Blumen. Lyanna schenkte ihre Energie der Erde. Ihre unauslöschliche Lebenskraft würde diese Stelle für immer segnen.

Links und rechts erstreckten sich die Terrassen, die in den sanften Hang des Hügels geschnitten worden waren. Erienne betrachtete die Bögen, Statuen, Säulen und Grüfte, die schönen Steingärten und die perfekt gestutzten Bäume. Sie öffnete ihren Geist für die tiefe, alte Aura der magischen Kraft.

Es war ganz richtig, dass Lyanna hier begraben lag, zwischen den vor langer Zeit verstorbenen Al-Drechar, den Hütern der Einen Magie. Lyanna hätte die erste Vertreterin einer neuen Generation werden sollen, wäre die Vergangenheit nicht von den letzten vier Al-Drechar verraten worden, die noch am Leben gewesen waren, als Erienne auf Herendeneth eingetroffen war.

Erienne war mit so großen Hoffnungen hierher gekommen. Sie hatte gehofft, Lyanna könne dazu ausgebildet werden, die in ihr erwachenden Kräfte zu akzeptieren. Die Kollegien mussten doch verstehen, dass ihr kleines Mädchen keines Kollegs Sklavin sein konnte. Dass man sie in Ruhe bei ihren Lehrerinnen lernen lassen musste, damit sie ihr Potenzial entwickeln und, noch wichtiger, damit sie überleben konnte.

Doch die Kollegien gierten nach Lyannas Macht, und wenn sie die nicht bekommen konnten, dann musste das Mädchen getötet werden. Dordover, Eriennes eigenes Kolleg, hatte sich mit den Hexenjägern verbündet, um sie und Lyanna zu finden und umzubringen. Xetesk hatte ihr Unterstützung versprochen, doch die Motive hatten wenig mit Eriennes Wünschen und viel mehr mit der Gier nach Macht und Wissen zu tun gehabt.

Schließlich, als der Sieg zum Greifen nahe war, als der Rabe beinahe schon triumphiert hatte, war ihr das wunderschöne, tanzende kleine Kind durch den allerschlimmsten Verrat weggenommen worden. Die Al-Drechar, ausgerechnet sie, hatten beschlossen, dass Lyanna sterben musste. Sie waren zu der Ansicht gelangt, dass Lyannas kleiner Körper die Eine Magie nicht aufnehmen konnte, die in ihm wuchs. Sie hatten beschlossen, dieses Wesen, das unabhängig von ihrer Tochter existierte, in Eriennes Geist zu verpflanzen und das Kind zu töten.

Erienne blickte zu den Trümmern des Hauses hinüber. Zwei Al-Drechar lebten noch. Elfenhexen, die eigentlich tot sein sollten, die jetzt aber vom Raben beschützt wurden. Sie wusste, warum, und manchmal gestand sie sich sogar ein, dass es richtig war, doch sie hasste alle dafür.

Plötzlich bekam sie starke Schuldgefühle und brach mitten im Lied ab. Tränen sammelten sich in ihren Augen. Niemanden hasste sie mehr als sich selbst. Schließlich war alles, was sich ereignet hatte, eine unmittelbare Folge ihrer eigenen Wünsche gewesen. Bei den Göttern, sie hatte damals sogar mit Denser geschlafen, um ein Kind zu empfangen, das vielleicht das Potenzial hatte, die Eine Magie zu entwickeln.

Alles war nach Plan verlaufen, doch das Eine hatte sich als zu stark erwiesen, als zu chaotisch. Man konnte es nicht kontrollieren. In Dordover hatte man den Fehler begangen, die Magie in einem Bewusstsein zu erwecken, das zu jung war, dass es damit umgehen konnte. Deshalb war Erienne nach Herendeneth geflohen. Doch ihre eigene Sünde wog noch viel schwerer. Viel zu lange hatte sie die Tatsache ignoriert, dass sie es nicht nur mit dem Erwachen einer uralten magischen Begabung zu tun hatte, sondern auch mit einem kleinen Mädchen. Sie hatte wie gebannt auf Lyannas Potenzial geschaut und vergessen, dass sie ein Kind vor sich hatte. Niemand, nicht einmal ihre Mutter, hatte Lyanna die Chance gegeben, sich frei zu entscheiden.

Erienne brach weinend zusammen, sie schlug die Hände vors Gesicht und wiegte sich in ihrem Kummer hin und her. Hass und Liebe durchfluteten sie und zerstörten jeden zusammenhängenden Gedanken. Bilder von Lyanna, die durch den Obstgarten sprang, überlagerten jene von ihrem winzigen, bläulich verfärbten Körper, der reglos auf dem Küchenboden lag. Sie hörte Lyanna in ihrem Kopf, hörte ihr Lachen und ihre unschuldigen Fragen. Sie konnte den Körper ihres Kindes riechen, sauber nach einem Bad, und die Liebe in den wundervollen Augen sehen, die bedingungslos vertrauend strahlten. Verraten.

Sie atmete schwer und schluchzte, ihre Lippen bebten, und ihre Kehle wurde eng vor Kummer. Nichts konnte Lyanna zurückbringen. Nichts konnte die Qualen heilen, die Sehnsucht und den Verlust. Eriennes einziger Trost war, dass Lyanna nun bei ihren ermordeten Söhnen war. Ihre wundervollen Zwillinge, vor langer Zeit gestorben, aber nie vergessen. Wenigstens war Lyanna nicht allein.

Erienne spürte eine Hand auf ihrer Schulter. Denser hockte sich schweigend neben sie.

»Geh weg«, zischte sie.

»Nein, Liebste«, sagte er leise, aber entschlossen. »Lehn dich an.«

»Du kannst mir nicht helfen«, sagte sie. Jeden Tag war es das Gleiche. Die Worte waren anders, aber die Bedeutung änderte sich nicht. »Lass uns in Ruhe.«

»Nein, das werde ich nicht tun«, beharrte Denser. »Ich habe versprochen, dich nie zu verlassen. Lass mich ein in das, was dich bewegt. Versuche es.«

Erienne schüttelte den Kopf. Sie war zu müde, um zu widersprechen. Wenigstens hatte sein Erscheinen für den

Moment den Tränenfluss aufgehalten. Sie wischte sich mit dem Handrücken das Gesicht ab und nahm das saubere Tuch entgegen, das Denser ihr in die linke Hand drückte, um sich auch die Augen zu trocknen.

»Danke«, sagte sie.

»Gern geschehen«, erwiderte er. »Ich bin immer da, wenn du mich brauchst.«

Denser rückte etwas näher an sie heran und legte den Arm um ihre Schultern. Erienne verkrampfte sich, sie wollte ihn wegstoßen, doch sie konnte nicht. Sie hasste ihn, weil er sich weigerte, die Al-Drechar genauso unerbittlich zu verurteilen wie sie selbst, doch sie liebte ihn für seine unerschütterliche Kraft. So saßen sie schweigend beisammen und starrten das Blumenbeet an, das sanft vom warmen Wind gezaust wurde.

Es gab nichts zu sagen. Eines Tages würde sie vielleicht auch seinen Kummer anerkennen. Doch im Augenblick konnte sie nicht einmal ihren eigenen bewältigen.

Es pochte in ihrem Kopf. Wie jeden Tag versuchte sich das Eine durchzusetzen und wollte Einfluss auf ihr Bewusstsein nehmen. Doch es war nicht stark genug, und sie lächelte zufrieden, weil es sie nicht so beherrschen konnte, wie es, von ihnen allen gebilligt, Lyanna beherrscht und dann vernichtet hatte.

Erienne wusste, dass diese Kraft nicht intelligent war, es war nur ihr Unterbewusstsein, das mit dieser Macht in Berührung gekommen war, die sie zu gleichen Teilen verlockend und abscheulich fand. Sie stellte sich vor, sie litte an einer Krankheit, an einer Art Krebs, die sie nicht zerstören, sondern nur unterdrücken und ihrem Willen unterwerfen konnte. Sie wusste, dass sie sich, wenn sie ihre Barrieren fallen ließ, einer Macht öffnen würde, die sie vielleicht nicht mehr kontrollieren konnte. Und sie wusste, dass sie, wenn sie es tat, mit den Al-Drechar reden musste, weil sie ohne deren Hilfe nur ihren eigenen Untergang beschleunigen würde.

Es hatte Phasen gegeben, in denen sie den Tod einem Leben ohne Lyanna vorgezogen hätte. Irgendetwas in ihr hatte sie davon abgehalten, sich das Leben zu nehmen. Tief in ihrem Innern glaubte sie an das Eine. Sie konnte sich nur noch nicht mit dem Gedanken anfreunden, dass sie selbst jetzt die letzte Hoffnung dieser Kraft war. Eines Tages würde sie es akzeptieren müssen. Doch dies würde zu ihren eigenen Bedingungen geschehen. Keine Elfenhexe und kein xeteskianischer Magier konnte sie unter Druck setzen.

In ihr schlummerte die lebendige Kraft des Einen. Sie sollte nicht dort sein, aber sie war da. Und diese Kraft erinnerte sie jede Sekunde eines jeden Tages daran, dass Lyanna geopfert worden war, damit sich das Eine in ihr ansiedeln konnte. Wie so vieles andere hasste und liebte sie diese Kraft mit gleicher Inbrunst. Momentan, und vielleicht sogar für immer, behielt der Hass jedoch die Oberhand.

Die Verwirrung verstärkte noch das Pochen in ihrem Kopf.

Sie drehte sich zu Denser um. Sein Bart war gestutzt, das schwarze Haar sauber und kurz geschnitten, Wangenknochen und Kinn waren markant und sehr attraktiv. Er betrachtete das Blumenbeet auf dem Grab, Tränen rannen zu beiden Seiten seiner Hakennase über sein Gesicht.

Einen Herzschlag lang wollte sie seine Tränen wegküssen. Doch in diesem Augenblick überkam sie wieder der Kummer, und sie verkroch sich abermals in ihrem Albtraum.

Viertes Kapitel

Rebraal kehrte nach zwei starken Regengüssen zum Tempel zurück. Auf jeden Schauer war dampfende Hitze gefolgt, sobald die Sonne sich wieder durch die Wolken drängte. Er konnte sich vorstellen, wie die Fremden in Deckung gingen, sobald Tropfen fielen, die so groß waren wie sein Daumen, und alle Feuer löschten, auf die Zeltplanen trommelten und durch jede lockere Naht und jeden Saum einen Weg fanden.

Der Anführer der Al-Arynaar hatte unterdessen den besten Schutz gesucht, den er finden konnte, und sich unter die breiten grünen Blätter der Bäume zurückgezogen. Dort hatte er den Geräuschen des Regens im Wald gelauscht. Kleine Tiere huschten in ihre Baue und Löcher, Wasser spritzte auf Blätter und Zweige, Pflanzen stimmten raschelnd in die Harmonie ein.

Regen war etwas, das man genießen und nicht ertragen musste. Er erfrischte die Luft und vertrieb die Insekten. Er schenkte der ganzen Welt das Leben. Die Tropfen rannen warm über seine Haut und kühlten ihn ein wenig ab. Rebraal liebte den Regen.

Später, als er auf dem überwucherten Vorplatz vor dem Tempel stand, rief Rebraal die Al-Arynaar zu sich. Es war ein Ruf zu den Waffen, der bei ihnen allen Furcht auslöste und dennoch auf Entschlossenheit stieß. Er hatte sich gefragt, ob der Ruf – in Wirklichkeit ein Lied, das in einer alten und schon lange untergegangenen Sprache weit durch den Wald hallte – wirklich notwendig war. Doch die Bedrohung war so groß, dass nicht einmal das Lied Deneth-barine sie wirklich beschreiben konnte.

Nachdem Mercuun aufgebrochen war, um Alarm zu schlagen, hatte Rebraal, als es rasch dunkelte und der Tag sich unter einer dichten Wolkendecke dem Ende neigte, nur noch acht Kämpfer vor sich. Zwei waren Magier, Krieger die anderen sechs. Ihre Gesichter verrieten, dass ihnen der Ernst der Lage bewusst war. Jetzt musste er ihnen die Situation erklären.

Eine erwartungsvolle, ängstliche Spannung lag in der Luft. Keiner von ihnen hatte das Lied jemals zu Lebzeiten gehört, und auch in den beiden vorherigen Generationen war es nie erklungen. Sie versammelten sich in lockerer Formation um Rebraal, als die Vögel in der Dämmerung ihr Abendkonzert begannen und die Zikaden darin einstimmten.

»Das Lager der Fremden liegt einen halben Tagesmarsch entfernt im Norden. Der Weg, den sie geschlagen haben, führte mich direkt zum Lager.« Er hielt inne und ließ ihnen Zeit, das Gehörte zu verarbeiten. »Die hier versammelten Al-Arynaar sehen sich einer mindestens zehnfachen Übermacht gegenüber. Wir werden all unsere Listigkeit und den Segen von Yniss brauchen, um zu überleben.«

Rebraal ließ seine Worte wirken. Er sah Angst, was verständlich war, aber keine Verzweiflung. Er hatte es auch nicht erwartet.

»Wie lange brauchen sie, bis sie hier eintreffen?«, fragte Caran'herc. Sie hatte überdurchschnittlich gute Augen und war eine hervorragende Bogenschützin. Ihr Haar war der Bequemlichkeit halber kurz geschnitten, und ihr Gesicht war schmal und nicht wirklich schön zu nennen, doch ihre durchdringenden dunkelblauen Augen leuchteten bezaubernd in ihrem Gesicht.

»Nach dem Stand der Sonne zu urteilen, habe ich das Lager vor vier Stunden verlassen«, sagte Rebraal. »Zu diesem Zeitpunkt hatten sie noch keine Vorbereitungen getroffen. Sie werden ihre Toten bald vermissen, aber der Regen könnte sie noch etwas aufhalten. Ich schätze, dass sie noch vor dem morgigen Abend unruhig werden und hier eintreffen, um uns anzugreifen.«

»Mercuun wird frühestens übermorgen zurückkehren«, sagte Sheth'erei, eine nachdenkliche, stille Magierin. Sie nagte an der schmalen Unterlippe, ihre Wangen waren rosa gefärbt, und sie hatte sich eine leichte Haube über den Kopf gelegt, um sich vor den nächtlichen Insekten zu schützen.

Rebraal nickte. »Ja, Sheth. Wir müssen davon ausgehen, dass wir auf uns allein gestellt sind.«

Sie nahmen es auf und dachten über die Gefahren und ihre Möglichkeiten nach. Der Wald war ihr stärkster Verbündeter, doch trotz all seiner Kräfte mussten die vielfach überlegenen Gegner letzten Endes siegreich bleiben. Es sei denn, die wenigen Verteidiger bereiteten sich vor.

»Sheth, Erin. Wir müssen in der Umgebung Abwehrzauber einrichten. Ebenso an den Türen des Tempels. Wenn das erledigt ist, prägt ihr euch alle die Positionen ein.« Er fasste die beiden Magier ins Auge. »Es liegt an euch, es uns zu sagen, wann wir nicht mehr im Inneren beten können. Wir Übrigen öffnen die Pfahlgruben und machen die Fallen scharf. Setzt die Tarndecken und die Plattformen der Bogenschützen instand, reibt die Bretter ab und überprüft die Befestigungen, damit sie keine Geräusche machen. Überprüft alle Pfeilspitzen und alle Schäfte auf Mängel und vergewissert euch, dass das Gift nicht alt und unwirksam geworden ist. Schärft alle Klingen eurer Waffen. Räumt euer Sichtfeld frei, bindet die Netze fest. Hinterlasst keine Spuren auf dem Boden. Wenn das erledigt ist, legen wir unsere Positionen fest.

Aber zuerst wollen wir beten.«

Rebraal führte sie in den Tempel.

Der Unbekannte Krieger marschierte durch den Eingang des Hauses und nickte Aeb zu, der dort Wache hielt. Auch der Protektor nickte.

»Die Küche ist noch der am besten bewohnbare Bereich«, sagte er auf eine entsprechende Frage des Unbekannten.

Der Rabenkrieger lächelte. »Und wie sieht der Rest des Hauses aus?«

»Nicht mehr einsturzgefährdet. Wir haben über einigen Schlafzimmern das Dach repariert, doch uns fehlt das Werkzeug.«

»Jetzt nicht mehr. Und Verstärkung bekommt ihr auch.«

»Einhundert meiner Brüder sind eine sehr willkommene Verstärkung«, erklärte Aeb.

»Einhundert?«, fragte Hirad.

»Später«, antwortete der Unbekannte. Er wandte sich wieder an Aeb. »Wir machen später eine Runde durchs

Haus und legen die Prioritäten fest. Ich bin mit meiner Familie in der Küche.«

Aeb nickte noch einmal. »Ich sage unseren Brüdern dort, dass sie die Küche verlassen sollen.«

»Danke.«

Der Unbekannte wies Diera den Weg und führte sie zur Küche, die sich im hinteren Teil des Hauses befand. Es war eine Wanderung, die er nicht genoss.

Direkt gegenüber dem verrammelten Vordereingang mit den zerschlagenen, aber inzwischen reparierten Türen lag der ehemalige, aus Holz und Glas konstruierte Durchgang zum Obstgarten, dem jetzt zerstörten Zentrum des Hauses. Der Unbekannte blieb stehen und blickte hinüber, und die Bilder von der Schlacht erwachten mit beunruhigender Klarheit zum Leben.

Er sah wieder den Obstgarten brennen, nachdem dordovanische Magier ihn mit Feuerkugeln bombardiert hatten. Er sah die Gestalten von Magiern, die auf Schattenschwingen in den brennenden Garten flogen. Er hörte das Geräusch der Sprüche, die aufs Dach niedergingen. Blutspritzer im Gesicht. Bei den Göttern, der Rabe hatte tapfer gegen eine gewaltige Überzahl gekämpft.

Der Unbekannte legte sich eine Hand auf die Stirn und spürte einen Schweißfilm. Seine Hüfte tat weh, als er sich an den verzweifelten Lauf durch den Flur zum Ballsaal und zur Küche erinnerte. Es war ein stechender, starker Schmerz.

Wieder hatte er den Geruch von Asche und Angst in der Nase. Sterbende Protektoren, getötet von genau gezielten magischen Entladungen. Densers hektische Versuche, sie vor Armbrustfeuer von hinten abzuschirmen, Hirads Brüllen und sein Schwert, das in dordovanisches Fleisch eindrang. Und wie schon so oft sah er vor dem inneren Auge einen Protektor, der Lyanna mit dem eigenen Körper vor einem Eiswind beschützte. Ilkars Schwert, das sich um sich selbst drehte und durch die Luft flog. Das Blut, das aus der Nase des Magiers strömte. Auch Selik sah er, der über der hingestreckten Erienne stand, als Hirad auf ihn losging. Und am Ende Darrick und Ren, die sie alle retteten, obwohl sie hätten sterben sollen.

Alle bis auf Lyanna. Den Kummer, dass es so verkehrt ausgegangen war, konnte er nie überwinden. Denn gerade sie hätte überleben sollen, und am Ende war sie die Einzige, die sterben musste. Trotz aller Verteidigung. Obwohl sie bis zum Umfallen gekämpft hatten. Obwohl sie an ihren Sieg geglaubt hatten, hatte der Rabe Lyanna nicht retten können.

Nichts hätte sie retten können. Er lehnte sich schwach an den Türrahmen.

»He, hast du dich gerade in deinen Erinnerungen verloren?«, fragte Diera. Sie hakte sich mit dem freien Arm bei ihm unter.

Zusammen gingen sie durch den langen Flur, von dem aus sie den Obstgarten überblicken konnten, zum Bankettsaal. Auf der anderen Seite lag eine immer wieder von Türen unterbrochene Wand.

»Irgendwie schon«, sagte er. »Man kann nicht verhindern, dass einen die Erinnerungen einholen.«

»Hast du hier gekämpft?«, fragte Diera.

Der Unbekannte schaute auf sie herab, während sie weitergingen.

Hirad hielt höflich Abstand.

Sie sah sich um, als wollte sie versuchen, sich die Ereignisse vorzustellen. Jonas hatte sich an ihre Schulter gekuschelt und war fast eingeschlafen.

»Den ganzen Weg von der Vordertür bis zur Küche.

Wir sind allerdings nicht weggerannt.« Er versuchte zu lächeln, doch sie schauderte.

»Es muss schrecklich gewesen sein«, flüsterte sie.

»Ich dachte, wir müssten alle sterben«, sagte er.

Diera schmiegte sich an ihn, und er drückte ihre Schulter.

»Es holt dich ein, was?«, sagte Hirad und schloss zu ihm auf.

»Das kann man wohl sagen«, entgegnete er.

»Es verblasst, aber es verschwindet nie ganz«, stimmte der Barbar zu.

»Komm schon«, sagte der Unbekannte. »Lass uns den Raben zusammenrufen. Über mein Seelenleben kann ich mir später noch Gedanken machen.«

Rebraal führte die Al-Arynaar in die Kuppel von Aryndeneth, und sogleich erfüllte ihn die Majestät des Tempels. Wie alle seine Gefährten spürte er die pulsierende, lebendige Harmonie. Süß und beruhigend fegte sie das Gefühl der Bedrohung hinweg, die draußen lauerte, und schenkte ihm die Sicherheit des Ewigen. Sie stärkte seinen Glauben und flößte seinem Bewusstsein jene Entschlossenheit ein, welche die Al-Arynaar von allen anderen unterschied.

Er atmete tief ein und ging weiter in die große kühle Kuppel hinein, weiter zur prächtigen Statue und dem wundervollen Wasserbecken. Rebraal konnte immer noch nicht richtig glauben, dass Aryndeneth und alles, was der Tempel barg, bereits vor fünf Jahrtausenden erbaut worden waren.

Hinter der Schwelle war der Boden mit einem Muster aus Marmor- und Steinfliesen ausgelegt, deren vielfarbige Flächen zu genau vorbestimmten Tageszeiten von der

Sonne berührt wurden. Darin spiegelte sich das Licht, damit die Götter des Waldes und des Landes, der Luft und des Mana und der Harmonie angebetet werden konnten. Sitzplätze gab es in der Hauptkuppel keine, allerdings waren in den Ecken des Tempels Meditationszellen eingerichtet, in denen Steinbänke und Kerzenständer auf Besucher warteten. Weiter hinten führte ein Durchgang zu weiteren Kammern, die auf beiden Seiten lagen. Diese Türen öffneten sich nur zu bestimmten Tages- oder Jahreszeiten. Die Kuppel selbst war ein Ort der stillen Verehrung, wo man die Hände auf den Boden legte, um den Göttern im Gebet nahe zu sein.

Zwischen den präzise gesetzten Fenstern waren die Wände und das Kuppeldach mit komplizierten Wandmalereien geschmückt. Sie beschrieben den Aufstieg von Yniss und die Prüfungen des Elfenvolks, während es seine Langlebigkeit und das Recht erworben hatte, in diesem Land zu leben. Lebhafte Farben zeichneten die Geschichte von Calaius nach. Das Zentrum des Kuppeldachs wurde von einer umfassenden Darstellung der Dimension von Balaia eingenommen, in deren Zentrum sich Calaius befand. Vom Südkontinent strahlten die Kraftlinien aus, die im Glauben der Elfen das Land und das Meer miteinander verbanden. Diese Linien schenkten den Elfen überall auf der Welt das Gefühl, ihre Heimat und ihren Ursprung an einem ganz bestimmten Ort zu haben. In Aryndeneth.

So schön die Wandmalereien, die Karten und die Verzierungen auch waren, sie waren nichts im Vergleich zu dem Objekt, das den Tempel dominierte. Im Zentrum der Kuppel von Aryndeneth erhob sich eine siebzig Fuß hohe Statue.

Es war die Statue des Gottes Yniss, den die Elfen als Vater ihres Volkes anbeteten. Er hatte den Elfen das große Geschenk gemacht, im Einklang mit dem Land und seinen Bewohnern, mit der Luft und mit dem Mana leben zu dürfen. Rebraal blickte zur Statue, die aus einem einzigen Block eines polierten, hellen geäderten Steins geschlagen war.

Yniss hockte auf einem Knie und schaute an seinem rechten Arm entlang. Der Arm ruhte auf dem zweiten Knie, und die Hand lag tiefer als das Knie. Daumen und Zeigefinger standen im rechten Winkel von den übrigen, halb zur Faust geballten Fingern ab. Alle Details der Statue waren fein gearbeitet. Yniss wurde als alter Elf gezeigt; um die Augen und auf der Stirn waren einige Falten angedeutet. Das lange, volle Haar und der Bart waren dargestellt, als würden sie vom Wind über die rechte Schulter geweht.

Romantischer Idealismus hatte die Bildhauer veranlasst, den Körper des Gottes muskulös und mit perfekten Formen zu modellieren. Hier und dort sah man eine Falte, die sein Alter verriet, doch insgesamt hatte die Gottheit den Körper eines Athleten. Eine Art Toga bedeckte nur einen Teil des Bauchs und seinen Schritt, an den Füßen trug er Sandalen. Die kräftigen Schultern, die erstaunlich wohl geformten Arme und die mächtigen Beine blieben frei.

Es gab keine Farben außer den natürlichen Farben des Marmors, doch Rebraal musste immer die schrägen, ovalen Augen anstarren. Die starke Linienführung, der kluge Einsatz der Lichtverhältnisse und Schatten im Tempel erweckten den Eindruck, als schimmerten sie vor Lebenskraft.

Die Majestät der Statue war nur der äußere Ausdruck ihres wahren Zwecks. Die Schriften sagten, Yniss sei zu diesem Ort gekommen, um der Welt das Leben zu schenken und die Harmonie einzurichten, aus der die Elfen hervorgingen. Er gab ihnen ihr langes Leben und zeigte ihnen die Schönheit des Waldes und der Erde. Yniss ließ seine Lebensenergie durch den Zeigefinger und den Daumen in das Becken der Harmonie strömen, von wo aus sie sich in das ganze Land ausbreitete und alles erstrahlen ließ, was sie berührte. Die Schriften erklärten den späteren Bildhauern, warum Yniss' Hand gerade auf diese Weise dargestellt werden musste, denn die präzise Wiedergabe sollte dafür sorgen, dass der Fluss der Lebensenergie auf ewig ungebrochen blieb. Röhren, die im Daumen und Zeigefinger der Statue verborgen waren, leiteten Wasser aus einer unterirdischen Quelle ins Becken unter der ausgestreckten Hand der Statue.

Rebraal glaubte, es sei die Harmonie, die ihn am Leben hielt, auch wenn die Schriften über die Konsequenzen einer Störung keine klare Auskunft gaben, abgesehen davon, dass diese katastrophal wäre. Vielleicht würden die Wälder verdorren, oder die Elfen würden sterben. Es spielte keine große Rolle. Solange die Al-Arynaar lebten, würde niemand die Harmonie stören, weder versehentlich noch mit Vorsatz.

Rebraal kniete sich vor die Statue und vor das dreißig Fuß breite, halbmondförmige und süß duftende Becken, in dem das Wasser der Lebensenergie aufgefangen wurde. Er legte die Hände fest auf den Steinboden und neigte den Kopf, bis er die kühlen Fliesen mit der Stirn berührte. Dann hob er den Kopf wieder, sah Yniss in die Augen und betete noch einmal um ein Wunder.

Selik, der Kommandant der Schwarzen Schwingen, hatte nach dem Tod von Lyanna, Eriennes abscheulicher Brut, einen großen Teil Balaias bereist. Er hatte gesehen, was die schmutzige Magie des Kindes seinem Land angetan hatte. Er hatte zerstörte Städte und Dörfer gesehen, verwüstete Felder und die Leichen von Vieh, das auf platt gedrückten Weiden verendet war und verweste. Er hatte entwurzelte Wälder gesehen, Flüsse, die Ebenen überschwemmt hatten, und Seen, die auf die doppelte Größe angeschwollen waren, in denen viele Menschen ertrunken waren. Und er hatte die Stellen gesehen, wo die Erde sich geöffnet und das Land verschluckt hatte. Große Narben waren dort in der Landschaft zurückgeblieben, aus denen Siechtum und Tod kamen.

Schlimmer als die verwüsteten Landschaften war das Leiden in den Städten und Dörfern, wo noch Menschen lebten, die nicht wussten, wohin sie fliehen sollten. Korinas einstige Pracht war geschwunden, und die Hauptstadt war heruntergekommen. Aus der Umgebung kamen keine landwirtschaftlichen Produkte mehr herein, es gab so gut wie keine Vorräte an Getreide, und die Bevölkerung hing von dem ab, was die Fischereiflotte an Land brachte, die sich allerdings in einem erbärmlichen Zustand befand. Weniger als dreißig seetüchtige Schiffe waren noch vorhanden, die anderen lagen als Wracks an den zerstörten Kaianlagen. Korinas Bevölkerung zählte mehr als eine Viertelmillion Menschen, und selbst nachdem viele Einwohner in die Städte im Landesinneren geflohen waren, stand man dort noch auf verlorenem Posten.

Die Bevölkerung hatte einen strengen Winter überlebt, war jetzt aber dem Verhungern nahe. Stürme und Überschwemmungen gab es nicht mehr, doch ihre Hinterlassenschaft, Ratten und Krankheiten, machten der Stadt zu schaffen. Selik war klar, dass es in ganz Balaia ähnlich aussah. Vier Ausnahmen gab es: Xetesk, Dordover, Lystern und Julatsa.

Magie. Travers, sein ehemaliger Anführer, der die Schwarzen Schwingen aufgebaut hatte, die er jetzt selbst befehligte, hatte völlig Recht gehabt. Oberflächlich betrachtet konnte die Magie etwas Gutes bewirken, doch in Wirklichkeit zerstörte sie das natürliche Gleichgewicht. Und wo sie außer Kontrolle geriet, litten und starben die Menschen. Wie geschwächt Balaia jetzt war – und wie blind so viele gegenüber den Ursachen waren! Doch die Magie hatte schon immer die Macht besessen, Katastrophen auszulösen, und jetzt konnte niemand mehr vor dieser Tatsache die Augen verschließen. Das böse Kind hatte mit seiner ungezügelten Magie einen ganzen Kontinent heimgesucht und Unschuldige getroffen, die jetzt die Konsequenzen zu tragen hatten.

Wo waren die Magier jetzt? Sie waren schuldig, einfach weil sie Magier waren, und hatten sich in die Sicherheit ihrer Kollegstädte zurückgezogen, wo sie sich versteckten, Fett ansetzten und einen Krieg vorbereiteten. Die ganze Zeit über mussten diejenigen, um die sie sich angeblich sorgten, verhungern. Kein Wunder, dass die Bevölkerung sich gegen die Magier wandte. Selbst dort, wo noch Magier lebten, waren die Schäden zu groß. Sie konnten nicht mehr helfen, und ihre Bemühungen entsprangen ohnehin nur ihren Schuldgefühlen und nicht etwa echter Anteilnahme.

Sie hatten ihr wahres Gesicht gezeigt. Die Magie war nicht stark, sie war eine Kraft des Opportunismus, sie richtete sich gegen die Schwachen und zwang sie zum Gehorsam. Nun, die Sache sah jetzt ganz anders aus. Die Schwachen würden lernen, sich selbst zu helfen, und der Magie nicht erlauben, jemals wieder eine Rolle in ihrem Leben zu spielen. So bald wie möglich würden sie gänzlich ohne Magie leben.

Es würde kein einfacher Weg. Balaia musste eine neue Kraft und eine neue Ordnung finden. Eine Ordnung, in der die Schurken aus den Kollegien gemieden und verachtet wurden. Nie wieder sollten die Anwender der Magie über das Gleichgewicht der Macht entscheiden dürfen.

Selik hatte alles gesehen, was er sehen musste. Seine Anhänger verbreiteten Zwietracht und Gerüchte und bereiteten den Boden. Der reine Weg. Der gerechte Weg. Sobald die Mehrheit der Bevölkerung hinter ihm stand, konnte er einen Vorstoß wagen und das Herz des Übels treffen, das Balaia schon so lange plagte. Er würde sie zerschmettern, ihre Kollegien und ihre Türme, und das Volk befreien.

Selik lächelte, was in seinem von der Magie zerstörten Gesicht wie ein höhnisches Grinsen aussah. Seine Zeit war gekommen. Die Magier hatten sich selbst den Todesstoß versetzt, den sie nicht überleben würden. Sie versteckten sich und leckten ihre Wunden, und unterdessen wuchs seine Macht. Was unter dem großen Travers als Versuch begonnen hatte, ein gewisses Maß an Kontrolle auszuüben, wollte Selik bis zum bitteren Ende bringen. Und wenn die Magie verschwunden war, dann wäre seine Macht die beherrschende, dafür würde er sorgen.

Er stieß seinem Pferd die Hacken in die Seiten und galoppierte los. Fünfzig seiner Männer folgten ihm. Erskan und die Dörfer in der Nähe waren die nächsten Ziele. Er hatte gehört, dass die Magier dort immer noch ihr übles Werk verrichteten. Es gab noch einige, die ihre Lektion nicht gelernt hatten.

Noch lange nachdem die anderen Al-Arynaar sich ihren Aufgaben zugewandt hatten, wartete Rebraal im Tempel.

Er übernahm die erste Kontemplation, und er hatte inbrünstig gebetet, die Andacht möge ihm neue Weisheit schenken.

Aryndeneth war kühl und still bis auf das Wasser der Harmonie, das ins halbmondförmige Becken strömte, bevor es seine Reise durch die Adern der Erde fortsetzte. Er versenkte sich in dieses Geräusch, bis er nichts mehr wahrnahm außer unvergänglicher Schönheit.

Der Abend wurde von den Al-Arynaar verehrt, weil in ihm Land, Sonne und Himmel zusammenkamen. Rebraal spürte die Veränderung des Lichts auch durch die geschlossenen Lider. Er öffnete die Augen und betrachtete, noch kniend, das bernsteingelbe Glühen des abendlichen Sonnenlichts durch ein genau an die richtige Stelle gesetztes Buntglasfenster in der Basis der Kuppel.

Überall, wo das Licht auf die polierten Wände fiel, begannen Wandmalereien und Mosaike prächtig zu strahlen, um wieder im Schatten zu versinken, sobald das Licht weiterkroch. Er beobachtete und sah aus den Augenwinkeln das tanzende, funkelnde Wasser im Becken. Das Licht erreichte die Statue, ein Teil des diffusen Strahls fiel zwischen dem abgewinkelten linken Arm und dem Körper hindurch. Im hinteren Teil des Tempels knirschte Stein auf Stein, als eine Tür des Lernens sich öffnete.

Die Zeit war knapp. Sobald das Licht die Armbeuge passiert hatte, würde sich die Tür wieder schließen, und zwanzig Tage würden vergehen, ehe sie sich wieder öffnete.

Manche Türen öffneten sich täglich, doch dies hier war eine Gelegenheit, Studien zu betreiben, die nur selten möglich waren. Es war das Buch Shorth, das Buch der Gottheit mit den geschwinden Füßen. Der Hüter des Todes. Er bewachte das Gleichgewicht am Ende des Lebenszyklus. Er gab die Körper der Toten der Erde, ihren Atem dem Himmel und ihr Mana der Harmonie zurück. Rebraal hatte ihn bisher kaum studiert. Vielleicht konnte er genug lernen, um dafür sorgen zu können, dass dies nicht seine letzte Chance war.

Er schickte ein kurzes Dankgebet an Yniss, erhob sich und eilte leise an der Statue vorbei, den Blick auf die Dunkelheit im hinteren Teil des Tempels gerichtet. Zu seiner Linken führte eine Tür in eine kleine, mit Wandmalereien geschmückte Zelle, die vom warmen, bernsteinfarbenen Licht aus einem großen Fenster erhellt wurde. Ein einsamer Schreibtisch und ein Stuhl standen vor zwei Borden voller Texte. Einige waren bereits so alt, dass man sie kaum noch in die Hand zu nehmen wagte. Rebraal wählte ein schweres, in Leder gebundenes Buch aus und begann zu lesen.

Fünftes Kapitel

Als Ilkar am Abend in die Küche kam, in der es köstlich nach Suppe und frischem Brot roch, entsprach seine Reaktion dem, was der Unbekannte erwartet hatte. Die geschwungenen Augenbrauen zogen sich zusammen, die Lippen wurden schmal, die Wangen mit den markanten Knochen röteten sich, und die blattförmigen Ohren zuckten heftig. Seine Worte unterbrachen das müßige Tischgespräch der anderen Rabenkrieger.

»Ich habe einen wundervollen Tag hinter mir«, sagte er. »Ein strahlend blauer Himmel, warmes Wasser, eine Insel in der Nähe, zu der ich mit der Frau, die ich liebe, segeln konnte. Und dann wird die Vollkommenheit zerstört, kaum dass ich hierher zurückkomme, denn wie ich sehen muss, ist die Kontrolle über Herendeneth an Xetesk übergegangen. Möchte mir vielleicht jemand den Grund dafür nennen?« Er starrte den Unbekannten an. »Hallo, Unbekannter. Dich zu sehen, tut gut, was ich allerdings nicht über die anderen sagen kann, die mit dir gekommen sind.«

Er setzte sich.

»Ein beachtlicher Auftritt«, meinte Hirad.

»Keine schlechte Vorstellung«, stimmte Denser zu.

Erienne lächelte leicht, doch das Lächeln verschwand sofort wieder.

»Das ist überhaupt nicht witzig«, fauchte Ilkar. »Berichtige mich, falls ich mich irre, aber wir haben uns auf eine Forschungsmission mit sechs Teilnehmern geeinigt. Ich bin ja nicht der größte Mathematiker, aber ich denke doch, dass ich auf dem Weg durchs Haus erheblich mehr als sechs xeteskianische Magier gezählt habe. Ach ja, und ich glaube fast, auch das halbe Dutzend Protektoren, das heute Morgen noch hier war, hat sich inzwischen auf wundersame Weise vermehrt.«

Unter anderen Begleitumständen hätte der Unbekannte gelacht. Ilkars Sarkasmus war wie immer treffend und gekonnt vorgetragen, doch dies war nicht der richtige Augenblick.

»Es sind dreißig Magier und einhundert Protektoren. Sie sind hier, weil sie eine Invasion der Insel durch Dordover fürchten.«

Plötzlich herrschte tiefes Schweigen am Tisch. »Der Grund ist, dass Xetesk und Dordover jetzt Krieg gegeneinander führen. Es ist ein offener Konflikt, der bald ganz Balaia erfassen wird. Unsere Heimat, die jetzt schon halb verhungert und geschlagen ist.

Sie sind hier, weil sie das Spektrum der Dimensionsmagie erforschen wollen. Wir können sie nicht daran hindern, und wir können keine Forderungen stellen. Wir können allerdings etwas in Bezug auf Balaia tun. Morgen Nachmittag setzt die Flut früh ein, und diese Gelegenheit müssen wir nutzen.«

Die Suppenlöffel waren vergessen, das Brot lag unbeachtet daneben. Der Unbekannte hörte sie schnaufen –

die Krieger des Raben, vollzählig bis auf einen einzigen Abwesenden. Die Menschen, zu denen er ein unerschütterliches Vertrauen hatte. Er stellte sie jetzt gewiss auf eine harte Probe.

»Wir haben so lange für Balaia gekämpft. Für den Frieden – und um einen Ort zu schützen, an dem wir sicher und wohlbehalten alt werden können. Ich habe meine Frau und meinen Sohn hierher gebracht, weil ich fürchten musste, sie könnten verhungern oder durch Krankheit oder das Schwert sterben, wenn ich sie dort gelassen hätte. Wir dürfen es nicht weiterlaufen lassen wie bisher. Sonst wäre alles, was wir bisher getan haben, umsonst gewesen.«

»Aber ich dachte, der Friede sei ausgehandelt worden«, sagte Hirad.

»Du hast dich getäuscht«, erwiderte der Unbekannte. »Wir haben uns alle getäuscht. Es war wohl nur eine Frage der Zeit.«

Ry Darrick, der links neben dem Unbekannten saß, regte sich unbehaglich auf seinem Stuhl. Der ehemalige General aus Lystern war in Balaia wegen Fahnenflucht angeklagt worden, weil er auf Seiten des Raben gekämpft hatte, doch das änderte nichts an seinen Gefühlen für seine Heimat.

»Lystern?«, fragte er, als fürchtete er die Antwort.

»Unterhändler für den Frieden, die keinen Frieden finden können«, sagte der Unbekannte. »Im Augenblick ist Lystern nicht direkt beteiligt, aber …« Er zuckte mit den Achseln. Alle verstanden, was er meinte. Er wandte sich an Ilkar. Der Elf war nach dieser Erklärung alles andere als besänftigt. »Es gibt aber noch eine Chance. Wir müssen das Gleichgewicht wiederherstellen. Wir müssen das Herz von Julatsa bergen.«

»Richtig«, stimmte Ilkar zu. »Das setzt allerdings voraus, dass wir zweihundert Magier finden, die uns helfen.«

»Jevin fährt als Nächstes nach Calaius, um Fracht aufzunehmen. Wir sollten ihn begleiten. Dort gibt es jede Menge Magier.«

»Ja, Unbekannter. Und Sie sind alle aus einem guten Grund dorthin gegangen«, erklärte Ilkar.

»Dann musst du sie überzeugen, noch einmal zurückzukehren«, sagte der Unbekannte. »Sie werden auf dich hören.« Er starrte den Julatsaner an, bis er nickte.

»Und inzwischen überlassen wir diese Insel hier Xetesk?«

»Was können wir sonst tun, Ilkar?«, fragte der Unbekannte. »Wir können sie nicht zwingen, die Insel zu verlassen, und was noch wichtiger ist, ihre Forschungen könnten die Protektoren befreien und den Drachen helfen, nach Hause zurückzukehren.«

»Aber was ist mit den anderen Resultaten?«

»Ich weiß«, sagte der Unbekannte. »Deshalb müssen wir Julatsa wieder als Kolleg in Gang bringen. Das ist die einzige Chance, den Krieg einzudämmen. Ich sehe keine andere Möglichkeit. Selbst wenn Lystern und Dordover verbündet sind, wären sie allein nicht stark genug. Mit Julatsa zusammen könnte es reichen. Aber Julatsa braucht sein Herz. Wir müssen Lebewohl sagen und aufbrechen. Balaia kann nicht warten. Und was Erienne in sich trägt, muss von hier fortgebracht werden. Ich denke, das versteht ihr alle.«

Erienne schob ihren Stuhl zurück und stand langsam auf. Sie schüttelte Densers fürsorglichen Arm ab.

»Es freut mich, dass ihr euch alles so genau überlegt habt«, sagte sie. »Ilkar kann gehen, seine Magier suchen und Balaia wieder aufbauen – und so nebenbei kümmert ihr euch auch um die arme Erienne und bringt sie vor diesen bösen Xeteskianern in Sicherheit.«

Sie unterbrach sich und sah sich wütend am Tisch um. Niemand wagte es, etwas zu sagen. Dem Unbekannten wurde es plötzlich kalt, er wusste, dass er einen Fehler gemacht hatte, und verfluchte sich innerlich. Ihm war klar, was sie sagen würde, noch bevor sie es ausgesprochen hatte.

»Wer von euch glauben sollte, ich ließe meine Tochter hier, wo sie der Gnade ihrer Mörderinnen und des Dunklen Kollegs ausgeliefert ist, hat nichts als meine Verachtung verdient. Ich bin sicher, dass ihr das alle versteht.«

Damit verließ sie die Küche.

»Das war nicht gerade sehr diplomatisch von dir«, sagte Ilkar.

»Nein«, gab der Unbekannte zu. Er hatte das Ausmaß ihres Kummers und ihre Verfassung völlig falsch eingeschätzt, und obwohl er mit ihr fühlte, konnte er nicht verstehen, warum sie sich in der ganzen Zeit, seit er die Insel verlassen hatte, keinen Millimeter bewegt hatte. »Sie wird schon zu sich kommen.«

»Bis morgen? Keine Chance«, sagte Denser. »Sie denkt nicht rational, sie ist nicht berechenbar.«

»Du musst sie zur Vernunft bringen. Sie ist hier nicht sicher. Und wir brauchen sie. Sie gehört zum Raben.«

Ilkar rutschte auf dem Stuhl herum und kniff verblüfft die schrägen Augen zusammen.

»Das war doch noch nicht alles, oder? Irgendetwas beschäftigt dich, denn das hier sieht dir überhaupt nicht ähnlich. Du bist viel zu vorsichtig. Was ist los?«

Der Unbekannte schüttelte den Kopf. »Du warst nicht dort, du hast es nicht gefühlt. Balaia stirbt.«

»Was meinst du damit?«, wollte Hirad wissen.

»Es ist schwer zu erklären, aber jeder Protektor hier wird es dir bestätigen. Es ist, als schmeckte die Luft nicht mehr richtig. Es gibt dort Kräfte, die versuchen, Balaia und seiner Bevölkerung Dinge aufzuzwingen, die gegen die natürliche Ordnung verstoßen. Ich meine jetzt nicht nur Selik und die Schwarzen Schwingen, sondern auch die Kollegien. Sie haben sich zweieinhalb Jahrtausende lang gegenseitig vom Schlimmsten abgehalten. Jetzt fallen sie übereinander her, und dabei werden sie ganz Balaia umbringen. Das will ich nicht zulassen.

Aber wo ist eigentlich Thraun?«

Hirad seufzte und warf Ilkar einen fragenden Blick zu. Der Elf starrte seinen Teller an, Ren hatte ihm den Arm um die Schultern gelegt. Dem Unbekannten würde nicht gefallen, was er gleich hören würde, so viel war klar.

Der Unbekannte fand Thraun erst weit nach Mitternacht. Beinahe wäre er über den wilden Mann gestolpert. Die dunkle Nacht, die tiefen Schatten unter den Buchen und im Gebüsch sowie Thrauns scheue Zurückhaltung hatten dazu geführt, dass der Unbekannte mit einer Laterne mehrere Stunden ergebnislos hatte suchen müssen. Er hatte alle Hilfsangebote ausgeschlagen. Aus Gründen, die er nicht in Worte kleiden wollte, war er sicher, die Freude sei größer, wenn er dem Gestaltwandler allein begegnete.

Als er den Schlafenden dann endlich fand, blieb er eine Weile vor ihm stehen und betrachtete ihn. Thrauns Gesicht war in Falten gelegt, und er knirschte im Traum mit den Zähnen. Erinnerungen und Ängste stiegen auf und störten seinen Schlummer. Er lag zusammengerollt auf der Seite, hatte die Hände zu Fäusten geballt und die Beine stark angezogen. Aus Decken vom Haus hatte er sich ein Bett gerichtet, rings um ihn waren die Habseligkeiten eines verwirrten Geistes verstreut, der verzweifelt sich selbst zu finden suchte, ohne zu wissen, wo er sich überhaupt verloren hatte. Eine leere Flasche lag dort, ein Buch, Fetzen eines Wandteppichs, ein Messer aus der Küche, eine leere Schale und ein Pfeil. Eine seltsame Mischung.

Der Unbekannte kniete sich neben Thraun, und in diesem Augenblick schlug der Gestaltwandler die Augen auf.

»Wie ich sehe, kannst du dich auf deine Sinne immer noch verlassen«, sagte er und stellte die Laterne ab.

Thrauns Augen zeigten keine Furcht, nur Verwirrung und Müdigkeit. Dann dämmerte das Erkennen, und sein Gesicht entspannte sich.

»Schon besser«, sagte der Unbekannte. »Es ist schön, dich wieder zu sehen. Hirad sagte mir, du könntest das meiste von dem, was ich sage, verstehen, aber du könntest nicht sprechen. Kannst du mir denn irgendwie zeigen, dass du mich verstanden hast?«

Thraun nickte und grunzte bejahend. Der Unbekannte senkte einen Moment den Blick, ehe er wieder aufschaute.

»Es tut mir Leid. Ich hätte wohl nicht mit dir reden sollen wie mit einem Kind, was?«

Ein Kopfschütteln.

»Was ist da in dir drin, Thraun? Was hält dich zurück? Der Wolf in dir behindert irgendwie deinen menschlichen Verstand, nicht wahr? Was können wir tun?«

Thraun ließ den Kopf hängen und kauerte sich mit feuchten Augen zusammen. Er sah den Unbekannten flehend an, und der große Mann drückte kurz Thrauns Schulter.

»Bei den Göttern, ich kann es verstehen wie kein Zweiter. Ich will dir etwas sagen, das ich noch niemandem erzählt habe.« Er setzte sich hin und lehnte sich an einen

Baum. Es war eine ruhige Nacht, nur ab und zu raschelte eine leichte warme Brise über ihnen in den Blättern.

»Ich habe glücklicherweise nicht sehr lange als Protektor gedient, und ein tapferer Magier gab sein Leben hin, um mich zu befreien und mir meine Seele zurückzugeben. Doch in der Zeit, in der ich dazugehört habe, konnte ich eine Verbundenheit spüren, die sich durch nichts anderes ersetzen lässt. Es ging weit über Freundschaft und Liebe hinaus. Es war tiefer als beides, obwohl beides ein Teil davon war, wie ich glaube. Es ist sehr schwer zu beschreiben, und ich kann eigentlich nur sagen, dass es eine äußerst tiefe Verbundenheit und ein starkes Zusammengehörigkeitsgefühl war. Niemand, so dachte ich, der dies nicht selbst erlebt hat, könnte es verstehen. Ich wollte unbedingt befreit werden, doch als ich befreit wurde, verlor ich auch etwas, das ich für unersetzlich hielt. Vielleicht erinnerst du dich noch, wie ich mich in den ersten Tagen nach der Befreiung verhalten habe, aber vielleicht auch nicht.«

Der Unbekannte hielt inne und wartete auf Thrauns Reaktion. Der Gestaltwandler starrte ihn mit großen Augen an. Ob es Verstehen war, Erinnerung oder schlichter Unglauben, war nicht klar. Aber wenigstens hörte Thraun aufmerksam zu.

»Ich glaube, dass du in einer ähnlichen Situation bist wie ich, aber die Nachwirkung ist bei dir stärker, weil du fünf Jahre als Wolf verbracht hast, nicht nur ein paar Wochen. Das Rudel hat dir ein ähnliches Gefühl von Verbundenheit geschenkt, es hat dir vertraut, und du hast dem Rudel vertraut. Du machst dir Vorwürfe wegen der Dinge, die dem Rudel zugestoßen sind, als im Dornenwald der Sturm ausbrach und als wir in Arlen am Hafen gekämpft haben.

Jetzt hast du wieder deine menschliche Gestalt angenommen, und du hast das Gefühl, vor etwas wegzulaufen. So ist es aber nicht. Es ist genau wie mit mir und den Protektoren. Ein Teil von dir wird immer bei dem Rudel bleiben, das frei herumläuft. Halte daran fest, aber lass es nicht deinen Verstand trüben. Erinnere dich und nutze es.

Was du aber wirklich verstehen musst, auch wenn ich nicht weiß, ob ich es erklären kann, ist die Tatsache, dass es etwas gibt, das dir zurückbringen kann, was du verloren hast. Ich habe eine Ewigkeit gebraucht, um es zu begreifen, aber es lässt sich nicht verleugnen. Beim Raben gibt es diese Bindung. Zusammen sind wir stärker, als wir es jemals als Individuen sein könnten. Wir sind füreinander wichtig, und wir können etwas bewegen. Wenn du in dich hineinschaust, wirst du erkennen, dass es wahr ist. Verstehst du das?«

Eine Weile rührte Thraun sich nicht und starrte nur ins Leere. Über seine linke Wange rollte eine einzelne Träne, und das Stirnrunzeln war wieder da; er hatte tiefe Furchen auf der Stirn. Doch dann klärte sich sein Gesicht, und er richtete sich auf. Er nagte an der Oberlippe und atmete tief ein. Er nickte nicht und gab auch sonst nicht zu erkennen, dass er verstanden hatte, was der Unbekannte ihm hatte sagen wollen, doch es war klar, dass die Worte auf fruchtbaren Boden gefallen waren. Der Unbekannte hatte den Eindruck, Thraun versuchte jetzt, sich auf eine andere Art mitzuteilen.

»Nur zu«, sagte er. »Versuche, die Worte zu formen.«

Thraun öffnete den Mund und suchte den Blick des Unbekannten, bekam aber außer einem trockenen Keuchen nichts heraus. Zornig schloss er den Mund wieder.

»Schon gut. Das wird schon werden. Hör zu, es gibt

noch etwas Wichtiges, das ich dir sagen muss. In Ordnung?«

Thraun zuckte mit den Achseln und bewegte wieder den Unterkiefer.

»Du bist frustriert, aber du wirst es schaffen, wenn du nicht aufgibst. Der Rabe wird bei dir sein. Wir sind deine Familie, und wir geben dir Kraft, wann immer du uns brauchst. Wir wollen, dass du uns bei dem, was uns jetzt bevorsteht, unterstützt. Aber dazu musst du die Insel verlassen.«

Thraun erstarrte.

»Der Rabe muss wieder nach Hause und helfen, weil dort schreckliche Dinge geschehen. Wir können später noch über das reden, was dort passiert. Im Augenblick will ich nur, dass du dir überlegst, was du tun willst. Wir wollen, dass der Rabe vollzählig ist, und dass du bei uns bist. Wir sind stärker mit dir, und du bist stärker mit uns.

Hast du das verstanden?«

Thraun starrte den Boden an, wieder zog er die Beine an die Brust und verschränkte die Arme vor den Knien. Er wiegte sich leicht hin und her.

»Thraun?«

Der Gestaltwandler schaute nicht auf, aber der Unbekannte glaubte ein winziges Kopfnicken zu erkennen. Das reichte ihm.

»Gut. Sehr gut. Ich lasse dich jetzt schlafen, wenn du willst. Denk über das nach, was ich gesagt habe, und gib mir irgendwie zu verstehen, was du tun willst.«

Der Unbekannte stand auf, nahm die Laterne und hinkte zum Haus zurück. Er war hundemüde und sehnte sich nach Dieras Armen.

Sechstes Kapitel

Es war still im Regenwald. Ein kräftiger Schauer war vor einer Stunde auf den Tempel niedergegangen und hatte die Al-Arynaar gezwungen, unter den breiten Blättern eines mächtigen Banyanbaumes im Süden des Tempels Unterschlupf zu suchen. Das Wasser tröpfelte noch vom Blätterdach und blieb in Pfützen stehen, ehe es vom Boden aufgesogen wurde. Rebraal ging mit dem Magier Erin'heth über den vom Regen glitschigen Vorplatz. Es war der Abend nach seiner Kontemplation in der Klause von Shorth, und die Vorbereitungen waren abgeschlossen.

Sie durften sich keine Sorgen wegen der Fremden machen, die sich inzwischen vermutlich näherten. Das einzig Wichtige war für Rebraal die Frage, ob ihre Verteidigung die Fremden lange genug aufhalten konnte, bis Mercuun wieder da war. Ein Elf mit seinen Fähigkeiten konnte das Blatt wenden.

»Wir dürfen uns nicht allein auf ihn verlassen, Rebraal«, sagte Erin'heth. »Dein Plan ist gut. Wir tun, was wir können. Wenn Mercuun kommt, ist das ein zusätzlicher Vorteil.«

Rebraal wollte lächeln, doch er haderte mit dem Schicksal, dass Meru ausgerechnet jetzt fehlte. Andererseits war die Frage, wer außer ihm selbst genügend Ansehen bei den Elfen besaß. Eigentlich hatte er gar keine andere Wahl gehabt.

»Erkläre mir die Verteidigungen«, sagte er, um sich abzulenken.

»Wir haben so viele Wachsprüche aufgebaut, wie wir in der verfügbaren Zeit wirken konnten«, sagte Erin. »Wir müssen für den Kampf ausgeruht sein, Sheth schläft bereits. Es gibt Verbindungen zwischen den Wachzaubern. Wir haben sie in der Weise aufgebaut, dass die Gegner zu der Position in der Mitte getrieben werden, wo du sie haben willst. Dann liegt es bei dir und den Bogenschützen, denn wenn sie den Vorplatz wieder verlassen, kann der äußere Ring sie nicht lange aufhalten, obwohl wir dort Flammenwände eingerichtet haben.«

»Was ist mit den Türen des Tempels?«

»Das wird ein Blutbad. Sheth hat viel Energie auf diesen Spruch verwendet. Er ist groß. Falls wir im Kampf fallen, darfst du die Türen nicht anrühren, solange kein neuer Magier eingetroffen ist.«

»Habt ihr denn die Fallen so angelegt, dass sie auch von Elfen ausgelöst werden können?« Rebraal runzelte die Stirn.

»Bei den Schutzzaubern auf dem Vorplatz haben wir das vermieden, aber wir können es nicht riskieren, dass ein gerissener Fremder den Spruch unwirksam macht, indem er einen Elf zwingt, die Türen des Tempels zu öffnen. Alles, was größer ist als ein Panther, löst den Spruch aus.«

Rebraal nickte, bückte sich und wanderte in einem kleinen Kreis auf dem schlüpfrigen Steinboden des Vorplatzes herum. Er konnte die Positionen der Bogenschützen sehen, und er kannte die Punkte, an denen die Schutzzauber ausgelöst würden. Sie hatten alles getan, was sie nur tun konnten. Nun musste Yniss entscheiden, ob sie wohlbehalten weiterleben konnten oder für den heiligen Zweck sterben mussten. Daran musste er glauben, auch wenn es ihm Schwierigkeiten bereitete.

Die Al-Arynaar sollten sich nicht auf einen Gott verlassen müssen. Sie waren hier von Yniss eingesetzt worden, um Erfolg zu haben.

»Komm, auch du musst dich hinlegen.« Er schob Erin zu den Hängematten, die sie unter den Plattformen der Bogenschützen aufgehängt hatten. »Ich muss Rourke auf dem Weg ablösen.«

Doch die Fremden waren schon unterwegs. Rebraal stieß unterwegs auf Rourke, der etwas außer Atem und offensichtlich voller Angst über den Weg zurückgehetzt kam.

Die Fremden rückten nur langsam vor, sie marschierten bei Laternenlicht in der vergleichsweise kühlen Abendzeit. Mit ihrer derzeitigen Geschwindigkeit würden sie eine Stunde vor der Dämmerung – und somit lange bevor die Elfen mit Mercuun rechnen konnten – den Tempel erreichen. Die neun mussten allein zurechtkommen und hatten es, wie Rourke aus sicherer Entfernung aus dem Wipfel einer Palme gezählt hatte, mit hundertzweiunddreißig Gegnern zu tun. Die meisten Fremden waren Krieger, doch unter ihnen befanden sich offenbar auch zehn Magier.

Die Spannung wich einer bedrückten Ruhe, als ihnen bewusst wurde, dass die Fremden sich vielleicht doch nicht abschrecken ließen – und dass sie tatsächlich gekommen waren, um den Tempel zu suchen. Im Umkreis von hundert Quadratmeilen gab es nichts anderes, das irgendwie von Interesse wäre, und Rebraal glaubte nicht, dass die Fremden gekommen waren, um Karten von den Magrovensümpfen, den Vulkanen im Süden oder den drei mächtigen, trägen Flüssen zu zeichnen, die den weiten Regenwald von den Küstenstädten im Norden bis zu den Deltas im Süden durchschnitten, wo die Wüste nach tausend Meilen wiederum üppiger Vegetation wich.

Aber warum hatten die TaiGethen sie nicht gefunden und waren entsprechend mit ihnen verfahren? Warum hatten die Krallenjäger sie nicht schon vor Tagen gewarnt?

Der Anführer der Al-Arynaar besuchte zum letzten Mal die Plattformen der Bogenschützen und ermahnte die Krieger, ihre Ziele sorgfältig auszuwählen und erst das Feuer zu eröffnen, wenn die Schutzsprüche für größtmögliche Verwirrung gesorgt hatten. Wenn ihr Vorrat an Pfeilen erschöpft war, sollten sie auf das Signal warten, auf den Drohruf des grauen Affen, bevor sie von hinten mit Schwertern angriffen, um diejenigen, die dann noch lebten, zur Tür des Tempels zu treiben. Die Magier der Elfen sollten unterdessen ihre menschlichen Gegenstücke beschäftigen und Sprüche einsetzen, die eine magische Abschirmung erforderten.

Alles andere lag nun in Yniss' Händen.

So warteten sie und lauschten, jeweils zwei Elfen auf drei der vier Plattformen, die den Vorplatz überblickten. Rebraal selbst verstärkte das vierte Paar, das aus Sheth'erei und Skiriin bestand. Abwechselnd ruhten sie sich unten in den Hängematten aus, während ringsum der Regenwald vor erwartungsvoller Spannung summte. Die Bewohner des Regenwaldes und ihre Göttin Tual wussten genau, dass etwas Böses umging, und die Rufe warnten vor der Gefahr.

Als am Morgen die ersten Lichtfinger durch das Blätterdach griffen und den Waldboden erreichten, stieg die Luftfeuchtigkeit schlagartig stark an. Die nächtliche Dunkelheit kehrte noch einmal zurück, und es begann zu regnen. Es war ein starker Schauer. Die Tropfen zerfetzten sogar kleinere Blätter, zerplatzten auf dem Boden und prasselten hart auf die breiten Äste der Bäume, wo winzige Wasserfälle entstanden, sobald die Blätter nachgaben und ihre Wasserlast freigaben.

Über die Plattformen der Bogenschützen waren Häute gespannt, die den größten Teil der Sintflut abhielten. Eine Stunde lang hielt der Schauer an, und die Al-Arynaar lugten nach draußen, wo das Wasser wie eine Wand herunterkam.

»Gyal ist zornig«, sagte Skiriin.

Rebraal nickte. Die launische Göttin des Regens, die ihren Leben spendenden Nektar manchmal zurückhielt, machte nun ihrem Zorn über die Fremden Luft. Rebraal sprach ein stilles Dankgebet an sie, doch ihm war klar, dass diese kleine Verzögerung nicht ausreichte.

»Schau nur, Rebraal«, flüsterte Sheth.

Endlich ließ der Regen ein wenig nach; bald würde er ganz aufhören, und der Himmel würde sich aufklären. So war es im Regenwald.

Da draußen leuchtete eine Laterne. Verschwommen und schwach, aber unverkennbar. Keine Fackel hätte diesen Guss überlebt, und Rebraal war sogar überrascht, dass die Laterne nicht erloschen war. Wahrscheinlich war sie gut geschützt.

Der Ruf des braunen Baumfroschs hallte über den Vorplatz. Auch Rourke hatte sie gesehen.

»Sheth, mach dich bereit«, sagte Rebraal.

»Gewiss.«

Die Magierin ließ sich im Schneidersitz auf der Plattform nieder und schloss die Augen. Vor ihrem inneren Auge sah sie die Mana-Formen der Schutzsprüche. Erin'heth tat das Gleiche. Die Schutzzauber am Beginn des Vorplatzes sollten erst aktiviert werden, wenn genügend Fremde sie passiert hatten. Alle anderen Sprüche waren bereits aktiv und warteten nur auf unwissende Menschen, die nicht hier sein durften und diese Tatsache erst im Augenblick ihres Todes begreifen würden.

Wie hypnotisiert sah Rebraal zu, als sich die tanzenden Lichter näherten. Der Himmel klarte rasch auf, als die Wolken, ihrer Fracht ledig, sich auflösten. Die Fremden waren nur als Schatten und Schemen zu sehen, als dunkle Flecken im Wald, die mit jedem Schritt größer wurden. Bald konnte er Gesichter unterscheiden, einen Bart, eine Stirn, das Schimmern von Waffen, Rüstungen und Ketten.

Rasch blickte er nach unten zu seinem in Leder gehüllten Bogen und dem ebenso geschützten Köcher mit den Pfeilen. Er bückte sich und nahm die Schutzhüllen ab, überprüfte die Spannung der Sehne, drehte die Pfeile um und tauchte sie in ein Töpfchen mit Gift. Sie mussten ihr Ziel nur treffen, den Rest würde die Natur erledigen, bevor die Al-Arynaar gezwungen waren, ihre Schwerter zu ziehen und den Kampf Mann gegen Mann aufzunehmen.

»Jetzt geht es los«, sagte er.

Skiriin nickte nervös und legte einen Pfeil ein. Die ersten Fremden verließen die Deckung und traten zögernd auf die Platten des Vorplatzes. Mit gezogenen Waffen verteilten sie sich zu einer zwanzig Mann breiten Linie. Sie bewegten sich mit der Umsicht erfahrener Soldaten, ihren Blicken entging nichts, als sie sich dem Tempel näherten.

Ringsum wurde es still im Wald, bis das Schweigen

vom scharfen Warnruf eines Fremden durchbrochen wurde. Einer der Magier. Ein rascher Wortwechsel folgte darauf, dann verteilten sich die Angreifer.

»Sie haben die Schutzsprüche entdeckt«, sagte Rebraal. »Jetzt, Flynd. Es muss jetzt sein.«

Mehr als fünfzig Männer standen auf dem Vorplatz, als die Schutzsprüche am Südrand ausgelöst wurden und fast im gleichen Augenblick zündeten. Die Energie griff auf die bereits aktivierten Sprüche über, und der Vorplatz verwandelte sich in einen Glutofen.

Explosionen erschütterten den ganzen Platz, Körper wurden in die Luft geschleudert, die Fremden wurden von tödlichen Flammen eingehüllt, die über den Stein leckten. Eine Feuerwand griff zum Himmel hinauf, stieg fünfzig Fuß hoch in die Luft und schnitt diejenigen, die sich schon auf dem Vorplatz befanden, von Hilfe und Rettung ab und trieb sie weiter zum Tempel. Rebraal konnte lichterloh brennende Menschen sehen, die blindlings umhertaumelten, sterbend und verwirrt, und ihre verzweifelten Rufe hallten zwischen den abweisenden, gefühllosen Mauern des umgebenden Waldes.

Die Eingeschlossenen wollten fliehen, doch immer neue Explosionen hielten sie fest. Leichen lagen auf dem Vorplatz verstreut, als der Dampf in großen Wolken aufstieg. Die übrigen Fremden rannten an den Rändern des Vorplatzes entlang, suchten nach Möglichkeiten, ihre Kameraden zu retten. Ihre Rufe und Schreie verloren sich im Brüllen einer weiteren Feuerwand, die die Dämmerung vertrieb. Doch für die Fremden auf dem Vorplatz würde es keine Rettung geben, und Shorth würde dafür sorgen, dass es ein qualvoller Tod wurde.

»Warte, Skiriin, warte«, flüsterte Rebraal, der hörte, wie die Bogensehne gespannt wurde.

Die Schutzsprüche hatten nicht so funktioniert, wie Rebraal es geplant hatte. Es waren nicht genügend Männer auf dem Vorplatz gefangen worden. Die Wirkung war zwar verheerend, und etwa vierzig Männer waren tot, doch die Elfen sahen sich immer noch einer schrecklichen Übermacht gegenüber.

Die erste Feuerwand erstarb, und ohne Rücksicht auf mögliche weitere Gefahren rannten Dutzende von Fremden auf den Vorplatz. Ihre Hilflosigkeit war Zorn gewichen, Befehle wurden gerufen und bestätigt. Einige Männer hoben die toten oder noch lebenden Kameraden auf, drei Magier knieten im Zentrum des Platzes nieder, während die anderen sich dem Eingang des Tempels näherten.

Der Ruf des Motmot hallte über den Vorplatz, und bevor einer der Fremden sich umsehen konnte, waren die drei Magier tot, und die Al-Arynaar wählten die nächsten Ziele aus.

Jeder Anschein von Ordnung löste sich auf, als die Angreifer in Panik gerieten. Einige Verletzte wurden fallen gelassen, andere über den Vorplatz in den vermeintlich sicheren Wald geschleift, wo die Pfahlgruben weitere schreiende Opfer forderten. Armbrüste wurden gespannt, die Bolzen zischten harmlos durchs Blattwerk.

Rebraal beobachtete einen der Anführer. Es war ein großer, starker Mann, der eine gewaltige Axt in der Hand hatte. Ein dichter Bart bedeckte seine Wangen, den Hals und das Kinn. Er schritt zur Tür des Tempels und befahl den anderen, ihm zu folgen.

»Ausgezeichnet«, sagte Rebraal halblaut. »Schickt sie nur alle dorthin.«

Dann sah er nach rechts, wo ein verängstigter Mann dafür plädierte, in den Wald zu laufen. Er spannte den Bogen und ließ den Pfeil fliegen, die Spitze durchbohrte den Oberschenkel des Mannes. Der Eindringling stürzte und starrte blicklos zu den Bäumen; er schrie vor Schmerzen und wimmerte vor Angst. Ein zweiter Mann bückte sich, um ihm zu helfen. Ein Pfeil, der auf der anderen Seite des Vorplatzes abgeschossen wurde, traf sein Auge. Die Pfeile hatten die gewünschte Wirkung. Der verletzte Mann kam mühsam hoch und folgte seinen Kameraden, die zum Tempel flohen.

Leise, fast unhörbar, fluchte Sheth'erei. Rebraal erschrak.

»Sprüche«, murmelte sie.

So war es. Brennende Tropfen regneten plötzlich aus dem wolkenlosen Himmel herab und gingen zu beiden Seiten der Vorplatzes in den Bäumen nieder. Die nassen Blätter der Banyan- und Feigenbäume am Rand der Lichtung begannen zu schmoren, als die magischen Flammen der Fremden sie trafen und hängen blieben. Auf der anderen Seite des Vorplatzes hatte das Feuer bereits fünfzig Fuß hoch im Blätterdach Nahrung gefunden, doch die Pfeile flogen unvermindert weiter, und die Fremden stürzten. Ein Tropfen traf die Plattform, auf der Rebraal stand. Das nasse Holz zischte, ein verkohlter Fleck entstand, Rauch stieg auf.

»Sheth, du bist an der Reihe«, flüsterte Rebraal.

Sie nickte und wirkte ihren Spruch. Von Norden fegte parallel zum Boden ein Sturm aus rasiermesserscharfen Hagelkörnern heran, als würde er von einem mächtigen Wind getrieben. Er schürfte das Fleisch von ungeschützten Gesichtern und Händen, drang tief in Lederrüstungen ein und trieb die Fremden noch schneller zu den Türen des Tempels. Plötzlich herrschte ein ohrenbetäubender Lärm. In das Knistern der Flammen und das Knacken brennenden Holzes mischten sich die Schreie der Geschöpfe im Wald, die vor der Gefahr flohen, die sie am meisten fürchteten, während die Fremden auf dem Vorplatz sich gegenseitig und den Wald anbrüllten und versuchten, sich irgendwie vor dem Todeshagel zu schützen.

Der Hagelschauer hielt zu ihrem Glück nicht lange an, doch auch dieses Glück war nicht von Dauer. Ungehindert flogen Pfeile von den Plattformen herunter und fanden ihre Ziele. Nur selten verfehlte ein Pfeil sein Ziel und prallte vom Stein ab, blieb in einem Baumstamm stecken oder verschwand im Unterholz. Diejenigen, die getroffen worden waren, spürten schnell die Wirkung des Gifts. Sie verloren das Gleichgewicht und taumelten oder stürzten. Ihr Gesichtsfeld verengte sich, dann konnten sie überhaupt nichts mehr sehen, und schließlich, kurz bevor der Tod sie holte, strömte Blut aus Ohren, Nase und Mund. Das Gift zerstörte Venen und Arterien.

Mehr als die Hälfte der Fremden war jetzt tot oder lag im Sterben. Zehn Schritte vor der Tür des Tempels hatten sie sich gesammelt. Zehn Schritte vor ihrem Ziel. Der bärtige Anführer hatte eine Abwehr aus Schilden organisiert, und wieder begannen sie mit Armbrüsten zu schießen, die jedoch kein Ziel fanden.

»Sie werden versuchen, den Schutzspruch an der Tür aufzulösen«, warnte Sheth'erei.

Rebraal schoss einen weiteren Pfeil ab. Er hatte nicht mehr viele, auch Skiriin ging die Munition aus. »Kannst du sie aufhalten?«

»Wir müssen sie ablenken«, sagte sie. Dann hielt sie inne und atmete erschrocken ein. »Oh, nein, Erin, nein.«

Zum ersten Mal, seit der Kampf begonnen hatte, schlich sich Furcht in Rebraals Herz. »Was ist?«

Dann sah er es selbst. Der Heiße Regen fiel weiter, doch auf der anderen Seite des Vorplatzes erreichte er die Bäume nicht mehr. Erin'heth hatte einen Schild aufgebaut, und die schützende Kuppel war für die feindlichen Magier so deutlich zu sehen wie ein Leuchtfeuer.

»Wir müssen das Schweigen endlich brechen«, sagte Sheth'erei.

Rebraal nickte. »Also los.«

Gleichzeitig stießen sie die abgehackten Rufe des Seeadlers aus. Es war die Aufforderung zu fliehen. Gleich nachdem sie den Ruf ausgestoßen hatten, stieg Rebraal, den Bogen über die Schulter geschlungen, als Erster die Leiter hinunter und verließ die Plattform. Er konnte bereits rennende Füße hören. Die Fremden hatten auf die Laute reagiert.

Doch er machte sich nicht um sich selbst Sorgen. Am Fuß der Leiter drehte er sich um und sah direkt über den Plattformen vier Feuersäulen aus dem Himmel in den Wald stürzen. Es war ein Spruch, von dem er gehört hatte, den er aber noch nie gesehen hatte. Die Flammen suchten die Seelen und rissen sie in die Hölle. Erin'heths Schild fiel unter dem machtvollen Angriff in sich zusammen.

Die Bretter brachen, die schützenden Lederplanen hingen noch daran. Ein Blitz ließ den Tempel und seine Umgebung für einen Moment grell hervortreten. Rebraal sah brennende Körper von einer Plattform stürzen und in einem Schauer aus Funken und Asche im Unterholz landen. Die Hitze verschmorte die Pflanzen und ließ eine Rauchwolke aufsteigen. Er hörte einen entsetzlichen Schrei, der abrupt abbrach. Aus neun Verteidigern waren auf einen Schlag fünf geworden.

»Sheth, wir müssen den Schutzspruch auslösen!«, rief er. Jetzt war keine Zeit mehr für verdecktes Vorgehen.

»Ich kümmere mich darum«, sagte die Magierin. Ihre Stimme war heiser vor Wut.

Sie kniete sich hin und begann den Spruch zu wirken, ihre Finger zeichneten komplizierte Muster in die Luft, und sie verschloss die Augen vor dem Feuer, das ihre Freunde verzehrte. Neben ihr summte Skiriins Bogen, und wieder starb ein Fremder. Rebraal öffnete seine Gürteltasche mit den Jaqrui-Wurfsternen, nahm einen heraus und warf ihn in Kopfhöhe nach dem halben Dutzend Fremden, die auf sie losgehen wollten. Sie waren höchstens noch dreißig Schritte entfernt. Der Wurfstern traf den Hals eines Mannes an der Seite und fügte ihm einen tiefen Schnitt zu. Der Mann schrie auf, ließ seine Waffe fallen und presste die Hand auf die Wunde, aus der sein Lebenssaft auf den Boden spritzte.

Rebraal zog sein Schwert. Im gleichen Augenblick wirkte Sheth'erei ihren Spruch mit verhängnisvollen Folgen. Sie stellte sich hin, um die Gruppe an der Tür gut sehen zu können, und breitete mit den Handflächen nach oben die Arme aus. Der unsichtbare Kraftkegel schoss los, eine Ramme aus Mana traf die erste Reihe der Schildträger völlig unvorbereitet und schleuderte sie gegen ihre Kameraden. Der Kraftkegel raste weiter, einige konnten stolpernd vor seinem Einfluss fliehen, doch die meisten wurden hilflos zurückgedrängt und überschlugen sich. Das Ergebnis war unvermeidlich. Einer von ihnen stürzte gegen die Tempeltür.

Der Blitz brannte sich in Rebraals Augen ein, und er musste sich halb abwenden. Die Explosion ließ den Boden unter seinen Füßen beben und die Äste der großen Banyanbäume über ihm zucken. Die Tempeltüren explodierten, und ein mächtiger Feuerstrahl schoss heraus wie der Atem eines großen Drachen. Alles, was in seiner

Bahn lag, wurde von ungeheuer heißen Flammen versengt. Der Strahl bestrich den halben Vorplatz, und der Luftschwall, der danach folgte, warf auch die noch lebenden Al-Arynaar um.

Rebraal überschlug sich, fing sich aber schnell wieder ab und kam auf die Beine. Sein Bogen war zerbrochen und nutzlos. In der Nähe richtete sich auch Skiriin wieder auf, er hatte bereits seine schlanke Klinge gezogen. Sheth'erei lag noch am Boden, doch sie bewegte sich, und von der nicht beschädigten Plattform kamen Rourke und Dereneer herunter und rannten zu ihnen.

»Wir wollen es zu Ende bringen«, sagte Rebraal.

Er rannte los, die anderen drei Schwertkämpfer folgten ihm und zwangen sich, nicht stehen zu bleiben, als sie den Vorplatz sahen. Der Schutzspruch hatte schreckliche Schäden angerichtet. Flammen leckten am Stein, wo das Unterholz Feuer gefangen hatte, brennende und verkohlte Leichenteile lagen herum, und nur wenige der Fremden dort lebten noch.

Von der Gruppe an der Tür waren zwei noch bei Bewusstsein und griffen an. Einer feuerte eine Armbrust ab, der Bolzen zischte an Rebraal vorbei und traf Dereneer mitten in den Bauch. Der Elf ließ das Schwert fallen und ging zu Boden. Rebraal sprang über einen Brandherd hinweg und traf mit der Klinge den Arm des Armbrustschützen. Der Fremde ließ die Waffe fallen, taumelte zurück und hatte keine Verteidigung mehr gegen den nächsten Schlag, der seine Kehle zerfetzte.

Rebraal drehte sich um und sah, wie Rourke und Skiriin den Zweiten töteten, doch hinter ihnen, auf dem Weg, bewegten sich noch mehr Angreifer. Viel mehr.

»Oh, guter Yniss, rette uns«, sagte er. »Sheth'erei, hinter dir!«

Doch die benommene Magierin reagierte nicht schnell genug. Sie war noch halb gebückt, als die Schwertspitze ihren Hals durchbohrte. Ihr Schrei brach gurgelnd ab, dann starb sie.

»Nein!« Rebraal ging auf den Gegner los, mit einer Hand das Schwert erhoben und mit der anderen einen Jaqrui suchend. Der Wurfstern flog heulend zum Gegner, prallte aber harmlos vom Schulterschutz aus Metall ab. Ein zweiter folgte flüsternd und zornig, traf die Schwerthand des Mannes und trennte ihm den Daumen ab.

Immer noch kamen Fremde über den Waldweg heran. Zehn, zwanzig und vielleicht noch mehr. Rebraal, Skiriin und Rourke nahmen den Kampf auf, und die Wildheit der Elfen ließ die Angreifer vom Vorplatz zurückweichen und in den Wald fliehen, wo sie sich verteilen konnten. Rourke stach einem Mann die Klinge in den Bauch, doch der Nächste war schneller und traf die Brust des Elfenkriegers. Blut quoll aus der Wunde. Skiriin wich zurück und verteidigte sich wild, seine Klinge zuckte blitzschnell hin und her und verwundete die Feinde. Einen Mann fällte er mit einem Schnitt quer über den Hals, doch so konnte es nicht lange weitergehen. Es waren zu viele Feinde, und schließlich spaltete ihm eine Klinge den Schädel.

Rebraal griff noch einmal an und bat Yniss um Vergebung und Shorth um Rache. Er öffnete die Verteidigung seines Gegners und hob das Schwert …

Doch er konnte den Streich nicht mehr führen. Er spürte noch einen harten Schlag gegen die linke Schulter, als hätte jemand ihn mit einem Hammer getroffen. Er hatte entsetzliche Schmerzen und kippte nach vorn. Das böse orangefarbene Glühen der Feuer verblasste, bis alles schwarz war.

Siebtes Kapitel

Baron Blackthorne hielt den letzten Bericht über den Zustand seiner Ländereien in Händen, den ein vertrauenswürdiger Bote ihm gebracht hatte. Er hatte den jungen Mann eingeladen, sich zu ihm zu setzen, während er die Zusammenfassung las. Draußen hatte ein milder Frühlingsabend begonnen, doch im kühlen Empfangszimmer der Burg Blackthorne brannte vor dem einundfünfzigjährigen Baron und dem Adjutanten ein munteres Feuer im Kamin.

»Nimm dir ein Glas Wein, Luke«, sagte der Baron und deutete auf den Krug mit jungem Blackthorne-Rotwein auf dem Tisch. »Er reift gut. In ein paar Jahren werden wir einen hohen Preis dafür erzielen.«

»Danke, mein Lord«, sagte Luke.

Er nahm den Krug und füllte Blackthornes Glas nach, ehe er sich selbst einschenkte. Der Baron beobachtete Luke, der sich wieder auf dem harten Lehnstuhl niederließ, mit einem Lächeln. Luke hatte eine bemerkenswerte Entwicklung hinter sich. Blackthorne hatte den Burschen während des Krieges gegen die Wesmen als verschüchterten Sechzehnjährigen kennen gelernt, der seine gesamte Familie verloren hatte. Die praktische Einstellung des Jungen und seine Offenheit hatten ihm gefallen, und er hatte sein Versprechen eingelöst, sich um ihn zu kümmern. Luke arbeitete schon lange nicht mehr als Bauer, doch seine Erfahrung mit der Landwirtschaft, seine Fähigkeiten im Umgang mit Zahlen und sein Organisationstalent hatten ihn zu einem unersetzlichen Helfer werden lassen.

Blackthorne war es gewohnt, dass die Menschen bei seinem Anblick nervös wurden. Er war sich seiner Statur und des strengen Ausdrucks, der durch das schwarze Haar, den Bart und das harte, kantige Gesicht entstand, durchaus bewusst. Er nutzte dies gern zu seinem Vorteil aus. Luke dagegen hatte keine Furcht vor ihm und war sogar einer der wenigen, die zu widersprechen wagten. Blackthorne achtete und bewunderte ihn dafür.

Er trank einen Schluck Wein und betrachtete das Blatt. »Wird es mir gefallen?«, fragte er.

»Ja, Baron«, sagte Luke. »Das meiste jedenfalls.«

»Dann gib mir eine rasche Zusammenfassung«, sagte er. »Ich kann es später noch gründlich lesen.«

Luke ordnete seine Gedanken, ehe er sprach. Blackthorne hörte entspannt zu und kratzte sich mit einem Finger müßig am Bart, der einen unangenehm großen Anteil grauer Haare hatte. Selbst in Blackthorne war es ein harter Winter gewesen.

»Die Getreidevorräte schwinden nur langsam und werden für die derzeitige Bevölkerung ausreichen, bis wir die erste Ernte einfahren können. Wir überwachen zwei Bäckereien, die möglicherweise auf dem schwarzen Markt verkaufen, doch die anderen sind in Ordnung. Der Ausbruch von Skorbut konnte eingedämmt werden. Die Magier sind zuversichtlich, dass es sich nicht weiter ausbreiten wird, und die Schiffsladung Orangen wurde gestern in der Bucht entladen.

Wir haben noch einmal zweihundert Flüchtlinge aufgenommen, alles Familien mit Kindern, und jetzt ist die Stadt vorerst geschlossen. Draußen auf den Feldern ist die Aussaat fast beendet, in etwa zehn Tagen sollten die ersten Feldfrüchte des Frühlings erntereif sein, was die Lebensmittelvorräte ergänzen wird. Auf Euren Befehl patrouillieren berittene Milizen in den reifenden Feldern, aber nach dem ersten Diebstahl hatten wir keine Schwierigkeiten mehr, und die Bereiche, wo sich Flüchtlinge aufhalten, werden genau bewacht.

Mit dem Vieh sieht es nicht so gut aus, aber es ist noch erträglich. Die Kuhherden sind in Ordnung, aber wie Ihr wisst, haben wir seit zwei Jahreszeiten kaum noch Nachwuchs. Wir haben um siebzig Prozent weniger Kälber, Ferkel und Lämmer. Ihr werdet Euch erinnern, dass ich im letzten Bericht empfohlen habe, jeglichen Überschuss möglichst schnell zu verkaufen und mit dem Geld möglichst viele Zuchttiere einzukaufen, damit wir unsere Herden umgehend wieder aufstocken können. Wenn wir es richtig anfangen, werden wir auf diesem Gebiet in einiger Zeit eine starke Marktposition haben.«

»Und inzwischen müssen wir Brot und Gemüsesuppe essen, was?« Blackthorne schnitt eine Grimasse.

»Nicht unbedingt, mein Lord. Wir hatten in der letzten Zeit gewisse Erfolge mit den Kaninchen«, sagte Luke lächelnd.

»Ach ja«, sagte Blackthorne. »Die Kaninchen.«

Im ersten Augenblick hatte es ausgesehen wie eine hervorragende Idee. Man musste nur einige Kaninchen fangen und züchten. So konnte man schnell und leicht an Fleisch kommen, hatte man gedacht. Es machte nicht viel Mühe, und die Kinder in der Stadt hatten gern geholfen. Doch die Kaninchen waren anfällig für Krankheiten, und sie gruben sich ein, zwangen die Helfer so, die Zäune immer tiefer zu setzen. Blackthorne war kurz davor gewesen, die Sache abzublasen.

»Was hat sich denn geändert?«

»Die Magier haben die am stärksten verbreitete Krankheit isoliert und eine Behandlungsmethode für das Trinkwasser entwickelt, damit die Tiere gesund bleiben. Sie haben auch einen Grenzspruch um den Zaun gelegt, der zwanzig Fuß tief reicht. Anscheinend ist es ein Spruch, der sie nicht sehr anstrengt und ansonsten harmlos ist. Nur die Kaninchen können sich nicht mehr durchgraben.«

»Sehr gut, ausgezeichnet.« Blackthorne lächelte. Wo wären sie ohne die Magier?

»Die Zahlen stehen im Bericht. Soll ich warten, während Ihr lest?«

»Nein, nein. Vielen Dank, Luke, das ist ausgezeichnet. Ich wende mich an dich, wenn ich noch weitere Fragen habe.« Luke wollte aufstehen. »Lass dir ruhig Zeit und trinke deinen Wein aus.«

»Danke, mein Lord.«

»Und du sollst über etwas nachdenken, über das auch ich nachdenke. Die Kollegien führen jetzt Krieg. Wird sich der Konflikt bis hierher ausbreiten? Und wenn ja, wie viele Flüchtlinge werden dann noch hierher getrieben? Wenn du eine Vorstellung davon hast, sollst du mir sagen, wie wir unsere Verteidigung einrichten und unsere Lager schützen sollten.«

»An diese Möglichkeit habe ich noch gar nicht gedacht«, gab Luke zu. »Es kommt mir so vor, als wäre die Gefahr noch sehr weit weg.«

»Es ist meine Aufgabe, möglichst weit voraus zu denken, und deine Aufgabe ist es, mir zu sagen, wie wir die Schwierigkeiten bewältigen können. Lass dir Zeit.«

Luke starrte in sein Weinglas.

Trotz des schönen Morgens ging Denser mit gesenktem Kopf. Die Zeit wurde knapp. Der Unbekannte hatte ihn darum gebeten, er solle versuchen, Erienne zu bewegen, trotz ihres Kummers vernünftig zu reagieren. Es gab kaum einen Augenblick, in dem er nicht von schmerzlichen Erinnerungen an ihre Tochter heimgesucht wurde, doch er hatte beschlossen, sich nicht mit den Schuldgefühlen zu quälen, die für Erienne zur zweiten Natur geworden waren. Er hatte nicht versucht, ihr die Trauer zu nehmen. Sie sollte nur verstehen, dass es nicht in ihrer Macht gestanden hatte, Lyannas Tod zu verhindern.

Heute war es allerdings anders als bisher. Heute musste er sie überzeugen, Herendeneth zu verlassen.

Er wusste, wo er sie finden konnte. Dort, wo sie den größten Teil ihrer Zeit verbrachte. Entweder pflegte sie das Grab, oder sie saß davor, manchmal sang sie ein Lied für Lyanna, manchmal lag sie weinend im Gras. Manchmal versank sie in einem gnädigen Schlummer.

An diesem Morgen wässerte Erienne die Pflanzen, als Denser sich ihr von hinten näherte. Sie hatte einen Eimer und einen Becher dabei und goss behutsam Wasser auf die strahlenden Blumen und die Erde ringsherum. Manchmal zupfte sie ein wenig Unkraut aus oder nahm ein totes Blatt vom Grab. Als sie fertig war, füllte sie den Becher und goss sich das Wasser über den Kopf und über das Gesicht. Das Wasser spritzte auf ihre leicht gewebten Kleider und lief in kleinen Bächen über ihr Gesicht. Dreimal füllte sie den Becher nach, dann schüttelte sie den Kopf und verteilte einen Schauer kleiner Tropfen in der Luft. Sie legte die Hände auf das Gesicht und fuhr mit den Fingern durch ihr Haar.

Bei den fallenden Göttern, sie war schön. Das Wasser hatte ihr Hemd durchweicht, der Stoff klebte an ihren Brüsten, und das feuchte Haar hing auf ihrem Rücken. Es war ein hinreißender Anblick. Denser seufzte. Im Augenblick musste er solche Gedanken in seine Träume verbannen. Er wusste, dass auch Erienne ihn begehrte, doch es lag bei ihr, auf ihn zuzugehen, und sie wusste, dass er wartete.

Wie immer hörte sie ihn kommen und drehte sich halb herum. Ihre Mundwinkel hoben sich eine Spur.

»Tut mir Leid, dass ich gestern die Tür verschlossen habe«, sagte sie.

Denser schüttelte lächelnd den Kopf. Es war nicht das erste Mal, dass er woanders geschlafen hatte. »Mach dir deshalb keine Sorgen, Liebste.«

»Ich habe deinen Atem vermisst.«

»Wirklich?« Denser setzte sich neben sie. Er staunte über ihre Bereitschaft zu reden. Oft war es das Sprechen, das ihr am schwersten fiel. Der Anblick des Grabes weckte die Erinnerungen.

»Jeder braucht ein Stück Normalität«, sagte sie und strich eine Strähne aus ihrem Mundwinkel. »Etwas, das da ist, für den Fall, dass man es braucht.«

»Ich werde immer da sein.«

»Aber ich weiß, warum du jetzt gerade hier bist. In diesem Augenblick.«

»Das dachte ich mir schon. Du weißt, dass er Recht

hat, nicht wahr?«, fragte Denser und wartete auf das zornige Blitzen in ihren Augen. Es blieb aus. In diesem Moment jedenfalls.

»Aber es hat mich niemand gefragt, oder? Sie haben einfach angenommen, dass ich mitkommen würde. Dass ich sie so einfach hier allein lasse.« Sie klopfte mit der flachen Hand auf den Boden, und auf einmal begann sie zu weinen. »Wie kannst du das von mir verlangen? Sie ist meine Tochter.«

Denser wollte sie in den Arm nehmen, doch Erienne wich zurück und wischte sich mit den Fingern das Gesicht trocken.

»Sie wird nicht allein sein. Und sie wird hier sicher ruhen, bis du zurückkehrst, dafür werde ich sorgen.«

Erienne gab einen verächtlichen Laut von sich. »Willst du einen der Protektoren abstellen, das Grab zu hüten? Es wäre nach einem Tag verwüstet.«

Denser war nicht sicher, ob sie scherzte oder nicht. »Die Elfen der Gilde sind auch noch da.«

»Wenn ich nicht hier bin, werden sich die Hexen einmischen und alles verderben, was ich gemacht habe.« Da war das zornige Blitzen, und es machte Denser das Herz schwer.

»Erienne, sie haben nicht einmal mehr genug Kraft, hierher zu laufen. Nerane kann sich um das Grab kümmern. Meinst du nicht auch, dass sie es gewissenhaft tun wird?«

Erienne zuckte mit den Achseln und starrte schweigend das Grab an.

»Erienne?« Sie schaute zu ihm auf. »Bitte, wir brauchen dich. Der Rabe ist nicht vollständig ohne dich.«

»Würdest du mich verlassen? Wenn ich nein sage?«

»Ich gehöre zum Raben«, sagte Denser.

»Zuerst einmal bist du mein Mann, du Bastard!«, fauchte sie. »Aber wenn der Unbekannte mit den Fingern schnippt, dann springst du. Na schön.«

»Als ich ihn um Hilfe gebeten habe, war er da. Er war für uns beide da«, sagte Denser leise. »Und er hat seine Familie verlassen, um uns zu helfen. Balaia braucht das, was wir geben können.«

»Ich habe alles verloren«, sagte Erienne, als führte sie ein ganz anderes Gespräch.

»Nicht ganz. Ich bin noch da, der Rabe ist da, und Balaia ist da. Du wirst mich nie verlieren, aber wir müssen für unser Land kämpfen.«

Erienne warf ihm einen prüfenden Blick zu und suchte nach Unaufrichtigkeit. »Glaubst du wirklich, der Rabe kann helfen?«

»Du nicht?« Denser zuckte mit den Achseln.

»Wir siegen nicht immer, nicht wahr?« Eriennes Stimme drohte wieder zu brechen.

»Nein, wir gewinnen nicht immer. Aber trotzdem sind wir da.«

»Und du willst gehen, ob ich nun mitkomme oder nicht?«

»Oh, Liebste, das ist keine Entscheidung, die ich gern treffen möchte. Aber wir haben unser gemeinsames Leben noch vor uns, und jetzt will ich, dass wir ein Land schaffen, in dem es sich zu leben lohnt.«

»Denser, du bist manchmal so ehrenhaft«, schalt sie ihn. Ein kurzes Lächeln spielte um ihre Lippen. »Aber du bittest mich, sie zu verlassen, und ich weiß nicht, ob ich das tun kann.«

»Du wirst in Gesellschaft deiner besten Freunde sein«, sagte Denser. Dieses Mal wich sie nicht aus, sondern ließ sich von ihm in den Arm nehmen. Denser spürte einen

Kitzel, als er ihr schönes nasses Haar so dicht vor sich sah. »Hier bist du allein. Mit uns zusammen bist du es nicht.«

»Ich falle euch doch nur zur Last. Ich bin nicht mehr die Rabenmagierin, an die ihr euch alle erinnert. Ich habe nicht einmal genug Konzentration, um eine Schnittwunde zu heilen.«

»Das wird schon wieder.« Es kam Denser so vor, als lenkte sie allmählich ein. »Wenn du nicht bei mir bist, würde ich um dich fürchten.«

Erienne verkrampfte sich und zog sich zurück. »Noch ein Druckmittel, um mich von der Insel und von meiner Tochter fortzubekommen. Wie praktisch.«

Denser fluchte innerlich. »Sei bitte nicht ärgerlich. Ich glaube nicht, dass dem Unbekannten etwas anderes übrig bleibt. Früher oder später wären sie sowieso hierher gekommen. Jetzt können sie wenigstens etwas Gutes tun.«

»Wie etwa, mich zu zwingen, von hier wegzugehen.«

»Wie etwa, die Protektoren zu befreien und den Drachen zu helfen«, sagte Denser schärfer, als er es beabsichtigt hatte. Er atmete durch und sprach behutsamer weiter. »Hör mal, im Augenblick weiß niemand außer uns und den Al-Drechar, was du in dir trägst. Ich bin sicher, dass du dich eines Tages für die Hoffnung öffnen kannst, die es bietet. Aber wenn Xetesk herausfindet, dass du den Geist des Einen in dir hast, dann wird sie nichts davon abhalten, daraus Kapital zu schlagen. Das weißt du.«

»Du hast alle Trümpfe in der Hand, was?« Erienne stand auf und klopfte sich ab. Sie starrte ihn kalt an. »Ich möchte wetten, dass ihr euch alle für sehr klug haltet, was?«

»Erienne, es geht doch überhaupt nicht darum, dich zu

zwingen, Lyanna zu verlassen. Das musst du doch sehen. Es geht darum …«

»Es geht mal wieder darum, für das verdammte Balaia zu kämpfen. Ja, ich weiß.« Denser zuckte fast zusammen, als er ihren scharfen Tonfall hörte. »Und jetzt sieh dir mal an, was es mir eingebracht hat, anderen Leuten zu helfen. Drei tote Kinder. Wann wird mal jemand zur Abwechslung mir helfen? Wann wird jemand …«

Sie brach zusammen, das Schluchzen erschütterte ihren Körper, sie atmete schwer. Denser zog sie auf seinen Schoß, streichelte ihr Haar und flüsterte ihr beruhigend ins Ohr. Er hatte Mühe, seinen eigenen Kummer zu überwinden und sich nicht von ihm übermannen zu lassen.

»Wir helfen dir«, sagte er. »Aber du musst dich öffnen. Und du musst anfangen loszulassen. Bitte öffne dich für mich, Erienne. Bitte.«

»Wie viele waren es?« Hauptmann Yron wischte sich mit einer Hand das Gesicht ab und betrachtete die verkohlten Leichen vor dem Tempel. Er hatte großes Glück gehabt und war im letzten Moment dem magischen Angriff ausgewichen, bei dem es sich vermutlich um einen Kraftkegel gehandelt hatte. Er hatte sich mit einem Sprung zur Seite in Sicherheit gebracht, bevor die Türen explodierten und auf einen Schlag dreißig seiner Leute töteten. Trotzdem waren sein Bart und die Hälfte seines Hauptes versengt. Es brannte höllisch.

»Neun, Sir«, sagte sein gerade eben ernannter Stellvertreter, ein verschlossener, verängstigter junger Bursche namens Ben-Foran. Das Gesicht des Jungen war mit Ruß verschmiert, und er hatte auf der linken Seite am Kinn und Hals eine lange Brandwunde.

»Bei den Göttern, mehr nicht? Seid Ihr sicher, dass es nicht mehr waren?«

»So sicher, wie wir nur sein können, Sir. Sie können mit dem Wald verschmelzen.«

Ben-Forans Augen waren überall. Yron konnte ihm keinen Vorwurf machen. Alles in allem hatten sie fünfundachtzig Männer an die Schutzsprüche, die Schwerter und die Giftpfeile verloren. So wilde Kämpfer hatte er noch nie gesehen. Yron hatte natürlich gewusst, dass die Al-Arynaar hier wachten, doch man hatte angenommen, dass sie nicht so grimmig wären wie die Elitekämpfer der TaiGethen. Eher so etwas wie eine Ehrengarde. Wenn die Gerüchte und die Erkenntnisse über die Al-Arynaar schon so falsch waren, was war dann mit ihren angeblich noch viel gefährlicheren Verbündeten?

»Wir müssen uns vergewissern, dass unser Lager rundherum gut gesichert ist. So viele wie möglich werden heute Nacht dort drinnen schlafen.« Er deutete mit dem Daumen über die Schulter zum Tempel. »Dort wird uns nichts passieren.«

Ben-Foran spähte an ihm vorbei. »Sind sie dort drinnen bald fertig?«

Yron sah sich zu seinen beiden verbliebenen Magiern um, die nach Schutzsprüchen und Fallen suchten. Sie waren schon seit Stunden im Tempel; nachdem der Regen aufgehört hatte, brannte die Sonne erbarmungslos vom Himmel.

»Bei den Göttern, ich will es hoffen, mein Junge.« Er klopfte dem Burschen auf die Schulter und drehte ihn herum. »Kommt, lasst uns die Lebenden versorgen und die Toten ehren, oder jedenfalls das, was von ihnen noch übrig ist.«

Ein Insekt stach ihn in den Arm. Er schlug nach

dem Tier, es war das dritte binnen weniger Minuten. Die Götter mochten wissen, wie viele er gar nicht bemerkt hatte. Er sah Ben-Forans Gesichtsausdruck, und beide Männer kratzten sich instinktiv am Arm. Er wusste, was der Bursche dachte. Schnittwunden, Blasen und Insektenstiche waren in Balaia harmlos, aber hier sah es anders aus. Und sie hatten nur zwei Magier, um fast fünfzig Männer gesund zu halten. Sie mussten sehr vorsichtig sein.

Mitten auf dem Vorplatz brannte schon der Scheiterhaufen, als Yron endlich die Gelegenheit bekam, einen Blick in den Tempel zu werfen, der so viele seiner Männer das Leben gekostet hatte. Alle bis auf die beiden Magier und Ben-Foran warteten draußen auf das Signal, das ihnen etwas Erleichterung vor der drückenden Hitze und Feuchtigkeit des frühen Nachmittags verschaffen würde.

Drinnen war es kühl, sogar fast kalt im Vergleich. Die Steine waren dick und leiteten die Wärme nicht nach innen. Das kühle Wasser, das zweifellos aus einer unterirdischen Quelle ins Becken strömte, verlieh dem Tempel eine erfrischende Atmosphäre. Es war, wie Yron mit einem Blick zu der wundervollen, detailreichen Statue zugeben musste, ein sehr angenehmer Ort. Im Augenblick nahezu perfekt.

»Das Licht ist schön«, bemerkte Ben-Foran.

Yron drehte sich um. Ben deutete auf die bunten Lichtbalken, die durch die gläsernen Bausteine und die Fenster über den Tempelwänden und in der Kuppel hereinfielen. Die Wirkung litt sicherlich darunter, dass die Türen zerstört worden waren, doch er konnte sehen, was der Junge meinte.

»Es dient nicht ausschließlich der Verschönerung«,

sagte Erys, ein kluger junger Magier-Archivar mit sehr hellem rotem Haar, das er ruhig etwas kürzer hätte tragen können. Wäre er ein Soldat gewesen, dann hätte Yron ihm einen entsprechenden Befehl erteilt.

»Meint Ihr damit, das Licht sei für Zeremonien benutzt worden?«, fragte Yron.

»Mehr als das. Die Lichtstrahlen öffnen und schließen Türen im hinteren Teil des Tempels.«

Yron zog die Augenbrauen hoch. »Wirklich? Das müsst Ihr mir zeigen.«

Erys führte den Hauptmann um die Statue herum in einen kurzen Flur. Abgesehen von dem Licht, das durch zwei offene Türen hereinfiel, war es dunkel.

»Diese beiden Türen haben sich geöffnet, während wir hier waren, und eine dritte hat sich geschlossen«, erklärte Erys. »Wir haben es zunächst für eine Falle gehalten, doch Stenys ist überzeugt, dass es am Licht liegt, das über bestimmte Bereiche der Statue streicht. Wir beobachten weiter.«

Yron sah sich in einem Raum um. Es war eine Art Schrein. In einem Alkoven saß eine geschnitzte Figur, die von Weihrauchstäbchen umgeben war. Einige Pergamente lagen auf einem niedrigen Tisch, an der Rückwand lehnte ein einziges Kissen.

»Gibt es hier etwas Interessantes?«

Erys schüttelte den Kopf. »Ich glaube nicht, aber wir werden ohnehin alles mitnehmen. Nebenan sind einige Papiere, die interessanter sein könnten, doch den Hauptgewinn haben wir bisher noch nicht gezogen.«

Yron starrte ihn verständnislos an.

»Es dürfte mindestens ein Dutzend solcher Räume geben«, erklärte der Magier. »Und wir wissen nicht, wann sie sich öffnen.«

Yron schnaubte. »Dann reißen wir die Wände ein. Ich werde mich hier keinen Tag länger aufhalten als unbedingt nötig. Ihr habt gesehen, was das Fieber anrichtet.«

»Ich weiß.« Erys nickte. »Wir tun, was wir können. Es gibt aber etwas, das Ihr noch nicht wisst. Kommt mit und seht es Euch an.«

Er führte Yron durch den Tempel zum Ausgang. Ben-Foran war draußen unterwegs, um irgendetwas zu organisieren.

»Hier«, sagte Erys. Er deutete auf den Türsturz aus Stein und die Säulen, zwischen denen sich die Türen befunden hatten. »Fällt Euch etwas auf?«

Yron betrachtete flüchtig die komplizierten Schnitzereien und Gravuren in den Steinen und rieb mit der Hand über die glatten Innenseiten, wo der Türrahmen fugenlos gesessen hatte. Er zuckte mit den Achseln.

»Nun ja, es scheint nicht besonders stark zerstört zu sein.«

»Hauptmann, der Stein ist *überhaupt nicht* angegriffen. Ich meine, es gibt nicht einmal Sengspuren. Hier nicht und nirgends auf dem Stein des Tempels. Ich weiß, dass dieser Schutzspruch nach außen gerichtet war, aber trotzdem …«

»Was bedeutet das?«

»Deshalb haben wir so lange gebraucht. Wir haben das Gebäude untersucht. Jeder Stein des Tempels ist durch eine Kraft, die wir nicht ergründen können, mit allen anderen verbunden. Es ist eine uralte Form der Magie. Wirklich alt. Das Einzige, was im Tempel nicht verbunden ist, ist die Statue, um die herum das Bauwerk errichtet worden ist. Der Grund ist wahrscheinlich der, dass sie aus Marmor besteht.«

»Wollt Ihr mir damit sagen, dass der Tempel solide gebaut ist?«

»Oh, er ist mehr als nur solide gebaut«, erklärte Erys. »Wenn Ihr an der Außenseite das Moos und die Pflanzen abkratzt, dann sieht das Mauerwerk darunter nicht einmal alt aus. Zunächst einmal glaube ich nicht, dass irgendein Spruch oder irgendein Werkzeug aus unserem Arsenal so etwas vollbringen könnte. Der zweite Punkt ist, dass die bindende Magie, falls wir durch einen dummen Zufall das Gebäude beschädigen, jedes Loch schließen könnte, und zwar mit großer Kraft.«

»Na, wundervoll«, murmelte Yron. »Willkommen in unserem neuen Heim.« Er kratzte sich am Arm und spürte die Schwellungen von den Insektenstichen. Er wandte sich wieder an den Magier. »Also gut, dann untersucht Ihr zwei Magier sofort alle Pergamente, die Ihr finden könnt, sobald sich eine dieser verdammten Türen öffnet. Im Augenblick wäre es sehr hilfreich, wenn Ihr einen Text über die Abwehr von Insekten auftreiben könntet.«

Erys kicherte. »Wir werden tun, was wir können. Leider ist vieles in einem alten Elfendialekt geschrieben, den wir nicht lesen können.«

»Oh, das wird ja immer besser«, meinte Yron trocken. »Und wie werdet Ihr es wissen, wenn Ihr gefunden habt, was Dystran haben will?«

»Das werden wir nicht wissen«, sagte der Magier. »Nicht unbedingt, obwohl wir wahrscheinlich genug erkennen können, um einen Anhaltspunkt zu bekommen. Wir nehmen einfach alles mit, was nicht angenagelt ist. Für alle Fälle.«

Yron fragte sich, ob der Magier scherzte. Das war offensichtlich nicht der Fall. Der Hauptmann nickte.

»Na gut, wir sprechen uns später noch. Gebt mir Bescheid, sobald Ihr etwas findet.« Er blickte nach draußen. »Ben! Schafft Euren Arsch hier rein!«

»Sir!« Sein neuer Leutnant kam im Laufschritt heran.

»So, und nun passt auf. Notiert jeden Mann mit einer Schnittwunde, einer Blase und einem infizierten Insektenstich. Führt eine Liste mit allen, die das Fieber bekommen haben. Gebt die Liste Stenys, der sie durcharbeiten soll. Dann brauche ich acht Männer, die noch gut in Form sind. Sie sollen zum Basislager zurückkehren und Segeltuch holen, mit dem wir den Eingang verschließen und ein Zelt bauen können. Sie sollen auch Schaufeln, Beile und Hacken mitbringen und so viel Lebensmittel, wie sie auf die Packtiere laden können, vorausgesetzt, die dummen Tiere leben noch. Sie haben einen bemerkenswerten Instinkt dafür, sich in Gefahr zu begeben.

Die Wache und die Magierin sollen im Lager bleiben und sich um die Kranken und den Rest der Ausrüstung kümmern. Es wäre wirklich gut, wenn das beschränkte Mädchen ein paar von ihnen am Leben erhalten könnte. Die acht sollen um Mitternacht wieder hier sein, also sollen sie sich sputen. Unterdessen könnt Ihr Plätze für Zelte und Latrinen bestimmen, einen Trupp zum Beschaffen von Feuerholz einteilen und einen Ring aus vier Feuern vor dem Eingang anlegen. Ich will nicht, dass etwas Unwillkommenes meinen Schlaf stört. Es sieht so aus, als müssten wir eine Weile hier bleiben. Alles klar?«

Ben-Foran nickte. »Ja, Sir.«

»Gut. Ich bin drin, nutze meinen Rang aus und sehe zu, wie ihr anderen schwitzt und müde werdet. Wir werden heute da drin schlafen, aber wenn einer ins Becken pinkelt, lasse ich ihn aufspießen und den Jaguaren vorwerfen. Ach ja, Ben – die Leute, die Feuerholz holen, sollen Handschuhe tragen und aufpassen, was sie anfassen. Was sich bewegt, wenn man es aufheben will, ist kein Stock.«

Ben-Foran grinste. »Ja, Sir.«

»Gut. Macht euch an die Arbeit. Es wird hier früh dunkel.« Yron drehte sich um und kehrte in den angenehm kühlen Tempel zurück. »Bei den Göttern, was habe ich nur verbrochen, dass mir dieses Kommando übertragen wurde?«

Achtes Kapitel

Erienne litt unter Übelkeit. Das Gefühl breitete sich in ihrem ganzen Körper aus, bis ihr schwindlig wurde. Ihr Magen verkrampfte sich, und ihre Glieder zitterten. Der Puls hämmerte so hart in ihrem Hals, dass sie glaubte, ihre Haut müsste aufplatzen. Sie streckte eine bleiche, zitternde Hand zum Türgriff aus und ließ sie wieder sinken. Sie musste sich an den Rahmen lehnen, um nicht das Gleichgewicht zu verlieren. Sie war nicht sicher, ob es Angst oder Hass war. Vermutlich eine Mischung aus beidem. Sie durfte sich nichts anmerken lassen.

Sie nahm sich zusammen, packte den Türgriff und stieß die Tür auf, bevor ihr Impuls, einfach wegzulaufen, die Oberhand gewinnen konnte.

»Erienne, wie schön, dich endlich zu sehen.«

Da waren sie also, die beiden. Sie saßen in tiefen, weichen Sesseln, die Füße auf gepolsterte Hocker gelegt. Sie wirkten zerbrechlich und alt, und eine Krankheit hatte ihre Haut entstellt, doch ihre Augen brannten hell. Sie sollten tot sein wie meine Tochter, dachte Erienne. Doch da waren sie und begrüßten sie, wie eine Großmutter das

Enkelkind begrüßt, was Erienne in ihren Augen vermutlich auch war.

»Es ist kein Höflichkeitsbesuch«, sagte Erienne hart. »Ich werde keine Artigkeiten mit denen austauschen, die für die Ermordung meiner Tochter verantwortlich sind.«

»Wir sind bekümmert über deinen Verlust …«, begann Myriell.

»Wagt es nicht!« Eriennes Ausbruch ließ die beiden zusammenzucken. Sie spürte, wie Tränen in ihre Augen traten, doch sie wollte sich nicht von ihnen übermannen lassen. »Sagt mir nie wieder, dass ihr bekümmert seid. Bei den ertrinkenden Göttern, ihr wart doch diejenigen, die Lyanna in den Tod geschickt haben. Das wäre nicht nötig gewesen.«

»Wir hatten das Gefühl …«

»Es wäre nicht nötig gewesen«, wiederholte Erienne langsam. »Ihr seid in Panik geraten, als die Dordovaner angriffen. Ich hätte sie retten können. Ihr hättet dem Raben vertrauen müssen, und ihr hättet mir vertrauen müssen. Das habt ihr nicht getan.«

Zwei Jahreszeiten hatte sie gewartet, ehe sie diese Worte sagte. Zwei Jahreszeiten, in denen unendlicher Kummer und eine schreckliche Abscheu ihr die Kraft geraubt hatten, die alten Frauen zur Rede zu stellen, wie sie es eigentlich wollte. Die Übelkeit schwand ein wenig, und sie beruhigte sich. Sie hatte sich wieder unter Kontrolle.

»Aber dabei wärst du gestorben«, wandte Myriell ein.

»Für meine Tochter zu sterben, wäre die größte Ehre meines Lebens gewesen. Ich bin ihre Mutter. Was, zum Teufel, erwartet ihr von mir?«

Erienne trat in den Raum. Die Tür, die zur Küche führte, wurde geöffnet, doch ein finsterer Blick ließ Nerane sofort wieder verschwinden.

»Wir haben von dir erwartet, dass du deinem Glauben gerecht wirst und die Notwendigkeit einsiehst, die Eine Magie zu erhalten«, sagte Cleress.

»Meine Güte, wie sehr ihr euch doch von der Realität entfremdet habt.« Eriennes Worte tröpfelten wie Gift, als sie sich den Al-Drechar näherte, bis sie vor deren Stühlen stand und auf die erbärmlichen, schwachen Körper hinabschaute. »Hattet ihr eigentlich eigene Kinder, oder wart ihr schon immer so vertrocknet und unfruchtbar wie jetzt?«

Sie legte die Hände auf Myriells Armlehne und beugte sich vor. »Ich hätte alles getan, um mein Kind zu retten. Ich war bereit, für Lyanna zu sterben; es wäre mir leicht gefallen. Eure Eine Magie hat dabei keine Rolle gespielt.«

Schweigend starrten die Frauen einander an. Erienne richtete sich wieder auf, als Myriell endlich den Blick abwandte.

»Warum bist du gekommen?«, fragte Cleress. »Nur um deinen Gefühlen Luft zu machen, oder gibt es noch etwas?«

Erienne drehte sich zu ihr um. »Glaubt ihr etwa, ich hätte nicht das Recht dazu? Glaubt ihr senilen alten Frauen wirklich, ich könnte jemals zu der Überzeugung gelangen, dass ihr richtig gehandelt habt? Ihr kotzt mich an.«

»Nein, das glauben wir nicht«, sagte Cleress. »Wir erwarten auch nicht, dass du uns verzeihst. Und ja, wir haben Kinder zur Welt gebracht. Aber das Eine ist größer und wichtiger als jeder Einzelne von uns.«

»Versuch das mal Lyanna zu erklären«, tobte Erienne. Wieder drohte sie in Tränen auszubrechen. Die Gelassenheit der beiden war nicht zu fassen. Sie waren so kalt.

»Sie lebt jetzt in dir weiter, doch du leugnest das«, sagte Myriell.

»Haltet ihr mich denn für völlig schwachsinnig?« Erienne schüttelte den Kopf. »Ich habe gespürt, was ihr zwangsweise von Lyanna auf mich übertragen habt, und ich verstehe, warum sie solche Schwierigkeiten hatte, es zu kontrollieren. Es ist aber in keiner Weise das Wesen meiner Tochter. Es ist eine bösartige Kraft, die mich zu überwältigen versucht. Ich bin jedoch zu stark für sie, und deshalb schläft sie in mir, bis ich bereit bin, falls dieser Augenblick überhaupt jemals kommen sollte.«

»Du musst sie akzeptieren«, sagte Cleress, deren Stimme auf einmal viel energischer klang. »Das ist die Zukunft für uns alle.«

Erienne starrte sie lange und hart an.

»Wenn du sie für immer verleugnest, dann wird die Kraft schrumpfen und vergehen, aber nicht ohne dich zu töten. Dann seid ihr beide, du und deine Tochter, vergebens gestorben«, ergänzte Myriell.

»Wenn überhaupt, dann wird es zu meinen Bedingungen geschehen«, erwiderte Erienne langsam. »Wenn ich spüre, dass ihr auch nur die äußeren Bereiche meines Bewusstseins berührt, ich schwöre euch, dann werde ich zurückkommen und euch töten. Ich hoffe, ich habe mich klar ausgedrückt.«

»Zurückkommen?« Cleress verzog unter Schmerzen das Gesicht zu einem kleinen Lächeln.

»Deshalb bin ich hier. Der Rabe verlässt die Insel, und man hat mich daran erinnert, dass ich zum Raben gehöre. Xetesk beherrscht jetzt Herendeneth. Wir haben einiges zu erledigen, sagte mir mein Mann. Haltet euch aus meinem Kopf heraus, während ich fort bin, solange ich euch nicht aufgrund irgendeines Wunders ausdrücklich einlade. Noch wichtiger ist, dass ihr Lyannas Grab fern bleibt. Eure widerwärtige Gegenwart würde ihre Ruhe stören. Nerane wird sich um das Grab kümmern, bis ich zurückkehre.«

Myriell und Cleress wechselten einen Blick.

»Wir werden deine Wünsche natürlich respektieren«, sagte Cleress. »Vergiss aber nicht, dass wir sterben. Und auch wenn du uns hasst, du brauchst uns. Das Eine wird erwachen, und nur wir können dir den Weg durch die Torturen weisen, die dir bevorstehen.«

»Wenn ihr meint.«

»Glaube mir, Mädchen«, fauchte Myriell. »Es ist eine gewaltige Kraft. Wenn sie ohne unsere Hilfe erwacht, steht dir noch Schlimmeres bevor als deiner Tochter.«

Erienne staunte über Myriells leidenschaftlichen Ausbruch, ließ sich jedoch nicht einschüchtern.

»Ich weiß, dass ihr haben wollt, was in meinem Kopf schlummert. Ich weiß, dass ihr glaubt, ihr könntet mit meiner Hilfe dem Einen wieder Geltung verschaffen. Für den Augenblick ist es allerdings für euch verloren. Und ihr sollt euren Verlust erleben, wie ich meinen erlebt habe. Ihr habt allerdings etwas, das ich nie hatte. Hoffnung.«

»Sei vorsichtig auf deinen Reisen«, warnte Cleress.

»Ich werde gehen, wohin ich will, und tun, was immer ich für richtig halte.« Erienne drehte sich um und marschierte zur Küchentür. Sie hatte auf einmal Hunger. An der Tür blieb sie noch einmal stehen, weil ihr ein letzter Gedanke kam.

»Ich bin nicht euer Eigentum, Al-Drechar. Und auch was ich in mir habe, ist nicht euer Besitz. Das solltet ihr nie vergessen.«

Ilkar verließ Herendeneth mit gemischten Gefühlen; ihm war äußerst unwohl. Er wusste nicht einmal richtig, wo er beginnen sollte, um seine Gedanken zu ordnen. Er war froh, die Insel zu verlassen, jedoch zutiefst beunruhigt über die starke xeteskianische Truppe auf der Insel. Sein Wunsch, in Calaius Magier zu rekrutieren, und sei es nur vorübergehend, die ihm helfen konnten, Julatsa wieder aufzubauen, wurde durch die Ängste gedämpft, die sich einstellten, da er nun zum ersten Mal seit mehr als einhundert Jahren seine Heimat, den Südkontinent, besuchte.

Das Schlimmste dabei war, zumindest im Augenblick, dass er mit dem Schiff dorthin reiste. Trotz des Vorrats der entspannenden und beruhigenden Droge namens Lemiir, den die Al-Drechar ihm gegeben hatten, waren seine Erinnerungen an das Elend und die Übelkeit auf dem offenen Meer noch sehr frisch.

Er kletterte in den Netzen an der Backbordseite der *Calaianische Sonne* hoch, sprang aufs Deck und schüttelte Kapitän Jevin die Hand. Der Elfenkapitän lächelte ein wenig zu wissend für Ilkars Geschmack.

»Wollen wir hoffen, dass Ihr Euch dieses Mal etwas schneller an die Seereise gewöhnt«, sagte er.

»Versprecht mir nur, dass es keine lange Reise wird«, erwiderte Ilkar.

»Drei Tage, wenn das Wetter hält.« In Jevins Augen blitzte es. »Aber auch so werden wir da draußen eine kräftige, acht bis zehn Fuß hohe Dünung haben, und Ihr wisst ja selbst, wie launisch das Wetter sein kann.«

»Ich bin so froh, dass ich gefragt habe.«

Jevin lachte und deutete zum Heck. »Die gleiche Kabine wie beim letzten Mal, Ilkar. Macht es Euch bequem.«

Ilkar schnappte sich seine Siebensachen und ging auf dem schlanken Schiff nach hinten. Unterwegs nickte er einigen Matrosen zu, die Zeit hatten und aufschauten, als er vorbeikam. Das ausschließlich mit Elfen bemannte Schiff hatte eine wichtige Rolle gespielt, als es darum ging, die Dordovaner daran zu hindern, Lyanna zu schnappen. Die Mannschaft hatte für eine völlig unangemessene Entlohnung ihr Leben aufs Spiel gesetzt und den Raben über das von tobenden Stürmen heimgesuchte Südmeer befördert. Es war eine Schuld, die sie niemals voll und ganz zurückzahlen konnten, jedenfalls nicht mit Geld, auch wenn sie in dieser Hinsicht mittlerweile recht gut ausgestattet waren.

Jetzt hoffte Ilkar vor allem auf eine ruhige Überfahrt. Schon der Gedanke an den Seegang versetzte Ilkars Magen in unschöne Wallungen, als er nach unten ging.

Kurz danach war der ganze Rabe an Bord versammelt, die Netze und die Boote wurden verstaut, und der Anker wurde gelichtet. Ilkar gesellte sich zu Hirad, der an der Reling stand und zusah, wie Herendeneth hinter ihnen zurückfiel. Jevin hatte nur das Toppsegel und das Vorsegel gesetzt, um vorsichtig durch die gefährlichen Gewässer im Ornouth-Archipel zu manövrieren.

Über ihnen kreisten und riefen die Kaan-Drachen am Himmel und geleiteten sie ein Stück aufs Meer hinaus. Hirad lächelte, als Ilkar zu ihm kam.

»Sha-Kaan hat dir noch ein paar Dinge zu sagen, was?«, meinte der Elf.

Hirad nickte. »Er redet vor allem über dich.«

»Oh, wie schön.«

Ilkar wurde mit den Drachen nicht recht warm. Eigentlich stand niemand auf wirklich gutem Fuß mit ihnen, Hirad natürlich ausgenommen. Es musste an ihren

Gemeinsamkeiten liegen, etwa am dicken Fell, erzählte man sich scherzend. Hirad und Sha-Kaan verband allerdings eine einzigartige Beziehung, die es ihnen erlaubte, einander geistig zu berühren und sich telepathisch auszutauschen.

»Was sagt er denn?«

»Nun ja, ich habe erwähnt, dass du dir wegen der Xeteskianer auf Herendeneth Sorgen machst«, erklärte Hirad. »Er will dafür sorgen, dass sie gewissermaßen nicht aus der Reihe tanzen.«

»Oh«, sagte Ilkar. »Ich dachte, er käme vielleicht mit. Das Klima auf Calaius dürfte ihm gefallen.«

»Vergiss es, Ilks. Wach auf. Er muss nach Hause zurückkehren, deshalb wird er bleiben und mit den Al-Drechar und den Xeteskianern zusammenarbeiten. Ich dachte, das würde dich freuen – auf diese Weise können wir mit Herendeneth Kontakt halten. So weißt du wenigstens jederzeit, was dort vor sich geht.«

»Ich dachte, deshalb ist Aeb mitgekommen.« Ilkar runzelte die Stirn.

Hirad drehte sich zu ihm um. »Das setzt dir alles ganz schön zu, was?«

»Was meinst du?«

»Nun ja, es sieht jemandem wie dir gar nicht ähnlich, so begriffsstutzig zu sein.«

»Danke, dass du es mir so taktvoll erklärt hast.«

»Entschuldige.« Hirad lächelte. »Hör mal, Denser ist Aebs Gebieter, und der Unbekannte mag ihn und will, dass er auf seiner linken Seite kämpft. Deshalb ist er hier. Seine Kommunikation mit den anderen Protektoren ist jedoch alles andere als unbeeinflusst. Was sie erfahren, kommt von den xeteskianischen Magiern.«

»Das ist wohl richtig.«

Ilkar drehte sich um und lehnte sich an die Reling. Hirad hatte Recht, seine Gedanken waren wirklich alles andere als klar. Und natürlich war die Antwort des Barbaren vernünftig gewesen. Er schüttelte kläglich den Kopf und sah sich um. Da waren sie also wieder versammelt, aber irgendwie fühlte es sich nicht richtig an. Noch nicht, jedenfalls. Der Grund dafür lag auf der Hand, und deshalb hatte der Unbekannte auch so großen Wert darauf gelegt, dass Erienne und Thraun mit auf dem Schiff waren.

Es fühlte sich nicht richtig an, weil sie mit Leuten reisten, die niemals echte Mitglieder des Raben sein würden. Ilkar erinnerte sich noch, wie Thraun in ihre Gruppe gekommen war. Er war ein Fremder gewesen, doch irgendwie hatte kein Zweifel daran bestanden, dass er zu ihnen gehörte. In gewissem Maße galt das auch für Darrick, obwohl er sich noch daran gewöhnen musste, offener zu sein. Doch Aeb, nun ja. Er gehörte ganz sicher nicht zum Raben. Zuerst einmal war er ein Protektor, und damit stand er außerhalb. Das Gleiche galt für Ren. Sie war bei ihnen, weil sie ihn liebte, sie war eine calaianische Elfenfrau, eine hervorragende Bogenschützin und eine gute Kämpferin. Sie verstand allerdings nicht, was es bedeutete, dem Raben anzugehören. Ihre Loyalität galt vor allem der Gilde der Drech, die sich um die Al-Drechar kümmerte. Dies war keine gute Voraussetzung für das absolute Vertrauen, das sie in den Raben setzen musste, wenn sie wirklich dazugehören wollte. Im Augenblick hatte sie noch das Problem, dass sie glaubte, die Gruppen wären einander ähnlich.

Trotz seiner persönlichen Gefühle für sie war Ilkar besorgt, weil er wusste, dass sie unter normalen Umständen nicht eingeladen worden wäre, sich Balaias berühmtester

Söldnertruppe anzuschließen. Dies bereitete besonders Hirad und dem Unbekannten großes Unbehagen. Ilkar ahnte, dass ihnen schwierige Zeiten bevorstanden.

Seufzend drehte er sich wieder zur Reling um. Der Unbekannte stand links neben ihm und winkte Diera und Jonas zu, die ihnen vom Strand aus nachschauten. Wieder ein tränenvoller Abschied. Er klopfte dem großen Krieger auf die Schulter.

»Keine Sorge, wir sind bald wieder hier.«

Der Unbekannte sah ihn an und lächelte traurig. »Hör mal, Ilkar«, sagte er, »wir glauben doch beide nicht, dass das wahr ist, oder?«

Selik machte den Fluch der Magie dafür verantwortlich, dass Balaia seine Schönheit verloren hatte. Wäre er zu Scherzen aufgelegt gewesen, dann hätte er auch sein Gesicht, das dieses Miststück Erienne vor sechs Jahren mit einem Eiswind verschandelt hatte, auf der Verlustseite verbucht. Dies war freilich nicht der Augenblick für ironische Kontemplation.

Er hatte geglaubt, nichts könne ihn mehr erschüttern, doch als er an der Spitze seiner fünfzig Mann starken Bande von immer hungrigen, aber entschlossenen Männern nach Erskan hineinritt, wurden seine schlimmsten Schreckensvisionen übertroffen. Am Rande der einst behaglichen, wenn nicht gar wohlhabenden Vorstadt unter der Burg überfielen zwei Jungen, mit Messern in den schmierigen Händen, ein Mädchen. Die Kleine wich mit großen, ängstlichen Augen zurück und suchte verzweifelt nach einem Ausweg, wollte aber auch nicht verlieren, was sie sich an die Brust gepresst hatte. Keines der Kinder war älter als sieben Jahre.

Selik befahl seinen Männern anzuhalten, bevor er allein

weiterritt und sich umschaute, ob Männer oder Frauen aus dem Ort eingreifen wollten. Anscheinend war dieses Viertel von Erskan jedoch völlig verlassen.

Die beiden Jungen ignorierten ihn, als er das Pferd zügelte und abstieg, doch das Mädchen starrte ihn an, offenbar unsicher, ob er ein Retter oder ein Räuber war. Geschwind trat er zwischen die Kinder und schirmte das Mädchen mit wallendem Mantel vor den Blicken der Angreifer ab. Die Kapuze ließ er vorgezogen, wie sie war. Er hatte nicht die Absicht, ihnen sein Gesicht zu zeigen.

»Müssen wir schon von unseren Schwestern stehlen, um zu überleben?«, nuschelte er mit seinem halb gelähmten Mund.

»Sie will nicht mit uns teilen«, sagte einer der Jungen. Seine Augen lagen in dem vor Hunger hageren Gesicht tief in den Höhlen.

»Aber hat sie überhaupt genug, um zu teilen?«, fragte Selik. »Und hättet ihr mit ihr geteilt? Nun?«

Er drehte sich zum Mädchen um. Ihr Gesicht war schmutzig, sie hatte kurze schwarze Haare und winzige Ohren und überlegte wohl gerade, ob sie weglaufen sollte. Er streckte eine Hand aus. »Stell dich neben mich, Kind. Sie werden dir nichts tun.«

Widerstrebend gehorchte sie und schob die kleine, magere Hand in seine. Er lächelte und war froh, dass sie nicht sah, was das Lächeln mit seinem Gesicht anstellte.

»So«, sagte er leise. »Nun zeig mir, was du unbedingt behalten wolltest.«

Die zweite Hand löste sich von ihrer Brust und zeigte ihm die Beute. Es war ein Stück Brot, eine schmierige Rinde nur, und nicht genug, um eines dieser zerlumpten Kinder zu sättigen. Der Brotkrumen war schmutzig und von grünem Schimmel bedeckt. Dass die Kinder um so etwas kämpften …

»Hört mal zu«, sagte er. Er hatte Mühe, seine Abscheu zu verbergen. »Gib mir das, und ich hole für euch alle genug zu essen.«

Das Mädchen glotzte erstaunt, aber die Jungen, die nervös herumgetrampelt waren, weil sie nicht bereit waren, auf einen Happen Essen zu verzichten, runzelten gleichzeitig die Stirn.

»Warum wollt Ihr das tun?«, fragte einer der beiden, ein sommersprossiger Bursche mit verfilztem hellbraunem Haar und getrocknetem Rotz auf der Oberlippe. In Lumpen ging er nicht, aber seine Kleider trug er sicher schon viel zu lange. Sie waren schäbig, aber nicht zerfetzt.

»Weil ihr hungrig seid, und weil ich ein guter Mann bin, der für eine gute Sache kämpft.«

»Wer seid Ihr denn?«, fragte das Mädchen, das gleichzeitig seine Hand drückte und ihm die widerliche Brotrinde gab.

Selik nahm sie und ging zu seinen Männern. Sein Pferd folgte ihm und den Kindern gehorsam. »Nun, meine junge Dame, mein Name ist Selik, und ich befehlige eine Truppe, die versucht, Menschen wie dir, deinen Eltern und all deinen Freunden zu helfen. Wir sind die Schwarzen Schwingen. Hast du schon einmal von uns gehört?«

Das Mädchen schüttelte den Kopf, ebenso die beiden Jungen, die auf der anderen Seite neben ihm gingen. Selik empfand grimmige Zufriedenheit.

»Ah, schon gut, das macht nichts. Aber ich sag euch was. Damit wir euch helfen können – damit es euren Freunden besser geht und ihr bald wieder mehr zu essen bekommt –, müsst ihr mir verraten, wo ich einige Leute finde, wenn ich euch etwas zu essen gebe. Einverstanden?«

Das Mädchen zuckte mit den Achseln, dann nickte es.

»Danke. Wie heißt du?«

»Elise«, sagte das Mädchen.

»Ein hübscher Name für ein hübsches Mädchen.«

»Warum tragt Ihr eine Kapuze?«, fragte einer der Jungen unvermittelt.

Selik blieb stehen und sah den Jungen scharf an, der sofort den Kopf einzog. Seliks Gesicht war unter der Kapuze verborgen, doch der harte Glanz seiner Augen blieb sichtbar.

»Wenn man gegen das Böse kämpft, wird man manchmal verletzt. Mein Gesicht könnte kleine Jungen und Mädchen erschrecken, und dann würden sie schlecht über mich denken.« Er hatte Mühe, ruhig zu sprechen. »Also gut, euer Essen.« Er wandte sich an den vordersten Reiter und schnippte mit den Fingern. »Devun, gib jedem der drei etwas Dörrfleisch und ein wenig von den Frühlingsfrüchten, die du gefunden hast. Sie haben Hunger, und ihre Not ist größer als unsere.«

Devun zog die Augenbrauen hoch, öffnete jedoch gehorsam die Schnallen einer Satteltasche und holte einige eingewickelte Pakete erhaus. Er roch an ihnen, als er sie herauszog, und gab drei davon an Selik weiter. Der Kommandant der Schwarzen Schwingen wickelte sie aus und zeigte den Kindern den Inhalt. Zwei enthielten Streifen von Dörrfleisch, im dritten waren weiche Früchte, die beinahe schon überreif waren.

»Das wird eine Weile reichen, wenn ihr vorsichtig seid. Und ich will nicht hören, dass ihr euch darum zankt.« Er sah noch einmal die beiden Jungen an, bis sie ungeduldig mit den Füßen scharrten und nickten. »Gut. Wenn wir wieder stark werden wollen, dann müssen wir zusammenhalten.«

Er hockte sich hin und gab den Kindern das Essen, die es gierig nahmen. Sie bedankten sich murmelnd, ihnen lief schon das Wasser im Mund zusammen, und sie hatten erwartungsvoll die Augen aufgerissen.

»Und jetzt zu eurem Teil der Abmachung«, erinnerte er sie. »Ihr sollt mir zwei Dinge sagen: Ist Lord Erskan noch am Leben?«

»Ja, das ist er«, sagte Elise. »Aber er kommt nicht mehr aus der Burg heraus. Mein Bruder sagt, er sei krank.«

»Oder er versteckt sich vor seinem Volk«, sagte Selik halblaut. »Und wisst ihr auch, ob es noch Magier in der Stadt gibt?«

Es gab eine Pause.

»Ich glaube schon«, sagte der sommersprossige Junge nach einem Blickwechsel mit seinem Freund. »Aber ich weiß nicht, wo sie sind.«

»Nein, das ist klar.« Selik richtete sich auf. »Ich nehme an, sie schämen sich zu sehr, um sich blicken zu lassen. Wahrscheinlich schleichen sie nur noch in der Nacht herum, falls sie sich überhaupt herauswagen.« Er holte tief Luft. »Nun gut, ihr drei könnt jetzt gehen, aber eines dürft ihr nicht vergessen. All euer Hunger und euer Schmerz wurde durch die Magie und durch die Leute verursacht, die die Magie einsetzen, ohne auf die Auswirkungen zu achten. Menschen wie ihr und eure Familien sind die Opfer. Wenn ihr herausfindet, wo die Magier sind, dann müsst ihr zu mir kommen und es mir sagen, und ich kümmere mich dann um sie. Und jetzt lauft.«

Er sah ihnen nach, wie sie über die Hauptstraße eilten. Sie zankten um ihre jeweiligen Anteile, doch ihr Streit um die Brotrinde war vergessen. Wenigstens, bis ihre Mägen wieder leer waren.

Selik wandte sich an seine Männer. »Falls es eine eindringlichere Darstellung des Bösen gibt, mit dem wir es zu tun haben, dann ist sie mir noch nicht begegnet. Sitzt auf, wir reiten zur Burg. Wir reiten stolz mitten über den Marktplatz.«

Neuntes Kapitel

Selik und seine Männer ritten langsam durchs Zentrum von Erskan. Die verwahrlosten Menschen der einstmals stillen, freundlichen Stadt waren ein Spiegel für das Übel, das ganz Balaia befallen hatte. Die Straßen waren verschmutzt und verlassen bis auf einige Lumpensammler, die nach Resten suchten, die sie kaum finden würden. Die Schwarzen Schwingen waren im Nu von Bettlern umringt, von denen es recht viele gab. Einige waren schon als Bettler geboren, und ihnen ging es jetzt besser als ihren einst wohlhabenden Konkurrenten, die elender und schmaler aussahen als jene, auf die sie vor kurzer Zeit noch herabgeschaut hatten.

Auf dem Markt waren zwar noch einige Händler vertreten, doch Selik sah keinen einzigen Stand mit Lebensmitteln. Auch Silber und Gold waren kaum im Angebot. Gegen ihre günstig feilgebotenen Waren wollten die Händler vor allem Brot, Fleisch und Getreide eintauschen. Die Gasthöfe am Rand des Platzes waren geschlossen, und die anderen Geschäfte zugenagelt. Wer nicht bettelte oder zu schachern versuchte, lief mit abgestumpftem

Gesicht umher. Auch das konnte Selik verstehen. Das Unheil war mit atemberaubender Geschwindigkeit über Balaia hereingebrochen, und die Leute konnten es nicht fassen.

In den Seitenstraßen verwesten Leichen, die man einfach liegen gelassen hatte, einige lagen offenbar schon seit Monaten dort. Die ganze Stadt stank nach Verfall und Krankheit, doch in gewisser Weise war sie auch sauberer als früher. Keine einzige streunende Katze war zu sehen, kein Hund rannte herum und keine Ratte huschte über die Straße. Die Tiere waren längst in den Mägen der verzweifelten Menschen gelandet.

Selik erreichte die Burg und fand genau das vor, was er erwartet hatte. Das Fallgatter war herabgelassen, die Türen waren geschlossen, auf den Wehrgängen am Torhaus standen Wächter und hielten die Bogen bereit.

»Wir haben nichts«, rief einer herunter. »Und was wir haben, geben wir unserem Volk. Hier ist für Reisende nichts zu holen. Macht, dass Ihr weiterkommt.«

»Ich will nichts weiter, als einige Minuten mit eurem Lord reden. Ich bin Selik, und dies ist meine Truppe, die Schwarzen Schwingen. Wir haben genügend Nahrung, und unsere Pferde grasen auf offenen Wiesen. Könnte ich mit ihm sprechen?« Seliks gesundes Auge richtete sich auf die Wehrgänge. Erskans Banner flatterten trotzig im Wind, also war der Burgherr daheim.

»Was wünscht Ihr mit ihm zu besprechen?«

»Ich will Balaia seinen früheren Glanz zurückgeben, was uns wohl allen am Herzen liegen dürfte.«

Es gab einen kurzen Wortwechsel, dann nickte der Mann.

»Ihr dürft eintreten. Eure Männer bleiben draußen.«

»Selbstverständlich«, sagte Selik. »Ich danke Euch.«

Er hörte, wie das Gatter gehoben wurde und über die Mauern des Torhauses stieg. Die Tore öffneten sich krachend, und Selik ritt allein hinein. Im Hof hinter der Tür hatten sich Bewaffnete aufgestellt. Erskan war ein nervöser Mann.

Im Hof stieg Selik ab und ließ sich das Pferd abnehmen, dann wurde er zum Burgfried geführt. Ein Knappe begleitete ihn durch eine große Empfangshalle mit dunkel gefärbten Wandbehängen, auf der rechten Seite durch eine Tür und dann eine kurze Treppe hinauf. Von einem Flur gingen vier oder fünf Türen ab, und er wurde durch die erste komplimentiert.

»Nehmt Platz, Sir«, sagte der Knappe. »Lord Erskan wird gleich kommen.«

Selik befand sich nun in einem kleinen, kalten Zimmer. An der hinteren Wand gab es einen kalten Kamin, durch die Buntglasfenster auf der rechten Seite fiel etwas Licht herein. Die spärliche Einrichtung bestand aus einigen Lehnstühlen vor dem Kamin, zwei niedrigen Tischen und Erskans Wappen über der Feuerstelle.

Selik hielt es für besser, den Burgherren stehend zu erwarten, und trat ans Fenster, um hinauszuschauen. Die Stadt breitete sich stumm und leidend vor der Burg aus. Er seufzte und zog sich die Kapuze tief über die Augen. Hinter ihm öffnete sich knarrend die Tür.

»Es ist noch gar nicht so lange her, dass ich Euch aus der Stadt gejagt hätte, Mann der Schwarzen Schwingen.«

Selik drehte sich zu Lord Erskan um, der von seinem Knappen begleitet wurde. Der Bursche trug ein Tablett mit zwei Gläsern und einem Krug, das er auf einem der niedrigen Tische absetzte. Erskan entließ ihn mit einer Geste.

»Kommt und setzt Euch«, sagte Erskan. Er kam langsam zu den Stühlen herüber. »Ein Glas Wein kann ich Euch anbieten, damit sind wir noch gut versorgt.« Er kicherte humorlos. »Und nehmt die verdammte Kapuze ab. Ich weiß, welche Entstellungen sie verbirgt.«

Selik warf die Kapuze zurück und war dankbar für die kühle Luft, die seinen Kopf umfächelte. Er setzte sich gegenüber von Erskan, der nicht zusammenzuckte, als er Seliks entstellte linke Wange, das tote weiße Auge und den hängenden Mundwinkel betrachtete. Er war ein Mann in mittleren Jahren, der in nur zwei Jahreszeiten stark gealtert war, schrecklich abgemagert und zerbrechlich. Seine grauen Strähnen waren von Öl geglättet, in seinem schmalen Gesicht saß eine Adlernase, er hatte ein stark hervortretendes Kinn und stumpfe blaue Augen. Seine Hände hatten Leberflecken, die Nägel waren bis aufs Fleisch abgekaut, und sie zitterten, als er Wein einschenkte und Selik ein Glas gab.

»Nun, Hauptmann, oder vielleicht sollte ich besser Kommandant sagen. Welche Eröffnungen habt Ihr mir zu machen, die das Volk von Erskan aufmuntern könnten?« Der Lord hob sein Glas an den Mund.

»Hauptmann, bitte.« Selik lächelte. »Ich verstehe Euer Misstrauen, mein Lord. Ich will auch gern einräumen, dass gewisse Taten der Schwarzen Schwingen … übereifrig waren.«

»Das ist ein wenig untertrieben«, sagte Erskan.

»Aber wie dem auch sei, wir wissen, wie die letzten beiden Jahreszeiten verlaufen sind, und unsere Befürchtungen waren mehr als gerechtfertigt. Die Realität hat die schlimmsten meiner Albträume übertroffen.«

Erskan nickte vorsichtig. »Damit wollt Ihr doch hoffentlich keinen Mord oder irgendein geringeres Eurer Verbrechen rechtfertigen.«

»Mord ist so ein befrachtetes Wort.« Selik reagierte empfindlich, obwohl er entschlossen war, nicht die Beherrschung zu verlieren. »Ich bitte Euch lediglich um Zustimmung dafür, dass die Magie, wie wir Schwarzen Schwingen es schon immer gefordert haben, streng überwacht und unabhängig von den Kollegien kontrolliert werden muss.«

Erskan lehnte sich an. Eine Wolke schob sich vor die Sonne und dämpfte das bunte Licht im kargen Raum.

»Ich denke, das geht mir ein wenig zu weit. Ein Verhaltenskodex wäre allerdings ein guter Kompromiss«, sagte Erskan. »Schließlich kann man aufgrund eines einzigen, außer Kontrolle geratenen Kindes nicht den Schluss ziehen, alle Magier in allen Kollegien handelten verantwortungslos.«

»Aber seht doch, was sie ausgelöst hat, erst die Zerstörung und jetzt den Krieg«, sagte Selik. »Und wir können doch nicht vergessen, was in Arlen geschehen ist, oder gar in Julatsa, weil die Magie zu leichtfertig eingesetzt wurde.«

»Nun, ich …«

»Wart Ihr in Arlen, mein Lord? Habt Ihr Korina, Gyernath, Denebre oder Grethorne besucht?« Seliks Stimme wurde härter. Er konnte sehen, dass er so nicht weiterkam.

»Leider nein, wie ich gestehen muss.« Wenigstens war Erskan so anständig, ein wenig Verlegenheit zu zeigen. »Wir hatten hier selbst genug Probleme.«

»Arlen ist durch den neuen Konflikt praktisch zerstört worden. Eure Häuser stehen noch, und Eure Bauern pflanzen Getreide. Für Euch hier ist das Ende in Sicht.«

Erskan lächelte schmal. »Unsere Familien begraben täglich ihre Toten, sie melden Erkrankungen in immer größerer Zahl, doch auch die Heiler sind tot, und die Magier sind geflohen. Wenn die Erntezeit kommt, werden nur noch weniger als ein Drittel meiner Leute leben. Ich frage mich, ob überhaupt noch jemand da sein wird, der sich um die Felder kümmert, von der Ernte ganz zu schweigen.«

Selik trank einen großen Schluck Wein. Es war ein Roter aus Denebre, für den man bald einen sehr hohen Preis verlangen konnte. Denebre und seine Weingüter waren von der Erde verschlungen worden. Erskans Augen zeigten einen Kummer und eine Verzweiflung, die auch das kälteste Herz rühren mochten. Die Schwarzen Schwingen konnten sich solche Gefühlsduseleien allerdings nicht erlauben.

»Dann ist jetzt der Zeitpunkt, um zuzuschlagen«, sagte Selik. »Die Magier müssen für das Unheil büßen, das sie über unser Land gebracht haben. Wo sind sie jetzt überhaupt? In den Stunden der größten Not gehen sie sich gegenseitig an die Kehle.

Ich brauche Männer, Lord Erskan. Und ich brauche sie sofort. Glaubt Ihr denn, Ihr werdet dem Krieg hier irgendwie entgehen? Wir müssen klare Verhältnisse schaffen. All die Unschuldigen, die wegen dieser Magier gestorben sind, müssen gerächt werden.«

Erskan runzelte die Stirn. »Ich stimme Euch zu, wirklich. Aber Ihr müsst Euch nur umsehen, um zu erkennen, dass ich Euch nicht helfen kann.«

»Wo werden wir denn enden, wenn uns die Öffentlichkeit nicht unterstützt?« Selik konnte seine Enttäuschung nicht verbergen. »Die Balaianer müssen sich jetzt erheben. Die Kollegien schwächen sich gegenseitig mit jedem Tag, den sie kämpfen. Wir können ihre Vorherrschaft brechen, aber wir müssen jetzt sofort handeln.«

Lord Erskan leerte sein Glas und schenkte sich nach. Die Wolken zogen weiter, und es wurde wieder hell im Raum.

»Ich habe keinen Zweifel, dass Ihr dort draußen willige Helfer finden werdet.« Er deutete mit der freien Hand zum Fenster. »Männer, die allen Grund haben, die Magier, die Magie und alles zu hassen, was damit zu tun hat.

Doch woher wollt Ihr die nötigen Kräfte nehmen, Hauptmann? Ihr braucht eine Armee, doch die Männer, die Ihr hier seht, müssen darum kämpfen, sich und ihre Familien am Leben zu halten. Ich werde nicht mehr als dies von ihnen verlangen, und das solltet auch Ihr nicht tun.«

»Und Eure Leibgarde?«

»Nicht einen Mann werde ich Euch davon geben. Drinnen wie draußen gibt es Leute, die das wenige plündern wollen, das wir noch haben. Wenn ich das zuließe, dann hätte ich mich mein ganzes Leben lang vergebens bemüht.«

Selik trank seinen Wein aus und stand auf. Seine Frustration nahm zu, denn diese Litanei hatte er schon an einem halben Dutzend Orten gehört, wenngleich er in erheblich mehr Städten echte Unterstützung bekommen hatte.

»Wenn wir die Macht der Kollegien nicht jetzt einschränken, solange wir diese Möglichkeit noch haben, dann habt Ihr so oder so verloren.«

Erskan zuckte leicht mit den Achseln, schwieg sich aber aus. Selik nickte und zog sich die Kapuze über den Kopf.

»Wir alle haben Opfer gebracht, und wir alle haben Freunde und Angehörige verloren. Doch damit unsere Zukunft lebenswert wird, muss die Magie eingedämmt werden. Das werde ich mit Eurer Hilfe oder ohne sie tun. Macht Euch auf Veränderungen gefasst, mein Lord. Sie werden nicht mehr lange auf sich warten lassen.«

Auch Erskan erhob sich jetzt und ging zur Tür. »Ihr werdet tun, was Ihr für richtig haltet. Ich kann Euch weder meinen Segen noch meine Männer geben, aber ich kann wünschen, dass wir alle einer schöneren Zukunft entgegengehen. Wenn Ihr dazu beitragt, dies für Balaia zu schaffen, dann kann ich nichts als Achtung für Euch empfinden. Ihr sollt jedoch gerecht sein, denn Balaias Volk hat schon genügend Ungerechtigkeit von machthungrigen Menschen erlebt, die das Volk herumschieben wie Spielfiguren und Spielzeug, das man benutzen und nach Belieben wegwerfen kann.«

»Aus diesem Grund kämpfe ich. Wer für die gerechte Sache kämpft, kann nicht ungerecht sein, mein Lord, auch wenn jene, die den Weg nicht sehen, oft erschrocken über seine Windungen sind.« Dann fiel ihm noch etwas ein. »Wann sind Eure Magier aufgebrochen?«

Erskan schüttelte den Kopf. »Vor einem, vielleicht vor zwei Tagen. Sie wollen nach Julatsa. Es war lange, bevor Ihr hier eingetroffen seid, und ich erinnere mich nicht genau.«

»Danke für die Audienz.« Selik neigte den Kopf.

»Ich wollte Euch nicht nur anhören, Selik, sondern Euch auch danken.«

»Danken? Wofür?« Selik konnte seine Überraschung nicht verhehlen.

»Für das, was Ihr für die Straßenkinder getan habt. Jede Kleinigkeit hilft.«

Selik lächelte unter seiner Kapuze. »Sieh an, sieh an, ein Lord, der sein Land unter Kontrolle hat. Überall sind Augen.« Er neigte noch einmal den Kopf. »Guten Tag, Lord

Erskan, und falls Ihr es Euch anders überlegt, werdet Ihr mich schon finden. Ich habe bereits die Unterstützung von Corin, Rache, Pontois und Orytte gewonnen – und von mehr Dörfern, als ich jetzt aufzählen kann.«

Erskan schien unbeeindruckt. »Sie können, genau wie ich, tun, was sie für richtig halten. Seid vorsichtig, Selik. Die Gefühle der Menschen mögen jetzt auf Eurer Seite sein, doch so etwas ist vergänglich. Und ganz egal, wie sehr die Magie im Augenblick gefürchtet und verachtet wird, die meisten Menschen haben Magier zu Freunden.«

»Glaubt mir, während die Magier einen Krieg führen, bedeutet Ihr ihnen überhaupt nichts. Ihr müsstet Arlen sehen, um es zu verstehen.«

Selik wandte sich ab und folgte dem Knappen in den Hof und zu seinem Pferd. Er war gereizt, aber nicht überrascht über Erskans Reaktion. Davon durfte er sich allerdings nicht beeindrucken lassen. Jetzt musste er sich auf das konzentrieren, was ihm in diesem Augenblick zur Verfügung stand. Die Geschwindigkeit seiner Pferde auf offener Straße.

Schließlich war ein Tagesmarsch kein großer Vorsprung. Nicht, wenn man wusste, wie man es anzufangen hatte.

Yron blickte über die Feuer hinweg zum undurchdringlichen Schatten des Regenwaldes. Zum ersten Mal, seit er den Fuß auf Calaius gesetzt hatte, fühlte er sich wohl. Seine Männer waren vom Basislager zurückgekehrt und hatten berichtet, dass sich der Zustand der Leute, die von Fieberanfällen und Schlangenbissen betroffen waren, etwas gebessert hatte. Etwa eine Stunde nach Mitternacht konnten sie alle ein entspanntes Mahl einnehmen.

Am Rande des Rings aus Feuern waren vor dem Tempel Wachtposten aufgestellt worden, doch nachdem das Lagerzelt aufgebaut und alles Essbare gut versiegelt eingelagert war, hielt er es nicht mehr für nötig, dort eine dauerhafte Wache aufzustellen. Sie hatten im Zelt und im Tempel genug Holz gestapelt, um die Feuer noch zwei Nächte in Gang zu halten, und vom Tempel aus konnte er sogar den Regen gelassen betrachten, der in regelmäßigen Intervallen fiel und stark genug war, um die Flammen zu löschen und seine Männer in Deckung rennen zu lassen.

Er drehte sich um und kehrte in den von Laternen erhellten kühlen Tempel zurück. Die Segeltuchplane fiel herunter und versperrte den Eingang. Nachdem sie die Plane nicht am Stein selbst hatten befestigen können, hatten sie sie an einen Baumstamm gehängt, der auf dem breiten Türsturz lag.

Als seine Männer sich entspannten und Hoffnung schöpften, dass sie doch noch lebendig nach Balaia zurückkehren konnten, begannen sie gelassen zu plaudern. Das Schwierigste hatten sie hinter sich. Jetzt mussten sie nur noch darauf warten, dass sich die verschiedenen Steintüren öffneten. Das war lästig, aber auszuhalten.

Lächelnd ging Yron zum Becken und zog die Hand durch das kühle Wasser. Er hatte das Wasser im Laufe des Tages oft angestarrt und sich vorgestellt, wie es wäre, in das reinigende Nass einzutauchen. Er schätzte, dass es acht bis zehn Fuß tief und groß genug war, um jeweils ein Viertel seiner Männer aufzunehmen. Es war ein Geschenk, und sie hatten sich das Recht verdient, es zu benutzen.

Er stand auf und schnallte seinen Gürtel ab.

»Ben, es ist so weit«, verkündete er.

Rechts von ihm stieß ein Mann einen Hochruf aus, und Gelächter erhob sich leise hallend im kreisrunden Raum.

»Teilt die Leute in vier Gruppen ein, die erste kommt zu mir, so schnell ihr euch ausziehen könnt.«

Wieder ein Hochruf, in den noch mehr Männer einstimmten, einige klatschten sogar. Die Stimmung besserte sich merklich. Yron zog sich das Hemd über den Kopf, knöpfte die Hose auf, zog sie und sein Lendentuch herunter, ließ alles auf einem Haufen liegen und sprang ins Becken.

Es war eiskalt, belebend und wundervoll. Er brach durch die Oberfläche, stieß einen erfreuten Ruf aus und fuhr sich mit den Händen übers Gesicht und durch die Haare. Er tauchte wieder unter und spürte, wie das Wasser den Schmutz von seinem ganzen Körper wusch. Er öffnete die Augen, tauchte ein Stückchen hinab und sah ein kompliziertes Mosaik am Boden, das Fische, Pflanzen und eine einsame schwimmende Gestalt zeigte, die im bewegten Wasser zum Leben zu erwachen schienen. Er fragte sich, wo der Ablauf des Beckens ins Erdreich liegen mochte, dann hörte er das Klatschen, mit dem die anderen Männer ins Wasser sprangen.

»Bei den fallenden Göttern, das ist wundervoll!«, stimmte er in die begeisterten Rufe ein.

So war es. Er hatte sich noch nie in so kurzer Zeit so gut erholt. Als hätte das Wasser nicht nur seinen Körper, sondern auch seinen Geist und sein ganzes Wesen gereinigt. Er fühlte sich beschwingt und lebendig. Er legte sich auf den Rücken und ließ sich im Wasser zur Statue treiben, aus deren gestreckter Hand das Wasser strömte. Als er sich darunter befand, konnte er sehen, dass die Hauptleitung aus Stein und gebranntem Ton bestand. Die Leitung teilte sich, damit das Wasser aus Daumen und Zeigefinger strömen konnte.

Weiter hinten gab es einen dritten Strang, der zum Fuß der Statue führte. Seltsam, dass der Zustrom ins Becken auf diese Weise eingeschränkt wurde, dachte er. Sie hatten sicher ihre Gründe gehabt, doch von der Stelle aus, an der er im Wasser trieb, konnte er einen Weg erkennen, wie man noch mehr von diesem wundervollen Wasser ins Becken bekam.

Yron schwamm zum Rand und zog sich hoch. Obwohl es im Tempel relativ kühl war, trocknete er schnell. Er holte seinen Lendenschurz und legte ihn an, ließ den Rest seiner Sachen jedoch liegen. Ein Blick zum Becken zeigte ihm, dass das Wasser schon von dem Dreck verschmutzt war, den er und seine Männer mitgeschleppt hatten. Ein weiterer Grund, den Zustrom zu verstärken.

»Ben, wo steckt Ihr?«, rief er.

»Hier, Hauptmann.« Ben-Foran tauchte auf der anderen Seite der Statue auf.

»Holt mir eine Spitzhacke, ich will hier etwas ändern.«

Ben war klug genug, keine Fragen zu stellen. Er lief hinaus zum Lagerzelt und tauchte bald darauf mit einer Spitzhacke wieder auf.

»Wollt Ihr Euch nicht anziehen, Sir?«, fragte er.

Yron warf einen Blick zu seiner Kleidung und schüttelte den Kopf. »Sobald Ihr da drin wart, wisst Ihr warum.«

»Was wollt Ihr tun?«, fragte Ben-Foran, als er das Werkzeug übergab.

»Nun, sie haben die Hälfte des Wassers vor dem Becken in den Boden abgeleitet, soweit ich es erkennen kann. Wenn man sieht, wie sehr wir das Wasser verschmutzen, kann ein stärkerer Zustrom nicht schaden.« Er ging hinter das Becken und schob sich am Rand der Statue so nahe wie möglich an die übers Wasser gestreckte Hand heran. »Wenn wir die Hand abschlagen, reißt sie die Leitungen mit, und wir bekommen mehr Wasser ins Becken. Was meint Ihr?«

Ben-Foran runzelte die Stirn. »Meine ehrliche Meinung?«

»Natürlich«, sagte Yron.

»Ich glaube, es wäre eine Schande, die Statue zu beschädigen. Es ist eine wundervolle Arbeit.«

»Was sein muss, muss sein«, erwiderte Yron. »Ich glaube auch nicht, dass nach uns noch viele Besucher hierher kommen werden, oder?«

»Habt Ihr Erys gefragt? Vielleicht ist die Statue irgendwie gesichert, und ich habe vorläufig genug von Schutzsprüchen«, sagte Ben-Foran.

»Da habt Ihr Recht. Erys?« Yron sah sich um und entdeckte den Magier im Becken. Sein rotes Haar hatte sich im Wasser dunkel verfärbt. »Gibt es irgendetwas, das mich daran hindern könnte, diesem Ding die Hand abzuhacken?«

Erys schüttelte den Kopf. »Ästhetisch ist es unverzeihlich, aber magische Gründe, die dagegen sprechen, gibt es nicht. Es scheint mir nur eine Schande, die Statue zu zerstören.«

»Zum Teufel mit euch beiden«, sagte Yron. »Bringt euch in Sicherheit, ich will nicht, dass jemand durch Marmorsplitter verletzt wird.«

Er zielte, hob die Spitzhacke und schlug aufs Handgelenk. Steinsplitter flogen in alle Richtungen und landeten im Teich und auf dem Boden. Einige Männer entfernten sich eilig. Yron sah, dass an dem Punkt, den er getroffen hatte, einige Risse entstanden waren. Er schlug noch einmal zu, und die Risse verbreiterten sich. Aller Augen ruhten auf ihm, die Gespräche waren verstummt. Laut hallten die Schläge der Spitzhacke auf dem Marmor von den Wänden wider. Ein dritter Schlag, und der Stein splitterte. Beim vierten Schlag brach der Marmor endgültig, und die etwa vier Fuß lange Hand stürzte ins Becken.

Es hatte den gewünschten Effekt. Nachdem die Rohre zusammen mit der Hand abgebrochen waren, ergoss sich ein erheblich stärkerer Wasserstrahl ins Becken. Es war kein leises Plätschern mehr, sondern es klang, als würde ein Krug in eine Schüssel geleert werden.

»Meine Herren«, sagte Yron, »ich schenke euch das Wasser des Lebens.«

Er ließ die Spitzhacke fallen und sprang wieder in den Teich. Die Jubelrufe wurden gedämpft, als das Wasser über seinem Kopf zusammenschlug.

Rebraal kämpfte sich mühsam und unter Schmerzen ins Bewusstsein zurück. Er wurde über den Waldboden geschleift. Es war dunkel, und ringsum waren die nachtaktiven Bewohner des Regenwaldes unterwegs. Er spürte, wie sie huschten, wie sie sich im Blätterdach bewegten, wie unzählige Flügel in allen nur denkbaren Größen flatterten. Der Wald summte vor Aktivität und schien in der Nacht beinahe noch lebendiger als am Tage.

Er schüttelte den Kopf, um die Benommenheit zu vertreiben, die ihm zu schaffen machte. Im gleichen Augenblick blieb sein Rücken an etwas Scharfem auf dem Boden hängen, und er japste. Das Zerren hörte sofort auf, und er wurde sanft auf den Boden gebettet. Als er

Schritte hörte, öffnete er die Augen und sah Mercuun, der sich über ihn beugte.

»Bei Yniss, du lebst ja wirklich noch.« Der Elf grinste breit.

»So gerade eben«, sagte Rebraal. Die Erinnerungen stürmten auf ihn ein. Er wollte sich aufsetzen, doch Mercuun hielt ihn zurück.

»Nicht. Ich schleppe dich nur weg, weil wir an einen sicheren Ort gelangen müssen.«

»Aber was ist mit Aryndeneth? Was ist mit den anderen? Meru, sage es mir.«

Mercuuns Grinsen verflog und wich einem Ausdruck, der schierer Verzweiflung nahe kam.

»Die Fremden haben den Tempel eingenommen«, sagte er. »Alle anderen sind tot, und die Fremden haben fast fünfzig Männer, die ihn bewachen. Sie haben Feuer angezündet und Zelte aufgebaut und ruhen sich im Innern aus.«

Rebraal wurde übel. Fremde entweihten Aryndeneth durch jede Berührung und jeden Atemhauch, der über die heiligen Wände strich. Und den großen Tempel als Schlafsaal zu benutzen! Nicht einmal die Al-Arynaar taten es. Sie schliefen außerhalb in Hängematten unter Schutzdächern, die sie hinter dem Tempel auf einer Lichtung errichtet hatten.

»Wir müssen sie aufhalten«, sagte Rebraal.

»Wir sind nur zu zweit«, wandte Mercuun ein. »Allein können wir nichts ausrichten.«

Rebraal schob Mercuuns Hand zur Seite und kämpfte sich hoch, bis er aufrecht saß. Seine linke Schulter brannte vor Schmerzen, und er keuchte. Mit der rechten Hand tastete er die Wunde ab.

»Ich habe den Armbrustbolzen entfernt, doch er saß

tief im Fleisch«, erklärte Mercuun. »Sie haben dich wohl für tot gehalten, genau wie ich, als ich dich fand. Shorth möge den anderen gnädig sein. Diese Bastarde haben die Leichen einfach auf einem Haufen im Wald liegen lassen. Keine Zeremonie, keine Achtung, keine Ehre.«

»Dann hatte ich Glück. Tual hat mich gerettet, damit ich den Tempel zurückerobern kann.«

Als hätte der Name Tuals, der Göttin der Waldbewohner, eine Woge durch den Wald laufen lassen, knurrte in der Nähe ein Jaguar, und über ihnen wurde der Schrei eines Affen von seiner ganzen Horde wiederholt.

»Siehst du?« Rebraal lächelte grimmig. »Tual hat es gehört.«

»Ja, wir werden den Tempel zurückerobern, aber ich muss dich zuerst zum Dorf bringen, sonst stirbst du«, sagte Mercuun. »Die Wunde vom Bolzen rötet sich bereits, weil du eine Infektion bekommst, und du hast überall Schnittwunden. Ich habe deine Haut mit Legumia behandelt, aber du brauchst einen Magier, der die Schultermuskeln flickt, und du hast zu viel Blut verloren. Du kennst die Anzeichen so gut wie ich.«

»Ich will nicht zum Dorf«, sagte Rebraal.

»Bitte, Rebraal, dies ist nicht der Augenblick, um alte Feindseligkeiten auszugraben. Du musst wieder gesund werden.«

Rebraal schüttelte den Kopf. »Zwinge mich nur nicht, mit ihnen zu reden. Sie haben keinen Glauben.« Er gab Mercuun die rechte Hand. »Hilf mir auf, ja? Ich bin nicht zu schwach, um zu laufen.«

Doch als sie aufgebrochen waren, war er nicht mehr so sicher. Die Schmerzen in der Schulter wurden ständig stärker, während Mercuuns lindernder Umschlag an Wirkung verlor, und er hatte Krämpfe in den Beinen. Er fühlte sich schwach, und ihm war schwindlig. Er musste sich auf seinen Freund stützen, weigerte sich aber zu rasten, ehe sie sich nicht ein ordentliches Stück von den Fremden entfernt hatten. Es würde ein Triumph sein, den Tempel zurückzuerobern. Jeder gefallene Al-Arynaar sollte zehnfach gerächt werden.

»Erzähle mir, wie es dir ergangen ist, Meru«, sagte er, als er die Kraft zum Sprechen fand und die Schmerzen vorübergehend zu einem dumpfen Pochen abklangen.

»Ich habe Alarm geschlagen. Die Al-Arynaar sind alarmiert, und die Kunde verbreitet sich. Ich habe betont, wie wichtig es ist, dass unser Volk im Norden wachsam ist, und ich habe um Hinweise von jedem gebeten, der diese Leute an Land gehen sah. Es ist noch nicht klar, wie die Fremden den Tempel finden und die ganze Reise über unentdeckt bleiben konnten. Wir fürchten um die Beobachter im nördlichen Wald und im Hochland. Doch die Krallenjäger sind unterwegs, und die TaiGethen nähern sich. Diese Fremden werden Calaius nicht mehr verlassen.«

»Wie lange brauchen wir, bis wir uns sammeln und Aryndeneth zurückerobern können?«

Mercuun sog die Wangen ein. »Vergiss nicht, Rebraal, dass wir erst in siebzig Tagen abgelöst werden sollten. Die Versammlung muss abgehalten werden, und wir müssen Gebete sprechen, um Yniss nicht zu erzürnen. Es gibt Lücken im Netz. Einige sind auf Jagdexpeditionen, und es ist die Zeit der Kontemplation. Viele von denen, die in der Nähe leben, haben sich in Einsiedeleien zurückgezogen.«

»Wie lange?« Rebraal sah ein, dass Mercuun die Lage richtig darstellte, und ihm war klar, dass die Rituale abgehalten werden mussten. Ihm wurde kalt, und in ihm entstanden Bilder von der Entweihung, die in nur wenigen Tagen Aryndeneth besudeln konnte.

»Achtzig werden in zwanzig Tagen zum Angriff bereit sein.«

»Zwanzig Tage!« Rebraals Aufschrei jagte Vögel in die Flucht, und im Unterholz brachten sich Tiere vor der vermeintlichen Gefahr in Sicherheit. »Bei Gyals Tränen, das ist zu lange!«

Er blieb stehen und lehnte sich an den rauen Stamm eines Feigenbaums, der von Würgelianen angegriffen wurde und fast schon überwältigt war. Irgendwann würden die Ranken den Baum töten. Zehn Tage, das hätte er verstanden und die Verzögerung vielleicht als unvermeidlich hingenommen, aber dies …

»Bitte, Rebraal. Die Al-Arynaar bewegen sich so schnell sie können. Wir sind aber nicht mehr die Streitmacht, die es zu Zeiten unserer Vorväter einmal gab. Wir haben nicht mehr viele Magier, und ohne deren Unterstützung können wir nicht angreifen.«

»Aber in zwanzig Tagen ist vielleicht schon alles verloren. In vierzehn Tagen öffnet sich Yniss' Zelle. Was, wenn sie auf seine Schriften aus sind? Stell dir nur vor, welchen Preis wir dafür zahlen müssten. Sie sind keine Schatzsucher, es sind zu viele. Sie suchen etwas, von dem sie glauben, es sei im Innern des Tempels.«

Rebraal ging rasch weiter, und seine Augen durchbohrten die Dunkelheit so gut wie die eines Panthers. Er ignorierte die Schmerzen, die ihn bei jedem Schritt durchzuckten, und betete zu Beeth, dem Gott der Wurzeln und Zweige, dass er nicht strauchelte.

»Wir können nicht so lange warten, Meru. Wir müssen Leute aus dem Dorf holen. Ich weiß, sie sind keine wahren Gläubigen, aber wir haben bereits gefehlt, denn sonst hätten uns die Fremden nicht finden können.«

Er hatte erwartet, dass Mercuun sich freute, weil er nun auf die Hilfe ihres Geburtsortes zurückgreifen wollte, wo seine Familie fast wie Ausgestoßene behandelt wurde, weil die Leute nicht mehr dem folgten, was man allgemein als die veraltete Lebensart betrachtete. Natürlich glaubte jeder Elf auf Calaius an die Harmonie und an die höchste Gottheit Yniss, aber sie glaubten nicht fest genug an die Heiligkeit von Aryndeneth, um die Quote zu erfüllen und jedes fünfte Kind im Dorf zu den Al-Arynaar zu geben.

Sie sahen nicht, welche Ehre dadurch ihren Familien zuteil wurde, und sie wussten auch nicht, wie wichtig es war, die Stärke des Ordens zu erhalten. Rebraal schauderte bei dem Gedanken, dass die Fremden den Stein des Tempels beschädigen konnten. Wenn sie stark genug waren, dann war es möglich. Der Diebstahl der Schriften irgendeines Gottes war schon schlimm genug, aber das Gleichgewicht von Aryndeneth musste unbedingt erhalten bleiben.

Mercuun sagte jedoch kein Wort. Rebraal ging langsamer und drehte sich zu seinem Freund um, der zwanzig Schritt hinter ihm auf dem Boden kauerte.

»Meru?« In Rebraals Kopf pochte es. Er war hungrig und durstig, und der Blutverlust hatte ihn geschwächt.

Mercuun schaute auf. Sein Gesicht war verkrampft und gequält. Er wollte etwas sagen, konnte aber nur husten. Es war ein krankes Geräusch, das tief aus seiner Brust kam. Rebraal eilte zu ihm.

»Meru, was ist denn? Eine Schlange? Der Gelbrückenfrosch?«

Doch es war kein tierisches Gift. Mercuun schüttelte

den Kopf und bat mit erhobener Hand um etwas Geduld. Er kam wieder zu Atem, hustete noch einmal und würgte, dass es seinen ganzen Körper durchschüttelte. Er hob das schweißüberströmte Gesicht und antwortete endlich.

»Mir ist nicht gut«, quetschte er hervor. Rebraal hielt sich mit Kommentaren zurück. »Als wäre eine Welle von etwas Unsauberem durch mich geströmt. Es hat mir die Lungen verklebt, aber sie sind jetzt wieder frei. Ich fürchtete zu stürzen, ich hatte einen Moment das Gleichgewicht verloren. Es wird schon wieder, mach dir meinetwegen keine Sorgen.«

»Wir sollten ausruhen. Wir sind beide nicht mehr in der Lage weiterzulaufen. Ich bringe dir Lianen, die du zu einer Hängematte binden kannst, dann hole ich Essen und Wasser. Gib mir deine Häute und Jaqrui.«

Mercuun wollte protestieren, doch ihm war die Erleichterung deutlich anzusehen. Er nickte nur. »Wir müssen aber noch vor der Dämmerung weitergehen. Ich bin deiner Meinung. Ich glaube, wir haben nicht mehr viel Zeit.«

Zehntes Kapitel

Die morgendliche Kakophonie von Affen, Vögeln, Insekten, Fröschen und allem anderen, was eine Stimme hatte, war in vollem Gange, als Ben-Foran beschloss, sich im Becken im Tempel zu waschen. Yrons recht unbeholfene Arbeit an der Hand der Statue hatte zwar die Schönheit des Standbildes zerstört, aber den gewünschten Effekt gezeitigt. Der erheblich verstärkte Zustrom von Wasser ins Becken hatte den Schmutz von vier Dutzend schwitzenden, verdreckten Männern rasch fortgespült, und jetzt, im Zwielicht der Morgendämmerung, war es wieder kristallklar.

Yron achtete sehr darauf, dass seine Männer nicht faul wurden. Abgesehen von den Kranken und den Magiern, die sich um die Kranken kümmerten oder Schriftrollen und Pergamente in einem Raum auswerteten, der sich beim ersten Morgengrauen geöffnet hatte, waren alle anderen draußen. Genauer gesagt, alle außer Ben, der im Tempel Dienst als Aufseher hatte. Während er schwamm, waren Yron und alle anderen, die einigermaßen in Form waren, in kleinen Gruppen unterwegs, erkundeten die

Rückseite des Tempels und die Umgebung, sammelten Feuerholz oder bereiteten das Frühstück vor und machten eine Bestandsaufnahme des Lagers.

Trotz der schwierigen Situation im Regenwald, obwohl sie so viele Männer verloren hatten, mit denen er gereist war, und trotz des unangenehmen Gefühls, dass dies im Grunde doch nichts weiter als ein Raubüberfall war, musste Ben-Foran sich eingestehen, dass er es genoss. Teilweise einfach deshalb, weil er mit kaum einem Kratzer überlebt hatte und sich nicht das Fieber zugezogen hatte, dem so viele zum Opfer gefallen waren. Vor allem aber, weil er bei Hauptmann Yron war, einem echten Anführer, der von seinen Untergebenen sehr geschätzt wurde. Die Männer achteten ihn, weil er seine Leute unabhängig vom Rang als Gleichgestellte behandelte, was angesichts der Tatsache, dass er ihr Vorgesetzter war, einen recht schwierigen Balanceakt darstellte. Und er war ein großartiger Lehrer, der immer wieder mit Überraschungen aufwarten konnte und sich Dinge einfallen ließ, auf die niemand außer ihm gekommen wäre. Sein unorthodoxes Vorgehen machte ihn bei seinen eigenen Vorgesetzten nicht gerade beliebt und war zweifellos auch der Grund dafür, dass er an Einsatzorten wie dem calaianischen Regenwald jede Menge Erfahrung sammeln konnte. Für seine Männer waren solche Einsätze Erlebnisse, über die sie ihr Leben lang reden konnten. Falls sie überlebten.

Ben-Foran hatte Angst, in Flüssen oder überhaupt in offenen Gewässern zu schwimmen, in denen irgendwelche Geschöpfe lauern konnten, doch dieses Becken war die reinste Erholung. Aus einer Laune heraus tauchte er und schwamm nach unten, bis er langsam über die Hand der Statue hinwegschwebte, die am Boden des Beckens lag. Den Lärm des Regenwaldes konnte er unter Wasser kaum noch hören.

Er sah, dass ein Teil des Daumens abgebrochen war, als die Hand auf den Boden des Beckens geprallt war. Das Stück steckte unter den anderen Marmorbrocken. Er stemmte sich an die Wand des Beckens und stieß die Hand zur Seite, bis der Daumen zugänglich war. Er hielt das Stück hoch wie eine Trophäe und kehrte zur Oberfläche zurück.

»Guten Morgen, Ben.« Die Stimme des Hauptmanns hallte durch den Tempel.

»Guten Morgen, Sir«, erwiderte Ben. Er drehte sich im Wasser herum und sah Yron als Silhouette in der Tür stehen. Die Leinwandtür war an der Seite festgebunden.

»Schön, dass Ihr Euch während der Wache sinnvoll zu beschäftigen wisst. Ich kann mir nicht vorstellen, dass wir in den nächsten Tagen irgendetwas dringender brauchen als einen erfahrenen Taucher.«

Ben-Foran errötete und schwamm eilig zum Rand des Beckens, um sich hinaufzuziehen und sich tropfend auf den Rand zu setzen. Auf einmal schlug sein Herz sehr schnell.

»Entschuldigung, Sir.«

Zu seiner Überraschung und Erleichterung lachte Yron. »Keine Sorge, Bursche.« Der Hauptmann klopfte ihm auf die Schulter, und das feuchte Schmatzen hallte laut durch den Tempel. »Genau das hätte ich auch gemacht.«

Ben stand auf und legte seinen Lendenschurz an. Den Daumen hielt er mit einer Hand fest.

»Ich sehe aber, dass Eure Erkundung nicht ganz vergebens war.« Yron deutete auf die Beute.

»Nein, Sir. Ich sah, dass ein Stück vom Daumen abgebrochen war, und ich dachte …«

»Ihr dachtet, Ihr könntet Euch ein Andenken mitnehmen.«

»Ja, Sir.«

Yron schürzte die Lippen und schüttelte den Kopf. Er schnippte mit den Fingern und streckte die Hand aus. »Nun, mit einer kleinen Änderung war es gar kein so schlechter Plan.«

Ein wenig widerstrebend übergab Ben den Daumen. Yron betrachtete ihn genau. Das Stück war schön und detailliert gearbeitet und so lang wie seine Hand.

»Nun folgt eine Lektion, die ich Euch wirklich gern erteile«, sagte Yron breit lächelnd.

»Welche denn, Hauptmann?« Ben hatte den Eindruck, die Frage werde erwartet, auch wenn er keine Lust hatte, sie zu stellen.

Yron beugte sich ein wenig zu ihm. »Das ist etwas, das Ihr zweifellos in der Zukunft noch üben könnt, wenn Ihr ein eigenes Kommando führt. Man nennt es *seinen Rang ausnutzen*.« Er kicherte und steckte sich das Stück in die Tasche, dann breitete er die Arme aus. »So, das war es schon. Ist das nicht einfach? Und jetzt zieht Euch an, ich will Euch etwas zeigen.«

Ben nickte. Plötzlich wurde ihm bewusst, dass er schon trocken war. Er runzelte die Stirn und hielt einen Moment inne. Es war im Tempel eindeutig wärmer als am vergangenen Nachmittag. Seltsam. Er zuckte mit den Achseln und zog die Hosen an.

Er war der Anführer der Einsatztruppe und wusste, dass es folglich an ihm hängen blieb. Sytkan unternahm den längsten Spaziergang seines Lebens und wanderte den sanften Hang von Herendeneth bis zum Monument hinauf. Er ging allein, um seine friedlichen Absichten zu demonstrieren, und sein einziger Trost war, dass sie wirklich glaubten, er sei gekommen, um zu helfen.

Sie beobachteten ihn, als er an den Gräbern der Ahnen vorbeikam. Ihre Köpfe bewegten sich nicht, ihre Augen blinzelten nicht. Sytkan war sich sehr bewusst, wie winzig er war und wie leicht es einem dieser unglaublichen Geschöpfe gefallen wäre, ihn auszulöschen.

Er hatte keine wirkliche Vorstellung von ihrer Größe gehabt, er hatte nicht gewusst, wie sehr sie jeden Ort dominierten, an dem sie sich aufhielten. Erst als er näher kam, wurde es ihm klar, und dort lagen sie nun wie zwei riesige goldene Skulpturen. Jeder war von der Nase bis zum Schwanz mehr als hundert Fuß lang, ihre liegenden Körper waren höher als ein Haus, und die ungeheuren Flügel waren über den glitzernden Schuppen an der Seite zusammengefaltet.

Als Sytkan bis auf dreißig Fuß heran war, wurde er nervös, und seine Schritte wurden zögernd. Er hatte schon ihren scharfen Geruch nach Holz und Öl in der Nase. Köpfe, die so hoch waren wie er, wurden auf langen, anmutigen Hälsen zu ihm herumgedreht und zeigten ihm erneut, wie unbedeutend er war. Er konnte nichts weiter tun als stehen bleiben.

»Äh …«, begann er. Die sorgfältig geplante Ansprache war vergessen. Er starrte die oberen Reißzähne des größeren Drachen an, als dieser das Maul öffnete. Bei den brennenden Göttern, diese Zähne.

»Ich bin Sha-Kaan, der Große Kaan meiner Brut. Hier bei mir ruht Nos-Kaan. Mein Drachenmann und Freund Hirad Coldheart unterrichtete mich, dass du Sytkan bist, ein Magier aus Xetesk. Du bist mit deinen Leuten gekommen, um für uns einen Weg aus dieser unschönen Dimension in unsere Heimat zu suchen.«

»Ich … ja«, sagte Sytkan. »Ich … also, teilweise, wenigstens. Und deshalb müsste ich … müssten wir euch vielleicht einige Fragen stellen. Ist es … äh … wäre das akzeptabel?«

Der große Drache lachte. Der Atemstoß warf Sytkan von den Beinen; die Luft donnerte um seine Ohren, erschütterte den Boden und die Atmosphäre.

»Das wird erwartet«, sagte Sha-Kaan. »Wie sonst könntet ihr verstehen, wo man Beshara findet?«

Sytkan stand langsam wieder auf und klopfte sich den Staub ab. »Beshara?«, fragte er.

»Unsere Heimat«, erklärte Sha-Kaan.

»Entschuldigung, natürlich«, sagte Sytkan. Er hatte den Namen noch nie gehört. Er erwiderte Sha-Kaans Blick, er blickte tief in die unergründlichen Augen, erkannte die Macht, die in ihnen lag, und verlor die Fassung. »Nun, äh, ich bin hergekommen, um mich vorzustellen. Ich bin der Anführer der Xeteskianer, und ich kann euch versichern, dass wir gute Absichten haben und auf die bestmögliche Art mit euch zusammenarbeiten wollen. Ich möchte fragen, ob es einen besseren oder schlechteren Augenblick gibt – wenn du verstehst, was ich meine –, um mit euch zu reden?«

Sytkan schnappte nach Luft. Sha-Kaan betrachtete ihn lange, die riesige schlitzförmige Pupille verengte sich eine Spur. Er blinzelte langsam und öffnete seinen Mund. Der Magier kämpfte gegen den Impuls an, sich einfach umzudrehen und wegzulaufen.

»Sehr zuvorkommend«, sagte Sha-Kaan ohne jede Spur von Wärme. »Frage uns, was du willst und wann du willst, obwohl ich der Ansicht bin, dass es sinnvoll sein könnte, darauf zu achten, dass wir uns am Boden befinden.« Sha-Kaan lachte über seinen lahmen Scherz. »Nun geh, falls du nichts weiter zu sagen hast.«

»Gerne«, sagte Sytkan. Er war ungeheuer erleichtert. »Vielen Dank.«

Er drehte sich um und hatte kaum einen Schritt gemacht, als er schon wieder Sha-Kaans Augen vor sich sah. Der lange Hals des Drachen hatte ihn einfach in einem Bogen überholt.

»Sage mir, Sytkan«, grollte Sha-Kaan. »Es gibt nur noch zwei Al-Drechar und nur zwei Drachen der Kaan auf dieser Insel. Um zu forschen und Informationen zu sammeln, hast du jedoch dreißig Magier und einhundert Protektoren mitgebracht. Vielleicht könntest du dies erklären.«

Sytkan wurde es innerlich eiskalt. »Nun ja, es sind viele verschiedene Disziplinen vertreten«, stammelte er. »Viele Richtungen, in die man forschen muss. Die Protektoren sind lediglich …«

Sha-Kaan schnaubte verächtlich, und Sytkan setzte sich noch einmal auf den Hintern. »Versuche nicht, meine Intelligenz zu beleidigen.« Sein Kopf schoss vorwärts, und seine Schnauze hielt nur wenige Handbreit vor Sytkans Gesicht inne. Der Magier sah nur noch Schuppen, Zähne und Zorn. »Meine Flammenkanäle sind trocken, aber die hier«, er knackte drohend mit dem Kiefer, »sind noch völlig in Ordnung. Ich werde euch beobachten. Euch alle. Gebt mir keinen Grund, Enttäuschung zu empfinden.«

Selik hätte beinahe schallend gelacht. Sie waren nach ihrem Aufbruch in Erskan scharf geritten und hatten erst nach Einbruch der Dunkelheit für wenige Stunden ein

Lager aufgeschlagen, ehe sie in frühester Morgendämmerung wieder aufgebrochen waren. Dennoch hätte er nicht erwartet, seine Beute vor dem folgenden Tag zu sehen. Doch bereits am späten Vormittag erblickte er sie, kaum mehr als zwei Meilen voraus, auf dem Weg. Der Staub, den sie aufgewirbelt hatten, stieg deutlich sichtbar in den Himmel.

Sie fuhren auf der Hauptstraße, die zum zerstörten Denebre und dann ins Land der Magier führte, nach Norden. Diese Landschaft war einst eine fruchtbare Region gewesen, doch wie so vieles in Balaia war auch sie zerstört worden. Bäume waren umgeknickt oder entwurzelt, Bauernhöfe waren aufgegeben worden. Felder verwilderten oder trugen noch die verfaulenden Früchte, die niemand geerntet hatte. Es war eine sanft gewellte Landschaft mit lieblichen Hängen und Tälern, durch die sich zahllose Bäche und Flüsse zogen. Im Westen nahmen die Blackthorne-Berge den ganzen Horizont ein. Den hageren, majestätischen Bergen standen im Osten die Varkawk-Klippen gegenüber, der Schauplatz eines der berühmtesten Siege über die Wesmen.

Selik nahm jedoch die Landschaft kaum wahr. Er und seine Männer hatten auf einer Anhöhe die Pferde gezügelt und blickten auf die mit Gras bewachsene Ebene hinunter. Mitten darin rollte ein einziger gedeckter Wagen langsam dahin, und jetzt war klar, warum die Magier so langsam vorankamen. Trotz Erskans Versicherung, er zähle Magier zu seinen Freunden, war er mit diesen hier, wie viele es auch sein mochten, nicht sehr freundlich verfahren. Die Kutsche wurde von einem einzigen, recht kleinen Pferd gezogen.

Selik wandte sich an Devun. »Was schätzt du, wie viele es sind?«

Der Mann blies die Wangen auf. »Sie sind sehr langsam, aber von hier aus kann man nicht erkennen, in welcher Verfassung das Pferd ist. Ich würde annehmen, dass die Kutsche überladen ist. Wenn zwei vorne sitzen, dann könnten drinnen bis zu vier sein, dazu käme noch das Gepäck.«

»Vorausgesetzt, es waren jemals so viele Magier in Erskan.«

Devun zuckte mit den Achseln. »Es ist sicherer, wenn wir ihre Zahl überschätzen.«

»Also gut.« Selik nickte und wandte sich mit erhobener Stimme an seine Männer. »Wir wollen annehmen, dass dort sechs Magier sind. Ich glaube nicht, dass sie Krieger haben, die sie beschützen. Ihr wisst alle, was ihr zu tun habt. Wir wollen es nicht überstürzen, damit sie uns erst hören, wenn es schon fast um sie geschehen ist. Es ist mal wieder Zeit, ein klares Zeichen zu setzen. Los jetzt.«

Auf der Straße gab es kaum Deckung, und die Magier würden sie bemerken, sobald jemand sich umdrehte. Da die Schwarzen Schwingen keine magische Verteidigung besaßen, waren sie magischen Angriffen schutzlos ausgeliefert. Doch sie waren fünfzig Kämpfer, die wussten, wie gefährlich es war, feindliche Magier anzugreifen, und ihre Taktik war denkbar einfach.

Im raschen Trab verringerten sie die Distanz zu dem Wagen, der über den unebenen Boden holperte und rumpelte. Selik ritt im Zentrum der lockeren Gruppe. Er spürte einen Kitzel, als sie sich dem Ziel näherten. Dies sollte ein Schlag für Balaia werden. Ein Schlag für die Gerechtigkeit.

Etwa eine halbe Meile bevor sie die Kutsche erreichten, wurden sie bemerkt. Die hintere Leinwand des kastenförmigen Aufbaus wackelte, und auch wenn er es nicht hören konnte, stellte Selik sich den Alarmruf vor; er konnte beobachten, wie das einsame Pferd zu einem Galopp angetrieben wurde.

Die Kutsche entfernte sich, doch Selik konnte sofort sehen, dass sie das Tempo nicht halten konnte. Er verzichtete darauf, seine Schwarzen Schwingen schneller reiten zu lassen, und folgte der Kutsche beinahe gemächlich, bis sie von selbst wieder langsamer wurde. Er weidete sich an der Verzweiflung, die sie jetzt empfinden mussten. Selbst wenn die Magier nicht wussten, wer ihnen folgte – fünfzig Berittene waren in Zeiten wie diesen selten ein Anblick, der Gutes verhieß.

Eine Viertelmeile voraus wurde das Kutschpferd deutlich langsamer, bis der Wagen in einer Staubwolke auf dem Weg stehen blieb. Vorne und hinten sprangen Gestalten herunter, knieten nieder und bewegten sich nicht mehr. Sie wirkten Sprüche.

Das war zu erwarten gewesen. Selik ließ den Arm mit gespreizten Fingern über dem Kopf kreisen, das Signal zum Ausschwärmen und zum Angriff im Galopp. Die Schwarzen Schwingen hinter ihm beschleunigten und zogen sich zu einer halbmondförmigen Doppelreihe auseinander. Die vier an den Spitzen, seine besten Reiter, legten Pfeile in die Bogen und lenkten ihre Pferde allein mit Steigbügeln und Schenkeldruck.

Das Blut rauschte durch Seliks Körper und zwickte sogar die abgestorbenen Teile seines Gesichts und seiner Brust mit Nadelstichen. Er atmete tief durch und stieß einen triumphierenden Schrei aus.

Die Magier vor ihnen blieben ruhig bis auf einen, der aufschaute und die Arme weit ausbreitete. Die Bogenschützen an den Flanken nahmen das Ziel, verschossen ihre Pfeile und drehten sofort wieder ab. Selik sah, wie die Pfeile vom harten Schild des Magiers abprallten.

Orangefarbene Blitze zuckten über den Himmel.

»Formation auflösen«, brüllte Selik. Ein halbes Dutzend Feuerkugeln rasten ihnen entgegen.

Die Schwarzen Schwingen verteilten sich, als die Kugeln aus Mana-Feuer, jede so groß wie ein Schädel, durch den Himmel geflogen kamen. Die Magier waren gut, die einzelnen Kugeln fanden ihre Ziele schneller, als die Pferde galoppieren konnten. Zwei oder drei Reiter und Pferde wurden von ihnen erfasst, und der geräuschlose Einschlag wirkte umso schrecklicher, weil Männer und Pferde zu kreischen begannen.

Flach im Sattel kauernd, sah Selik sich über die Schulter um. Wütend verengten sich seine Augen. Weitere vier Männer verbrannten in ihren Sätteln, Pferde kreischten und sprangen panisch umher, stolperten und stürzten, als sie versuchten, ihre Reiter abzuwerfen. Drei Kämpfer lagen bereits am Boden und schlugen vergeblich auf die magischen Flammen ein, die Rüstungen und Fleisch verzehrten. Ein Stück entfernt rannte ein reiterloses Pferd über die Ebene in den sicheren, qualvollen Tod. Seine Mähne, der Schweif und der ganze Leib brannten lichterloh.

Wenn die Magier jedoch erwartet hatten, dass ihre Angreifer sich durch die ebenso mühelose wie tödliche Gegenwehr beeindrucken ließen, dann hatten sie sich sehr geirrt. Die Schwarzen Schwingen hatten sie bereits erreicht. Wieder wirkte eine Magierin einen Spruch, ihr Kraftkegel raste hinaus, traf drei Pferde und riss die Reiter aus den Sätteln. Selik hörte die Knochen der Pferde brechen, schob den Schmerz beiseite und stürzte sich mit gezogenem Schwert auf den Feind.

Er beugte sich seitlich aus dem Sattel, führte das Schwert niedrig und traf mit der Klinge das Gesicht der Magierin, deren Kopf so heftig mitgerissen wurde, dass sie sich mehrmals überschlug. Ohne innezuhalten, ritt er den Magier über den Haufen, der den harten Schild kontrollierte. Dann erst zügelte er sein Pferd und riss es herum.

Seine Männer hatten genau das getan, was sie hatten tun sollen. Ein dritter Magier war tot und lag mit unnatürlich verdrehtem Körper am Boden, das Blut versickerte unter seiner Brust in der Erde. Die anderen beiden wurden festgehalten und geprügelt, bis sie keine Sprüche mehr wirken konnten. Einer von ihnen brach zusammen.

Selik trabte zum Wagen, den zwei seiner Männer bereits plünderten. Er lächelte, zog die Kapuze zurück und stieg ab. Das Keuchen und das scherzerfüllte Grunzen der Gefangenen klang ihm süß in den Ohren. Er sah sich zu den Bränden um, die hundert Schritt entfernt noch nicht erloschen waren, und das Lächeln verschwand.

»Genug«, befahl er.

Die Schläge, die Knüffe mit den Schwertgriffen und die Tritte hörten auf. Beide Männer mussten gestützt werden, damit sie überhaupt noch aufrecht stehen konnten.

Er nickte. »Gute Arbeit«, sagte er, als er das Blut aus Nase und Mündern rinnen sah, dazu die verquollenen Augen und die zerfetzten Ohren. Doch das Blut in ihren Gesichtern konnte die Angst in ihren Augen nicht verdecken.

»Schon wieder Magier, die vor ihrer Verantwortung fliehen«, sagte er. Er baute sich vor ihnen auf und ließ dem Gift seiner Gedanken freien Lauf. »Rennen vor dem weg, was sie erschaffen haben. Wohin wolltet ihr eigentlich? Wolltet ihr euch euren Armeen anschließen und einen neuen Angriff auf die Unschuldigen in Balaia beginnen?«

Er zuckte mit den Achseln. »Abschaum seid ihr. Wertloser, feiger Abschaum.«

»Wir wären geblieben und hätten geholfen, aber Eure Anhänger wollten uns vertreiben«, sagte einer der Magier. Er konnte mit seinen aufgeplatzten, geschwollenen Lippen kaum noch sprechen.

Selik trat vor, packte ihn am Hals und drückte seinen Kopf zurück. »Der Schaden war bereits angerichtet, Narr. Welche Hilfe hättest du da noch leisten können?«

»Was wollt Ihr dann von uns? Sollen wir bleiben oder gehen?«, fragte der Magier, dem die Verzweiflung anzumerken war.

»Ihr sollt euch dem stellen, was euresgleichen in meiner Welt angerichtet hat«, sagte Selik, ohne seinen Griff zu lockern. »Weißt du, was ich in Erskan gesehen habe? Drei Kinder, die sich gegenseitig wegen einer Brotkruste töten wollten, die selbst eine Ratte liegen gelassen hätte. Ihr habt denen, die euch vertraut haben, die Kraft und den Willen genommen. Ihr habt ihren Geist gebrochen. Ich werde ihnen das alles zurückgeben, und du und deinesgleichen werdet nie wieder eure Macht einsetzen können.«

»Wir hätten helfen können, wenn man uns zu bleiben erlaubt hätte«, flehte der Magier. »Wir hätten die Menschen heilen können. Auch das Land.«

Selik ließ ihn los und trat einen Schritt zurück. »Du verstehst nicht, was ihr Balaia und seinem Volk angetan habt, was? Wie blind seid ihr doch, dass ihr glaubt, die Menschen würden euch erlauben, ein paar Sprüche zu wirken, damit alles wieder in Ordnung ist, nachdem ihr so viel zerstört habt. Ihr habt das Vertrauen der Menschen verloren, aber ihr glaubt immer noch, es wäre alles so einfach wie ein Händewedeln.«

Er wandte sich an den zweiten Magier, der ihn trotzig ansah.

»Hast du nichts zu sagen?«

»Was soll ich jemandem sagen, der dem ganzen Volk die Magie wegnehmen will, nur weil es einen einzigen Übeltäter gibt? Ihr seid derjenige, der blind ist, Selik. Ihr und die Affen, die Euch sklavisch folgen.«

»In diesem hier ist immerhin noch ein wenig Kampfgeist vorhanden«, sagte Selik, und die Männer in Hörweite kicherten. »Das Problem ist nur, dass ich deine Stimme auf der Straße nicht hören will. Du zeigst ja sowieso keine Einsicht. Also wirst du als Warnung zurückbleiben, und unser Freund hier wird uns begleiten.«

Er winkte den Männern, die die Magier hielten. »Setzt ihn auf das Kutschpferd und schafft ihn fort.«

»Es tut mir Leid«, sagte der Magier zu seinem todgeweihten Gefährten.

Der Mann schüttelte den Kopf. »Nicht doch. Diese Bastarde können uns niemals besiegen.«

»Aber du wirst nicht lange genug leben, um zu erkennen, ob es auch wirklich so kommt, nicht wahr?«, sagte Selik.

»Ich bin stolz darauf, dass du mich für so gefährlich hältst, dass du mich töten musst.«

»Dich töten?« Ein Lächeln kroch in Seliks Gesicht. »Nein, nein, das wäre zu einfach. Ich kann dir nur versprechen, dass du sterben wirst, wenn du nicht sehr, sehr großes Glück hast.«

Der Hauptmann der Schwarzen Schwingen sah das

Flackern in den Augen des Magiers, dessen Tapferkeit ins Wanken geriet, während sein Kollege mit gefesselten Händen aufs Kutschpferd gesetzt und, von sechs Männern bewacht, abgeführt wurde. Unterdessen konnte er nur ohnmächtig zuschauen, welches Schicksal ihn selbst erwartete.

Der Wagen wurde rasch aufs Heck gestellt und festgezurrt, die Räder zeigten in Richtung des Magierlandes im Nordwesten. Dann wurden die Zügel und das Geschirr in vier Teile geschnitten, und der Magier wurde aufrecht zwischen die Räder geschnallt, nachdem man ihn bis auf den Lendenschurz entkleidet hatte. Selik sah leidenschaftslos zu und empfand ein wenig Enttäuschung über das Verhalten des Magiers, der sich weder sträubte noch protestierte. Als er festgebunden war, zog Selik einen Dolch aus der Scheide und ging langsam zu ihm. Der Magier ließ ihn nicht aus den Augen.

»Es gibt im ganzen Land Leute wie dich. Wir haben sie als Warnung an die anderen von deiner Art zurückgelassen, dass die Schwarzen Schwingen stärker werden. Dass wir euch erbarmungslos verfolgen werden, dass ihr für eure Taten büßen werdet, und dass wir erst aufhören werden, wenn das Übel der Magie in Balaia ausgerottet ist. Du wenigstens wirst an diesem Krieg nicht mehr teilnehmen können.«

Der Magier spuckte ihn an, der mit Blut durchsetzte Speichel traf Seliks Wange und lief sein Gesicht hinunter. Selik lächelte nur.

»Das wirst du noch bereuen, wenn der Durst unerträglich wird.«

»Komm näher, und ich tue es noch einmal. Ich habe keine Angst vor dem Tod.«

»Wie schön für dich.« Seliks Mund verzog sich zu

einem grotesken Grinsen. »Unser Problem ist nur, dass es keine Warnung ohne eine entsprechende Botschaft gibt. Und da wir leider kein Pergament mehr haben, müssen wir auf etwas anderes schreiben.« Er wandte sich an seine Männer. »Haltet ihn ruhig und verschließt ihm den nutzlosen Mund.«

Die Schwarzen Schwingen gehorchten und pressten dem Magier ihre Hände auf den Kopf, auf die Schultern, die Knie und die Oberschenkel und hielten ihn fest. Selik kam langsam heran und sah dem Magier tief in die Augen, in denen die Furcht wuchs. Er war kurz davor, die Fassung zu verlieren.

Mit der Dolchspitze zwischen Daumen und den ersten beiden Fingern ritzte er Buchstaben auf die Brust des Magiers. Er ließ die Klinge tief eindringen und spürte, wie sich seine menschliche Leinwand aufbäumen wollte. Aus dem verschlossenen Mund drangen erstickte Schreie.

»Haltet ihn fest, ich versuche zu schreiben«, sagte er.

Er machte sich wieder ans Werk, ritzte mit der Messerspitze Buchstaben und hielt die Brust und den Bauch des Magiers mit der anderen Hand straff gespannt. Bald war er fertig. Er richtete sich auf, wischte den Dolch ab und steckte ihn ein, um sein Werk zu betrachten, das im strömenden Blut etwas unterging. Mit einer knappen Handbewegung winkte er seine Männer zu sich. Der Magier atmete schaudernd, sein Gesicht war bleich und schweißüberströmt. Er schluckte.

»Ihr werdet durch die Hand eines Magiers sterben, Selik«, quetschte er hervor. »Und wenn Ihr sterbt, wird mein Tod im Vergleich ein schmerzloser sein.«

Selik antwortete nicht direkt. »Ich hätte damit gerechnet, dass du wissen willst, was ich geschrieben habe.«

»Das ist mir egal«, sagte der Magier, der allmählich die

Kontrolle über seinen verstümmelten Körper zurückgewann. »Ihr seid wertloses Ungeziefer, Selik. Ich bin überrascht, dass Ihr überhaupt schreiben könnt.«

»Die Inschrift lautet: ›Magier, fürchtet die Schwarzen Schwingen.‹ Ich glaube, das fasst es ganz gut zusammen. Es ist gewissermaßen genau auf den Punkt gebracht.« Er lachte. »Natürlich ist es nicht leicht zu lesen, aber ich denke, wer dich findet, wird es früher oder später schon herausfinden. Wenn du großes Glück hast, kannst du es sogar selbst weitererzählen.«

Er drehte sich um und ging zu seinem Pferd. »Aufsitzen, Schwarze Schwingen. Wir haben noch einen weiten Weg vor uns und einen Magier, den wir unterweisen müssen.«

»In der Hölle sollst du schmoren, Selik!«, brüllte der Magier, der sich gegen seine Fesseln wehrte.

Selik lachte wieder. »Nein, mein guter Magier, das werde ich nicht. Denn die Gerechten werden gesegnet und nicht verflucht.«

Er ließ sein Pferd die Hacken spüren und führte die Schwarzen Schwingen nach Nordwesten, während hinter ihm die Schreie des Magiers verklangen. Es war ein wirklich erbaulicher Tag gewesen.

Elftes Kapitel

Drei Tage nachdem sie den Ornouth-Archipel verlassen hatte, lief die *Calaianische Sonne* kurz nach der Mittagsstunde gemächlich in Ysundeneth ein. Sogar Jevin hatte sich über die Geschwindigkeit, mit der sie gefahren waren, überrascht gezeigt. Ein stetiger Nordwind hatte sie auf der leichten Dünung rasch vorankommen lassen, und während des größten Teils der Reise hatten Delfine das Schiff begleitet und die idyllische Atmosphäre noch verstärkt.

Denser spürte Ilkars Erleichterung und auch seine Nervosität, als sie zum Liegeplatz mitten im Hafen fuhren. Densers Gefühle waren ganz ähnlich, wenngleich aus ganz anderen Gründen. Es war keine angenehme Reise gewesen. Erienne hatte die ganze Zeit über kaum ihre Koje verlassen, denn die wachsende Entfernung zu Lyannas Grab hatte ihr ein weiteres Mal das Herz gebrochen. Und wenn sie sich dann doch einmal auf Deck hatte blicken lassen, war ihre Körpersprache eine deutliche Warnung an alle gewesen, ihr nicht nahe zu kommen.

Denser verstand ihre Gefühle, war aber frustriert, weil sie sich nicht helfen ließ. Sie hatte sich völlig abgekapselt, aß kaum und sprach noch weniger. Ilkar hatte am Vortag seine Sorgen zum Ausdruck gebracht. In Calaius herrschte ein ganz anderes Klima als in Balaia. Auch der kräftigste Körper war dort rasch erschöpft und ermüdete schnell, und besonders diejenigen, die nicht dort geboren waren, konnten sich leicht Krankheiten zuziehen. Erienne, so sagte er, setzte ernsthaft ihre Gesundheit aufs Spiel, wenn sie sich noch länger weigerte, ihre Kräfte wieder aufzubauen. Und wenn ihre Fähigkeit, Sprüche zu wirken, gelitten hatte, dann riskierte sie damit auch die Gesundheit des Raben.

Wie so oft in den letzten Tagen hatte Denser geseufzt und gehofft, sie werde zu sich kommen, sobald sie gelandet waren. In der strahlenden Sonne, die heiß vom klaren, blauen Himmel brannte, gelang es Denser, einen Augenblick lang alles zu vergessen, während er geradeaus nach vorn schaute und das Land betrachtete. Bei der allerersten Sichtung des Kontinents war der Rabe an Deck gerannt, und Denser war ein wenig enttäuscht gewesen. Er hatte nur Klippen gesehen und sehr ferne Umrisse von Gebäuden.

Jetzt aber, aus der Nähe, staunte er über die Schönheit der Landschaft. Vor ihnen lag Ysundeneth, die wichtigste Hafenstadt von Calaius. Ilkar hatte ihm erklärt, der Name könne sinngemäß als »Meeresheim« übersetzt werden. Es war eine weitläufige Stadt, deren Hafen sich über vier Meilen an der gewundenen Küste entlang erstreckte, und die Gebäude reichten eine halbe Meile tief ins Land hinein. Sie war fast so groß wie Korina, sah aber völlig anders aus. Wo in Korina niedrige, wuchtige Häuser aus Stein und Ziegeln standen, die den Stürmen an der Flussmündung trotzen konnten, war Ysundeneth ein Durcheinander aus Türmen und hohen Gebäuden, die schlank und elegant waren und doch stabil wirkten. Und alle Gebäude bestanden ausschließlich aus Holz.

Denser staunte über die Holzbauten, doch Ilkar hatte nur gelacht und hinter die Stadt gedeutet. Der Hafen war von allen Seiten und so weit das Auge reichte von undurchdringlichem Grün umgeben. Überall standen Bäume, höchstens einmal unterbrochen von steilen Anhöhen und gewaltigen, Schwindel erregenden Klippen und sumpfigem Tiefland.

Denser hatte, wie es ihm vorkam, eine halbe Ewigkeit gestarrt und erwachte erst wieder aus seiner Versenkung, als Ilkar ihn knuffte. Er drehte sich um und sah den Julatsaner Arm in Arm mit Ren neben sich stehen. Die beiden lächelten ihn an.

»Na, was sagst du?«, fragte der Elf.

Denser zuckte mit den Achseln. »Es ist ganz außerordentlich. Ich kann kaum glauben, wie groß dieser Hafen ist. Ich wusste nicht, dass hier so viele Menschen in Städten leben. Aber was denkst du selbst? Du warst ja lange nicht mehr hier.«

Ilkar nickte, und das Lächeln verschwand. »Es ist schon seltsam, keine Frage. Aber ich habe trotzdem das Gefühl, nach Hause zu kommen. Ich meine, ich erkenne die Stadt kaum wieder, weil sie so stark gewachsen ist, aber ich wurde hier geboren.«

»Hier in Ysundeneth?«

»Nicht genau hier. Etwa drei Tagereisen flussaufwärts mit dem Boot, aber ich habe in meiner Jugend viel Zeit hier verbracht, und damals war die Stadt bei weitem nicht so groß.«

»Wie kann die Stadt überhaupt überleben?« Der Unbekannte war an die Reling getreten und beugte sich vor. Sein rasierter Kopf war dunkelbraun gebrannt.

»Der Handel mit Balaia ist wichtig«, sagte Ren. »Aber am meisten Geld wird mit dem Handel entlang der Küste verdient. Ein großer Teil des Landesinneren ist recht unzugänglich, deshalb geht es schneller, wenn man außen herumfährt. Dies ist allerdings bei weitem der größte Hafen. Die anderen sind nicht einmal halb so groß.«

»Hier müssen doch weit über hunderttausend Elfen leben, oder?«, fragte der Unbekannte.

»Mehr«, antwortete Ren.

»Es wundert mich, dass auf dem ganzen Kontinent überhaupt so viele leben«, sagte Denser. »Ich meine, wenn man davon ausgeht, wie wenige man sonst zu sehen bekommt.«

»Calaius ist ein sehr großer Kontinent, Denser, und du würdest dich wundern, wenn du siehst, wie viele Elfen hier leben. Wir neigen aber dazu, unter uns zu bleiben. Ich kann dir jetzt schon sagen, dass dich niemand umarmen wird, wenn wir an Land gehen. Wenn ich dir außerdem sage, dass die Elfen in den Hafenstädten noch die herzlichsten sind, dann kannst du die notwendigen Schlussfolgerungen selbst ziehen.«

»Es muss hier doch oft brennen.« Hirad stand direkt hinter ihnen. »All diese Holzbauten.«

Ilkar legte eine Hand an sein Ohr. »Hört, hört«, sagte er mit einem breiten Grinsen. »Das Zwitschern eines Barbaren, der eine bescheuerte Bemerkung gemacht hat.«

»Hau ab.«

»Gibt dir der Begriff ›Regenwald‹ eigentlich keinen Hinweis?«, fragte Ilkar. »Ich meine, es regnet hier an der Küste nicht ganz so oft, aber im Landesinneren … nun ja, das wirst du noch beizeiten erleben.«

Ren gab Ilkar einen festen Knuff. »Sag ihm die Wahrheit. Die ganze Wahrheit.«

Hirad schnitt eine Grimasse, und Denser klatschte in die Hände. »Bei den Göttern, wie ich es liebe, euch beiden zuzuhören.«

»Man könnte Eintritt dafür nehmen«, murmelte der Unbekannte.

Ilkar blies die Wangen auf. »Na gut. Ich habe gerade über eine Preiserhöhung nachgedacht und bekenne mich schuldig. Aber es regnet hier wirklich sehr oft.«

»Und was ist jetzt die Wahrheit?«, grollte Hirad.

»Die Gebäude sind mit feuerfestem Harz überzogen. Wir benutzen hier einfach die Verteidigung, die uns die Natur schenkt. Es riecht ein wenig, wenn du nicht daran gewöhnt bist, aber es hilft gegen Blitze und Brände.«

»Ich weiß nicht, so dumm war meine Bemerkung doch gar nicht …« Hirad ließ den Satz unvollendet, doch Denser konnte sehen, dass er nicht mit dem Herzen dabei war. So ging es immer mit Ilkar, dies war eine der Freuden, wenn man mit dem Raben reiste. Die beiden waren manchmal die reinsten Komödianten.

»Wie sieht denn nun der Plan aus?«, fragte Hirad.

»Ganz einfach«, sagte Ilkar. »Wir legen in etwa einer Stunde an, würde ich sagen. Wir suchen uns eine Absteige für die kommende Nacht, ihr könnt euch umsehen, und Ren und ich mieten ein Boot, mit dem wir morgen flussaufwärts fahren.«

»Bist du sicher, dass dein Dorf der richtige Ort ist, um nach den Magiern zu suchen?«, fragte der Unbekannte mit gerunzelter Stirn.

»Der Ort ist so gut wie jeder andere. Wir haben früher eine Menge Schüler nach Julatsa geschickt, es dürfte dort also Leute geben, die Verständnis für uns haben, und, was noch wichtiger ist, wir werden erfahren, wo wir uns weiter umsehen können. Wir kämen nicht weit, wenn wir hier einfach ein Plakat aufhängen, das sollte dir doch klar sein. Du musst nicht mitkommen, wenn du nicht willst.«

»Der Rabe arbeitet nie getrennt«, sagte Hirad.

Ilkar lächelte. »Du wirst es nicht bereuen«, sagte er. »Es ist schön.«

»Und feuerfest«, ergänzte der Unbekannte.

Das Osttor von Xetesk wurde geöffnet, und die dicht gedrängten Flüchtlinge standen auf. Die Bewegung lief wie eine Welle durch einen menschlichen Ozean. Zehntausend und mehr hofften, dieses Mal kämen Lebensmittel heraus und nicht schon wieder Soldaten.

Von dem Platz im aufgewühlten Schlamm, an dem Avesh mit allem stand, was er liebte und besaß, konnte er die untere Hälfte der Tore nicht sehen. Er konnte nicht erkennen, wer oder was herauskam, doch er konnte sich darauf verlassen, dass ihm die Stimmung der Menge alles verriet, was er wissen musste.

Er zog seine Frau und seinen kleinen Sohn an sich. Ihre dürren Körper drückten sich an ihn, und er entfernte sich einen Schritt von ihrem Stapel schmutziger Decken und ihren paar Habseligkeiten. Er würde nie verstehen, warum sie im Winter nicht an der Kälte, am Hunger oder an Krankheiten gestorben waren, nachdem sie ihren Bauernhof in den Stürmen verloren hatten, doch sie waren verschont geblieben, und das war alles, was zählte.

Seine Familie kannte die Absprachen. Wenn es Nahrung gab, würden sie sich verteilen und rennen, denn wenn man zu langsam war, bekam man nichts mehr ab. Wenn man Glück hatte, ergatterte man sogar drei Anteile. Zuerst hatte Avesh sich dagegen ausgesprochen, doch er war gezwungen, sein Herz zu verschließen, weil der Tribut, den Krankheiten und Hunger forderten, mit jedem Tag größer wurde. Es sollte lieber die anderen als seine Familie treffen.

Jetzt, da der Frühling die Kälte linderte und die ersten Farben des neuen Lebens aus der tauenden Erde brachen, sah es aus, als würde sich ihre Beharrlichkeit auszahlen. Sie waren alle hager und dünn, aber sie lebten noch. Avesh begann zu hoffen, sie könnten überleben und ihre Existenz wieder aufbauen.

Der Lärm verstärkte sich. Wer noch kräftig genug war, bereitete sich vor, zu rennen oder die Enttäuschung herunterzuschlucken. Doch irgendetwas war anders als sonst. Avesh fing es auf, bevor er die Rufe tatsächlich hörte. Ein überraschter Schrei, dann ein Ausbruch von Empörung.

Er sah einige Augenblicke zu und spürte, wie das Unbehagen in der Menge um sich griff. Sein erster Impuls war gewesen, nach vorn zu laufen, doch er blieb unsicher stehen. Er nagte an der Unterlippe und stellte sich auf die Zehenspitzen.

»Atyo, steige auf meine Schultern. Wir müssen sehen, was da los ist.« Der magere Bursche kletterte hoch. »Was kannst du sehen?«

»Soldaten«, berichtete der Junge. »Und Reiter. Viele Reiter.«

»Kommen sie den Weg entlang?«

Das hatten sie schon ein Dutzend Mal gesehen, doch die Stimmung der Menge ließ vermuten, dass etwas anderes im Gange war.

»Nein, weit verteilt. Alles ist in Bewegung.«

Jetzt konnte auch Avesh es sehen. Die Vorwärtsbewegung hatte aufgehört, und die Leute kehrten schon um. Die Schreie unzähliger verängstigter Menschen vermischten sich zu einem unbeschreiblichen Lärm, der hin und wieder von den barschen Rufen der Soldaten übertönt wurde, wenn der Wind in ihre Richtung wehte.

Der Junge kletterte herunter und sah seinen Vater an.

»Was sollen wir tun?«,

»Lass mich nachdenken, mein Sohn«, sagte Avesh.

Wieder lief eine Bewegung durch die Menge. Es war kein Gekräusel mehr, sondern eine große Welle, die von den Stadttoren ausging.

»Bei den fallenden Göttern«, keuchte er. Er zog Atyo und Ellin zu sich herum. »Sie wollen das Lager räumen, die Bastarde. Wenn wir getrennt werden, treffen wir uns am Übergang über den Fluss Dord im Norden. Werdet ihr ihn beide finden?«

»Warum sollten wir getrennt werden?«, fragte Ellin.

Er musste die Frage nicht mehr beantworten, denn die Welle hatte sie erreicht. Er packte sie bei den Händen.

»Kommt, wir müssen verschwinden.«

Das Gedränge wurde dichter, doch immer noch zögerte Ellin.

»Unsere Sachen.«

»Lass sie liegen. Komm schon.«

Avesh spürte die Bewegung jetzt sogar im Boden. Ein Trommeln wie von tausend Hufen. Doch hier wurden Menschen gehetzt. Er zog seine Frau herum und prallte mit jemandem zusammen, der vorbeirannte. Einen Moment lang sah er ein aschfahles Gesicht, das gleich wieder in der Menge verschwand.

Sie begannen zu rennen. Es gab nur eine Richtung. Quer zur Menge konnten sie sich nicht bewegen, das wäre Selbstmord gewesen. Avesh hielt sie fest und bemühte sich, nicht schneller zu laufen als sein Junge, doch als der Bursche stolperte, hob Avesh ihn mit einem Arm hoch. Seine Frau war dicht neben ihm.

Er sah nur noch rudernde Arme, flatterndes Haar und die Rücken unzähliger verzweifelter Menschen, die gehetzt wurden und kaum noch die Kraft zum Rennen hatten. Es war eine Treibjagd, die nicht lange dauern konnte. Schon stürzten die Schwächsten, ihre Beine konnten sie nicht mehr aufrecht halten, und ihre Willenskraft vermochte sie keinen Schritt weiterzutreiben. Wer stürzte, wurde liegen gelassen. Man konnte nichts tun, nicht einmal die Angehörigen halfen ihnen. Die anderen flohen weiter und zerrten die weinenden Überlebenden mit.

Avesh ignorierte die Schmerzen im überanstrengten linken Arm, mit dem er Atyo hielt, und drehte sich kurz zu seiner Frau um. Sie kämpfte sich mit verbissenem Gesicht weiter, und der schmerzhaft feste Griff ihrer Hand verriet ihre Angst.

Durch die Schreie, die Rufe und das Trommeln der Füße auf dem Boden konnte Avesh Pferde und das rhythmische Stampfen von Männern hören, die im Gleichschritt rannten. Sie kamen rasch näher, und die Fliehenden wurden noch etwas schneller. Noch schlimmer, die Menge teilte sich. Avesh wurde nach links gezogen, Ellin nach rechts. Ihre Hände wurden auseinander gerissen, ihre Finger berührten sich noch einen Augenblick, und dann sah er nur noch ihr verzweifeltes Gesicht und ihre Hand in der Menge verschwinden.

Reiter galoppierten durch die Lücke und gaben barsche Befehle, in Bewegung zu bleiben.

»Ellin!«, rief Avesh. »Der Dord. Vergiss nicht den Dord!«

»Mami!«, kreischte Atyo. Er wollte sich umdrehen, um sie nicht aus dem Auge zu verlieren.

Einmal sah Avesh sie noch, auf und ab hüpfend wie ein Korken im stürmischen Meer. Sie war hilflos und konnte sich nicht dagegen wehren, dass sie einfach mitgerissen wurde.

»Mami!«

»Schon gut, Atyo«, sagte Avesh. Er hatte den Kopf gesenkt und rannte wieder, obwohl er nur noch unter Schmerzen atmen konnte. »Wir werden sie schon finden. Wir sehen sie bald wieder.«

Direkt vor ihnen strauchelte ein Mann und stürzte. Avesh reagierte schnell und sprang über den Liegenden hinweg. Sein linker Fuß kam im Schlamm schief auf und rutschte weg. Er verlor das Gleichgewicht, fiel nach rechts und hielt im Fallen seinen Sohn fest.

Es klang so, als wären die Pferde wieder in unmittelbarer Nähe. Er rollte sich herum, die Leute sprangen, von den rufenden Soldaten gehetzt, fluchend über ihn hinweg. In das Trampeln ihrer Füße mischte sich das Pochen der Pferdehufe, die den Boden beben ließen.

Avesh kam mühsam auf die Beine und kehrte den fliehenden Menschen, die ihn wieder umzustoßen drohten, den Rücken. Sein schmutziger, verängstigter Sohn kreischte panisch und hielt sich verzweifelt an der Kleidung des Vaters fest.

»Es wird alles wieder gut«, sagte Avesh. »Wir werden …«

Er stand an einer Stelle, wo sich plötzlich so viele Pferde drängten, dass er nicht mehr ausweichen konnte. Er drehte sich nach links und rechts und sah nichts als schwarze und braune Flanken und Hinterteile der Pferde, Beinschienen und die Stiefel der Reiter. Er bekam einen heftigen Stoß ab, als hinter ihm ein Hengst hochstieg und der Reiter ihn anbrüllte, sich in Bewegung zu setzen, doch er konnte nichts weiter tun, als sich flach auf den Rücken fallen zu lassen.

Er blieb still liegen, als dicht neben seinem Kopf und seinem Körper Hufe aufsetzten und vorbeiflogen, während die klagenden Flüchtlinge aus Xetesk vertrieben wurden. Dann wurde es in seiner Umgebung relativ still. Er keuchte schwer.

»Jetzt wird alles wieder gut, mein Junge, es wird alles wieder gut.« Er streichelte Atyos Kopf. Seine Hand war feucht. Blut. Er erstarrte.

»Atyo?« Der Junge hing schlaff in seinen Armen. »Atyo?«

Hektisch richtete er sich auf, bis er den Jungen vor sich auf dem Schoß hatte. Atyos Kopf kippte zur Seite, Blut strömte über sein Gesicht. Direkt unter dem Haaransatz hatte sein Kopf eine Delle, wo ihn ein Huf getroffen hatte. Der Kleine hatte keine Chance gehabt.

»Nein.« Er hauchte es nur. »Nein.«

Avesh stand auf und drückte das tote Kind an sich. Nach allem, was sie durchgemacht hatten, nachdem sie so lange in der grimmigen Kälte ausgeharrt hatten, nachdem sie Essensreste vom Boden aufgeklaubt und tagelang überhaupt nichts bekommen hatten. Der Junge hatte all das überlebt, und jetzt war er von denen ermordet worden, die er um Hilfe gebeten hatte.

Tränen strömten über sein Gesicht und verschmierten den Schmutz. Avesh kämpfte die Übelkeit nieder, die ihn überkam, die Schwärze vor den Augen und die nahende Ohnmacht.

Sein Junge. Tot.

Allmählich klärte sich sein Blick wieder, und er betrachtete die Überreste des Lagers, wo hier und dort noch einige Nachzügler umherliefen, die von den Soldaten übersehen worden waren. Dutzende, vielleicht sogar hunderte lagen am Boden, wie sie gefallen waren, ihre

Kleidung wurde vom Wind aufgebauscht. Einige bewegten sich noch, die meisten nicht. Er sah auch die maskierten Abscheulichkeiten, die Protektoren, die unermüdlich marschierten und die Kavallerie unterstützten.

Er blickte nach unten und sah eine zerlumpte Decke. Er legte Atyo darauf und wickelte sie um den Leichnam des Jungen. Wenigstens fror er jetzt nicht mehr. Nach einem letzten Blick auf das zerstörte Gesicht küsste er Atyo auf die Stirn und hüllte ihn ein. Dann stand er auf.

Vor ihm erhoben sich die abweisenden Mauern von Xetesk. Die Verantwortlichen sollten ihrer gerechten Strafe nicht entgehen, doch er würde nicht sein Leben wegwerfen im vergeblichen Versuch, sich zu rächen. Damit würde er Atyos Tod nicht ungeschehen machen.

Zitternd drehte Avesh sich um und ging nach Norden zur Furt durch den Fluss Dord. Dort wollte er seine Frau suchen und mit ihr zusammen ihren Sohn begraben.

Dann wollte er zurückkommen. Und er würde nicht allein sein.

Zwölftes Kapitel

Als sie das Seil erreichten, das in Höhe der Baumkronen den mächtigen braunen Fluss Ix überquerte, war Rebraal nicht mehr sicher, wer nun eigentlich wen zu retten versuchte.

Auf eine Nacht, in der sie aus reiner Erschöpfung recht lange geschlafen hatten, waren zwei Tage gefolgt, in denen Gyals Tränen auf sie herabgestürzt waren und den Wald bis auf den Boden durchnässt hatten. Manchmal ließen die Güsse nach, bis nur noch ein feiner Nieselregen fiel, doch meist schüttete es in Strömen, und über dem Blätterdach knallten zornige Donnerschläge.

Rebraals Schulter tat entsetzlich weh, und die zahlreichen Schnittwunden und Kratzer, die ihm zugefügt worden waren, als man ihn auf den Leichenhaufen geschleppt hatte, von dem Meru ihn wieder weggezerrt hatte, pulsierten im Gleichtakt. Sie hatten getan, was sie konnten – Legumia-Wurzelpaste für die tiefe Wunde vom Armbrustbolzen, Breiumschläge mit Färberwurzel für die Kratzer, Tränke aus Menispere, um das Fieber zu drücken. Er wusste jedoch, dass er trotzdem erkranken würde. Eigentlich sollte er sich ausruhen, statt zu rennen, durch Flüsse zu waten und ins Blätterdach zu steigen, um verborgene Laufstege und Seile zur Überquerung der mächtigen Flüsse und Wasserfälle zu benutzen.

Seine Muskeln waren überanstrengt, sein Rücken brannte höllisch, sein Bewusstsein trübte sich hin und wieder, und er war manchmal verwirrt. Er hatte mehr als einmal die Rufe von Vögeln und Affen missverstanden, einmal war er in einen Ameisenhaufen gelaufen und ein anderes Mal einem Krokodil nur um Haaresbreite entkommen.

Doch trotz seiner eigenen Leiden galt seine größte Sorge Mercuun. Er war an etwas erkrankt, das Rebraal nicht verstand und für das es keine Heilung gab. Aus heiterem Himmel bekam er Anfälle und musste nach Luft schnappend liegen bleiben, im nächsten Augenblick wurde er wieder von einer manischen Energie getrieben, auch wenn Letzteres jetzt immer seltener vorkam. Meru hatte angenommen, es habe mit seinem Magen zu tun, und einen ordentlichen Vorrat von Bittereschenrinde gesammelt, aus der sie einen starken Tee brauten, doch es hatte nicht geholfen.

Zwischen Mercuuns Energieausbrüchen schwand seine Muskelkraft, er verfiel zusehends und verlor oft das Gleichgewicht, und am zweiten Morgen hörte Rebraal ihn husten, als wolle er alle seine inneren Organe ausspucken. Sein Freund konnte die blutige Gischt, die bei jedem Hustenstoß aus seinem Mund spritzte, nicht verbergen.

Später am Nachmittag hatten sie am Ufer des Ix an einer Stelle gerastet, wo sie vor Gyals Tränen geschützt waren, und zu Orra, dem Gott des irdischen Lebenssaftes, darum gebetet, dass die Krankheit, die Mercuun plagte, rasch vorbei sein möge. Rebraal hatte ihn betrachtet, als sie unter den großen, breiten Wedeln einer jungen Palme eng beieinander saßen, und er hatte den Schatten des Todes im Gesicht seines Freundes bemerkt. Er schien von innen nach außen zu verfallen, und trotz ihres Wissens über Kräuter konnten sie kein Gegengift finden.

»Bist du sicher, dass dich nichts gebissen hat?«, bohrte Rebraal. Er lehnte sich an den Stamm der Palme und spürte schon wieder eine Schmerzwelle in den Beinen und im Hals.

»Ich bin sicher.« Mercuuns Stimme war nur noch ein heiseres Flüstern, seine Kehle war wund vom Krampfhusten. Bei jedem Atemzug schauderte er.

»Hast du deine Haut überprüft? Wenn es keine Giftschlange war, könnte auch eine kurze Berührung eines Gelbrückenfrosches ausreichen.«

»Es ist kein Gift«, sagte Mercuun.

»Was ist es dann?« Rebraal wusste nicht mehr weiter.

»Ich habe keine Ahnung.« Mercuun schüttelte den Kopf und sah Rebraal an. Er hatte Angst, seine Augen verrieten es, und er begann vor Trauer und Furcht zu weinen, ehe er die Tränen unterdrücken konnte. »Shorth kommt. Ich kann es fühlen.«

»Du wirst nicht sterben, Meru.« Rebraal streckte eine Hand aus, die sein Freund nahm und drückte. »Wir sind vor Einbruch der Dämmerung im Dorf. Dort bekommst du Hilfe.«

Mercuun ließ den Kopf hängen und starrte den schlammigen Boden an. »Die Heiler wissen nichts, was nicht auch wir wissen.«

»Aber wenn nötig, können sie Magie einsetzen«, sagte Rebraal. Er drückte beruhigend Mercuuns Hand, bevor er steifbeinig aufstand. »Komm schon. Noch einmal hochsteigen, und danach geht es nur noch bergab.«

Doch als er ins Blätterdach hinaufschaute und sah, dass sie hundert Fuß hoch klettern mussten, ließ seine Zuversicht nach. Er hatte Meru über kleine Wurzeln stolpern sehen, und er selbst konnte nur noch einen Arm benutzen. Die andere Hand war so gut wie nutzlos, weil er wegen der Schulterwunde nicht mehr zupacken konnte.

»Es ist so hoch«, sagte Mercuun. Er starrte nach oben und über den Fluss.

Hoch über dem schmutzigen Wasser, wo sich die Äste der Bäume auf beiden Seiten einander annäherten, konnte das geübte Auge zwischen den Blättern und Ästen drei straff gespannte Seile erkennen. Die gleichermaßen von Elfen und Affen benutzte Brücke überspannte den hundert Schritte breiten Ix. Stromaufwärts stürzte ein Wasserfall mehr als fünfhundert Fuß tief in ein riesiges, geschütztes Becken. Der Abfluss wurde von den langen, trägen Windungen des tiefen Flusses stark verlangsamt. Weit stromabwärts, wo der Ix schmaler wurde, rauschte das Wasser zwischen Felsen durch eine enge Schlucht, bevor er sich wieder verbreiterte und ruhiger dahinströmte. Doch überall, auf seiner ganzen Länge, lauerte der Tod unter der Wasseroberfläche.

»Wir können es schaffen«, versicherte Rebraal ihm und ließ die Tatsache unausgesprochen, dass sie schwimmend den Fluss niemals überqueren konnten. Sie waren zu schwach, und sie rochen zu sehr nach Blut. Bisher hatten sie Glück gehabt, was Panther und Jaguare anging. Dieses Glück würde sie im Wasser schlagartig verlassen. »Du gehst zuerst. Ich passe auf dich auf. Ich lasse dich nicht im Stich.«

Mercuun kam schwerfällig auf die Beine und lehnte sich einen Moment an die Palme, um nicht das Gleichgewicht zu verlieren. Dann folgte er Rebraal hinunter zum riesigen Banyanbaum, an dem die Seile befestigt waren. Sie gingen fast unter im Gewirr der Lianen und waren mit Harz, Öl und einigen Sprüchen vor Verwesung geschützt. Er atmete tief durch, ballte die Hände zu Fäusten, sah kurz nach oben und begann zu klettern.

»Hier stimmt was nicht«, sagte der Unbekannte. »Spürt ihr das auch?«

Hirad zuckte mit den Achseln. Sie saßen mit Darrick und Thraun in einem Esslokal im Hafen. Ilkar hatte ihnen erklärt, es sei ein typisches Lokal, wie es die Elfen bevorzugten, mit langen Tischen und Bänken, hohen Decken, vielen Fenstern und exotischen Suppen und Fleischsorten. Das Lokal war gut besucht, doch zwischen ihnen und den übrigen Gästen, die hauptsächlich Elfen waren, klaffte ein unübersehbares Niemandsland.

Der Julatsaner und Ren hatten versprochen, sie im Lokal zu treffen, während Erienne und Denser die Märkte der Stadt besuchten. Aeb, der beim Anlegen im Hafen hin und wieder neugierige Blicke auf sich gezogen hatte, war im Gasthof und hielt Kommunion mit seinen Brüdern im Seelenverband.

»Du meinst, die Elfen mögen uns nicht?«, sagte Hirad.

»Nein, das meine ich nicht. Bisher waren sie sogar recht freundlich, wenngleich etwas reserviert. Nein, ich meine die Atmosphäre. Es ist, als würde sich eine Angst vor irgendetwas aufbauen. Ich kann es nicht genau benennen. Spürst du denn nichts?«

»Nein.« Hirad schaufelte sich mit Suppe getränktes Brot in den Mund.

Der Unbekannte schüttelte den Kopf. »Ich weiß gar nicht, warum ich mir überhaupt die Mühe mache. Dein Fell ist dicker als das der Drachen. Darrick, was meinst du?«

»Schwer zu sagen«, erwiderte der ehemalige lysternische General. Er beugte sich vor. »Im Hafen herrscht eine Art von Unsicherheit vor, aber ich würde sagen, das liegt nur am Rückgang des Handels. Da steckt nichts Schlimmes dahinter.«

Hirad betrachtete den Unbekannten und empfand ein Unbehagen, das ihm nur zu gut vertraut war. Er kannte den großen Mann seit fünfzehn Jahren und wusste, dass er sich nur höchst selten irrte. Seit der Unbekannte, obschon nur kurze Zeit, als Protektor gedient hatte, war sein Instinkt, der ihn vor Schwierigkeiten und Gefahren warnte, sogar noch stärker geworden. Sein Gesichtsausdruck verriet Hirad, dass es keinen Zweifel gab.

Der Barbar wandte sich an Thraun. Der Gestaltwandler hatte gegessen, als hätte er seit Tagen nichts bekommen, aber jetzt starrte er den Unbekannten mit halb geöffnetem Mund an. Der Löffel war vergessen. Der Unbekannte deutete auf ihn.

»Thraun weiß, was ich meine«, sagte er. »Nicht wahr, Thraun?«

Es schien fast, als reagiere er mit einem winzigen Nicken, aber sonst war ihm nichts anzumerken.

»Was soll denn los sein?«, fragte Darrick.

»Im Augenblick ist es nur eine Ahnung«, erklärte der Unbekannte. »Es ist wie bei überreifen Früchten, wenn sie unglaublich süß sind und kurz vor der Verwesung stehen. Was es auch ist, es ist im Augenblick noch unter der Oberfläche, aber es wird nicht mehr lange dort bleiben.«

»Ich kann dir nicht folgen«, sagte Hirad.

Kurz darauf kam Ilkar mit Ren herein und bestätigte die Befürchtungen des Unbekannten.

»Überall sind Elfen erkrankt«, berichtete er, als er sich gesetzt hatte und auf die Bedienung wartete. »Es ist eigenartig. Überall das Gleiche, egal wo wir waren.«

»Eine Seuche?« Der Unbekannte zog die Augenbrauen hoch.

»Wenn es eine Seuche ist, dann ist es eine, die mir völlig unbekannt ist. Wir haben mit Magiern gesprochen, die aber keine Ursache gefunden haben. Sie sehen nur die Auswirkungen. Die traditionellen Heiler sind mit der großen Zahl der Kranken überfordert. Es hat anscheinend erst vor einigen Tagen begonnen.«

»Dann hattest du also Recht, Unbekannter«, sagte Hirad.

»Leider ja«, bestätigte er. »Was meinst du, Ilkar?«

Der Julatsaner zuckte mit den Achseln. »Die Informationen sind lückenhaft, aber anscheinend gibt es keine erkennbare Entwicklung und auch kein Epizentrum. Wie dem auch sei, ich glaube, es ist gut, dass wir morgen aufbrechen.«

»Hast du ein Boot gefunden?«, wollte Darrick wissen.

»Und einen Führer. Die Navigation ist nicht einfach, und ich bin froh, dass ich mich nicht auf meine Erinnerungen verlassen muss. Wasserläufe und die Landschaft verändern sich … du weißt ja, wie das ist.«

»Eigentlich weiß ich es nicht«, sagte Hirad. »Aber du lebst ja auch schon viel länger als wir anderen.«

»Das kann man wohl sagen.« Ilkar lächelte. Es war immer ein etwas trauriges Lächeln, dachte Hirad, wenn Ilkar an seine relative Unsterblichkeit erinnert wurde.

»Müssen wir uns Sorgen machen?«, fragte der Unbekannte.

»Die Leute haben Angst«, erklärte Ren. »Es ist hier in der Umgebung nicht ganz so schlimm, der Hafen scheint noch nicht betroffen, aber die Angst breitet sich aus. Früher oder später werden sie nach Schuldigen suchen, und man braucht nicht viel Phantasie, um zu sich zu überlegen, auf wen sie mit den Fingern zeigen werden.«

»Lasst euch möglichst schnell Elfenohren wachsen«, riet Ilkar.

»Da lasse ich mich lieber beschimpfen«, sagte Hirad.

»Darf ich um Gehör bitten?« Der Unbekannte klopfte mit der Gabel auf den Tisch. »Erzählt mir, wer diese Krankheit bekommt und was dann geschieht.«

»Nach allem, was wir gesehen haben, kann es jeden treffen. Jung und Alt, Männer und Frauen, Reiche und Arme«, sagte Ren. »Ich glaube nicht, dass es mit den Lebensumständen zu tun hat. Äußerliche Zeichen gibt es auch nicht, keine Geschwüre oder Entzündungen.«

»Die Betroffenen haben auch kein Fieber«, ergänzte Ilkar. »Wir konnten herausfinden, dass die Erkrankung den Gleichgewichtssinn stört und mit Anfällen von Übelkeit und Muskelschwäche einhergeht. Eine Magierin, die wir getroffen haben, meinte, es gäbe organische Schäden, aber es ist noch zu früh, um wirklich etwas zu sagen.«

»Eigenartig«, meinte Darrick. »Und wie viele sind bisher gestorben?«

»Bisher noch niemand, aber es hat ja gerade erst begonnen«, antwortete Ren. »Vielleicht nimmt es einen harmlosen Verlauf, und die Leute erholen sich wieder. Aber wenn es Todesfälle gibt und keine Heilung in Sicht ist, dann wird sich die Panik, die gerade beginnt, noch verschärfen.«

»Habt ihr wirklich noch Hoffnung, Magier zu finden, die bereit sind, nach Balaia mitzukommen?«, fragte der

Unbekannte. »Wir können schon von Glück reden, wenn überhaupt noch ein Schiff auslaufen darf, falls es tatsächlich eine Seuche ist.«

»Der Gedanke kam mir auch schon. Kein Magier wird das Land verlassen, solange er glaubt, er könne hier etwas tun.«

»Ich dachte, diese Seuche wäre ein sehr guter Grund, das Land zu verlassen«, sagte Hirad. »Sie könnten sich damit in Sicherheit bringen.«

Ilkar schüttelte den Kopf. »Hirad, du verstehst die elfische Gesellschaft nicht. Sie beruht auf Ehre und ist nicht von Profitstreben und Magie bestimmt wie in Balaia.«

»Dann müsstest auch du hier bleiben?«, fragte der Unbekannte.

»Das ist schwierig«, erklärte Ilkar. »Wenn es ernst wird, muss ich darüber nachdenken, aber ich gehöre nicht hierher. Meine Heimat ist Julatsa. Ich fühle mich den Elfen, die ihr ganzes Leben hier verbracht haben oder nur zur Ausbildung in Julatsa waren, nicht sehr verbunden. Es wäre nicht unehrenhaft, das Land zu verlassen, aber das heißt nicht, dass es mir leicht fiele.«

»Denk nicht weiter darüber nach«, sagte der Unbekannte. »Wir müssen Magier finden, die dir helfen, das Herz von Julatsa zu bergen. Wenn uns das nicht gelingt, ist diese Krankheit, was immer auch dahintersteckt, im Vergleich nur eine kleine Unbequemlichkeit.«

Hirad konnte sehen, dass sie die Aufmerksamkeit einiger anderer Gäste in der Nähe erregt hatten.

»Wir sollten die Stimmen dämpfen«, sagte er leise.

»Wir sollten sogar noch mehr tun«, sagte der Unbekannte. »Wir sollten zum Gasthof zurückkehren und bis zur Morgendämmerung in unseren Zimmern bleiben.

Was ich hier spüre, gefällt mir nicht. Hat jemand eine Ahnung, wann Denser und Erienne zurückkommen wollen?«

Ilkar schüttelte den Kopf. »Ihretwegen brauchst du dir keine Sorgen zu machen. Sie sind Magier, und das kann jeder Elf erkennen. Man wird ihnen nichts tun. Vielleicht bittet man sie um Hilfe, aber man wird ihnen nichts tun.«

Sie standen auf und gingen. Ilkar entschuldigte sich bei dem Jungen, der gerade eine Platte mit Fleisch und Käse servieren wollte. Er bezahlte alles und führte seine Freunde nach draußen.

»Was meinst du, werden wir uns auch diese Seuche einfangen?«, fragte Hirad.

»Keine Ahnung«, sagte Ilkar. »Aber darüber können wir uns jetzt wirklich nicht den Kopf zerbrechen.«

Er zuckte mit den Achseln und ging weiter. Er versuchte, sich unbefangen zu geben, doch Hirad konnte sehen, dass Ilkar sehr besorgt war. Nicht nur seinetwegen, sondern auch wegen ihrer Suche nach Magiern. Hirad hoffte, die Morgendämmerung würde ein freundlicheres Licht auf alles werfen, doch irgendwie bezweifelte er es.

Mercuuns Sturz war ebenso erschreckend wie vorhersehbar. Nachdem sie entsetzlich langsam zur Seilbrücke hinaufgeklettert waren, hatten sie die unbeholfene, nervenaufreibende Überquerung des Ix in Angriff genommen. Mercuuns Schwäche und sein gestörter Gleichgewichtssinn gefährdeten sie beide.

Fünfmal musste Rebraal sich an die Seile der schwankenden Brücke klammern, als sein Freund ausglitt oder stolperte. Er ignorierte das Stechen in der linken Schulter und half Mercuun, während er Atem schöpfte.

Es war schrecklich anzusehen. Mercuun war der Trittsicherste von ihnen allen gewesen. Er hatte sich mit der Eleganz eines Panthers und der Gewandtheit eines Affen bewegt. Er hätte ein TaiGethen sein können. Jetzt hatte ihn irgendetwas, das man nicht ergründen konnte, binnen drei Tagen in ein schlotterndes Trampeltier verwandelt, das Höhenangst hatte.

Rebraal hatte, offenbar voreilig, erleichtert aufgeatmet, als sie das gegenüberliegende Ufer erreicht hatten und Mercuun schwitzend und zitternd die Arme um einen Ast schlingen konnte. Rebraal hatte, obwohl benommen vor Fieber und Anstrengung, sofort mit dem Abstieg begonnen und Mercuun gesagt, er solle ausruhen, bis er sicher war, dass er sich bewegen konnte, so lange es auch dauern mochte. Rebraal hätte selbst Tage auf seinen Freund gewartet, doch Mercuun sah so aus, als hätte er nicht mehr so viel Zeit. Meru spürte es selbst. Deshalb setzte er sich viel zu schnell wieder in Bewegung.

Rebraal war noch zwanzig Fuß über dem Boden, als über ihm ein dicker Ast brach. Eine dunkle Gestalt stürzte an ihm vorbei, Blätter und Holzsplitter flogen in alle Richtungen. Mercuun stürzte geräuschlos an ihm vorbei, er hatte Arme und Beine ausgebreitet, um seinen Sturz so gut wie möglich abzubremsen. Dies und die Schlaffheit seines Körpers, als er unten aufschlug, rettete ihm zweifellos das Leben.

So fand Rebraal ihn mit gebrochenen Knochen, aber noch lebendig unten vor.

»Meru, sprich mit mir.«

»Es tut weh, Rebraal, es tut weh.«

»Natürlich tut es weh. Du bist achtzig Fuß tief gefallen.«

Rebraal musterte ihn, er konnte fast nicht glauben, was er sah. Mercuun bewegte sich und war bei Bewusstsein, aber sein linkes Bein war in einem unnatürlichen Winkel verdreht. Der linke Arm lag unter ihm, und aus dem Mund rann ein Blutfaden.

»Bleib still liegen. Ich hole etwas Casimir gegen die Schmerzen.«

»Beeil dich.«

Rebraal rannte los und suchte die breiten, hellgrünen Blätter und die gelbgrünen kugeligen Früchte. Er achtet kaum auf seinen eigenen Zustand, das Adrenalin verbannte die Schmerzen und das Fieber. Er musste sich beeilen. Nicht nur weil Mercuun solche Qualen litt, sondern auch, weil der Regenwald voller Raubtiere und Aasfresser war. Und in diesem Augenblick war sein Freund eine leichte Beute.

Mercuun hatte, was vielleicht eine Gnade war, das Bewusstsein verloren, als Rebraal zu ihm zurückkehrte. Fliegen krochen über sein Gesicht, und eine Eidechse schnüffelte am Blut herum, das aus seinem Mund rann. Droben in den Bäumen hatten sich bereits Vögel versammelt.

»Tual, verschone ihn«, betete Rebraal flüsternd zur Göttin der Waldbewohner. Er suchte in Mercuuns Ledersack nach dem Metallbecher und dem kleinen Medizinbeutel.

Er eilte zum Flussufer, schöpfte etwas Wasser, sammelte auf dem Rückweg kleine Zweige und machte ein winziges Feuer aus feuchtem Holz, das er mit Mercuuns Zunder in Gang brachte. Er erhitzte das Wasser über der spuckenden Flamme und schützte seine Hände mit einem Tuch vor dem heißen Metall.

Als das Wasser kochte und dampfte, gab er einige Blätter in den Becher. Der kräftige, frische Geruch stieg ihm in die Nase.

»Es ist fast bereit, Meru«, sagte er, obwohl sein Freund es nicht hören konnte. Doch er bewegte sich und würde wohl gleich wieder zu sich kommen. Er stöhnte leise.

Als der Aufguss fertig war, kippte Rebraal die trübe Flüssigkeit in einen Lederbeutel, gab einige Samen von der Casimirfrucht dazu und hielt den Bodensatz zurück. Während die Flüssigkeit abkühlte, schöpfte er den Bodensatz mit einem Palmblatt aus dem Lederbeutel, blies darauf, bis er ihn gerade eben berühren konnte, und verteilte ihn auf Mercuuns Brüchen, nachdem er, wo es nötig war, die Kleidung aufgeschnitten hatte. Den Rest schmierte er sich auf seine eigene Schulter.

Mercuun öffnete flatternd die Augen. »Ich sterbe, Rebraal.«

»Nein, du stirbst nicht. Lass mich deinen Kopf stützen, während du das hier trinkst.«

Er kniete nieder und legte Mercuuns Kopf auf seinen Schoß. Der schwer verletzte Elf schluckte bereitwillig den Aufguss. Er wusste, dass das starke Betäubungsmittel seine Schmerzen lindern würde.

»Was willst du jetzt machen?«, fragte er, als das Leder leer war.

»Dich nach Hause tragen, Meru. Du musst behandelt werden.«

»Aber deine Schulter.« Mercuun hob schwach einen Arm.

»Das wird schon. Vertrau mir.«

»Yniss möge dir beistehen, Rebraal.«

»Und dir auch, Meru. Wie fühlst du dich?«

»Die Schmerzen lassen nach.«

»Gut, dann lass uns aufbrechen.«

Rebraal packte Mercuuns Ledersack und schlang ihn sich über die rechte Schulter. Dann bückte er sich und hob seinen Freund hoch. Er spürte, wie seine eigene Wunde aufplatzte und zu bluten begann, doch der Schlamm der Blätter dämpfte die Schmerzen zu einem dumpfen Pochen.

Mercuun hing wie tot in seinen Armen. Sein Kopf lag an Rebraals Brust.

»Es ist jetzt nicht mehr weit«, sagte Rebraal. »Ruh dich aus.«

Mercuun kicherte. »Lüge mich nicht an. Ich bin verletzt, aber ich bin noch bei Verstand. Du bist derjenige, der sich ausruhen müsste.«

Rebraal knirschte mit den Zähnen und machte sich auf den Weg. Es waren noch fast zehn Meilen bis zum Dorf, und sie mussten durch dichten Regenwald, steile Hügel hinauf und durch schlammige Senken an einem gefährlichen Fluss entlanglaufen. Rebraal sandte ein Gebet an Yniss und bat um Kraft, um zu überleben, und ließ den Fluss Ix hinter sich.

Dreizehntes Kapitel

Die Dämmerung wurde im Regenwald von einer Kakophonie begrüßt, wie es schon immer gewesen war und wie es immer sein würde. Aus niedrigen, dunkelgrauen Wolken fiel beharrlich der Regen, doch der Donner und die Blitze waren nach Norden in Richtung Küste gewandert.

Auum war nicht auf die Geräusche der Elemente und der Natur als Tarnung angewiesen, um sich lautlos zu bewegen. Seine Schritte waren nicht mehr als ein Flüstern auf dem Waldboden, und kaum ein Blatt bewegte sich, wenn er vorbeikam. In einem Abstand von fünf Schritten zu beiden Seiten begleiteten ihn seine Tai. Er musste sich nicht umdrehen, um zu wissen, wo sie sich befanden. Es waren Duele und Evunn, die mit Auum zusammen eine Zelle der TaiGethen bildeten. Sie waren die Elitekrieger und Jäger der Al-Arynaar. Insgesamt gab es fünfzig Zellen, die über den ganzen Regenwald verteilt waren. Kein einziger Elf kannte sie alle, doch jeder Elf kannte ihre Aufgabe.

Wenn sie gerufen wurden, töteten sie Eindringlinge.

Auums Tai hatten ihr Ziel fast erreicht. Sie hatten keine Befehle bekommen, doch sie hatten die Neuigkeiten gehört, und wie jede Zelle durchkämmten auch sie ihr Revier im Wald und schalteten jede Bedrohung aus, die sie fanden.

Es war Auums erster Einsatz, doch auch wenn nun auf die Ausbildung der Ernstfall folgte, war er nicht nervös. Dies war die Aufgabe, für die man die TaiGethen ausbildete.

Sie hatten schon seit Stunden die Gerüche des feindlichen Lagers, dem sie sich näherten, in der Nase. Wie ein Gift verteilten sich die Gerüche mit dem Wind – brennendes Holz, gewachstes Segeltuch und gebratenes Fleisch dort, wo es diese Gerüche nicht geben durfte. Es war eine Beleidigung der Götter des Regenwaldes: Cefu, der Gott des Blätterdachs, Beeth, der Herr der Wurzeln und Zweige, und Tual, die über die Waldbewohner herrschte.

Die TaiGethen waren willige Diener ihrer Götter und würden tun, was man von ihnen verlangte. Der Wald musste gereinigt und das Gleichgewicht musste wiederhergestellt werden.

Die Zelle versammelte sich nur wenige Schritte vom Lager der Fremden entfernt, um die Kriegsbemalung aufzulegen und zu beten. Die Zerstörung des Waldes, als die Fremden ihr Lager eingerichtet hatten, war ein Frevel. Auum sah die Verachtung in den Augen seiner Tai. Kein Zorn. Zorn war eine Ablenkung und eine Kraftverschwendung.

Er öffnete seine Beutel mit schwarzer und dunkelgrüner Farbe und malte unterbrochene Streifen auf Dueles dunkelbraunes Gesicht. Die Gebete, die sie dabei sprachen, schärften ihre Entschlossenheit. Als die drei bereit waren, standen sie auf. Ihre braunen Mokassins machten kein Geräusch, ihre grün gefleckten Jacken und Hosen verschmolzen mit dem Unterholz, und jetzt waren auch ihre Gesichter bemalt und unsichtbar.

»Kämpft für die Tai. Der Glaube ist unsere Stärke. Bespannt eure Bogen, und wir werden tun, was die Götter uns befehlen.«

Vor dem Zelt gab es Unruhe, doch während seines Fiebers hatte Sorys so viele eigenartige Dinge gehört, dass er seinen Sinnen längst nicht mehr traute. Er hatte in seinen Halluzinationen auf dem Höhepunkt des vier Tage dauernden Fiebers riesige Spinnen und Schlangen gesehen, doch jetzt war er endlich wieder fähig, einen klaren Gedanken zu fassen. Oder jedenfalls glaubte er es. Die Magierin Claryse, die ihn behandelte, sagte, das Fieber sei gebrochen, doch er müsse noch zwei Tage ruhen, bevor er Yron zum Tempel folgen könne. Sie hatte nur wenig verraten, doch Sorys hatte das unbestimmte Gefühl, dass es dort größere Schwierigkeiten gegeben hatte.

So lag er im Mannschaftszelt in einer improvisierten Hängematte und war allein mit der Öllampe, die in der Nähe auf dem Boden stand. Seine nächtlichen Ängste waren noch sehr nahe, und das blasse gelbe Licht war beruhigend.

Er lauschte angestrengt. Die Geräusche draußen hörten sich sehr seltsam an, doch er konnte nicht sicher sein, ob das Fieber tatsächlich aufgehört hatte und ob er sich den Lärm nur einbildete. So blieb er zunächst nur ruhig liegen und versuchte, auf Geräusche zu lauschen und zu verstehen, was die aufgeregten Stimmen sagten.

Dann wurde es ruhig. Er hörte Schritte vor dem Zelt,

die nicht aufgeregt klangen. Und dann, so laut und deutlich wie der Ruf dieser verdammten Brüllaffen, ertönte ein schriller Klagelaut, der von links nach rechts vorbeizog. Der Laut kündete von einem Verlust und fuhr ihm durch Mark und Bein. Er hatte Angst, schrie jedoch nicht auf. Es war besser, ganz still zu bleiben.

Wieder und wieder ertönte der Klagelaut. Ein Mann rief etwas, wurde jedoch abrupt unterbrochen. Sorys' Herz raste in seiner Brust, ihm wurde übel. Als er nach seiner Wasserflasche tastete, wurde die Zeltplane aufgeklappt. Claryse stand in der Tür, der Laternenschein beleuchtete ihr verängstigtes Gesicht.

»Geister«, stammelte sie mit gebrochener, erstickter Stimme. »Geister. Wir haben …«

In ihrem Hals erschien eine Pfeilspitze, und ihr Körper zuckte. Sie stolperte, das Blut spritzte aus der Wunde. Sie streckte die Arme aus, wollte etwas sagen und brach zusammen.

Sorys war zu verängstigt, um zu schreien.

Er hörte ein Wispern im Wind, und die Zeltplane bewegte sich wieder.

Als alle Zeltplanen zerfetzt, alle Seile zerschnitten und aufgedröselt waren, als alle Feuer gelöscht und alles Metall vergraben war und die Leichen nebeneinander auf dem Waldboden lagen, rief Auum die Tai zum Gebet zu sich. Sie hatten siebzehn Fremde getötet, und er war mit sich im Reinen, auch wenn die Narbe im Wald ein Schandmal war, das nur die Götter beheben konnten.

»Cefu, höre uns an. Beeth, höre uns an. Tual, höre uns an. Wir, deine treuen Diener, die wir dienen, wie du es verlangst, opfern dir und deinen Gefährten alles, was um uns ist. Möge das Fleisch deine Geschöpfe speisen, möge das Tuch die Bauten und Nester polstern, mögen die Knochen für immer all jene, die dich zerstören wollen, daran erinnern, dass sie scheitern müssen und zu ewiger Verdammnis verurteilt werden. Höre uns an und führe uns. Zeige uns deinen Willen, und was du willst, soll geschehen.

Wir beten zum ruhmvollen Yniss, der über alle herrscht, die hier wandeln. Höre uns an.«

»Und so soll es geschehen«, sangen Duele und Evunn.

Die Tai neigten in stiller Andacht einen Augenblick die Köpfe.

Auum stand auf. »Kommt«, sagte er. »Wir haben noch viel zu tun.«

Yron und Ben-Foran kauerten am Fuß eines Balsabaumes neben einer Gruppe kleinerer Pflanzen. Breite dreieckige Blätter, die ein Teil des Baumes zu sein schienen, obwohl sie an einem dicken, hölzernen Stiel hingen, reckten sich in alle Richtungen.

»Das hier«, sagte Yron, »ist eine junge Pareira. Beachtet die Blattform. Wenn sie älter wird, blüht sie und bringt eine rote, längliche Frucht hervor. Habt Ihr das verstanden?«

Ben-Foran nickte.

»Diese Pflanze ist wichtig, weil ein Umschlag mit ihren Blättern ein gutes Gegengift gegen Schlangenbisse ist. Zum gleichen Zweck kann man auch einen Aufguss der Wurzeln zu sich nehmen.«

»Hilft es denn?«

Yron sah ihn erstaunt an. »Was glaubt Ihr denn, wie die Waldelfen bis auf den heutigen Tag überleben konnten? Viele dieser Pflanzen können als Heilmittel benutzt werden. Lernt es. Denn wenn Ihr die Unterstützung Eurer

Magier verliert, dann müsst Ihr dies alles wissen. Noch etwas. Seht Ihr das da?«

Er deutete auf einen gelben Fleck unter den Blättern. Ein Frosch, der kaum größer war als sein Daumen.

»Ja, Hauptmann.«

Ben-Foran wollte automatisch die Hand ausstrecken, doch Yron drückte seinen Arm herunter.

»Nicht anfassen. Passt auf, dass er niemals Eure ungeschützte Haut berührt. Das ist ein Gelbrückenfrosch. Erinnert Ihr Euch an meine Erklärungen auf dem Schiff?«

»Ja, aber ...«, wollte Ben sagen.

»Er ist klein, nicht wahr?«, sagte Yron. »Doch er hat genug Gift auf dem Rücken, um Euch zehnmal zu töten. Vielleicht erinnert Ihr Euch an die Männer, die an leichten Stichwunden gestorben sind? Die Elfenpfeile waren mit diesem Gift präpariert.« Yron schnitt eine Grimasse. »Ich weiß, dass es dunkel wird, aber ich will, dass sich so viele Männer wie möglich diesen Frosch ansehen. Dann bekommen sie eine bessere Vorstellung.«

»Ja, Sir.«

Sie erhoben sich.

»Hauptmann Yron.« Erys kam aus dem Tempel gerannt. Er presste einige Papiere an seine Brust und strahlte über das ganze sommersprossige Gesicht. Yron ließ sich trotz der drückenden Hitze von der Begeisterung anstecken.

»Gute Nachrichten, hoffe ich?« Er winkte Ben-Foran, bei ihm zu bleiben.

»Die besten«, sagte Erys, als er vor ihnen stand und zwei in Leder gebundene Bücher und eine Pergamentrolle übergab.

»Danke«, sagte Yron. »Ich werde die gesammelte Weisheit zu würdigen wissen, sobald ich die altelfische Sprache gelernt habe. Ein Jahrzehnt intensiven Unterrichts bei Euch müsste reichen.«

Erys starrte ihn einen Augenblick an, ehe er den Scherz erfasste. »Entschuldigung, ich wollte nur … ach, egal. Jedenfalls konnte ich genug verstehen, um zu erkennen, dass dies der Text ist, den wir suchen. Es ist der Schlüssel für die Langlebigkeit.«

Yron zog die Augenbrauen hoch. »Wirklich? Und wie viele Türen müssen sich jetzt noch öffnen?«

»Ich glaube, es sind sieben. Die Götter allein mögen wissen, wann sie geöffnet werden.«

»Hm.« Yron schnalzte nachdenklich mit der Zunge. »Vergesst den Frosch, Ben, wir können morgen einen anderen suchen. Bringt mir die sechzehn Männer, die am besten in Form sind, mit Ausnahme von Euch selbst.«

»Ja, Hauptmann. Darf ich nach dem Grund fragen?«

»Ihr dürft, aber Ihr würdet damit Euren Atem verschwenden.«

Ben-Foran salutierte, entfernte sich und rief unterwegs schon die ersten Namen.

»Es wird Zeit, dass wir einen Teil der Sachen hier wegschaffen«, sagte er zu Erys.

»Glaubt Ihr, wir sind hier in Gefahr?«

»Es ist das Zentrum ihres Glaubens. Das habt Ihr mir jedenfalls gesagt. Was glaubt Ihr, wie lange es dauert, bis hier noch mehr Al-Arynaar auftauchen?« Yron hob die Papiere. »Die gehen noch heute Abend auf die Reise, aber nicht über das Basislager. Irgendwie gefällt mir die Atmosphäre nicht.«

»Ich spüre keinen Unterschied.«

»Natürlich nicht. Aber Ihr wart zuvor auch noch nie hier, oder? Es ist nur so ein Gefühl. Vertraut mir.« Er schob Erys in Richtung Tempel zurück. »Zeigt mir alles, was Ihr bisher gefunden habt. Wir brauchen einen Evakuierungsplan.«

Donner krachte im dunklen Himmel. Es begann wieder zu regnen.

Am nächsten Morgen wurde Hirad vom Unbekannten Krieger in der überraschend kühlen Morgendämmerung geweckt. Von See her rollte Nebel heran und legte sich drückend über die Hafenanlagen und weite Bereiche der von Hügeln umgebenen Stadt. Beim Frühstück mit Brot und Kräutertee versicherte Ren ihnen, der Nebel werde sich nicht lange halten.

Hirad wäre es egal gewesen, wenn der Nebel den ganzen Tag über nicht verschwunden wäre. Er wollte unbedingt aufbrechen und wurde allmählich unruhig. Er wusste, woher seine Unruhe kam, wenn er sich am Tisch umsah und den Anblick auf sich wirken ließ. Der Rabe. Zusammen und auf ein einziges Ziel konzentriert. Wenn man die müßigen Plaudereien hörte, konnte man annehmen, alles sei so wie früher, doch das war weit von der Wahrheit entfernt.

Thraun hatte immer noch kein Wort gesprochen und sah meistens so aus, als hätte er jeden Bezug zur realen Welt verloren. Im Moment konzentrierte er sich aufs Essen und wirkte dabei durchaus menschlich. Er folgte dem Unbekannten auf Schritt und Tritt wie ein treuer Hund. Hirad fragte sich schon, ob Thraun nicht sogar eine Belastung darstellen würde.

Die dunklen Ringe unter Eriennes Augen verrieten ihm, dass sie auch in dieser Nacht kaum geschlafen hatte. Hirad hatte ihr leises Weinen und die Stimme Densers, der sie beruhigen wollte, durch die Wände des Gasthofes gehört. Keiner der beiden hatte am Morgen viel gesagt, und am vergangenen Abend waren sie mit schlechten Neuigkeiten zurückgekehrt. Sie hatten zwar nicht gesehen oder gehört, dass jemand gestorben war, doch immer mehr Menschen waren in sehr unterschiedlichem Maße betroffen.

Einige, die vor einigen Tagen heftige Symptome gezeigt hatten, waren inzwischen nur noch müde, während andere, bei denen die Krankheit gerade erst ausgebrochen war, jetzt schon zu schwach oder zu unsicher waren, um zu laufen, oder sie litten plötzlich unter schweren inneren Blutungen. Der Rabe hatte getan, was er konnte, doch da sie die Lebensart der Elfen nicht kannten, stießen sie auf kühle, wenngleich nicht feindselige Ablehnung.

Wenigstens war Darrick jetzt bei ihnen. Hirad erinnerte sich, wie er in der letzten Phase der Suche nach Dawnthief versucht hatte, den General zu bewegen, sich dem Raben anzuschließen. Damals hatte Darrick sich gesträubt, doch Hirad hatte gewusst, dass seine Haltung sich ändern würde. Eine Schande nur, dass die Begleitumstände dieser Veränderung derart blutig und tragisch gewesen waren.

Er freute sich schon darauf, wieder in Balaia gemeinsam mit Darrick zu kämpfen, falls es dazu kommen sollte. Aeb war natürlich eine mächtige Ergänzung. Er sollte den Unbekannten auf der linken Seite schützen, da dieser sein Zweihandschwert nicht mehr führen konnte. Über Ren machte er sich allerdings Sorgen. Niemand hatte bisher das Bedürfnis gehabt, sie im Kampf mit der Truppe zu unterweisen, und er fragte sich voller Sorge, wie sie sich machen würde. Sie kämpfte gern mit dem Schwert, aber vielleicht konnte man sie überzeugen, bei ihrem Bogen zu bleiben.

Mit der Zeit würde es sich zeigen. Doch auf der Reise nach Balaia mussten sie wieder in Form kommen, um kämpfen zu können. Der Rabe hatte so viele Jahre überlebt, weil die Kämpfer sich gegenseitig vertrauten, weil sie über eine unerschütterliche Disziplin verfügten und mit ihren Waffen umzugehen verstanden. Hirad nahm sich vor, mit dem Unbekannten darüber zu reden. Er war nicht sicher, ob der große Krieger überhaupt damit rechnete, dass sie auf Balaia kämpfen mussten, aber eins war sicher: Im Augenblick waren sie nicht besonders gut in Form, und es wäre höchst gefährlich, sich auf einen Kampf einzulassen.

Hirad trank seinen Tee aus und stand vom Frühstückstisch im Gasthof auf.

»Der Rabe, kommt mit. Wir wollen aufbrechen, ehe die Sonne den Nebel vertreibt.«

Sie wurden allerdings von Thraun aufgehalten, der entschlossen schien, das Frühstück bis zum letzten Krümel auszukosten.

»Was hat der vor? Richtet er sich auf den Winterschlaf ein?«, fragte Ilkar. »Nehmt nicht zu viel mit. Wir fahren auf einem Boot. Es hat Ruder, ein Segel und ein Deckshaus, in dem wir unsere Ausrüstung unterbringen können. Ich stelle euch dem Führer vor, wenn wir unterwegs sind. Haltet bis dahin den Mund. Er ist jetzt schon nervös, weil er mit Fremden flussaufwärts fährt.«

»Fremde?«

»Ja, Hirad. Wenn du kein Elf bist, dann bist du auf Calaius ein Fremder. Vergiss das nicht. Besonders nicht im Landesinneren.«

Mehr oder weniger schweigend liefen sie zu den Anlegestellen am Fluss hinunter. Der dichte Nebel verlieh den Straßen eine gespenstische Atmosphäre. Es war still in Ysundeneth. So hätte es nicht aussehen dürfen, nicht einmal so früh am Tage, doch die Gerüchte über die Krankheit hatten sich rasch verbreitet, und die Leute brannten nicht darauf, ihre Türen zu öffnen und sich einer Gefahr auszusetzen.

Die Sonne drang allmählich durch den kalten Nebel. Hirad schauderte und wünschte sich, er hätte seine schweren Lederstiefel und seinen Pelz dabei, aber auf Ilkars Rat hatte er wie alle andern am Vortag auf dem Markt neue Kleider gekauft. Sie trugen jetzt leichte Lederrüstungen und Stiefel, leichte Mäntel und Hemden. Alles war dunkelbraun, schwarz oder grün. Die Farben des Waldes.

Ilkar führte sie durch gewundene, gepflasterte Straßen, in denen die Häuser dicht an dicht standen. Über dem Nebel kreischten Möwen. Die Molen waren ein paar Meilen von der Flussmündung und dem Hafen entfernt landeinwärts errichtet worden. Dort legten Flusskähne mit geringem Tiefgang an, und als sie sich dem Flusshafen näherten, konnte Hirad Dutzende Boote sehen, die festgemacht oder aufs schlammige Ufer des Ix gezogen worden waren. Der Fluss, erklärte Ilkar ihnen, sei nach dem Elfengott des Mana benannt worden.

Hirad konnte das Wasser riechen. Es war kein unangenehmer Geruch, und obwohl der Fluss schmutzig braun und träge dahinströmte, war er nicht mit den stinkenden, faulenden Gewässern in den Städten von Balaia zu vergleichen. Wie es schien, benutzten die Elfen ihre Flüsse nicht als Müllkippen oder Abwasserkanäle.

Ihre Schritte hallten auf dem Holzsteg; hier und dort knarrten die alten Balken. Unter ihnen klatschte das Wasser gegen die Pfosten. Ilkar schritt auf dem feuchten, glitschigen Steg zielstrebig aus und blieb vor vier Booten gleicher Bauart stehen, die etwa dreißig Schritt lang waren und jeweils nur einen Mast in der Mitte besaßen, an dem das Segel quer aufgehängt war. Im Heck eines Bootes hatte es sich ein Elf auf einer Bank bequem gemacht und rauchte eine Pfeife. Hirad erinnerte sich, dass er Denser schon seit langer Zeit nicht mehr beim Pfeiferauchen beobachtet hatte. Vielleicht hatte Erienne ihn von diesem Laster kuriert.

Ilkar rief den Elf an, der sich aufrichtete und sie mit einem Winken auf sein Schiff einlud. Er hielt den Blick gesenkt und wollte den allzu direkten Kontakt mit den Balaianern, die sich auf seinem Boot breit machten, offenbar meiden. Selbst für einen Elf war er alt; seine Haare waren lang und grau, sein Gesicht voller scharfer Linien und tiefer Falten. Er hatte große Hände und breite Schultern und besaß nicht viel von der natürlichen Anmut, die so viele Vertreter seines Volks auszeichnete. Er und Ilkar unterhielten sich kurz in einem Dialekt, den Hirad nicht verstehen konnte, dann löste er das Seil am Heck und stieß das Boot mit einem Ruder in die Strömung hinaus. Jetzt kaum auch eine Brise auf, die half, den Nebel zu vertreiben.

»Könnte mal jemand das Segel hissen?«, fragte Ilkar, der mit ihrem Führer und Ren am Steuerruder stand. »Kayloor glaubt, wir haben genug Wind, um gegen die Strömung zu segeln, doch es wäre gut, die Riemen bereitzuhalten, falls uns der Wind im Stich lässt.«

»Kein Problem«, sagte der Unbekannte. Er bückte sich und löste ein Ruder aus der Halterung an der Reling. »Ruhe du dich nur aus.«

»Irgendjemand muss für euch ja übersetzen, was er sagt«, behauptete Ilkar lächelnd.

»Stimmt.« Der Unbekannte setzte sich, und Aeb ließ

sich neben ihm nieder. Thraun sah verwirrt zu, doch der Unbekannte winkte ihm nur, sich zu setzen, und der Gestaltwandler schien die Geste zu verstehen. Denser und Erienne gingen zum Bug und schauten nach vorn. Immer noch schwiegen sie. So blieb die Aufgabe, das Segel zu hissen, an Hirad und Darrick hängen. Es blähte sich stark genug, um sie weiter in die Strömung hinauszutragen.

»Jetzt geht es los«, sagte Ilkar. »Achtet auf die Ufer und haltet die Hände nicht ins Wasser.«

»Haben die Fische hier scharfe Zähne?«, fragte Hirad.

»Oh, es sind nicht die Fische, derentwegen du dir Sorgen machen musst, Hirad. Es gibt hier viel schlimmere Geschöpfe als Fische«, sagte Ilkar.

»Du machst mir richtig Mut.«

»Ich sage dir nur, wie es ist«, entgegnete Ilkar. »Das hier ist anders als alles, was du bisher erlebt hast. Verhalte dich in diesem Land nicht so, als wärst du in Balaia oder Herendeneth, sonst kommst du in die Bredouille.«

»Was genau bedeutet es, hier in die Bredouille zu kommen?«

»Normalerweise heißt es, dass du umkommst«, erklärte Ren.

»Schönes Land«, meinte Hirad. »Es wundert mich, dass du es verlassen hast.«

»Oh, es ist wirklich schön, Hirad«, sagte Ilkar. »Aber es ist eben auch gefährlich für Fremde.«

Hirad wechselte einen Blick mit Darrick, der die Augenbrauen hochzog.

»Alles klar, General?«, fragte der Barbar.

»War nie besser«, erwiderte Darrick.

Am gegenüberliegenden Ufer setzte schlagartig ein gewaltiges Gebrüll ein. Durch den abziehenden Nebel sahen sie einen Vogelschwarm, der unter durchdringendem

Kreischen himmelwärts floh. Hirad zuckte zusammen. Das Boot schwankte. Ren und Ilkar am Heck lachten.

»Bei den Göttern, ich werde die Reise genießen«, sagte der Magier.

Das Segel knatterte und blähte sich, als die Brise in der Mitte des Wasserlaufs auffrischte. Hirad zog es vor, seine Gedanken für sich zu behalten, und blickte in die Tiefe des Regenwaldes.

Vierzehntes Kapitel

Selik, vierzig Schwarze Schwingen und der gefangene Magier galoppierten nach einem scharfen dreitägigen Ritt durch das zerstörte Land, in dem verlassene Gehöfte sich mit trostlosen Dörfern abwechselten, nach Understone hinein. Die Pferde waren erschöpft, die Reiter wundgescheuert, und Selik hatte starke Schmerzen im Gesicht und in den abgestorbenen Teilen seiner Brust. Das war etwas, das er nie verstehen konnte. Die Nerven waren vom Spruch der Hexe eingefroren worden, warum also konnte es derart wehtun? Phantomschmerzen, hatte man ihm erklärt. Er stellte sich lieber vor, es sei eine Art Regeneration seines zerstörten Körpers, doch in den letzten sechs Jahren hatte sich sein Zustand nicht verbessert.

Understone hatte sich nicht wieder erholt, seit es im letzten Krieg gegen die Wesmen eine zentrale Rolle gespielt hatte. Schon vorher war es eine kleine, heruntergekommene Garnisonsstadt gewesen, und nach den Kämpfen war sie niedergebrannt und zerstört zurückgeblieben. Der Ort war nur noch ein Schatten seiner selbst. Man konnte sich kaum vorstellen, dass er einst als mächtige Verteidigung gegen die Invasion der Wesmen durch den Understone-Pass errichtet worden war.

Die Schwarzen Schwingen ritten durch die wieder aufgebaute und erneut verlassene Hauptstraße, an verrammelten Häusern vorbei zur kleinen Garnison, die von einem Palisadenzaun geschützt wurde. Vor dem offenen Tor zügelten sie ihre Pferde. Weniger als vierhundert Schritt entfernt gähnte das dunkle Loch des Zugangs zum Pass, der jetzt wieder unter Kontrolle der Wesmen stand und der einzig brauchbare Landweg von Ost nach West durch die Blackthorne-Berge war.

Selik wandte sich an den Wächter, der herausgeeilt kam, um sie zu begrüßen. Es war ein junger Rekrut, der eine schäbige alte Rüstung aus Leder und ein Kettenhemd trug und mit einer rostigen Pike bewaffnet war. Sein Helm wackelte auf dem Kopf, und im bleichen, verkniffenen und hungrigen Gesicht saßen ängstliche Augen.

»Sagt mir, was Ihr wollt«, verlangte er mit schwankender Stimme.

Selik stieg ab und ging zum Wächter. Er breitete die Arme aus, um seine friedlichen Absichten kundzutun.

»Bitte, so beruhigt Euch. Wir wollen unseren Verteidigern doch nichts antun«, nuschelte er mit seinem schmerzenden Mund und seinem entstellten Gesicht. »Wir suchen nur einen Ort, wo wir über Nacht kampieren können, bevor wir morgen früh weiter nach Süden reiten.«

Der Wächter kniff die Augen ein wenig zusammen. »Warum nach Süden?«

»Wir sind auf einer Mission, die allen Menschen dient«, erklärte Selik. »Aber das sollte ich vielleicht besser Eurem Kommandanten erklären.«

»Ich will sehen, ob er zu sprechen ist«, sagte der Posten. Seine Stimme bebte nicht mehr so stark wie am Anfang. »Darf ich nach Eurem Namen fragen?«

»Aber natürlich. Ich bin Hauptmann Selik, und dies hier sind die Schwarzen Schwingen.«

Der Posten wich einen Schritt zurück. »Ich hole den Kommandanten.«

Selik wandte sich kopfschüttelnd an seine Männer.

»Steigt ab und sucht euch Schlafplätze. Ich werde Futter für die Pferde organisieren und dafür sorgen, dass die Garnison sich unseretwegen keine Sorgen macht, wenn ihr versteht, was ich meine. Wir können später noch reden. Wartet auf meine Befehle.«

Er sah ihnen nach, wie sie sich zerstreuten. Einer seiner Leutnants nahm sein Pferd. Sein Blick fiel auf das verquollene Gesicht und die gefesselten Hände des julatsanischen Magiers, der aus dem Sattel gezogen wurde. Der Elf lehnte sich an sein Pferd und wartete, bis seine Beine wieder stark genug waren, um ihn zu tragen. Selik musste ihm widerwillig Respekt zollen. Trotz aller Drohungen, trotz der häufigen Schläge und der zerquetschten Finger und Zehen hatte der Magier ihnen nicht einmal seinen Namen verraten.

Normalerweise hätte Selik einen gefangenen Magier längst gebrochen und so weit eingeschüchtert und verängstigt, dass er tat, was immer Selik wollte. Doch dieser Elf besaß eine enorme innere Stärke. So konnte das natürlich nicht weitergehen. Selik wollte eine Botschaft verkünden, und er wollte nicht warten, bis sie von Blackthorne zurück waren, ehe er sie abschickte. In diesem Augenblick war er jedenfalls sicher, dass dieser Magier ihm nicht gehorchen würde. Er drehte sich um und sah den Garnisonskommandanten kommen.

Der eingeschüchterte Posten ging neben ihm, und der Kommandant überlegte wohl noch, wie er sich verhalten sollte.

»Hauptmann Selik«, sagte der Kommandant schroff, ohne dem Besucher die Hand zu geben. Er war ein schlanker Mann, was aber, wie Selik vermutete, eher auf Hunger als auf Ertüchtigung zurückzuführen war, mit sehr kurzem grauem Haar und sauber getrimmtem Bart von der gleichen Farbe. Seine Rüstung war offenbar gut in Schuss, wenngleich ein wenig alt, und er hielt sich stolz und aufrecht. »Ich bin Anders, der Kommandant der Garnison. Mein Soldat hier sagte mir, Ihr wollt nach Süden reisen?«

»Morgen früh, Kommandant Anders. Ich hatte gehofft, Ihr würdet meinen Männern erlauben, bis dahin in der Stadt zu rasten.«

Anders zog die Augenbrauen hoch. »Sie steht Euch zur Verfügung. Nahrungsmittel oder Nachtlager kann ich Euch nicht anbieten, doch wir haben wir auf dem Gelände einen Brunnen, den Ihr benutzen dürft.«

Selik lächelte. »Vielen Dank, das ist sehr freundlich.«

Anders' Gesicht war versteinert. »Das Angebot wurde nicht aus Freundlichkeit gemacht. Mir geht es eher um Eure Pferde als um die Bande von Mördern, die auf ihnen reitet.«

Selik war an scharfe Reaktionen gewöhnt und ließ sich nichts anmerken.

»Jeder mag glauben, was er will, Kommandant. Ich fürchte allerdings, ein großer Teil der Bevölkerung Balaias würde Euch nicht zustimmen.«

»Ich habe die Berichte gehört, Selik. Ihr versucht, Balaia genau die Leute zu nehmen, die es braucht, um sich aus diesem Elend zu erheben.«

»Ein Elend, das durch die Magie erst geschaffen wurde«, fauchte Selik.

»Ich werde darüber nicht mit Euch diskutieren«, sagte Anders. Er hob eine Hand. »Ihr irrt Euch und seid hier nicht willkommen, und wenn Eure Pferde nicht wären, dürftet Ihr nicht einmal hier übernachten.«

»Genau das, was ich von einem Lakaien der Kollegien erwartet habe.«

Anders lachte. »Versucht nur nicht, mich zu ärgern, Selik. Ich bin stolz auf mein Kolleg. Und ich bin stolz darauf, hier das Kommando zu führen, so klein es auch ist. Im Augenblick mag es Konflikte zwischen den Kollegien geben, doch das betrifft uns nicht. Wir sind uns der von den Wesmen ausgehenden Gefahr bewusst, und so wird es auch bleiben. Wir überwachen auch die Wege, die von hier aus nach Norden und Süden führen.«

»Ein Konflikt? Was redet Ihr da, Anders? Lasst mich raten – die Abteilungen aus Xetesk und Dordover wurden abgezogen, doch man hat Euch den Grund dafür nicht genannt, nicht wahr? Es wäre besser, Ihr würdet Euch im Augenblick nicht zu sehr darauf verlassen, dass die Kollegien durchweg friedliche Absichten hegen.«

Anders trat vor und drängte Selik vom Zugang weg.

»Ich will Euch einige Dinge erklären, Selik. Zunächst einmal sind alle vier Kollegien entschlossen, an diesem Ort hier eine Streitmacht stationiert zu lassen, um mögliche Eindringlinge abzuwehren. Ich habe mit meinen fünfzig Soldaten den Auftrag, die Verteidigungsanlagen zu sichern, die Schutzeinrichtungen zu unterhalten, die Wege frei zu halten und die Versorgung mit Nahrung und Wasser sicherzustellen.

Zweitens befinden sich auf dem Gelände Magier, die ich zu meinen Freunden zähle. Sie werden sehr unglücklich sein, wenn sie hören, dass Ihr auch nur eine Nacht hier verbringt, und sehr glücklich, wenn Ihr morgen nach Süden reitet. Ich weiß nicht, was Ihr dort wollt, und es ist mir auch egal, solange Ihr beim ersten Tageslicht aufbrecht«, sagte er. Er hielt kurz inne und überlegte. »Falls Ihr aber nach Blackthorne wollt, dann werdet Ihr den Ort noch weniger gastfreundlich als diesen hier finden. Blackthorne ist wie ich der Ansicht, dass Magier und die Magie unverzichtbar sind.«

»Ich werde Eure Warnung beherzigen«, sagte Selik.

»Keine Ursache«, gab Anders zurück. »Ich will Euch nie wieder vor meinen Toren sehen. Nur zwei Eurer Männer werden jeweils hereinkommen und Wasser holen, und sie werden am Tor um Erlaubnis bitten, ehe sie eintreten. Falls einer meiner Männer oder Magier von irgendeinem Eurer Männer mit Worten oder körperlich angegriffen wird, werde ich Euch finden und töten. Habt Ihr diese Regeln verstanden?«

»Wenn es Euch glücklich macht, Kommandant. Einen schönen Tag noch. Wir werden uns nicht wieder sehen.«

Selik marschierte davon, ohne Anders noch eines Blickes zu würdigen. Er lief rasch zur Stadt hinunter und bemerkte die angebundenen Pferde und die Bretter, die man aus zerstörten Gebäuden gerissen hatte, um Feuer zu machen. Mit einem Fingerschnippen rief er einen seiner Männer zu sich, dessen Name ihm entfallen war. Der Mann war ein Schlägertyp mit Stiernacken und einem kahlen, mit Tätowierungen bedeckten Schädel. An einem Grashalm kauend, schlenderte der Mann herüber.

»Wo ist Devun?«

Der Mann zuckte mit den Achseln. »Ich glaube, im alten Gasthof.«

»Sage Edman und Callom, sie sollen sofort dorthin kommen. Und dann holt ihr Wasser aus der Kaserne, aber immer nur zwei Männer gleichzeitig. Und haltet den Mund. Sie mögen Abschaum von den Kollegien sein, aber wir brauchen sie, weil wir noch einmal hier vorbeikommen werden. Hast du das verstanden?«

Der Mann sah ihn mürrisch an, doch er nickte. »Ja, Hauptmann.«

»Dann mach dich an die Arbeit.«

Selik marschierte zum Gasthof, den er nur noch anhand des Bügels erkennen konnte, an dem das Schild gehangen hatte. Drinnen fand er Devun und Edman, die mit zwei anderen Männern sprachen. Sie saßen inmitten eines Durcheinanders aus zersplitterten Balken, hatten aber einen brauchbaren Tisch und eine Bank gefunden.

»Ihr zwei verschwindet hier. Kümmert euch um eure Pferde und wartet auf Befehle«, sagte Selik, indem er mit dem Daumen nach draußen zeigte. »Und wenn ihr Callom seht, schickt ihn sofort herein.«

Er sah ihnen nach, bis sie durch die Tür verschwunden waren.

»So. Wo ist der Magier?«

»Callom hat ihn sich vorgenommen. Wir bearbeiten ihn noch«, sagte Devun. »Bei den Göttern, ist das ein zäher Hund.«

»Macht weiter. Er muss bis zum Morgen gebrochen oder im Grab sein.«

»Ja, Hauptmann«, sagte Edman, ein Veteran der Schwarzen Schwingen. Er war groß und kräftig und hatte dunkelbraunes Haar und einen buschigen, grau durchsetzten Bart.

»Also, ich habe zweierlei herausgefunden. Zuerst einmal ist die Garnison hier klein, verfügt aber über einige

Magier. Allerdings ist sie isoliert. Zweitens hat Blackthorne mit Sicherheit Magier aufgenommen.

Wir müssen jetzt schnell vorgehen. Der Ritt nach Blackthorne dauert acht Tage, und ich werde morgen früh vor der Dämmerung aufbrechen. Ein halber Tag, um mit dem Baron zu reden und die Gegend zu überprüfen, und noch einmal acht Tage zurück. Das wäre der Zeitrahmen.«

»Lohnt es sich überhaupt, Blackthorne aufzusuchen, Sir? Wir wissen doch jetzt schon, dass er sich uns nicht anschließen wird.«

»Ich muss wissen, wie groß die Gefahr ist, die von ihm ausgeht, und ich muss unterwegs in den umliegenden Dörfern für unseren Kreuzzug Stimmung machen. Ja, es ist die Mühe wert. Und ich will wenigstens versuchen, ihn zu überzeugen, ehe ich ihn zum Feind erkläre. Stellt euch nur vor, wir könnten ihn wider Erwarten doch noch für unsere Seite gewinnen.«

»Und der Rest des Plans läuft wie abgesprochen?«, fragte Edman.

»Ja. Callom und du nehmt jeweils fünf gute Männer. Mobilisiert Unterstützung. Beschafft Vorräte. Bringt Leute hierher. Wenn die Garnison geräumt wird, müssen die ersten echten Balaianer hier leben. Ich kann dir maximal zwanzig Tage geben. Schaffst du das?«

»Ja, Sir.« Edman nickte. »Und was ist mit der Garnison?«

»Überlass die mir. Mach dir keine Sorge. Wenn du wieder da bist, haben wir Understone in der Hand. Und jetzt suche dir deine Männer zusammen, weise Callom ein, wenn du ihn siehst, da er jetzt offensichtlich noch anderweitig beschäftigt ist, und ruh dich aus. Du wirst noch vor mir aufbrechen.«

Edman nickte und verließ im Laufschritt den Gasthof. Selik wandte sich an Devun und seufzte schwer.

»Gibt es hier Alkohol?«

»Nein, Sir«, antwortete Devun lächelnd. »Wir haben uns schon umgesehen.«

»Im Keller auch nicht?«

»Der ist leer.«

»Verdammt.« Selik setzte sich schwer auf die Bank, die beunruhigend knarrte.

»Seid Ihr besorgt, Hauptmann?«

Selik sah Devun an und schüttelte den Kopf. »Eigentlich nicht. Aber dies ist eine gute Gelegenheit, die Kollegien zu besiegen, und ich darf nicht scheitern. Wir müssen diesen Magier brechen, damit er unsere Botschaft überbringt. Ihre Zwietracht muss sich noch verschärfen.«

»Ich will sehen, was ich tun kann, Hauptmann.« Devun knackte mit den Fingerknöcheln.

»Du bist ein guter Mann, Devun«, sagte Selik. »Ich bin froh, dass du bei mir bist. Auf dem Weg der Gerechtigkeit muss man viele Opfer bringen. Mach dich an die Arbeit.«

Devun strahlte, salutierte und ging hinaus.

Selik lächelte, als er dem Mann nachschaute.

Heryst, der Lordälteste Magier von Lystern, klatschte die Reithandschuhe in der großen Halle des weitläufigen Turmbaus auf den Tisch und schenkte sich einen großen Kelch Wein ein. Während er sich beruhigte und auf die Ratsmitglieder wartete, schweifte sein Blick über die Wandbehänge, auf denen seine Vorgänger abgebildet waren.

Als er am letzten Tag seiner Reise von Dordover nach Lystern am frühen Morgen durch die stillen Straßen der Stadt geritten war, hatte sich eine enorme Wut in Heryst aufgebaut. Die Stadt erholte sich gerade von der Hungersnot. Die Menschen hatten hart gearbeitet, sich mit kargen Rationen begnügt und überlebt. Sie hatten tausende von Flüchtlingen aufgenommen und ihre Möglichkeiten bis aufs Äußerste strapaziert, und trotzdem hatte es kaum Unruhen gegeben.

Die Straßen waren sauber, auf den Märkten wurden nach wie vor Waren verkauft, der Handel erholte sich gerade, und er hatte in den Gesichtern einiger Menschen, die ihm begegnet waren, echte Zuversicht bemerkt.

Und jetzt wurde das alles schon wieder bedroht. Sinnlos gefährdet.

Er trank seinen Kelch aus, schenkte sich nach und genoss den Wein, der seine Nerven beruhigte und ihn in dieser frühen Morgenstunde wärmte. Er ging zu einem großen Bogenfenster und blickte auf sein Kolleg hinaus.

Die große Halle befand sich im obersten Stockwerk des breiten und nicht sehr hohen Turms, der das Zentrum der lysternischen Magie bildete. Er war nur vierzig Fuß hoch, hatte ein schlichtes, mit Kacheln belegtes kegelförmiges Dach und war dreimal so breit wie hoch. Ein System komplizierter, durch Magie verbundener Balken hinderte das Dach daran, zusammenzubrechen. Unter der großen Halle waren die Kammern, die den Zeremonien vorbehalten waren, die Vortragssäle und Laboratorien tief in der Erde versenkt und umgaben das Herz des Kollegs.

Gleich den Speichen eines Rades gingen vom Turm sieben Gänge aus und führten zu einem äußeren Ring, in dem Büros und Lehrsäle untergebracht waren. Zwischen den Gängen gab es sieben erstaunliche Gärten, die den Seniormagiern des Kollegs als Orte der Kontemplation dienten. Obstgärten, Buschwerk, Felsgärten, Teiche und phantastische Blumenarrangements – hier konnten die Magier nach der jeweiligen Stimmung und Jahreszeit den geeigneten Ort finden.

Hinter dem äußeren Ring erstreckten sich in alle Richtungen mehrere hundert Schritt weit die Nebengebäude: die Bibliothek, die Refektorien, der Kaltraum, das Mana-Bad, die Hallen und die Büros. Alle waren kreisförmig angeordnet und zum Zentrum hin ausgerichtet, denn die lysternische Magie bezog ihre Kraft aus der Geometrie der Bauten, aus der präzisen Architektur und den Winkeln der Mauern und Dächer. Heryst konnte nicht von sich behaupten, über die Ursprünge dieses Wissens gut informiert zu sein, doch er war entschlossen, niemanden diese Ordnung zerstören zu lassen.

Er setzte sich auf einen luxuriös gepolsterten Stuhl mit außerordentlich hoher Rückenlehne, der ganz in Dunkelgrün und Blutrot gehalten war, und sah sich am runden Tisch mit den rautenförmigen Einlegearbeiten und den Dellen um, wo seit ewigen Zeiten die Ellenbogen der Magier die immer wieder aufpolierte Oberfläche eingedrückt und zerkratzt hatten. Welch bedeutende Entscheidungen waren hier über die Jahrhunderte getroffen worden, welch große Projekte hatte man diskutiert. Geschichte lag hier in der Luft, man konnte es beinahe körperlich spüren. Doch kein Thema konnte wichtiger sein als dasjenige, um das es jetzt gehen sollte.

Im halbkreisförmigen Flur, der an die große Halle grenzte, wurden Türen geöffnet, und der Rat trat ein. Dreißig Männer und Frauen, erwartungsvoll, aber ein wenig beunruhigt, weil man sie so früh aus dem Bett geholt hatte. Jeder nahm seinen Platz am Tisch ein. Niemand sprach ein lautes Wort, obwohl Heryst die Energie von Kommunionen spürte, als einige versuchten, sich bei

Freunden zu erkundigen, die einen höheren Rang bekleideten als sie selbst und die daher womöglich besser informiert waren.

»Meine Freunde, ich bitte um Verzeihung dafür, dass ich so früh Eure Nachtruhe stören musste, und ich entschuldige mich auch für meinen Aufzug«, sagte Heryst, als sie alle saßen. Er war staubig und verschwitzt von der Reise und hatte die hochgezogenen Augenbrauen einiger Ratsmitglieder durchaus bemerkt. »Es gibt jedoch einige Dinge, die ich wissen muss, und einige Dinge, die Ihr erfahren müsst.«

Am Tisch erhob sich Gemurmel. Heryst sah nach links und begegnete dem Blick seines Mentors Kayvel. Er berührte den Arm des weißhaarigen, aber immer noch starken alten Mannes, lächelte und nickte.

»Es ist geschehen«, sagte er leise.

Kayvel seufzte. Seine grauen Augen funkelten in der Sonne und im Laternenschein. »Und das zu meinen Lebzeiten.«

»Ich danke den Göttern, dass Ihr hier seid und mich beraten könnt.«

»Sprecht«, forderte Kayvel ihn auf.

Heryst wandte sich an den Rat und begann.

»Meine Freunde, wie Ihr wisst, bin ich gerade aus Dordover zurückgekehrt. Ich hatte gehofft, von Vuldaroq die Zusicherung zu bekommen, dass der Konflikt in Arlen beendet wird, bevor ich nach Xetesk reiten und Dystran zu der gleichen Zusage bewegen wollte.

Stattdessen musste ich feststellen, dass wir vor der schwersten Krise seit Jahrhunderten stehen. Ich habe schon viele Feindseligkeiten und Scharmützel erlebt, die jedoch alle durch Verhandlungen beigelegt werden konnten. Heute aber, meine Freunde, haben wir es mit einem regelrechten Krieg zu tun. Ein Krieg zwischen mächtigen Kollegien zu einer Zeit, da der Fortbestand der Magie in ganz Balaia infrage gestellt wird. In einem Augnblick, da wir doch eigentlich zusammenhalten und den Schaden beheben sollten, der unserem Land durch die Magie zugefügt wurde, haben sich zwei Kollegien entschlossen, uns alle in Stücke zu reißen. Und alles nur wegen eines toten Mädchens und wegen der Informationen, die man von zwei sterbenden Elfen bekommen kann.

Sollte uns das überraschen? Vielleicht nicht. Schließlich konnten wir sehen, wie Xetesk und Dordover sich um Lyanna gestritten haben. Wir haben gesehen, wie Dordover Erienne, eine ihrer eigenen Magierinnen, verriet und den Hexenjägern überließ. Und wir haben gesehen, dass unser General Darrick unser Bündnis mit Dordover derart widerwärtig fand, dass er von seinem Posten desertiert ist. Und man kann heute noch sehen, was die Protektorenarmee aus Xetesk in Arlen angerichtet hat.«

»Aber ist es wirklich ein Krieg?«, fragte jemand auf der anderen Seite des Tisches. »Ist es nicht vielleicht doch nur eine Kraftprobe?«

»Ich habe auf der überstürzten Reise hierher mein Pferd zuschanden geritten, weil es tatsächlich ein Krieg ist. Beide Kollegien wollen ihn und werden uns hineinziehen, ob es uns gefällt oder nicht. Ich fürchte um unser Kolleg, und ich fürchte um Julatsa, weil ich nicht glaube, dass dieser Kampf enden wird, wenn Xetesk oder Dordover besiegt ist. Das Gleichgewicht der Magie wird unwiderruflich gestört, und der Sieger wird unweigerlich nach der Vorherrschaft streben.

Vuldaroq informierte mich, dass Xetesk die Flüchtlingslager aufgelöst und die Menschen wie Vieh vertrieben habe. Sie haben sich verstreut, viele sind nach Norden zum Dord geflohen. Einige werden sicherlich auch hier auftauchen.

Kayvel, bitte nehmt mit unseren Delegierten in Xetesk Kontakt auf. Vergewissert Euch, dass sie wohlauf und frei sind. Gibt es sonst noch Fragen?«

Er sah sich am Tisch um. Niemand sagte etwas.

»Gut. Ich werde mich jetzt umziehen und ausruhen. Ihr könnt hier bleiben und mit der Planung beginnen. Vergesst nicht, wenn der Krieg zu uns kommt und unsere Verhandlungen zu nichts führen, dann müssen wir möglicherweise nicht nur uns selbst, sondern auch Julatsa verteidigen.«

Die Tür am Ende der Kammer wurde krachend geöffnet.

»Mein Lord Heryst, hoher Rat. Ich bitte um Verzeihung, aber ich muss mit Euch sprechen.«

Heryst beschwichtigte das aufgeregte Gemurmel mit einer Handbewegung und nickte der Frau zu. Sie war die Leiterin der Gruppe, die das Mana-Spektrum überwachte.

»Sprecht, Dunera.«

»Mein Lord.« Sie nickte. »Wir haben ein Problem im Spektrum über Arlen.«

»Was geschieht dort?«

»Ich weiß es nicht«, erklärte sie. »Aber was es auch ist, die Menschen werden sterben. Viele Menschen.«

»Und die Signatur?«, wollte Kayvel wissen.

»Das Mana ist noch in Bewegung, die Dichte nimmt zu. Es ist riesig, oder es wird riesig werden. Seine Natur ist zweifellos offensiv.«

»Wer wirkt es?«

»Xetesk.«

»Haben wir jemanden in der Nähe?« Heryst massierte seine Stirn.

»Ja. Wir haben Vertreter bei den Dordovanern«, sagte Dunera. Sie ließ den Kopf hängen. »Ich habe bereits für ihre Seelen gebetet.«

Kommandant Senese rannte an den dordovanischen Linien entlang und trieb seine Männer an, sich noch mehr ins Zeug zu legen. Drei Tage lang war es ihnen ohne große Mühe gelungen, die Xeteskianer zurückzuschlagen, die sie aus den Straßen im Norden von Arlen vertreiben wollten. Aber jetzt dies.

In der Morgendämmerung waren gleich an drei Fronten heftige Kämpfe ausgebrochen, und an allen Angriffen waren Protektoren beteiligt. Seine Männer hielten die Stellung, doch es war knapp. Sie hatten wichtige Kreuzungen und den Südrand des Märtyrerparks besetzt. Im Mana-Spektrum spielte sich unterdessen etwas noch viel Schlimmeres ab.

Sie hatten die Entwicklung schon seit Stunden verfolgt. Es war ein gemeinsamer Spruch, der sicherlich die vereinte Kraft von mehr als fünfzig Magiern erforderte. Die Planung der Abwehr und die Reaktionen auf diesen Angriff banden den größten Teil seiner eigenen Magier, sodass seine Männer fast ohne magische Unterstützung kämpfen mussten. Doch irgendwie musste er den Angriff der Feinde abwehren.

»Lasst nicht nach!«, rief er. »Haltet durch, ihr könnt sie schlagen.«

Die Macht der Protektoren war Ehrfurcht gebietend. Riesige Männer, maskiert und stumm, deren Schwerter und Äxte blitzschnell und präzise von ihrem vereinten Geist geführt wurden. Dordover musste ihnen standhalten. Genauer gesagt, es lag bei den verängstigten Männern direkt vor ihm.

Einer dieser Männer bekam einen Axthieb in die Brust. Er wurde gegen die Kämpfer hinter ihm geschleudert, was beinahe zu einem Durchbruch durch ihre Linien geführt hätte, doch Senese sprang ein und wehrte mit dem Schwert einen niedrig geführten Schlag ab.

»Macht weiter!«

Die Gegenwart ihres Kommandanten in vorderster Front beflügelte die Männer in der Nähe. Das Getöse von Befehlen und Waffenklirren wurde lauter, und der mühsame Vorstoß der Xeteskianer kam zum Stillstand. Senese zog die Klinge herum und wollte sie einem Protektor ins Herz stechen. Ohne hinzuschauen, fegte der maskierte Mann sie mit der Axt weg und setzte seinerseits mit dem Schwert nach. Senese duckte sich und stieß einen Warnruf aus. Die Klinge pfiff knapp über ihn hinweg, rasierte ihm einige Haare vom Kopf und traf den Schädel des Mannes neben ihm.

Blut und Gehirn spritzten hoch in die Luft, das Opfer kippte zur Seite und ging zu Boden. Die Protektoren bewegten sich wieder schneller. Senese blockte ab, stieß noch einmal zu und spürte jemanden rechts neben sich.

»Sir!« Es war einer seiner Befehlshaber im Feld, ein tapferer junger Hauptmann namens Hinar. »Lasst Euch zurückfallen, Ihr werdet im Befehlsstand gebraucht!«

Senese schlug einem Protektor die flache Klinge vor die Maske, und der Mann taumelte. Hinar ergriff die Gelegenheit, setzte nach und durchbohrte mit der Klinge die Rüstung und den Magen des Mannes.

»Geht, wir halten die Stellung!« Hinar sammelte sich und wehrte keuchend einen schweren Axthieb ab.

Senese trieb einen normalen xeteskianischen Soldaten zurück und entfernte sich geduckt von der Front. Ein anderer Mann nahm sofort seinen Platz ein. Er rannte zur zerstörten Bäckerei zurück, in der er seinen Befehlsstand eingerichtet hatte. Der Anführer der Magier kam ihm auf halbem Wege entgegen.

»Wir müssen uns zurückziehen«, sagte Indesi sichtlich verstört. Er packte Senese am Wams. »Wir können uns gegen diesen Spruch nicht verteidigen.«

»Findet einen Weg«, knurrte Senese. »Wir laufen nicht weg.«

»Er ist zu groß, er wird uns vernichten.«

»Dann kombiniert Eure Schilde und setzt die Magier in Bewegung.« Senese blieb stehen und drehte Indesi herum, damit dieser die Kämpfe sehen konnte. »Seht Ihr die Männer? Sie stehen einer Übermacht gegenüber, aber sie glauben an den Sieg. Beginnt auch selbst zu glauben.«

»Aber …«

»Und wohin wollt Ihr eigentlich fliehen? Diese Bastarde werden uns bis nach Dordover jagen. Wir müssen verhindern, dass sie einen freien Nachschubweg von hier bis Xetesk bekommen. Ich werde nicht nachgeben.«

»Sie brechen gleich durch und haben so oder so gewonnen.« Indesis Stimme war tonlos, wie tot. »Ihr versteht es nicht.«

»Ich verstehe, dass wir es uns nicht erlauben können, diese Stadt zu verlieren. Das ist es, was ich verstehe.«

Aus dem Befehlsstand drang ein durchdringender Schrei herüber.

»Was, zum …«

Doch Indesi hörte nicht mehr zu. Er drehte sich um, rannte zur Tür und rief etwas in den von Laternen erhellten Raum hinein.

»Baut das Verteidigungsnetz auf. Keine Lücken, zwei

Schichten.« Er sah sich über die Schulter zu Senese um, bevor er den Raum betrat. »Es kommt. Ich habe Euch gewarnt.«

Senese schauderte und rannte zurück zur Front. Vielleicht hatten sie noch eine Chance. Immer noch rannten Männer über den kleinen Hof zu der Linie, die er verteidigte. Die feindlichen Magier mussten direkt hinter den Protektoren stehen. Das Ziel des Spruchs musste sich in ihrer Sichtweite befinden.

Er öffnete den Mund und wollte etwas rufen, doch der Ruf blieb ihm im Hals stecken. Ein blaues Licht, heller als die Sonne, erfasste die Häuser vor ihm und warf tiefe Schatten in die Gassen, hinter die Bäume und auf den Hof. Die Kampfgeräusche veränderten sich, Stimmen verloren ihre Autorität, die Klingen wurden nur noch kraftlos geführt.

»Nein!«, rief er. »Kämpft. Ihr müsst kämpfen!«

Er rannte weiter, doch seine Männer wankten. Die Protektoren würden sie abschlachten. Dann bewegten sich auch die Protektoren nicht mehr und gaben sich damit zufrieden, einfach dazustehen und zu beobachten. Allzu schnell wurde deutlich, was sie in Bann hielt.

Hinter den Bäumen und den Gebäuden stieg eine Feuerkugel empor, die im Dunkelblau von Xetesk gefärbt und von Funken und Entladungen umgeben war, die wie Blitze aussahen, bei denen es sich aber, wie Senese wusste, um instabiles Mana handelte.

»Oh, ihr guten Götter«, sagte Senese und starrte die Kugel an, die schwerelos aufstieg, grell leuchtend und größer als ein Schiff, Ehrfurcht gebietend und lähmend. Seine Männer wollten fliehen. »Bleibt unter der Abschirmung, das ist eure einzige Chance!«

Während die Xeteskianer nur dastanden und zuschauten, stoben die Dordovaner in der Stille, die plötzlich eingetreten war, unter der herabstürzenden Feuerkugel kopflos auseinander.

»Bleibt stehen!«, rief Senese, doch sie hörten nicht auf ihn.

Waffen wurden voller Angst fallen gelassen, tapfere Männer strauchelten und fielen hin, versuchten sich strampelnd in Sicherheit zu bringen und nahmen die einfache Wahrheit nicht zur Kenntnis. Es gab keinen Ort, an den man fliehen konnte. Hinar trat an seine Seite.

»Wo sind die Magier?«, überbrüllte er das Trampeln der Füße und die Angstschreie.

»Sie versuchen uns abzuschirmen. Betet zu den Göttern, dass sie es schaffen.«

Hinar nickte und wich mit seinem Vorgesetzten zurück, während über ihnen die Kugel beschleunigte und, obwohl es unmöglich schien, sogar noch wuchs, als sie über die Köpfe der Xeteskianer hinwegflog.

»Mach schon, Indesi«, keuchte Senese. »Nun mach schon.«

Die Kugel traf den äußeren Schild der Dordovaner. Mana flackerte und spuckte, die Kugel breitete sich auf der gekrümmten Oberfläche aus und hüllte sie ein. Senese spürte eine Woge großer Hitze, als der Schild nachgab.

Er hob instinktiv die Hände über den Kopf und duckte sich, doch die Kugel bewegte sich nicht mehr weiter, sondern traf hart auf den zweiten Schild. Es war eine Hitze wie im Innern eines Ofens, die kochende Hitze der Wüste auf dem Südkontinent, und es wurde immer schlimmer. Aus dem Befehlsstand hörte Senese Schreie und Rufe, die die Magier zu noch größerer Anstrengung anstacheln sollten.

»Sie schaffen es nicht«, sagte Senese, endlich doch zur Flucht entschlossen. »Lauft.«

Die Männer drehten sich um, doch in diesem Augenblick brach auch der zweite Schirm zusammen, und die Feuerkugel stürzte in den Hof herab. Senese wurde vom Luftzug von den Beinen gerissen und prallte hart gegen die Mauer eines Gebäudes. Er verrenkte sich den Rücken und lehnte gekrümmt und halb sitzend am Haus, atemlos und benommen. Dann sah er, wie die Kugel auf den Boden prallte.

Flammen züngelten wie eine Flüssigkeit über das Pflaster, brandeten an den Wänden der Gebäude empor, brachen durch Fenster ins Innere und griffen die geschwächten Balken an. Auf der anderen Seite des Hofs fiel ein beschädigtes Gebäude unter der Wucht endgültig in sich zusammen, die Balken knickten ein, und die Nägel wurden quietschend aus den Löchern gezogen. Alles wurde vom Tosen der Flammen übertönt. Männer, hilflos vom Spruch getroffen, überschlugen sich, wurden hochgeschleudert und verkohlten binnen Sekunden.

Die Hitze im Hof nahm weiter zu. Schwerter glühten rot, Steine liefen schwarz an, Balken lösten sich einfach auf, Glas zerfloss. Dachziegel flogen hoch in die Luft, als die Kugel auf ein weiteres Gebäude übergriff und es zerfetzte. Eine große Rauchwolke wallte im überhitzten Wind auf und trug die Schreie der Sterbenden davon wie Spreu in einer Brise. Eine brennende Leiche prallte neben Senese gegen die Wand; der Totenkopf schien ihn flehend anzustarren.

Indesi hatte Recht gehabt. Dies war keine normale Feuerkugel. Dieser Spruch war heißer und hatte mehr Energie; er verzehrte alles, was er berührte, und verbrannte den Boden wie das Feuer der Hölle.

Als die Hitze seinen Körper verdorren ließ, warf Senese einen letzten Blick zu den Xeteskianern, die wartend herumstanden, geschützt unter ihren eigenen Mana-Schilden, die blau glühten und der Feuersbrunst mühelos widerstanden.

»Was habt ihr getan?«, keuchte er.

Dann schlugen die Flammen über ihm zusammen wie ein zorniges Meer.

Fünfzehntes Kapitel

Es war Nacht. Yron stand außerhalb des Rings der Wachfeuer allein auf dem mit Steinen ausgelegten Vorplatz des Tempels. Hinter ihm hielten seine Männer entweder nervös Wache oder ruhten sich so gut wie möglich trotz der zunehmenden Hitze und Feuchtigkeit im Tempel aus. Wahrscheinlich hatte die Atmosphäre dort drinnen gelitten, nachdem die Türen zerstört worden waren, doch Yron vermutete, dass noch mehr dahintersteckte. Es war wie mit der Ausstrahlung des Regenwaldes. Er konnte es nicht genau benennen, wusste jedoch, dass irgendetwas nicht stimmte.

Er hatte den Kreis der Wachfeuer verlassen, um zu lauschen und nachzudenken. Hier draußen konnte er die nächtlichen Geräusche des Waldes hören: das Knurren der Großkatzen, die Rufe der Affen und Vögel, die sich bedroht fühlten, das Summen eines aufgeschreckten Insektenschwarms unter dem Blätterdach. Direkt vor seinen Füßen huschte eine Spinne über den Platz. Sie war so groß wie seine Hand. Er sah ihr nach, anscheinend verfolgte sie eine Beute, die er nicht bemerkt hatte. Vielleicht einen der unzähligen Frösche, die ringsherum krächzten, oder eine der Zikaden, die paarungswillige Partner anlocken wollten.

Yron war verunsichert, und das war ein Zustand, mit dem er gänzlich unvertraut war. Der Läufer, den er am vergangenen Tag zum Basislager geschickt hatte, war noch nicht zurückgekehrt, und dies machte ihm Sorgen. Er wusste, dass er zwei Männer hätte schicken müssen, doch Pavol war sehr gut in Form und wollte sehen, ob er es schaffte, den ganzen Weg im Laufschritt zurückzulegen. Yron hatte diesen Unternehmungsgeist begrüßt und ihn mit Wasserschläuchen bepackt in der Dämmerung losgeschickt.

Jetzt wartete er, dass der Läufer zurückkehrte und Meldung machte. Gefahr war im Anzug, und er sorgte sich um die Kranken im Lager. Er musste möglichst bald zur Küste zurückkehren, wo seine Schiffe vor Anker lagen, und er hatte nicht die Absicht, auch nur einen weiteren Mann zu verlieren.

Es war eine äußerst gute Nachricht, dass Erys die entscheidenden Schriften bereits am Abend gefunden hatte. Yrons erste Gruppe sollte am folgenden Tag noch vor der Morgendämmerung aufbrechen. Er hatte für sie auf der Grundlage seiner unvollständigen Karten vom Wald eine neue Route festgelegt. Sie würden möglicherweise sechs Tage brauchen, um die Schiffe zu erreichen, immer vorausgesetzt, dass ihnen nichts zustieß. Es waren vier Männer, in die Ben-Foran großes Vertrauen setzte, und das reichte auch Yron aus. Dennoch fürchtete er um die Männer. Der Regenwald war stets gefährlich, und er war inzwischen sogar noch gefährlicher geworden. Ihre Invasion würde nicht mehr lange unbemerkt bleiben, und unweigerlich würden die Elfen auf Rache sinnen.

Die wilde Gegenwehr der Elfenwache am Tempel hatte ihn überrascht, doch da draußen gab es noch viel schrecklichere Kämpfer, und vor allem diese Elfen fürchtete er. Und er war sicher, dass sie kamen. Ihm war klar, dass seine Männer nicht verstanden, warum er die Truppe aufteilte. Sie hatten gelernt, dass sie umso stärker waren, je mehr Köpfe sie zählten, doch in der Tiefe des Regenwaldes traf dies nicht immer zu. Kleine Trupps von leisen, vorsichtigen Männern hatten da draußen bessere Überlebenschancen.

Yron blies die Wangen auf und schlug nach einer Fliege, die um seinen Kopf summte. Wie lange noch, bis die Feinde hier auftauchten? Sollte er die Reserve von den Schiffen rufen, um seinen Rückzug zu decken? Wie lange sollte er Erys und Stenys noch Zeit für ihre Forschungen lassen? Sollte er den Verlusten jetzt ein Ende setzen? Die wichtigsten Stücke hatten sie jedenfalls erbeutet, wenn Erys Recht hatte, und alles bis auf diese Papiere sollte morgen zu den Schiffen befördert werden. Erys wollte das wertvollste Material selbst transportieren.

Yron blickte zum Himmel hinauf und sah, dass schon wieder Wolken aufzogen. In der Ferne grollte der Donner. Der nächste Regenguss war im Anzug. Er drehte sich um und wollte zu den Wachfeuern zurückkehren, als ihn ein Knacken im Wald innehalten ließ. Er drehte sich um und legte den Kopf schief. Was es auch war, es trampelte wild durchs Unterholz. Wahrscheinlich ein verletztes Tier. Es kam geradewegs auf ihn zu. Er wich zurück, zog die Axt und lauschte dem Knacken der Zweige, den Warnrufen, die von den Brüllaffen ausgestoßen wurden, und den wilden Schreien der Vögel in ihren Nestern.

Er erreichte den Ring der Wachfeuer.

»Die Bogenschützen sollen sich bereitmachen. Wenn

es ein verletztes Tier ist, müssen wir es abschießen. Es wird alles angreifen, was ihm in den Weg kommt, und das schließt auch uns ein.«

Einen Herzschlag später, und die aufgeregten Schreie fanden eine Erklärung, die sein Herz rasen ließ.

»Nicht schießen!«, befahl er.

Er eilte sofort zum Weg, als die Gestalt aus dem Wald taumelte, ein paar unsichere Schritte auf dem Vorplatz machte, ausrutschte und auf der feuchten Fläche liegen blieb.

»Erys!«, rief Yron im Rennen. »Kommt sofort hier heraus. Bringt etwas Licht. Los doch!«

Er hielt rutschend neben dem Mann an, der hektisch und abgerissen atmete, hustete und am ganzen Körper schauderte. Er kniete nieder und legte dem Mann eine Hand auf die Schulter.

»Ruhig, Pavol. Du bist jetzt in Sicherheit.«

Pavol wollte sich aufrichten und schüttelte heftig den Kopf.

»Nein«, quetschte er mit belegter Stimme heraus. »Nein.«

»Sch-scht«, machte Yron. »Du bist verängstigt und verletzt. Lass dir Zeit. Komm, ich helfe dir, dich umzudrehen.«

Yvon benutzte seine Knie als Unterstützung und drehte den jungen Mann herum, bis dessen Kopf in seinem Schoß lag. Einer seiner Männer brachte eine Laterne, und sie keuchten, als sie sein Gesicht sahen.

Es war buchstäblich zerfetzt. Die linke Hälfte war von Krallen aufgerissen, ein Auge fehlte. Er hatte Bisswunden am Hals, aus den punktförmigen Wunden sickerte Blut, und von einer tiefen Schnittwunde auf der Stirn hing ein Hautfetzen herunter. Sein Gesicht war voller Blut, die

Kleidung war an einem Dutzend Stellen zerrissen, seine rechte Hand war gequetscht und gebrochen, und auf dem Bauch hatten weitere Krallen ihre Spuren hinterlassen.

»Erys!«, brüllte Yron. »Wo steckt denn dieser verdammte Magier?«

»Hier.« Erys kam mit Ben-Foran angerannt.

»Macht Euch an die Arbeit. Seht, was Ihr tun könnt, und dann bringen wir ihn nach drinnen«, sagte Yron. »Ben, erinnert Ihr Euch an die Blätter, die ich Euch vorhin gezeigt habe? Nicht die gegen Schlangenbisse, die anderen. Nehmt einen Mann und eine Laterne mit und sammelt so viele Ihr könnt. Werft sie in einen Topf und kocht sie. Macht einen Tee daraus, aber werft den Bodensatz nicht weg. Verstanden?«

»Ja, Hauptmann.« Ben-Foran rief einen Mann zu sich und eilte davon.

»Erys?«, fragte Yron.

Der Magier schüttelte den Kopf. »Es sieht schlimm aus, Hauptmann. Er hat eine Menge Blut verloren, und er hat sich durch all diese Schnitte und Risswunden Infektionen zugezogen. Was das Auge angeht, so kann ich nichts tun, aber wir sollten ihn zudecken. Er hat einen Schock. Ich versetze ihn in den Schlaf.«

»N-nein«, stammelte Pavol. »Lasst m-mich sprechen.«

»Später«, sagte Yron. Er strich dem Mann das mit Blut verklebte Haar zurück. »Du musst dich jetzt ausruhen.«

Pavol drehte sich und packte grimmig Yrons Arm. Sein verbliebenes Auge sah den Hauptmann hart an.

»Sie haben alle umgebracht«, sagte er. Die Worte kamen nur mühsam über seine Lippen. »Das Lager. Alle tot.«

Yron zuckte zusammen und hob eine Hand, um Erys aufzuhalten, der schon einen Spruch wirkte.

»Wartet«, sagte er. »Pavol, langsam jetzt. Berichte mir, was du gesehen hast.«

»Etwas«, sagte Pavol. Er hustete Blut, das Yron ins Gesicht spritzte. »Irgendetwas hat sich schnell bewegt. Ich hätte helfen sollen, aber ich habe nur beobachtet.«

»Wer war es? Was haben sie getan?«, drängte Yron. »Tiere?«

»Nein. Elfen. Nur einer oder zwei. Ich musste zusehen, wie sie alle starben.« Tränen quollen aus dem Auge des jungen Mannes, und er blinzelte heftig. Aus dem zerstörten Auge rann Blut. »Dann bin ich fortgekrochen und weggerannt wie ein Feigling.«

Yrons Herz schlug ihm bis zur Kehle. Was er am meisten gefürchtet hatte, war eingetreten.

»Du bist kein Feigling«, sagte er. »Du hast dich richtig verhalten. Du hättest nichts mehr für unsere Leute tun können. Möglicherweise hast du aber unser aller Leben gerettet.« Sein Blick wanderte über Pavols verstümmelten Körper. »Wer war das? Ein Jaguar?«

»Panther«, keuchte der Verletzte. »Groß. Schwarz. Hat mich stundenlang verfolgt.«

»Ein Panther? Aber es gibt doch …« Yron unterbrach sich.

»Hat mich nur einmal angegriffen. Diese Augen. Hat mich angesehen. Beinahe wie … wie ein Mensch.«

»Hat er ihn für tot gehalten und liegen lassen?« Erys konnte seine Neugierde nicht länger zügeln.

»Ja«, bestätigte Yron, während er den dunklen Saum des Waldes ringsum absuchte.

»Warum?«

»Weil dieser Panther nicht auf Fleisch aus war, Erys.« Yron rieb sich über Mund und Kinn. Jetzt konnte es kaum mehr schlimmer werden.

»Bitte«, sagte Pavol. »Es tut weh.«

»Ich weiß, mein Sohn. Wir werden dich retten.«

Doch Pavol war schon tot. Yron ließ seinen Kopf sanft auf den Boden gleiten und wandte sich an Erys. Er dachte über die Lage nach, und ein Schauer der Furcht lief seinen Rücken hinunter.

»Wie viel Kraft habt Ihr und Stenys noch?«

»Eine Menge. Eure Kräuter wirken besser, als ich angenommen hatte.«

»Gut. Setzt Euch zusammen und haltet Kommunion mit den Schiffen. Die Reserve soll ausrücken und vor der Flussmündung Verteidigungsstellungen einrichten. Sagt ihnen, wir kommen in kleinen Gruppen. Beginnt jetzt sofort.«

»Dieser Panther …«, begann Erys.

»Später. Geht jetzt.« Yron wandte sich ab. »Ben-Foran!«

Sein Leutnant kam angerannt. »Sir?«

»Die Trupps, die Fracht tragen, sollen sich sofort bereitmachen. Wer noch nicht bereit ist, soll sich beeilen. Das schließt auch die Leute ein, die Erys und Stenys begleiten werden. Sie brechen sofort auf, und wir nehmen eine neue Route. Uns läuft hier die Zeit davon.«

»Und die anderen?«

Yron zuckte mit den Achseln. »Wir müssen ihnen so viel Zeit erkaufen wie möglich, ehe wir sterben.«

Rebraal stolperte wieder und prallte schwer gegen einen Baumstamm. Er konnte sich im letzten Augenblick zur Seite drehen, damit Mercuun den größten Teil des Aufpralls nicht zu spüren bekam. Seine Schulter tat entsetzlich weh, und er stieß sogar unwillkürlich einen Schmerzensschrei aus. Einige Augenblicke hielt er heftig keuchend inne. Der Puls hämmerte in seinem Kopf, er war schweißnass, und seine Glieder zitterten vor Erschöpfung.

Er hatte keine Ahnung, wie weit er gekommen war und wie lange er schon lief. Er wusste nur, dass es noch nicht weit genug war, und dass seine Kräfte ihn jetzt, da die Nacht angebrochen war, rasch verließen. Immer wieder verschwamm ihm der Blick, und jeder Schritt war eine Tortur. Ihm war ständig übel, er war geschwächt und musste jederzeit damit rechnen, dass sein Körper ihn im Stich ließ und Tual ihn als Opfer nahm. Ihn und Mercuun.

Er löste sich von dem Baum, stapfte mühsam weiter und suchte Wege durch die Pflanzen, die er beschreiten konnte, ohne die Klinge einsetzen zu müssen, wie er es schon den ganzen Tag getan hatte. Dies zwang ihn immer wieder zu Umwegen, doch dagegen konnte er nichts tun. Er fürchtete, sobald er Mercuun absetzte, hätte er nicht mehr die Kraft, ihn wieder aufzuheben.

Er duckte sich unter einer Gruppe breiter Blätter durch. Wieder verschwamm es ihm vor Augen; die Farben, die er auch in der Dunkelheit gewöhnlich scharf erkennen konnte, flossen ineinander und waren nicht mehr zu unterscheiden. Wieder musste er anhalten, bis sich sein Kopf geklärt hatte, und jede Pause dauerte länger als die vorherige. Jetzt hörte er auch, was er am meisten fürchtete. Das leise Tappen von Füßen. Das fast unhörbare Rascheln von Pflanzen, das nicht zur allgegenwärtigen Brise passte. Das vorsichtige Pirschen und die geschmeidigen Bewegungen des vollendeten Jägers. Tual hatte sich entschieden.

Rebraal wurde verfolgt.

Schaudernd und von Fieberanfällen geschüttelt zwang

er sich weiter. Es erschöpfte seine Arme, Mercuun zu tragen, der die meiste Zeit bewusstlos und die übrige Zeit kaum ansprechbar war. Rebraal wusste, dass er nicht mehr genug Kraft hatte, um gegen den Jaguar zu kämpfen, falls es einer war. Seine einzige Hoffnung war es weiterzulaufen, zu hoffen und zu beten, dass das Tier durch irgendetwas abgelenkt wurde.

Er lief etwas schneller, obwohl sein Körper unbedingt ruhen wollte, sein Geist umwölkte sich, und seine Schulterwunde begann wieder zu bluten. Er stolperte über eine Wurzel, ging unter einem niedrigen Ast in die Hocke und stand keuchend wieder auf. Dann rannte er sogar im Dauerlauf und stellte sich vor, wie auch die Schritte des Jaguars schneller wurden, wie sich die Schultern des schlanken Tiers bewegten, wie seine Augen die Nacht durchdrangen, und wie die Nüstern zuckend Blut witterten.

Hinter sich hörte er einen Zweig knacken und Blätter rascheln. Er rannte und betete um Gnade oder um ein Versteck. Mercuun zuckte in seinen Armen und stöhnte, ohne zu sich zu kommen; er spürte die Schmerzen von seinen gebrochenen Gliedern sogar in der Ohnmacht. Lianen und Ranken klatschten Rebraal ins Gesicht, er wich hierhin und dorthin aus, sprang über Wurzeln, rutschte einen kurzen Hang hinunter und zwang sich die andere Seite wieder hinauf. Er wagte nicht, sich umzudrehen.

Die Geräusche des Regenwaldes erfüllten seine Ohren und schienen zehnfach und zwanzigfach lauter zu werden, als er rannte. Das Krächzen der Frösche, das Rascheln der Eidechsen, das Huschen der Ameisen und Spinnen. Alles schien auf einmal unnatürlich laut und wurde dennoch übertönt von seinen schnaufenden, ungleichmäßigen Atemzügen. Er beförderte seinen Freund

und sich über die Kuppe einer weiteren Anhöhe, ohne innezuhalten, er rannte weiter, durchquerte spritzend einen Wasserlauf, spürte das schmerzhafte Pochen im Kopf und vernahm die schrecklichen Geräusche, die hinter ihm immer mehr an Lautstärke zunahmen.

Seine Beine knickten ein, doch er trieb sich noch einen Schritt weiter. Und noch einen. Er achtete nicht auf das Zittern in den Armen und die stechenden Schmerzen, die bei jedem Schritt durch seinen Rücken fuhren. Er musste dem Jaguar entkommen, er musste das Dorf erreichen und die Bewohner warnen. Der Tempel. Bei Yniss, der Tempel musste zurückerobert werden. Er durfte nicht versagen, sonst wäre die Harmonie verloren.

Er hob den Kopf und suchte nach dem Weg, doch abermals trübte sich sein Auge, und ein Ast prallte frontal gegen seine Stirn.

Rebraal fühlte sich, als bewege er sich in Zeitlupe. Während sein Kopf vom Aufprall noch hin und her pendelte, machten seine Beine schon wieder den nächsten Schritt. Doch er hatte das Gleichgewicht verloren, er konnte Mercuun nicht mehr halten, und sein schwer verletzter Freund entglitt ihm und rollte davon. Er ruderte verzweifelt mit den Armen, doch er kippte nach hinten und landete auf dem weichen, sumpfigen Waldboden. In seinem Kopf stoben die Funken, und er wurde beinahe ohnmächtig.

Er hörte die Schritte des Tiers, das sich ihm näherte, er spürte schon die Erschütterungen in seinem gequälten Körper.

»Es tut mir Leid, Meru«, sagte er, als er auf das Ende wartete. »Ich habe dich im Stich gelassen.«

Der heiße Atem der Katze schlug ihm ins Gesicht. Er sah Tuals Kreatur in die Augen und betrachtete das Wunder

der Schöpfung, das ihm gleich das Leben nehmen würde. Doch es war kein Jaguar. Es war ein Panther, schwarz wie die Nacht und mit dem Licht der Intelligenz im Blick. Er streckte den Kopf vor und leckte ihm über Wangen und Stirn. Es war ein unglaublich tröstliches Gefühl, als die raue Zunge über seine Haut fuhr.

Er runzelte die Stirn, jetzt hatte ihn seine Kraft endgültig verlassen, und er konnte nicht einmal mehr einen Arm heben. Als er das Bewusstsein verlor, hörte er noch eine Stimme.

»Wie schnell du gelaufen bist, tapferer Al-Arynaar. Aber du kannst jetzt innehalten. Wir haben dich gefunden. Wir bringen dich heim.«

Ilkar hatte ihnen prophezeit, dass es anders sein würde als alles, was sie kannten, doch es war ihm nicht gelungen, ihnen den Unterschied wirklich begreiflich zu machen. Der Regenwald war riesig. Unglaublich riesig. Er bedeckte das Land, so weit das Auge reichte, und der Julatsaner versicherte ihnen, dass er dahinter noch tausendmal größer war.

Sie segelten gemächlich den Ix hinauf, der zu beiden Seiten von mächtigen grünen Wänden umgeben war. Die höchsten Bäume waren bis zu zweihundert Fuß hoch, ihre kleineren Brüder ließen die Zweige ins Wasser hängen und sogen die Lebenskraft auf, die ihre Blätter strahlen ließ. Doch manchmal, wenn die Rabenkrieger sich vom Wald beinahe überwältigt fühlten, wich das Ufer plötzlich auf einer Seite zurück, und das Rauschen, das sie schon seit mehr als einer Stunde gehört hatten, entpuppte sich als Wasserfall von vielen hundert Fuß Höhe, der über die mit Moos bedeckten Felsen in ein tiefes Becken stürzte, das seinerseits den Ix speiste. An anderen

Stellen sahen sie weite, sanfte Hänge, die sich hinter den Ufern erhoben, und weit dahinter spektakuläre Berglandschaften, die sich aus dem alles verschlingenden Wald in den Himmel reckten.

Alle außer Aeb starrten wie betäubt die majestätische Landschaft an. Die Ebenholzmaske des Protektors verriet nicht, was er fühlte. Hirad hätte ihm die Maske am liebsten abgerissen und ihn gezwungen zu schauen, entzückt über die Schönheit zu lachen und die Freiheit zu genießen. Doch wenn Aeb die Maske verlor, wäre er den Folterungen der Dämonen ausgesetzt, die seine Seele und die Verbindung zwischen ihr und seinem Körper beherrschten. Das war der Fluch aller xeteskianischen Protektoren.

Deshalb schob Hirad den Gedanken beiseite und freute sich stattdessen darüber, dass dieser Anblick sogar Eriennes Augen zum Leuchten brachte.

Überall wimmelte es vor Leben. Unzählige, in allen Farben schillernde Vögel flogen über ihnen, Jaguare tranken am Ufer, Schlangen ringelten sich auf den Ästen, Eidechsen und Nagetiere huschten durchs Unterholz, und riesige, an Schweine erinnernde Säugetiere beobachteten sie schnüffelnd und mit nervösen Augen, wenn sie vorbeifuhren. Im Wasser unter dem Boot lauerten noch ganz andere Tiere, und Hirad war froh, dass Ilkar sie gewarnt hatte.

Das träge Platschen von Fischen, die aus dem Wasser sprangen, wurde gelegentlich von großen, gepanzerten Reptilien gestört, die im Ix schwammen oder an den schlammigen Ufern in der Sonne badeten. Einige waren mehr als dreißig Fuß lang, und das einzige Tier, das sich nicht vor ihnen fürchtete, war sogar noch größer als sie. Diese Riesen, von denen nur die Froschaugen zu sehen waren, beobachteten, im Wasser untergetaucht, das Boot des Raben. Eine falsche Bewegung, dachte Hirad, und ein Mann wäre ihre leichte Beute, obwohl Ilkar geschworen hatte, dass diese mächtigen Wasserbewohner sich von Pflanzen ernährten.

Doch der Fluss versorgte sie auch mit Nahrung für die Rast am Abend. Schon vor der Mittagsstunde hatten sie genügend Fisch für ein Festmahl gefangen. Die Fische zuckten in einem mit Wasser gefüllten Beutel vor den Füßen ihres übellaunigen Führers.

Als der Tag sich dehnte, änderte sich die Stimmung auf dem Boot. Am Morgen hatte die Sonne den Nebel verbrannt, und dann waren kühlende Schauer niedergegangen. Der Nachmittag war dagegen drückend heiß, und das schlug ihnen aufs Gemüt und raubte ihnen die Kraft. Dann ballten sich erneut Wolken zusammen, Blitze zuckten unter dem grauen Himmel, und der Donner kündigte einen weiteren Wolkenbruch an, der nicht einmal mehr die Luft abkühlte. Die Hitze war greifbar wie eine Wand.

Als sie endlich im rasch verblassenden Tageslicht das Ufer ansteuerten und vierzig Schritt vom Fluss entfernt lagerten, war das Lächeln nur noch eine ferne Erinnerung.

Hirad saß auf einem Baumstamm auf der kleinen Lichtung, die sie unter Kayloors gönnerhaften Anweisungen gerodet hatten. Ilkar übersetzte hin und wieder und hatte sie wissen lassen, dass ihr Führer entsetzt über die Schäden war, die sie im Wald anrichteten. Rings um eine kleine Feuergrube, in der Ilkars Flammenhand trotz der Feuchtigkeit etwas Holz zum Brennen gebracht hatte, waren in einem lockeren Kreis ihre Hängematten befestigt.

Kayloor hatte aus dem Lagerraum des Bootes einen Spieß und ein Gestell geholt und machte sich nützlich, indem er den Fisch briet. Auf der anderen Seite des Feuers kochte Wasser in einem recht großen Topf. Ilkar setzte sich neben Hirad, und sie sahen sich eine Weile schweigend im Lager um. Aeb reinigte und schärfte seine Axt und das Schwert. Der Unbekannte machte das Gleiche mit seiner Klinge und den Dolchen. Denser und Erienne saßen auf der anderen Seite des Feuers. Sie massierte sich ständig ihren Nacken und musterte pausenlos die Umgebung, er kratzte die Stiche, die er unter seiner Kappe abbekommen hatte. Die anderen drei waren im Wald unterwegs, sammelten Holz und, wie Ilkar gesagt hatte, einige nützliche Kräuter, falls sie welche finden konnten.

»Wie geht es dir?«, fragte er Hirad.

»Entsetzlich«, sagte Hirad. »Ich bin völlig im Eimer, obwohl ich mich kaum bewegt habe. Ich habe fast schon Angst davor, noch so einen Tag auf dem verdammten Boot verbringen zu müssen, und wenn dieser Führer, den du angeheuert hast, noch weitere neunmalkluge Bemerkungen macht, dann wird er im Handumdrehen als Imbiss für diese großen Eidechsen im Fluss enden. Ach ja, und mir tut die Hand vom Rudern weh.«

»Sie heißen Krokodile. Und sei leise«, zischte Ilkar. »Wir können es uns nicht erlauben, ihn zu verärgern.«

Sie blickten beide zu Kayloor, der jedoch anscheinend nichts bemerkt hatte.

»Hör mal«, fuhr Ilkar fort, »ich weiß, dass es schwer zu verstehen ist, aber was er sagt, ist nicht persönlich gemeint. Elfen denken einfach so. Sie dulden Balaianer in den Städten und Häfen als Handelspartner, aber im Inland sieht es anders aus. Sie glauben, dass du das Wesen des Waldes nicht verstehst, und damit haben sie natürlich völlig Recht. Lass mich mal deine Hände ansehen.«

»Das wird schon wieder.« Ilkars Verteidigungsrede für Kayloor hatte Hirad nicht überzeugt. Seiner Meinung nach verhielt sich der Elf einfach nur beleidigend.

»Nein, wird es nicht, Hirad. Du hast mir nicht zugehört, oder? Wir sind hier nicht in Balaia. Hast du Blasen?«

»Was denkst du denn, Ilkar?« Hirad hob die Stimme, er wurde wütend. »Während du mit König Klugscheißer da geplaudert hast, haben sich ein paar von uns krumm gelegt, um das Boot möglichst schnell flussaufwärts zu treiben. Und wenn ich mich hier umsehe, dann kann ich nicht so recht begreifen, warum wir uns die Mühe überhaupt gemacht haben. Ich meine, ist das hier wirklich das Beste, was dabei herauskommen konnte?«

»Offen gestanden, ja«, sagte Ilkar. »Und jetzt lass mich mal sehen.«

»Bei den Göttern, na schön«, sagte Hirad. Er hob die Hände. »Du bist ja schlimmer als meine Mutter.«

»Es überrascht mich, dass du dich überhaupt an sie erinnerst«, gab Ilkar zurück.

»Ach ja, und ich bin sicher, dass ich deine erst neulich gesehen habe. Oder war das schon vor hundert Jahren? Ich bin so durcheinander.«

Ilkar antwortete nicht, sondern packte unsanft Hirads Hände und spannte die wunde Haut.

»Autsch«, machte der Barbar.

»Entschuldige«, sagte Ilkar fröhlich. »Also, es ist nicht sehr schlimm, aber an ein paar Stellen ist die Haut abgeschürft. Falls Ren etwas Rubiac findet, mache ich dir einen Breiumschlag, den du jeweils eine Stunde auf jeder Hand lässt.«

»Warum machst du nicht einfach eine Warme Heilung oder so etwas, wenn du dir schon solche Sorgen machst? Ich kann mir nicht vorstellen, dass ein paar feuchte Blätter so viel ausrichten können.«

»Sie bekämpfen die Infektion und unterstützen die Wundheilung. Streite nicht mit mir. Mach dir die Hände nicht schmutzig, wenn du es vermeiden kannst, und versuche, morgen nicht zu rudern.«

»Das erzähle mal lieber unserem großartigen Kapitän.« Ilkar zielte mit dem Finger auf Kayloor. Der Elf sagte nichts, sondern drehte nur schweigend den Spieß mit den Fischen. Was Hirad auch von ihm persönlich halten mochte, der Fisch, den er da briet, roch phantastisch. Hirad hatte ganz vergessen, wie hungrig er war. »Ich verstehe nicht, warum du dir solche Sorgen machst. Das sind noch nur ein paar Blasen.«

Ilkar schnaufte vernehmlich. »Ich weiß wirklich nicht, warum ich mir die Mühe mache. Hört mal, und jetzt sollt ihr alle zuhören, nicht nur der Klotzkopf hier. Achtet auf jeden Schnitt, jede wunde Stelle und jede Blase, die ihr euch zuzieht. Achtet auf jeden Ausschlag, jeden Bauchschmerz und jeden Kopfschmerz. Ich sage es noch einmal: Wir sind hier nicht in Balaia. Infektionen zieht man sich hier sehr leicht zu, besonders wenn ihr nicht hier geboren seid. Trinkt nur Wasser, das ihr abgekocht oder das ein Magier gereinigt hat. Ihr müsst viel essen und trinken, auch wenn ihr keinen Appetit habt. Ich sehe, wie müde ihr alle seid, obwohl ihr den ganzen Tag nur im Boot gesessen habt. Was soll werden, wenn wir laufen müssen? Ihr müsst euren Körpern genug Zeit lassen, sich an die Hitze, die Feuchtigkeit und alles andere zu gewöhnen. Bitte sagt mir, dass ihr das verstanden habt.«

Ilkars Ansprache wurde mit gemurmelter Zustimmung quittiert.

»Noch zwei Anmerkungen«, sagte er. »Aeb, du musst jeden Abend dein Gesicht waschen. Ren oder ich machen dir einen Balsam, aber es wäre einfacher, wenn du dir von jemandem helfen lassen würdest.«

»Das ist nicht möglich«, sagte Aeb. »Ich bin hier der einzige Protektor. Ich muss mich selbst versorgen.«

»Nun gut. Zweitens, Erienne und Denser, ihr müsst auf eure Mana-Reserven achten. Ganz egal, wie gut wir aufpassen, irgendwann wird jemand erkranken, und wir werden alle dauernd gestochen. Es gibt Schlangen, deren Gift binnen weniger Stunden tötet, und alles, was sticht, erzeugt auch eine Infektion.«

»Ich bin so froh, dass du uns hergebracht hast«, sagte Denser. »Ich meine, gibt es hier überhaupt etwas, das wir tun können, das nicht zum Tod oder zu schwerer Krankheit führt?«

»Seid einfach besonders vorsichtig. Ihr werdet euch bald daran gewöhnen«, sagte Ilkar. »Und ich muss euch noch einmal erinnern, dass niemand gezwungen wurde, hierher mitzukommen.«

»Ach, wirklich?« Denser zog die Augenbrauen hoch. »Wenn ich mich recht erinnerte, gab es einen beachtlichen moralischen Druck.«

»Der Grund ist, dass wir der Rabe sind. Wir arbeiten zusammen, und Ilkar braucht unsere Hilfe«, sagte Hirad. »Ich habe keinen Widerspruch von dir gehört.«

»Aber frei entscheiden konnten wir auch nicht, Hirad, oder?«

Hirad zerbrach den Zweig, mit dem er gespielt hatte, und warf die Stücke ins Feuer.

»Geht das schon wieder los? Bei den ertrinkenden Göttern, Denser. Ich wüsste nicht, dass du uns eine Wahl gelassen hast, als du unsere Hilfe brauchtest, um Erienne und Lyanna zu finden.«

»Und sieh, was es uns gebracht hat«, flüsterte Erienne.

Hirad fühlte sich, als hätte sich in seinem Herzen ein Abgrund aufgetan. »Oh, Erienne, so meinte ich das doch nicht …«

»Es tut mir Leid, dass wir dir so zur Last gefallen sind«, sagte sie lauter. »Vielleicht wäre all das nicht passiert, wenn du daheim bei deinen Drachen geblieben wärst. Vielleicht könnte ich, wenn wir nicht der Rabe wären, dort sein, wo ich hingehöre. Am Grab meiner Tochter.«

»Es war keine Last, Erienne«, sagte Hirad. »Das weißt du auch.«

»Belassen wir es dabei«, sagte der Unbekannte. »Wir sind hier, weil wir der Rabe sind, und weil Ilkar uns darum gebeten hat. So haben wir es immer gehalten, und so wird es immer sein. Dabei kann man sich nicht immer frei entscheiden.«

»Na ja, sag das nicht mir, sag es dem da.« Hirad deutete auf Denser.

»Nun werde doch endlich erwachsen, Hirad, um Himmels willen.«

»Ich bin nicht derjenige, der sich darüber beklagt, dass wir keine Entscheidungsfreiheit hatten, Mann aus Xetesk«, sagte Hirad. »Falls es dir entgangen ist, keiner von uns fühlt sich hier besonders wohl, aber wir machen eben keine neunmalklugen Bemerkungen.«

»Was, zum Teufel, wollen wir hier eigentlich noch?«, fragte Denser. »In Ysundeneth gab es jede Menge Magier.«

»Ja, Denser, und sie hatten reichlich zu tun«, sagte Ilkar. »Und ich kannte keinen Einzigen von ihnen. Ich dachte, ich hätte erklärt, dass wir in meinem Heimatort beginnen müssen. Ich muss Kontakte knüpfen und dafür sorgen, dass es sich herumspricht. Du musst verstehen, dass es hier etwas anders läuft. Es würde nichts nützen, ein Schild aufzuhängen und mittellosen Elfenmagiern einen Job anzubieten.«

Denser schlug nach einem Insekt, das sich auf seiner Hand niedergelassen hatte. »Schon wieder ein Stich«, murmelte er.

»Soll ich dir mal meine zeigen?« Hirad stand auf.

»Hirad, es reicht.«

»Nein, Unbekannter, du weißt nicht, was er da macht. Das ist verdammt typisch«, sagte Hirad. Unwillkürlich spannte er seine Muskeln. »Wenn er uns braucht, um seine Tochter zu retten, dann ist das in Ordnung. Wenn es umgekehrt ist, dann lässt er uns spüren, wie sehr er dabei leidet. Warum kannst du nicht mal zur Abwechslung etwas für andere Leute tun, Denser?«

»Zur Abwechslung?«, keuchte Denser.

»Denser, bitte.« Erienne legte ihm eine Hand auf den Arm, doch er achtete nicht auf sie.

»Wer war es denn, der Dawnthief gewirkt hat, um uns vor den Wytchlords zu retten? Wer hat sich dem Herrn vom Berge widersetzt, um den Unbekannten aus seiner Berufung zum Protektor zu befreien? Wer hat bei dir und Ilkar gewacht, um euch am Leben zu halten, als du, Hirad Coldheart, im Sterben gelegen hast?«

»Genau darum geht es, wenn man zum Raben gehört«, sagte Hirad ruhig. »Das waren großartige Taten, Denser, und ich liebe dich, weil du sie vollbracht hast. Aber heute ist heute, und ich will dich nicht dauernd meckern hören, wie schwer das alles für dich ist.«

»Sei nicht so herablassend, Hirad.«

»Konntest du denn nichts Besseres mit deiner Zeit anfangen? Außer Sonnenbaden und Gärtnern?«

»Hört auf, hört auf!«, rief Erienne. Sie sprang auf und presste die Hände an den Kopf. »Wie könnt ihr es wagen, das Grab meines Kindes in euren kindischen Streit hineinzuziehen? Ich bin mitgekommen, weil ich zu vergessen versuchen wollte, versteht ihr das nicht? Nicht um des Raben willen, sondern um meinetwillen. Wann lasst ihr mich endlich damit anfangen?«

Sie drehte sich um und rannte aus dem Lager. Denser wollte ihr folgen, doch bevor sie fünf Schritte getan hatte, prallte sie gegen den riesigen Thraun, der ein großes Bündel Holz fallen ließ und ihr einen Arm um die Hüfte legte.

»Lass mich los, Thraun.«

Der Gestaltwandler schüttelte nur den Kopf. Er strich ihr mit einer Hand über die Wange und sah ihr tief in die Augen.

»Nicht vergessen, Erienne«, sagte er mit rauer, heiserer und krächzender Stimme. »Trauern. Leben. Nicht vergessen.«

Sechzehntes Kapitel

Der Fisch war ausgezeichnet, doch der Rabe hatte das üppige Mahl kaum zu würdigen gewusst, weil alle viel zu verblüfft über Thrauns Worte waren, die ersten seit mehr als fünf Jahren. Woher sie gekommen waren und welche Barriere in seinem Bewusstsein gefallen war, dass er sie auf einmal aussprechen konnte, würden sie vermutlich nie erfahren, doch er hatte gesprochen, und das war genug.

In Wirklichkeit hatte er sogar noch viel mehr getan. Er hatte Eriennes Gefühle verstanden und den ganzen albernen Streit beigelegt. Jetzt schwatzten Denser und Hirad miteinander, als wäre nichts geschehen, und Ilkar beobachtete sie kopfschüttelnd von der anderen Seite des Feuers aus.

»Ich weiß, was du denkst«, sagte der Unbekannte, der neben ihm saß.

Ilkar hatte gesehen, wie er die Ameisen beobachtet hatte, die über die Gräten vor seinen Füßen herfielen, alles Brauchbare zerlegten und wegtrugen. So war es im Regenwald. Alles diente irgendeinem Zweck.

»Ich verstehe die beiden nicht. Wahrscheinlich werde ich sie nie verstehen«, sagte Ilkar. »Was ist nur los mit ihnen? Setze sie an ein Lagerfeuer, und sie geraten sich wegen irgendwelcher Nichtigkeiten in die Haare.«

»Allerdings war es gar nicht so unwichtig«, entgegnete der Unbekannte. »Hirad hat Recht.«

»Aber er kann sich nicht gut ausdrücken, was?«

»Und Denser sollte ihn inzwischen gut genug kennen und nicht darauf hereinfallen. Du solltest mal mit ihm reden.«

»Glaubst du denn, er ist mit dem Herzen dabei?«, fragte Ilkar.

»Wer, Denser?«

»Wer sonst?«

Der Unbekannte zuckte mit den Achseln. »Schwer zu sagen. Ich glaube, er hat nur versucht, Erienne in Schutz zu nehmen. Wenn wir wieder in Balaia sind und er das Gefühl hat, dass er etwas Sinnvolles tun kann, wird es ihm besser gehen.«

Sie schwiegen und beobachteten Thraun und Darrick. Seit seinen ersten paar Worten hatte Thraun nicht mehr viel gesagt, und es schien, als sei die alte Entrücktheit zurückgekehrt. Doch jetzt bemühten sie sich alle abwechselnd um ihn, und im Augenblick versuchte Darrick, ihn zu bewegen, ein Schwert zu tragen. Es schien so, als ginge es dieses Mal erheblich leichter.

»Was denkst du, was es ausgelöst hat?«, fragte Ilkar.

»Erienne«, sagte der Unbekannte. »Oder genauer, das, was sie gesagt hat. Seine Worte sind einer tiefen Berührung entsprungen.«

»Ich staune darüber, dass er überhaupt noch weiß, was mit Will geschehen ist.«

»Wie ich schon sagte, es hat ihn tief berührt. Vielleicht

sollten wir gar nicht so überrascht sein, dass ihm aus der Zeit, bevor er fünf Jahre als Wolf gelebt hatte, doch noch einiges geblieben ist.«

»Vielleicht nicht.« Ilkar streckte die Beine. »Ist noch Tee da?«

»Nur die Brühe, die du da kochst«, sagte Hirad von der anderen Seite des Feuers aus. »Muss das denn alles sein?«

Ilkar lächelte. »Morgen wirst du froh sein, dass du die Brühe hast.«

Er musste allerdings zugeben, dass er und Ren das Feuer vollständig in Beschlag genommen hatten. An Kayloors Spieß hingen drei Töpfe. Hirad hatte zusammengeknüllte, mit Rubiacfrüchten getränkte Tücher um die Hände gewickelt, und eine weitere Portion kochte gerade für Darrick, der ebenfalls einige Blasen hatte. Daneben zog Aebs Legumia durch, und im dritten Topf schwamm ein Dutzend gestampfte Enzianpflanzen, die Ren zu einer Paste einkochen und trocknen wollte, um ein Insektenschutzmittel zu bekommen. Es war nicht perfekt, aber es war das Beste, was sie hier auftreiben konnten.

»Darf ich dich mal was fragen?«

»Ja, Hirad, du darfst«, antwortete Ilkar, »und ich sage das mit allen gebotenen unguten Vorahnungen.«

»Du erzählst uns immer wieder, wir verstünden nicht, wie die Elfen hier leben, und wenn es nach Kapitän Neunmalklug geht, der da drüben in der Hängematte schnarcht, dann haben wir sogar die Büsche auf die falsche Weise abgeholzt. Heißt das jetzt, dass wir das Land hier allein schon dadurch stören, dass wir da sind?«

Ilkar konnte seine Überraschung nicht verbergen. »Das ist ungewöhnlich einfühlsam für dich. Lass uns noch etwas Tee machen, und dann erkläre ich dir einige nützliche Einzelheiten. Das könnte auch dazu beitragen, dass ihr weniger Verletzungen abbekommt.«

»Ich habe eine viel bessere Idee«, sagte Hirad. Er griff in seinen Sack und zog einen versiegelten Beutel heraus, den er Ilkar herüberwarf. »Den habe ich aufgehoben.«

Ilkar öffnete den Beutel und schnüffelte. Er lächelte. »Kaffee.«

»Das fällt jetzt unter Ausrüstung für Notfälle, oder?« Darrick hatte es aufgeschnappt und sofort den Kopf gehoben.

»Eigentlich nicht, General, aber wer meint, ich hätte mich damit nicht belasten dürfen, kann sein Gewissen erleichtern, indem er verzichtet.«

Ilkars Lachen durchbrach das Schweigen. »Haben wir da vielleicht Platz für einen weiteren Topf?«

Sie machten Platz, und bald darauf, als der Kaffeeduft ihnen in die Nase stieg und jeder einen dampfenden Pott in der Hand hatte, begann Ilkar zu erklären.

»Im Mittelpunkt des elfischen Lebens auf Calaius steht der Glaube an das Gleichgewicht des Lebens. ›Harmonie‹ ist das Wort, das dieser Vorstellung in der Übersetzung noch am nächsten kommt. Die Elfen glauben, alle Elemente – Luft, Erde, Feuer, Wasser und Mana – existieren in einem Zustand ewiger Harmonie, und es gebe ein empfindliches Gleichgewicht, das geschützt werden müsse. Ich kann nicht oft genug betonen, wie tief diese Überzeugungen im Glauben der Elfen verwurzelt sind, die hier leben, und mit welcher Leidenschaft diese Werte verteidigt werden. Jeder Elf hält sich daher mehr oder weniger für einen Hüter der Harmonie, und deshalb solltet ihr mit flapsigen Kommentaren und achtlosen Handlungen sehr vorsichtig sein.«

»Und was passiert, wenn diese Harmonie gestört wird?«, fragte Denser.

»Nun, das hängt davon ab, was man glauben will. Es gibt Schriften, in denen Überschwemmungen vorhergesagt werden, die das Land läutern sollen. Oder dass Wolken das Blätterdach verkümmern lassen, ehe die Sonne wieder durchbrechen kann und neues Leben wachsen lässt. In manchen Schriften wird auch der Untergang des Elfenvolks prophezeit, doch man sollte vorsichtig sein und diese Weissagungen nicht allzu wörtlich nehmen. Sie sind meiner Ansicht nach nur Ermahnungen, gut auf das Land aufzupassen.«

Ren, die neben ihm saß, nickte eifrig. »Die meisten Elfen benutzen die Lehren, um ihre Kinder anzuhalten, den Wald zu achten. Er liefert ihnen Nahrung, Kleidung und Schutz … einfach alles. Es ist undenkbar, den Wald zu verschandeln.«

Ilkar setzte seine Erklärung fort. »Nehmt beispielsweise mal Kayloor. Er hat es mindestens für unbeholfen und im schlimmsten Fall für eine Störung der Harmonie gehalten, als ihr diese kleine Lichtung freigeschlagen habt. Deshalb mag er euch nicht – ihr versteht den Wald nicht, und ihr werdet ihn nie verstehen. Es ist nichts Persönliches. Kein Fremder kann ihn verstehen. Deshalb mussten wir gewisse Bedingungen akzeptieren, damit Kayloor uns befördert.«

»Und wir mussten zweifellos einen ordentlichen Aufschlag bezahlen«, meinte Hirad.

»Nein, Hirad, du begreifst nicht, worauf es ankommt. Wir haben für seine Zeit und die Benutzung des Bootes einen fairen Preis bezahlt. Mehr will er nicht. Leute wie Kayloor dienen den Familien im Regenwald, nicht den Zahlmeistern im Hafen. Wie ich schon sagte, ihr versteht es nicht, und da ihr aus Balaia kommt, werdet ihr es nie verstehen.«

»Wie sehen diese Bedingungen aus, Ilkar?«, fragte der Unbekannte und fing den Blick des Julatsaners ein. »Wir schweben hier draußen nicht unmittelbar in Lebensgefahr, aber das heißt noch lange nicht, dass du uns über Dinge im Unklaren lassen kannst, die wichtig sein könnten.«

»Ich weiß es, und es tut mir Leid«, sagte Ilkar. Er bekannte sich schuldig, indem er beschwichtigend die Hände hob. »Aber die Möglichkeiten waren, die Bedingungen entweder gleich an Ort und Stelle zu akzeptieren, oder einen sehr langen, unbequemen Fußmarsch in Kauf zu nehmen. Wenn du einen Führer ablehnst, dann lehnst du alle ab.«

»Du hast gestern Abend allein verhandelt. So hält es der Rabe aber nicht.«

Ilkar nickte. »Diese Kritik muss ich einstecken, aber die Bedingungen sind in keiner Weise eine Belastung. Wenn überhaupt, dann muss man sie sogar vernünftig nennen. Wir sind verpflichtet, das Wesen des Waldes zu respektieren, wir dürfen keinen willkürlichen Schaden anrichten, wir dürfen nur töten, um zu essen oder um dem Tod zu entgehen, wir müssen angerichtete Schäden wieder gutmachen, und wir müssen das Land einer Familie oder eines Dorfs sofort verlassen, falls man es von uns verlangt.«

Abgesehen von Achselzucken gab es kaum Reaktionen auf diese Eröffnung.

»Dann dürfen wir also nicht mehr nach den Fliegen schlagen?«, fragte Hirad, während er genau dies tat.

»Auf gar keinen Fall, Hirad«, sagte Ilkar. »Dafür wirst du in der Hölle schmoren.«

»Wirklich?«

»Nein, natürlich nicht«, erklärte Ilkar. »Was denkst du denn? Für jede Fliege, die du zerquetschst, gibt es eine Million andere. Bei Schlangen, Kaninchen und Jaguaren ist das Verhältnis entsprechend kleiner. Benutze deinen gesunden Menschenverstand.«

»Den hat Hirad leider nicht«, warf Denser ein.

»Überlass die Scherze mir, Denser«, riet Hirad ihm.

»Das hast du schon einmal gesagt.«

»Und solange du nicht witzig bist, werde ich es wiederholen.«

»Und so beginnt die nächste ernsthafte Debatte unter Erwachsenen«, sagte der Unbekannte und brachte sie beide zum Schweigen. »Man muss wohl annehmen, dass diese Vorstellungen von Gleichgewicht und Harmonie religiöse Wurzeln haben?«

Ilkar nickte und beugte sich vor, um seinen Becher aufzufüllen. Ren übernahm unterdessen das Erklären.

»Auf jeder Ebene, die man sich nur vorstellen kann, existieren Götter, aber außerhalb der größeren Orte und Städte gibt es nur wenige Tempel.«

»Vergesst nicht, dass der größte und älteste von allen hier draußen ist«, warf Ilkar ein.

»In den Häusern gibt es Schreine für die bevorzugten Gottheiten, und die meisten Elfen glauben, der Wald selbst sei ein Tempel, in dem man beten kann. Im Wipfel des Baumes, wenn der Vergleich erlaubt ist, findet ihr Yniss, den Gott der Harmonie, der die Elemente beisammenhält. Yniss untergeordnet sind die Götter und Herren des Blätterdachs, der Wurzeln, der Tiere, des Windes, des Regens, des Todes und des Feuers … was immer du willst. Die Gottheiten, die am häufigsten angerufen werden, sind Tual, die über die Tiere herrscht, was übrigens die Elfen einschließt, dann Cefu, der Gott des Blätterdachs, Gyal, der den Regen schickt, und Shorth, der Gott des Todes.«

»Es gibt noch hunderte geringerer Gottheiten«, fuhr Ilkar fort. »Es ist eine alte, sehr gut strukturierte Religion, auch wenn sie ein wenig kompliziert scheint. Wichtig ist jedenfalls, dass man die Kraft dieser Überzeugungen nicht unterschätzen darf, und man muss wissen, dass manche Elfen große Mühen auf sich nehmen, um das zu schützen, was sie im Rahmen ihrer Religion für gegeben halten.«

Hirad rutschte ein wenig herum und leerte seinen Becher. »Das ist komisch, Ilkar. Nun kennen wir uns seit so vielen Jahren, und ich habe kein einziges Mal gehört, dass du irgendeinen dieser Götter erwähnt hast.«

»Das wäre auch scheinheilig gewesen«, sagte Ilkar. »Wenn ich wirklich gläubig wäre, dann wäre ich schon längst hierher zurückgekehrt und würde meinen Teil dazu beitragen, diese Welt zu erhalten, oder?«

»Aber es ging dir auch darum?«, fragte Hirad.

»Ein wenig, ja«, sagte Ilkar. Ihm war etwas unwohl bei diesem Thema. »Hör mal, können wir das jetzt auf sich beruhen lassen?«

»Ilkar hat anscheinend ein peinliches Geheimnis«, sagte Denser.

Hirad nickte. »So sieht es wohl aus.«

»Können wir weitermachen? Bitte?« Ilkars erhobene Stimme erreichte auch Kayloor, der sich herumwälzte, ohne ganz zu erwachen, und dies erinnerte sie an das Naheliegende.

»Wir haben morgen wieder einen langen Tag vor uns«, mahnte der Unbekannte.

»Allerdings«, stimmte Ilkar zu. »Hört mal, ich würde vorschlagen, dass ihr Netze über eure Hängematten spannt. Das fühlt sich etwas seltsam an, aber morgen früh werdet ihr mir dankbar sein.«

Leise murrend verzogen sich die Rabenkrieger und Ren in die Betten. Aeb übernahm die erste Wache und badete sein Gesicht. Nach ihm wachten sie immer jeweils zu zweit.

Als er in seiner Hängematte lag und versuchte, es sich in diesem bescheidenen Rahmen bequem zu machen, spürte Ilkar das ängstliche Schweigen ringsum, während die fremden, nächtlichen Geräusche auf die Gruppe eindrangen. Er spürte, wie seine Freunde versuchten, auf Gefahren zu lauschen, nachdem sie die Sicherheit des Lagerfeuers verloren hatten. Doch alles, was sie hörten, war der Lärm, das Rascheln, Krächzen, Summen, Huschen und Heulen, das aus allen Richtungen kam.

»Hört das denn irgendwann mal auf?«, fragte Hirad.

»Niemals«, sagte Ilkar.

»Wundervoll. Du hättest uns ruhig sagen sollen, dass wir Ohrstöpsel mitnehmen müssen. Ich habe keine Lust, dauernd mit dem Finger im Ohr zu schlafen.«

»Glaube mir, Hirad, überhaupt nichts zu hören, ist noch schlimmer, als dies hier zu hören.« Ilkar lächelte vor sich hin. »Schlaf gut.«

»Wohl kaum.«

Im grauen Licht der Morgendämmerung konnte Selik Devuns Grinsen sehen. Er hatte nicht zu grinsen aufgehört, seit sie aus Understone herausgeritten waren, und er sah damit aus wie ein Kind, das um die Strafe für einen Streich herumgekommen war.

»Also«, wandte er sich schließlich an Devun. »Seit wir dieses Dreckloch verlassen haben, juckt es dich, es mir zu erzählen. Was hast du nun mit diesem Magier gemacht, damit er seine Meinung ändert?«

Devun lachte. Es war ein unschöner Laut, seelenlos und ohne Humor. Selik seufzte innerlich. Wie die meisten Schwarzen Schwingen war Devun ein nützlicher Kämpfer, aber im Grunde austauschbar. Er hoffte, dass Callom und Edman sich besser entwickelten.

»Die Drohungen haben nicht gewirkt«, sagte Devun. »Er glaubte uns nicht, und er hätte uns wohl nie geglaubt. Deshalb habe ich ihm die Wahrheit gesagt.«

»Welche Wahrheit?« Dabei war Selik nicht sicher, ob er die Antwort wirklich hören wollte.

»Ich habe ihm gesagt, Xetesk wolle unbedingt die Kontrolle über die balaianische Magie übernehmen und werde nach Julatsa marschieren, sobald sie Dordover geschlagen haben.«

Selik sah ihn mit erneuerter Achtung an und fragte sich, ob er den Mann unterschätzt hatte. »Nun ja, das ist eher eine Vermutung als die absolute Wahrheit«, sagte er mit einem kleinen Lächeln. »Das ist auch nicht unbedingt die Botschaft, die er nach Julatsa bringen sollte, aber immerhin.«

»Oh, ich glaube nicht, dass er die Botschaft nach Julatsa bringt.«

»Warum nicht?« Die Zweifel waren wieder da.

»Weil ich ihm gesagt habe, es sei doch sinnvoll, mit Leuten zu reden, die etwas dagegen tun könnten. Deshalb geht er nach Dordover.«

»Bist du sicher?« Selik musste zugeben, dass diese Lösung sogar noch besser war, als er gedacht hatte.

»Sein Gesichtsausdruck hat es mir verraten«, sagte Devun. »Er hat mir geglaubt. Ich sagte, sie würden uns nicht glauben, aber einem Magier würden sie vertrauen. Ich habe es ihm überlassen, sich eine Erklärung zurechtzulegen, wie er an diese Informationen gekommen ist.«

Selik kratzte sich mit dem Zeigefinger am Hals. »Ich bin wirklich beeindruckt. Wir wollen hoffen, dass er nicht vor den Toren von Vuldaroqs Kolleg kalte Füße bekommt, was?«

»Das ist immer ein Risiko.« Devun zuckte mit den Achseln.

»So ist es.«

Selik trieb die Schwarzen Schwingen an. Er empfand ein unvermutetes Hochgefühl. Auf der rechten Seite erhoben sich die mächtigen Blackthorne-Berge, als sie durch die Varhawk-Klippen nach Blackthorne ritten. Es würde eine schwierige Begegnung, doch mit der wärmenden Morgensonne im Gesicht war ihm nicht danach, sich über kommende Schwierigkeiten den Kopf zu zerbrechen.

Siebzehntes Kapitel

Die Dämmerung stand unmittelbar bevor. Ein heftiger Wolkenbruch, begleitet von spektakulären Blitzen und lautem Donner, hatte die Wachfeuer gelöscht und alle aus dem unruhigen Schlaf geweckt.

Yron ließ die Wächter ablösen, worauf sich halbwegs erfrischte Kämpfer zu den beiden noch intakten getarnten Elfenplattformen und den vier anderen verborgenen Posten begaben, die sie ein paar Fuß hoch in den Bäumen eingerichtet hatten. Es war wichtig, so früh wie möglich gewarnt zu werden.

Der Hauptmann hatte überhaupt noch nicht geschlafen, er hatte die ganze Nacht in der Tür des Tempels gestanden und sich Sorgen über den Angriff gemacht, der unweigerlich bald kommen musste. Vier Trupps von jeweils vier Männern hatten das Lager schon vor Stunden verlassen. Sie hatten sich weit von dem ausgetretenen Weg entfernt, ehe sie nach Norden zu den Booten liefen, die sie ein paar Tagesmärsche flussabwärts zurückgelassen hatten, oder den längeren Weg direkt zu den Schiffen in Angriff nahmen, die in der Flussmündung des Shorth vor Anker lagen. Sie hatten wichtige Informationen aus dem Tempel mitgenommen. Es war ein Risiko, aber da nicht klar war, mit wem sie es zu tun hatten und wo die Feinde standen, war Yron der Ansicht, dass ihm nichts anderes übrig blieb. Die wichtigsten Informationen sollte die Gruppe überbringen, zu der Erys gehörte.

Als er die Männer, die noch da waren, einwies, hatte er nicht versucht, sie zum Narren zu halten, sie anzulügen oder irgendetwas zu beschönigen. Sie mussten so lange ausharren, wie sie konnten, und sich darauf gefasst machen, für das wichtige Ziel zu sterben. Die Elfen, mit deren Angriff sie rechnen mussten, würden nicht in großer Zahl kommen, aber sie waren extrem gefährlich. Er hatte seine Männer gewarnt, sich nicht von diesen schnellen, anmutigen Kämpfern überrumpeln zu lassen.

Außerdem mussten sie völlig ohne magische Unterstützung auskommen. Auch Stenys war bereits mit einer Gruppe von Läufern fortgeschickt worden. Seine magischen Fähigkeiten wurden eher gebraucht, um die Beute zu schützen, und sollten nicht dafür verschwendet werden, am Tempel das Unausweichliche hinauszuschieben.

Yron machte mit Ben-Foran eine letzte Runde durch die eilig aufgebauten Verteidigungsanlagen: Fallen mit Dornen, die vielleicht ein wenig zu flach waren, undurchdringliche Holzstapel, um die Angreifer auf Wege zu zwingen, die besser überschaubar waren, und einige Schlingen, die sonst dazu dienten, Tiere zu fangen; sie waren auf den Zugängen zum Vorplatz ausgelegt worden. Yron war überrascht, dass sie nicht schon während der Nacht angegriffen worden waren. In gewisser Weise war es ein Segen. So hatten sie für sich selbst und die Läufer kostbare Zeit gewonnen. Immer vorausgesetzt, die Läufer waren nicht schon längst zu Tode gehetzt worden. Wenn er ehrlich war, dann rechnete er damit, dass höchstens eine der Gruppen ihr Ziel erreichte, und die Chancen standen für Erys' Gruppe am besten.

»Ihr hättet mitgehen sollen, Ben«, sagte Yron. Er empfand für den jungen Leutnant, der sich geweigert hatte, seinen kommandierenden Offizier zu verlassen, einen viel größeren Respekt, als er jemals zugeben würde.

»Ich bin Soldat«, erklärte Ben-Foran. »Ich bin nicht sehr geschickt, bestenfalls unbeholfen, aber ich kann kämpfen. Meine Fähigkeiten können wir hier besser gebrauchen.«

»Das sagt Ihr immer wieder.«

»Dann hört auf, mich daran zu erinnern, Hauptmann.« Er trank einen Schluck aus seinem Teepott.

»Ihr hättet Euch entscheiden können zu überleben.«

»Ich habe mich für das Leben als Soldat entschieden«, sagte Ben-Foran. »Das schließt auch den Tod mit ein. Es ist ein Berufsrisiko.«

Yron bückte sich und überprüfte eine Schlinge. Er fragte sich, ob Ben-Foran wirklich so gelassen war, wie er tat. Bei den Göttern, Yron war es nicht, doch andererseits kannte er den Feind viel besser.

Die Schlinge war ausgezeichnet gelegt. Er rechnete nicht damit, dass sie wirklich jemanden fing, doch sie würde die Elfen aufhalten und zum Nachdenken bringen. Er leerte seinen Teepott.

»Sehr gut«, sagte er. »Wer hat sie gelegt?«

»Das war ich.«

Yron lächelte. »Eigentlich war es eine Zeitverschwendung, Euch das alles beizubringen, oder? Wem wollt Ihr Euer Wissen weitergeben? Irgendeiner untergeordneten Gottheit im Nachleben? Bei den Göttern, ich hätte Säufer werden sollen. Es ist doch alles viel einfacher, wenn man besoffen ist.«

»Lehren ist niemals eine Zeitverschwendung«, sagte Ben-Foran. »Man weiß ja nie, wann es Zeit wird zu sterben.«

»Keine Zeitverschwendung, nein? Dann kommt mal her, seht Euch das hier an und lernt. Es sei denn, Ihr habt etwas Wichtigeres zu tun.«

»Ich habe keine dringenden Termine, Hauptmann«, sagte Ben.

Yron führte ihn vom Vorplatz zur kleinen natürlichen Lichtung, auf der sie die Leichen der Elfen nach dem Angriff auf den Tempel abgelegt hatten. Er hörte, wie Ben scharf einatmete.

Es war noch nicht einmal vier Tage her, dass sie dort neun Leichen aufgestapelt hatten. Jetzt lagen dort nur noch einige einzelne Knochen und ein paar Fetzen Kleidung. Alles andere war verschwunden.

»Der Wald holt sich alles zurück«, sagte Yron. Seine leisen Worte waren voller Verehrung. »Wenigstens diesen Respekt hatten sie verdient.«

»Das verstehe ich nicht«, sagte Ben.

»Es ist ein Glaubenssatz der Elfen. Einer von vielen. Alles Leben kehrt im Tod in den Wald zurück. Alles wird gebraucht. Wir waren es ihnen schuldig, sie zu ehren und sie nicht zu verbrennen.«

»Oh, ich verstehe.«

»Im Regenwald gibt es keine Friedhöfe, Ben. Eine Leiche zu verbrennen, ist Verschwendung.«

Yron hörte ein winziges Geräusch. Es war kaum wahrnehmbar, aber er war sicher, dass es nicht von einem Tier stammte. Er legte einen Finger auf die Lippen und winkte Ben-Foran in den Schutz einer Pflanze mit breiten

Blättern, die im Schatten einer Palme wuchs. Der junge Mann kannte seinen Vorgesetzten gut genug, um keine Fragen zu stellen.

Überrascht, dass er nicht längst tot war, beobachtete Yron die geschmeidigen Elfen, die nur wenige Schritte an ihnen vorbeigingen. Er konnte nicht umhin, ihre sparsamen Bewegungen zu bewundern. Sie waren nahezu unsichtbar, kaum mehr als Schatten auf dem Waldboden.

Sein Herz schlug ihm bis zum Hals, als er sich zu Ben-Foran umdrehte und ihm bedeutete, sich still zu verhalten. Der junge Soldat sah ihn fragend an und nickte in Richtung der Elfen. Er hatte eine Hand auf den Schwertgriff gelegt.

Yron schüttelte den Kopf und runzelte die Stirn. Er sondierte den Boden vor seinen Füßen und machte sehr vorsichtig einen Schritt, um sich seinem Adjutanten zu nähern.

»Wir müssen die anderen warnen und ihnen helfen«, flüsterte Ben-Foran.

»Wir kämen keine zwanzig Schritte weit«, widersprach Yron, dessen Lippen Bens Ohren beinahe berührten. Er sprach sehr leise. »Ich weiß, wie schwer es ist, aber die Götter haben uns aus irgendeinem Grund verschont, sonst wären wir längst tot. Wir setzen uns in Bewegung, wenn der Angriff beginnt, und folgen Erys.« Er hielt inne und sah Ben an. »Es wird nicht schön werden.«

Auum bewegte sich geschmeidig über den Waldboden, Duele und Evunn folgten ihm wie Schatten. Sie hatten nicht weit vom Lager der Fremden entfernt an einer Stelle, die frei war von ihrem Gestank, gerastet und gebetet. Den brutal freigehackten Weg, den der Wald bereits wieder zurückeroberte, hatten sie gemieden und sich an natürliche Pfade gehalten. Sie wollten in der Morgendämmerung am Tempel eintreffen, wenn Cefu besonders prächtig erstrahlte und ihre eigene Kraft besonders groß war.

Schon lange bevor sie einen von ihnen tatsächlich sahen, spürten sie die Fremden im Tempel. Der Wald war in Aufruhr, Tuals Geschöpfe waren ob dieser achtlosen Zerstörung erregt. Die TaiGethen spürten es tief in sich selbst. Es war, als habe Yniss sich abgewandt und seine Aufmerksamkeit auf ein anderes Ziel gerichtet. Das Ungleichgewicht, das die Fremden in den Wald gebracht hatten, war nur ein kleiner Teil davon. Was Auum und seine Gefährten fühlten, ging viel tiefer, es berührte die Existenzgrundlage des gesamten Elfenvolks. Er spürte es in der Luft und schmeckte es im Regen. Es durchströmte ihn und störte die Mana-Spuren, und er hörte es im Rascheln des Windes im Blätterdach. Es war überall.

Auum empfand einen ungewohnten Anflug von Furcht. Die Harmonie war gestört. Er wusste, dass es ernst war, doch damit musste man sich später im Gebet und in der Kontemplation beschäftigen. Er und seine Tai hatten jetzt eine Aufgabe, und dies galt auch für die anderen, die sicher bald aus dem Süden kommen mussten. Einige waren gewiss schon in der Nähe. Auch die anderen Al-Arynaar wurden von dem Unbehagen herbeigerufen, das alle spüren mussten, manche stärker und manche schwächer.

Auf den letzten hundert Schritten waren Auums Sinne höchst wachsam und erlaubten ihm eine Wahrnehmung seiner unmittelbaren Umgebung, deren Schärfe sich ein Fremder nicht annähernd vorstellen konnte.

Wieder blieben sie stehen, um zu beten und ihre Gesichter zu bemalen. Wieder bespannten sie ihre kompakten Bogen, die ihre Pfeile so schnell verschießen konnten. Wieder pirschten sie sich an ihr Ziel an, und ihre Konzentration wurde nur durch die beiden Fremden gestört, die sich außerhalb der Angriffszone befanden.

Die Tai ignorierten sie vorerst. Wenn sie ihre Aufgabe erfüllt hatten und der Tempel den Al-Arynaar zurückgegeben worden war, dann würden sie diese beiden verfolgen und stellen. Sie mussten sicher sein, dass alle Eindringlinge tot waren.

Auum stieg mühelos über eine aufgespannte Schlinge von recht guter Qualität hinweg. Interessant, dass sie es mit so primitiven Fallen versuchten. Das schmeckte nach Verzweiflung, ebenso wie die Fallgruben voller Dornen, denen sie kurz danach auswichen. Ein Zischen ließ ihn innehalten. Er blickte nach links. Duele deutete auf die Bäume vor ihnen, wo sich Männer verborgen hatten. Es waren zwei, die den Zugang zum Tempel bewachten. Auum deutete auf sich selbst und dann auf die Bäume, ehe er auf Duele deutete und eine ausholende Bewegung machte, die von seinen Augen bis hinauf in die Zweige führte.

Duele nickte und eilte davon. Rechts neben ihm stand Evunn still wie eine Statue, selbst für Auum war er kaum zu sehen. Er dirigierte Evunn ein weniger weiter nach rechts, beide Elfen legten jetzt Pfeile in die Bogen. Es wurde still im Wald. Der Augenblick war gekommen.

Die beiden Bogensehnen sangen gleichzeitig, die Pfeile rauschten durch die Luft und trafen mit tödlicher Präzision ihre Ziele. Einem Mann wurde der Hals durchbohrt, dem anderen das Herz. Auum rannte sofort los und legte im Laufen den nächsten Pfeil ein. Er ignorierte die Toten, die neben ihm zu Boden fielen. Links von ihm flog ein Jaqrui flüsternd durch die Luft, auch der

Aufschlag erreichte Auums empfindliche Ohren. Duele hatte die Plattformen erreicht.

Zwanzig Schritt vor ihnen hockte ein Fremder rechts neben dem Weg, der zum Tempel führte, in seinem Baumversteck und starrte in den Wald. Er wusste, dass jemand kam, doch er konnte nichts sehen. Als er den Mund öffnete, um einen Warnschrei auszustoßen, schossen Auum und Evunn gleichzeitig. Die Pfeile trafen den Fremden im Kopf und im Hals und warfen ihn vom Baum. Er stürzte mit lautem Krachen ins Gebüsch und war tot, bevor er die Fänge der Giftschlange spürte, die er aufgescheucht hatte.

Mit erneut gespanntem Bogen verließ er am Rand des Vorplatzes die Deckung und rannte auf der linken Seite zum Tempel, während Evunn sich rechts hielt. Drinnen im Tempel war ein Schrei zu hören, eine laute, verängstigte Stimme. Der Angriff verlief, wie sie es geplant hatten, die Fremden reagierten wie erwartet. Vier Bolzen von Armbrüsten wurden von der Tür des Tempels aus abgeschossen.

Auum hielt vier Finger hoch. Auf der anderen Seite wiederholte Evunn die Geste und hob ebenfalls vier Finger. Er hatte die gleiche Anzahl Bolzen gesehen. Dann fiel die Leinwand vor die Öffnung und verbarg die Fremden in der heiligen Falle, die sie sich selbst gestellt hatten und die sie allein schon durch ihre Anwesenheit entweihten. Er hörte Stimmen von drinnen herausdringen. Die Sprache konnte er nicht verstehen, doch sie schmerzte in seinen Ohren.

Er und Evunn zogen sich zum Rand des Vorplatzes zurück. Duele tauchte neben ihm auf.

»Fünf sind tot«, sagte er. »Mehr sind nicht hier draußen.«

Auum nickte. »Klettere.«

Duele rannte zum Tempel und blieb dabei außerhalb des Sichtfeldes der Schlitze in der Leinwand. Er fand Halt für seine Füße, wo es eigentlich keinen gab, und stieg rasch an der Seite des Gebäudes hoch bis aufs Kuppeldach. Er breitete Arme und Beine weit aus, um nicht abzurutschen, und schob sich wendig hinauf. Er bewegte sich nach links und rechts und spähte dabei durch sechs kleine Buntglasfenster ins Innere. Bei jedem schirmte er die Augen mit einer Hand ab. Als er zufrieden war, stieg er bis zum steinernen Türsturz herunter und hockte sich direkt über den Baumstamm, der das Segeltuch an Ort und Stelle hielt.

Auum gab ihm mit einem Nicken zu verstehen, dass er bereit war. Duele hob zwei Finger, und deutete unmittelbar links und rechts neben die Tür. Dann hob er zweimal vier Finger und machte mit flacher Hand eine sägende Bewegung von links nach rechts. Auum nickte wieder und sah zu Evunn hinüber. Er deutete zur Tür und zog die Hand nach rechts. Für Duele wiederholte er die sägende Bewegung.

Auum spannte den Bogen und rannte zur Tür, Evunn lief im gleichen Augenblick los. Im Nu hatten sie den glatten Stein und die Ranken auf dem Vorplatz überwunden. Als sie noch sechs Schritte vom Eingang entfernt waren, kippte Duele den Baumstamm aus der Befestigung über dem Türsturz. Auum schoss seinen Pfeil in die Dunkelheit ab, warf den Bogen weg, zog das kurze Schwert und nahm einen Jaqrui in die Hand, ehe er weitere drei Schritte gelaufen war.

Zusammen sprangen sie über den Stamm und rollten sich ab, als Armbrustbolzen durch die Luft zischten, wo sie gerade noch gestanden hatten. Duele schwang sich hinter ihnen vom Türsturz herab. Auum verharrte in der Hocke, seine Augen gewöhnten sich rasch an das Licht im Tempel. Von den Wänden und der Decke hallten die Rufe wider, Männer bewegten sich, Schwerter wurden gezogen, Armbrustschützen begannen hektisch nachzuladen. Sein Pfeil hatte das Ziel verfehlt, aber das spielte keine Rolle.

Er sprang nach links und überraschte die Männer, die direkt vor ihm standen und instinktiv einen Schritt nach vorn machten. Damit kamen sie Duele in den Weg, der gerade hereinkam. Auums Jaqrui pfiff durch die Luft, die Doppelschneide schlug ins Gesicht eines Armbrustschützen, der kreischend zurücktaumelte. Blut spritzte aus seinem Nasenrücken, und er hatte ein Auge eingebüßt. Auum zog einen neuen Jaqrui aus dem Beutel, als er seinen nächsten Gegner erreichte und die Furcht in den Augen des Fremden sah. Er schlug mit der Klinge zu und schlitzte dem Mann die Schulter und den Oberkörper auf, ehe dieser überhaupt an Gegenwehr denken konnte. Er versetzte ihm zusätzlich noch einen Tritt, der den Bauch des Mannes traf und ihn gegen die Wand des Tempels zurückschleuderte.

Links von ihm prallte ein Jaqrui gegen die Klinge eines Fremden, dass die Funken stoben. Auum rollte sich wieder ab, kam hoch und stach dem nächsten Mann die Klinge in den Schritt. Mit einer dritten Rolle wich er dem Schwertstreich eines Gegners aus, der hinter ihm den Steinboden traf, dann stand er wieder. Ein Fremder ging mit einem Langschwert auf ihn los. Der ungeschickte, viel zu langsame Angriff wurde leicht abgewehrt. Auum versetzte ihm einen Schlag ins Gesicht, dann zuckte seine Klinge und durchtrennte die Kehle des Mannes. Ein Tritt ließ den Gegner zu Boden gehen.

Mit ebenso schnellen wie sicheren Bewegungen rannte Auum zum letzten noch lebenden Armbrustschützen, der seine Waffe gerade wieder geladen hatte und anlegte. Auum sprang, seine Beine schwebten waagerecht in der Luft, und er traf den Schützen vor die Brust. Er hörte unter dem Aufprall Rippen brechen, der Mann grunzte vor Schmerzen. Auum landete und rollte sich wieder ab, drehte sich herum und stach dem Mann das Schwert in die Brust. Die Hilfeschreie verstummten.

Er stand auf und nahm sich einen Augenblick Zeit, mit der Tempelwand im Rücken das Geschehen zu überblicken. Zehn Gegner waren erledigt. Duele und Evunn kämpften Seite an Seite, ihre Schwerter bewegten sich so schnell, dass sie nur verschwommen zu sehen waren, und das Klirren der Waffen hallte laut im umschlossenen Raum. Blut machte den Boden rutschig. Zwei Männer gingen auf ihn los, einer hatte eine Schulterwunde. Beide waren vorsichtig. Es sollte ihr Ende sein.

Auum wich etwas zurück, zog einen weiteren Jaqrui aus dem Beutel und traf den Schwertarm des Verletzten kurz über dem Handgelenk. Der Mann ließ die Klinge fallen, drehte sich um und rannte zur Tür. Der Zweite griff weiter an. Auum stürzte ihm entgegen und ließ sich im letzten Moment fallen, um ihm die Beine wegzuschlagen. Der Mann prallte schwer auf den Boden, das Schwert fuhr nutzlos durch die Luft. Auum war im Nu über ihm und zerschmetterte ihm mit einem Schlag die Luftröhre.

Der Anführer der Tai rannte dem fliehenden Fremden hinterher und holte ihn rasch ein. Er hatte schon einen Jaqrui in der Hand und den Arm zum Wurf gekrümmt, doch dann verzichtete er auf den Wurf. Der Mann kreischte direkt vor ihm, kam am Rand des Vorplatzes rutschend zum Stehen und begann sich rückwärts zu bewegen. Aus dem Schatten tappte ein Panther, der ihn nicht aus den Augen ließ. Hinter dem schönen Tier folgte ein pechschwarz gekleideter Elf, der sein Gesicht je zur Hälfte schwarz und weiß bemalt hatte. Elf und Panther waren eins. Sie waren Krallenjäger, ihr Bewusstsein war verknüpft und unwiderruflich verbunden.

Auum nickte ihnen zu und kehrte zum Tempel zurück. Der Fremde hatte keine Fluchtmöglichkeit mehr.

Drinnen waren bereits alle Feinde tot. Evunn hatte sich eine kleine Schnittwunde an der Schulter zugezogen, und Duele war am Schenkel verletzt. Es war nichts. Der Wald würde für die Heilung sorgen, und Yniss würde sie für das, was sie getan hatten, beschützen.

Auum ging zu seinen Tai. »Wir werden diesen Tempel von ihrem Blut reinigen und ihre Knochen Tual opfern. Wir werden ruhen. Aber zuerst wollen wir beten.«

Die Tai drehten sich um und wollten vor der Statue von Yniss niederknien, doch plötzlich hielten sie inne. Wie gegen seinen Willen angezogen, trat Auum vor und stieg über den Leichnam eines Fremden hinweg. Er bückte sich am Becken und schrie auf. Ein Zorn stieg in ihm auf, den zu beherrschen er gar nicht erst versuchte. Sein Herz sang in seiner Brust von Tod und Verderben, sein Gesicht brannte, und alle seine Muskeln verkrampften sich. Er zitterte am ganzen Körper. Doch er konnte den Blick nicht vom verstümmelten Arm der Statue wenden. Er sah es wie durch einen Schleier, sein Bewusstsein war unfähig, die Ungeheuerlichkeit dieses Anblicks zu verarbeiten.

Duele sprang ins Becken und tauchte, kam wieder hoch, als er seine Suche am Grund des Beckens beendet hatte, und zog sich aus dem Wasser. Die Bemalung lief ihm in Strömen über das Gesicht, seine Augen waren klein, und er hatte sichtlich Mühe, überhaupt ein Wort über die Lippen zu bringen.

»Die Hand ist dort unten.«

»Dann kann die Statue wieder in Ordnung gebracht werden«, sagte Auum. Doch seine Erleichterung war nicht von Dauer.

»Ein Teil des Daumens fehlt. Er ist nicht im Becken.«

Auum hockte sich auf die Hacken und starrte den Wasserstrahl an, der aus der zerstörten Röhre unter Yniss' Handgelenk ins Becken fiel. Der Fluss des Wassers war falsch.

»Dann werden wir ihn finden«, sagte er. »Durchsucht den Tempel. Durchsucht die Leichen, sucht überall.«

Draußen war ein leises Knurren zu hören, darauf folgte ein Schrei, der abrupt abbrach.

»Die Krallenjäger werden uns helfen«, sagte Auum.

»Und wenn wir den fehlenden Teil nicht finden?«

»Dann fangen wir einen der Fremden lebendig. Und er wird der Erste sein, der für das büßt, was sie hier getan haben.«

Auum stand auf. Die Al-Arynaar würden bald kommen. Und noch weitere Zellen der TaiGethen. Sie konnten einstweilen noch viel tun, sie konnten den Tempel säubern und die Hand aus dem Becken bergen, doch die Statue wäre erst wieder heil, wenn der Daumen gefunden war. Und bis dahin würde Yniss ihnen seine Gunst entziehen.

Auum spürte eine tödliche Kälte, die sich in seinem ganzen Körper ausbreitete. Er kannte die Schriften. Er kannte die Konsequenzen. Eine Träne rann über seine Wange.

Achtzehntes Kapitel

Hauptmann Yron war gelähmt vor Angst. Ein Gefühl, das er noch nie kennen gelernt hatte. Eigentlich hatte er fliehen wollen, sobald der Tempel angegriffen wurde, doch der Angriff war so schnell und zielstrebig gekommen, dass er Ben-Foran angewiesen hatte, sich weiter bei den verstreuten Elfenknochen zu verbergen. Außerdem hatte er eine Großkatze gehört, die über den Weg herankam.

Er konnte sie gerade eben im Schatten erkennen. Der Panther war fünfzig Schritt von ihm entfernt, und direkt hinter ihm stand ein Elf, dessen Gesicht zur Hälfte weiß bemalt war. Das war der einzige Körperteil, den Yron überhaupt ausmachen konnte. Sie hatten sich in Richtung des Vorplatzes bewegt, es hatte etwas Aufregung gegeben, jemand schrie, und der Panther sprang. Yron hatte die Augen geschlossen, als er hörte, wie die Schreie des Mannes erstarben, und gebetet, dass ihm und Ben dieses Schicksal erspart blieb.

Als alle vier Elfen und der Panther im Tempel oder wenigstens in dessen Nähe waren, gab er Ben ein Zeichen, und sie setzten sich in Bewegung. Yron bewegte sich so vorsichtig wie noch nie im Leben und setzte die Füße geräuschlos auf. Er gab Ben zu verstehen, dass dieser in seine Abdrücke treten sollte. Die ganze Zeit wartete er darauf, das Rauschen oder Wispern ihrer Wurfsterne oder das Summen einer Bogensehne zu hören.

Quälend langsam erreichten sie den Weg, den seine Fährtensucher durch den Wald gehackt hatten, und entfernten sich darauf immer weiter vom Tempel. Dabei achteten sie genau auf den Boden unter ihren Füßen und wagten kaum zu atmen. Der Schweiß lief Yron über den Rücken und das Gesicht und tropfte von seinem Kinn auf den Boden. Immer wieder sagte er sich, er müsse ruhig bleiben und dem Impuls widerstehen, einfach loszurennen. Sie mussten außer Hörweite sein, ehe sie rannten, und dabei hatte er noch nicht einmal eine klare Vorstellung, wie weit dies eigentlich war.

Er hielt inne und sah sich über die Schulter um. Ben-Forans Gesicht war verkniffen und bleich, auch er schwitzte stark, und der junge Soldat legte unwillkürlich immer wieder die Hand um den Schwertgriff. Yron zog die Augenbrauen hoch, Ben antwortete mit einem Nicken. Sie gingen weiter.

Nur noch ein Stückchen, nur noch ein Stückchen, sagte er sich.

Der Weg wimmelte vor Leben. Unzählige Ameisen eilten hin und her. Er achtete darauf, nach Möglichkeit nicht auf sie zu treten. So winzig sie einzeln auch waren, sie konnten schmerzhaft beißen, und er wollte vermeiden, dass sie ihm die Beine hoch bis in die Stiefel kletterten. Es war inzwischen unmöglich, lautlos zu gehen. Die abgehackten Trümmer vom Freischlagen des Wegs lagen auf dem Boden und knackten unter seinen Füßen. Es klang wie Donner in seinen Ohren.

Wieder blieb er stehen und schaute nach oben. Das Licht schwand rasch. Er konnte den Himmel nicht mehr sehen, war aber sicher, dass von Süden her Wolken anrückten. Er ließ Ben-Foran zu sich aufschließen und flüsterte: »Wenn Ihr die ersten Regentropfen spürt, dann rennt. Rennt, so schnell Ihr könnt und so lange Ihr könnt. Bleibt nicht stehen, bis Ihr fürchtet, Ihr könntet vor Anstrengung tot umfallen.«

»Wohin gehen wir?«

»Zum Basislager, dann nach Osten zum Fluss, zu irgendeinem Fluss. Wir müssen sie abschütteln und unsere Fährte verwischen, sonst sind wir vor Einbruch der Dunkelheit tot.«

Donner grollte in der Ferne, die Luftfeuchtigkeit nahm zu. Yron war unter der Kleidung klatschnass. Der Regen würde eine Erfrischung bringen. Sehr plötzlich und heftig setzte er ein, prasselte auf das Blätterdach und brach bis unten durch. Ein Tropfen landete vor ihnen auf dem Boden, sofort gefolgt von tausend weiteren. Er rannte los.

Er rannte schneller, als er jemals gerannt war. Ben blieb dicht hinter ihm. Die Angst mobilisierte seine Glieder. Er versuchte zu lauschen, ob irgendwo Lärm entstand, doch er hörte nichts außer dem Patschen seiner Füße auf dem Boden, dem trommelnden Regen über ihnen und seinem lauten, schnellen Keuchen. Es war berauschend und beflügelnd. Vor ihm war der Weg kaum überwachsen, und er streifte Lianen, Ranken und Spinnweben, während er rannte. Die kleinen Tiere ringsum gingen in Deckung, die größeren ignorierten den Wolkenbruch und ließen ihn stoisch über sich ergehen.

Faultiere, Affen, Warane, Tapire. Alle warteten, dass der Regen aufhörte, und blieben hocken, wo sie gerade waren, während er und Ben vorbeirannten, ohne auf Wurzeln und niedrige Äste, auf zuckende Schlangen und angriffslustige Spinnen zu achten. Denn das, was sie verfolgte, war unendlich gefährlicher. Die Distanz allein konnte sie nicht retten. Die Distanz und dazu ein Hochwasser führender Fluss würden vielleicht gerade eben ausreichen.

Yron mobilisierte seine letzten Kräfte, atmete trotz seiner protestierenden Lungen tief ein und rannte weiter.

Rebraal war nicht sicher, ob er wachte oder schlief. Er wusste, dass er sich in der Horizontalen befand, hatte aber keine Vorstellung, ob er schwebte oder lag. Er rang mit seinem Verstand und versuchte, sein Denken wieder in Gang zu bringen, doch er sah nur zusammenhanglose Szenen. Krallenjäger, die ihn trugen. Mercuun, der aufschrie. Regen, der in sein Gesicht spritzte. Leute, die sich um ihn drängten, ihn anschauten und die Stirn runzelten.

Ich bin in einem Haus, dachte er. Aber vielleicht bildete er es sich auch nur ein, weil er nichts sehen konnte. Ihm war heiß. Sehr heiß. Er roch Menispere, Casimir und Kermesbeere in der stillen Luft. Er hatte auch die Berührung eines Spruchs gespürt, aber das hatte er vielleicht nur geträumt. Es war so schwer zu unterscheiden.

Ein Lichtbalken stach durch die Dunkelheit und zeigte ihm, dass er wenigstens nicht erblindet war. Ein verschwommenes Gesicht tauchte über ihm auf und beugte sich über ihn. Es war unscharf, er konnte die Frau nicht erkennen, sah aber das Lächeln, das die Sorge nicht ganz überspielen konnte. Sie sprach einige Worte, die er nicht hörte. Nur ein Murmeln vernahm er, als wäre er unter Wasser. Er wollte den Kopf bewegen, doch sein Hals war ruhiggestellt, und der Schmerz fuhr seinen Rücken hinunter und in beide Schultern.

Sie legte ihm beide Hände auf die Brust und schüttelte den Kopf. Sie ist schon recht alt, dachte er. Er wollte sprechen. Er wusste, dass sein Mund offen war und sich bewegte, doch was herauskam, war unverständlich. Vielleicht sprachen sie beide unter Wasser. Der Gedanke belustigte ihn.

Etwas Kühles auf seiner Stirn. Feucht. Er öffnete die Augen, die er nicht bewusst geschlossen hatte, und sah, dass die Frau ihn mit einem Tuch abtupfte. Es fühlte sich gut an, doch bald schon brannte es wieder. Er wollte sie berühren, doch seine Arme waren bleischwer. Er wollte ihr zeigen, wie dankbar er war, doch er war in seinem Körper eingesperrt.

Eine zweite Gestalt gesellte sich zu der ersten. Ebenfalls eine Frau, aber jünger. Sie legte ihm die Hände auf die Schultern. Auch sie sprach zu ihm, und während sie sprach, klang der pochende Schmerz ab, und eine sanfte Wärme breitete sich in seinem Körper aus. Er glaubte, noch zu sehen, wie sie sich zurückzogen, doch dann war er nicht einmal mehr sicher, ob sie überhaupt da gewesen waren.

Er schloss die Augen, und die Albträume kamen.

Die TaiGethen benutzten Wasser aus dem Becken, um den Tempel zu reinigen. Auum war voller Zorn, den er nicht unterdrücken konnte, während er den Boden mit Palmblättern schrubbte, die er in Kalk getaucht hatte. Der Saft brannte auf seinen Händen, doch er ignorierte die Reizung. Jede Spur vom Blut der Fremden musste verschwinden. Jeder Stiefelabdruck, jeder achtlose Kratzer musste beseitigt werden.

Duele, Evunn und die Krallenjäger waren draußen und kümmerten sich um die Toten, die Tual geopfert werden sollten. Auum brachte es nicht über sich, ihnen Gesellschaft zu leisten. Er war nicht sicher, ob diejenigen, die solche Verbrechen gegen das Elfenvolk begangen hatten, überhaupt von den Waldbewohnern verzehrt werden sollten. So blieb er drinnen und säuberte den Tempel. Er würde erst zufrieden sein, wenn das Blut von seinen eigenen wund gescheuerten Händen über den Boden rann.

Am Spätnachmittag hatten Auum und seine Tai die marmorne Hand geborgen und neben den Stumpf gelegt, mit dem sie verbunden gewesen war. Sie hatten jedes Stückchen Marmor aus dem Becken und vom Boden geklaubt. Jetzt fehlten nur noch etwas Staub und das Stück vom Daumen. Duele hatte außerdem berichtet, dass aus den Kontemplationsräumen des Tempels viele Schriften verschwunden waren, was die Entweihung noch verschlimmerte.

Bei der Untersuchung des Zelts, das die Fremden links auf dem Vorplatz aufgebaut hatten, fanden die Tai Nahrungsmittel und Ausrüstung für mehr als die einundzwanzig Fremden, die sie getötet hatten, und die beiden, die sie bald jagen würden. Es war klar, dass auch die anderen fortgerannt waren, und zwar mit hoher Wahrscheinlichkeit nach Norden. Es war wichtig, dass alle Fremden gefunden, getötet und durchsucht wurden. Diese Aufgabe war jedoch viel zu groß für eine einzige TaiGethen-Zelle und ein Krallenjägerpaar. Auum rief seine Tai zu sich, und nachdem sie ihre Gebete gesprochen und die tägliche Fastenzeit aufgehoben hatten, verkündete er ihnen seine Entscheidung.

»Wir werden die beiden verfolgen, die wir gesehen

haben«, sagte er. »Sie werden uns zu den anderen führen. Das Krallenjägerpaar kann jetzt gleich beginnen, wenn es will. Wir werden auf unsere Brüder, die anderen Tai-Gethen, und die Al-Arynaar warten. Viele sind nahe, ich fühle es.«

Er hielt inne und aß einen Bissen.

»Yniss hat uns eine schwierige Prüfung auferlegt, bei der wir nicht versagen dürfen. Alle Elfen sind auf uns angewiesen. Alles, was hier gestohlen wurde, muss zurückgeholt werden. Nichts und niemand darf uns daran hindern. Haltet euch jedoch nicht mit Vergeltung oder mit Rache auf, solange wir unsere Aufgabe nicht erfüllt haben. Dazu ist später noch Zeit. Ruht euch jetzt aus, denn wenn wir wieder beginnen, dürfen wir erst innehalten, wenn die Harmonie wiederhergestellt ist. Seid ihr beide bei Kräften?«

Sie wussten, was er damit meinte. Er wollte wissen, ob das spirituelle Unbehagen sie körperlich oder geistig beeinträchtigte. Beide nickten.

»Schweigt nicht, falls es sich ändern sollte. Ich werde mit den Krallenjägern sprechen.«

Auum stand mit fließenden Bewegungen auf und ging über den Vorplatz zu dem Elf und dem Panther, die am Waldrand lagerten. Die schlanke schwarze Katze mit den starken Muskeln hatte die Pranke auf ein großes Nagetier gelegt und kaute am Fleisch. Der Elf neben ihr knabberte rohes Gemüse.

»Habt ihr die beiden gesehen?«, fragte Auum.

Die Krallenjäger drehten wie ein Wesen die Köpfe zu ihm herum und richteten die Augen auf ihn. Die des Panthers waren gelb und undurchdringlich, die des Elfen dunkelgrün. Der Elf nickte.

»Ihr versteht, wen wir suchen? Alle müssen sterben.

Alles, was gestohlen wurde, muss hierher zurückgebracht werden. Werdet ihr die beiden für uns aufspüren?«

Wieder ein Nicken.

»Möge Tual über euch wachen. Wir werden euch bald folgen.«

Auum kehrte zu seinen Tai zurück. Hinter ihm huschten die Krallenjäger geräuschlos in den Wald.

Neunzehntes Kapitel

Noch zwei Tage. Zwei weitere Tage voller Hitze, Regen, Schweiß, Fliegen, Schlangen, Eidechsen, Spinnen, Ratten und zankenden Männern. Erienne bekam in der ersten Nacht kaum ein Auge zu, und die zweite war nicht viel besser. Sie verbrachte die Tage damit, ins Wasser des Ix zu starren, während der Führer mit ihnen den Hauptstrom verließ und unzählige Windungen, Nebenflüsse und Zuflüsse entlangfuhr. Am Ende des zweiten Tages verlor sie endgültig die Übersicht und konnte sich nur noch grob am Sonnenstand orientieren.

Es musste sich um eine komplizierte Art von Folter handeln, deren Zweck sie allerdings nicht ergründen konnte. Das Land war die Hölle auf Erden. Der Himmel bombardierte sie mit Regentropfen, die selbst durch die Kapuze ihres Mantels noch stachen, und überall lauerten große und kleine Tiere darauf, sie zu töten, falls sie eine falsche Bewegung machte. Sogar die bunten Frösche konnten, wie Ren ihr fröhlich erklärt hatte, unversehens ihrem Leben ein Ende setzen.

Wann immer sie an Land gingen, sei es, um nur eine

Pause einzulegen oder um die gefürchtete zweite Nacht zu verbringen, hatte Erienne Angst, sobald sie auch nur einen Fuß auf den Boden setzte, einen Arm ausstreckte, um sich festzuhalten, oder sich auf einen Baumstamm setzte, um am Feuer etwas zu essen. Selbst wenn sie gewollt hätte, sie wäre nicht in der Lage gewesen, ein Gespräch zu führen. Ihre Konzentration wurde durch jedes Rascheln und jedes Knacken im Unterholz und jeden Ruf eines Tiers gestört. Als Magierin war sie momentan nicht zu gebrauchen, und Denser und Ilkar wurden allmählich ärgerlich, weil sie die Sprüche zum Reinigen und die sanften Heilsprüche praktisch allein erledigen mussten.

Sie versuchte sich einzureden, dass nicht überall Gefahren lauern konnten, und dass sie einfach nur überempfindlich auf die fremdartige Situation reagierte. Sie beobachtete die anderen: Ren und Ilkar, die sich hier anscheinend sehr wohl fühlten; Kayloor, der den Wald achtete und hier zu Hause war; Hirad und der Unbekannte, die das Unvermeidliche mit gewohnter stoischer Gleichmut hinnahmen, und Thraun, der den Wald liebte und dessen Jagdinstinkte schärfer waren denn je. Zwischen den Bäumen war er in seinem Element.

Sie konnte sich an Denser und Darrick halten, von denen sie, ohne fragen zu müssen, wusste, dass sie sich hier ebenso fremd fühlten wie sie selbst. Die einzige andere Möglichkeit war, sich in sich selbst zurückzuziehen, was sogar noch stärker schmerzte, weil sie dabei ständig an Lyanna denken musste. Sie saß nicht mehr täglich am Grab ihrer Tochter, doch die Unterbrechung des unmittelbaren Kontakts konnte die Erinnerungen nicht vertreiben. Ihre Verzweiflung war so groß wie eh und je, und die seltenen Augenblicke, in denen sie freudige Erinnerungen hatte, waren wie Oasen in der Wüste. Doch sie konnte nicht weinen. Nicht hier. Dieser Ort verstand ihre Schmerzen nicht, und ihre Tränen und ihr Zorn wären verschwendet.

Um sich während der Bootsfahrt abzulenken, versuchte sie sich vorzustellen, was unter ihnen lag. Ilkar und Ren hatten sich mit garstigen Schilderungen gegenseitig überboten, und sie hatte alles geglaubt, wodurch ihre Ängste weiter genährt wurden. Die Fleisch fressenden Fische, die Blut aus zehn Meilen Entfernung wittern konnten. Die dreißig Fuß langen Krokodile mit Kiefern, die stark genug waren, um einen Plattenpanzer zu knacken. Die unsichtbaren Geschöpfe, die sich ins Fleisch eingruben und Eier legten, damit die Maden sich am Blut der Opfer fett fressen konnten.

Sie stellte sich den Krieg unter der undurchdringlichen Oberfläche vor. Das Blinken der Schuppen im Tanz des Lebens. Und als sie einmal eins der gepanzerten Biester aus dem Fluss hervorschnellen sah, um sich einen Tapir zu schnappen, der Wasser trank, beflügelte auch dies ihre Phantasien, bis sie sich vorstellte, ihre schlimmsten Albträume könnten jeden Augenblick wahr werden: Es könne jederzeit ein Kopf mit riesigen Reißzähnen durch den Rumpf des Bootes brechen und sie alle hinabziehen und töten.

Doch am Nachmittag des dritten Tages war ihre Reise vorbei, und sie landeten an einem flachen, von Palmen und nickenden Gräsern gesäumten Strand, auf dem drei Dutzend oder mehr Fischerboote und offene Kanus lagen.

»Hier bin ich zu Hause«, sagte Ilkar. Er sprang an Land und starrte den Strand an.

»Das wird aber auch Zeit«, sagte Hirad. Er folgte ihm

und stellte sich, die Hände in die Hüften gestemmt, neben ihn.

Erienne war vor allem erleichtert. Sie wollte endlich wieder unter einem Dach und auf einer festeren Unterlage als in einer Hängematte schlafen. Es dämmerte schon, sie war müde und hungrig und konnte das Pochen im Kopf nicht mehr als vorübergehenden Kopfschmerz abtun. Es hatte schon vor Tagen begonnen. Sie konnte nur hoffen, endlich etwas Abgeschiedenheit und Sicherheit zu finden, um es genau zu untersuchen.

»Es ist schön hier«, sagte Ren und legte Ilkar einen Arm um die Hüften.

Ein Schwarm Papageien mit roten Rücken flog über ihnen zu den von Wolken verhüllten grünen Anhöhen und den Wasserfällen, die man in der Ferne gerade eben erkennen konnte.

»Natürlich«, sagte Ilkar.

»Er wird uns gleich erzählen, dass wir jetzt nur noch fünf Meilen durch einen sumpfigen Wald voller Schlangen laufen müssen, bis wir vor seiner Haustür stehen«, grollte Denser, doch er lächelte dabei. Er sah sich zu Erienne um und wurde wieder ernst. »Wie geht es dir, Liebste?«

»Was für eine dumme Frage«, antwortete Erienne. Sie fand seine Nähe und sein Mitgefühl tröstlich.

»Du weißt schon, was ich meine.«

»Später«, sagte sie.

»Das Dorf liegt direkt hinter der Anhöhe dort«, erklärte Ilkar. Er deutete zum Ufer hinauf, wo ein gut ausgetretener Kiesweg begann, den der Schlamm zu überschwemmen drohte.

Erienne blickte in die Richtung, in die Ilkar zeigte, und sah hier und dort eine Rauchwolke in den Himmel steigen. Es wurde wieder sehr heiß, der Schweiß kitzelte auf ihrer Haut, und sie sehnte sich auf einmal nach winterlicher Kälte. Sogar der Regen war zu warm, dass man ihn genießen konnte.

Der Unbekannte und Aeb hatten unter Kayloors finsteren Blicken ihre Ausrüstung abgeladen.

»Lasst uns gehen«, sagte Hirad. »Ich kann den Regen schon riechen.« Er schulterte seinen Rucksack und sah ihren Elfenführer scharf an. »Es war mir wirklich ein Vergnügen.«

»Achtet den Wald. Cefu beobachtet euch«, sagte Kayloor in gebrochenem Balaianisch.

»Es kann sprechen«, sagte Hirad.

»Ja, und du auch«, sagte Ilkar. »Leider manchmal zu viel. Er hat dir nur einen guten Rat gegeben.«

»Wer ist Cefu schon wieder?«

»Der Gott des Blätterdachs, Hirad«, sagte Erienne.

Ilkar lächelte. »Schön, dass mir wenigstens einer von euch zuhört. Vergesst nicht, was ich euch gesagt habe. Die Leute werden euch anstarren. Sie wollen nicht, dass ihr hier seid. Reagiert nicht darauf. Lasst euch von Ren und mir führen. Und starre nicht zurück, Hirad.«

»Ich?« Hirad war der Inbegriff verletzter Unschuld.

»Ja, du«, sagte Ilkar. »Es gilt als Angriff, wenn du zu lange den Blickkontakt hältst. Verzichte darauf, bis sie dich akzeptiert haben. Ich meine es ernst. Kommt jetzt.«

Er führte sie die Uferböschung hinauf. Der Rabe und Ren hielten sich dicht hinter ihm, als die nächste Regenfront über den Fluss heranfegte und sie abermals durchnässte. Es lohnte sich nicht einmal, sich zu beeilen, so viel hatten sie inzwischen gelernt. Und der Regen vertrieb wenigstens die Fliegen.

Taanepol, Ilkars Heimatdorf, dessen Namen man annähernd mit »Stadt am Fluss« übersetzen konnte, war eine Ansammlung von etwa zweihundert mit Blättern gedeckten Holzhütten auf einer Lichtung, die von den Elfen im Einklang mit dem Wald gerodet worden war. An drei Seiten war die Lichtung von Bäumen umgeben, zur vierten hin, wo das Gelände allmählich zum Fluss hin abfiel, war der Blick frei.

Es war offenbar keine organisierte Siedlung, wie man sie aus Balaia kannte, denn es gab kein erkennbares Zentrum und kein Gebäude, das irgendwie bedeutender gewirkt hätte als die anderen. Die Häuser waren in kleinen Gruppen lose um freie Flächen angeordnet, auf denen Feuergruben angelegt worden waren. Dort waren auch Tische und Bänke aufgestellt worden, Kochutensilien und Jagdgeräte lagen herum. Jedes Haus hatte eine breite, gedeckte Veranda. Die Dächer waren schräg aufgesetzt, um das Regenwasser in flache Rinnen zu leiten, die es bergab in Richtung des Ix zurückführten.

Als sie sich dem Dorf näherten, glaubte Erienne trotz des Regens, der ihr die Sicht nahm, eine Art Graben am Rand des Dorfes zu erkennen, der von zusammengebundenen Baumstämmen überbrückt wurde. Ilkar erklärte ihnen, was sie vor sich sahen.

»Hier dürften etwa fünfhundert Elfen leben, von denen schätzungsweise jeweils die Hälfte beim Fischen, auf der Jagd oder auf dem Feld ist. Einige reisen auch nach Balaia und lassen sich zu Magiern ausbilden, wenn sie sich dazu berufen fühlen. Ich weiß, dass es etwas chaotisch aussieht, aber wie alle anderen Dörfer wurde auch dieses ursprünglich von einer einzigen Familie gegründet und ist gewachsen, als andere aufgenommen wurden und sich hier niederließen.«

»Warum hat die Entwicklung diesen Verlauf genommen?«, fragte der Unbekannte. »Ich nehme an, es hatte mit Schutz zu tun?«

»Genau. Die Stammesgeschichte der Elfen von Calaius war nicht weniger von Kriegen erschüttert als die der Wesmen. Wie auch immer, dies ist eine der größten Siedlungen, die es so tief im Wald überhaupt gibt.«

»Wie kommt es eigentlich, dass ihr den Wald abhacken dürft, während Kapitän Neunmalklug einen Anfall bekommt, sobald wir nur einen Zweig knicken?«

»Das liegt daran, Hirad, dass es unser Land ist. Wir wurden hier geboren, und wir kümmern uns um das Land. Es gibt keine willkürliche Zerstörung. Wir sind gut für den Wald, Fremde zerstören ihn«, sagte Ilkar. »Wie ich schon sagte, respektiere den Glauben der Elfen, und du wirst keine Probleme bekommen.«

Es war tatsächlich eine Art Burggraben. Er hatte senkrechte Seitenwände, war mindestens sechs Fuß tief und etwa acht Fuß breit. An fünf Stellen führten Holzbrücken hinüber.

»Rechnen die Bewohner denn mit Angriffen?«, fragte Erienne.

»Eigentlich nicht«, sagte Ilkar. Er drehte sich um und lächelte sie durch den Regenguss an. Sein schwarzes Haar klebte auf dem Kopf. Er blieb auf der Brücke stehen. »Der Graben hält unsere Tiere drinnen und einige der unerwünschten draußen.«

Erienne hielt den Atem an. Im Graben stand etwa eine Handbreit Wasser, das vor Leben zu wimmeln schien. Eidechsen, Nagetiere, Schlangen – sie konnte sie dort unten deutlich sehen – huschten oder glitten hierhin und dorthin oder wollten die Wände hochklettern. Dutzende Tiere trieben sich im Graben herum, so weit sie sehen konnte.

»Eine Spinne lässt sich dadurch aber kaum aufhalten, oder?«, sagte der Unbekannte.

Ilkar zuckte mit den Achseln. »Wahrscheinlich nicht, aber wir füllen den Graben ab und zu mit einem milden Laugensalz. Die Tiere mögen es nicht. Am Morgen räumen wir dann auf und bringen sie in den Wald zurück, wo sie hingehören.«

»Ist es so schlimm?«, fragte Darrick.

»Wenn sich die Verhältnisse nicht stark verändert haben, dann wechselt es«, erklärte Ilkar. »Vor allem ist es ein Schutz für die Kinder. Sie müssen erst lernen, vernünftig mit Tieren umzugehen und Ärger aus dem Weg zu gehen. Manche dieser Tiere geben dir keine zweite Chance.«

Erienne marschierte entschlossen über die Brücke, hinter der sie sich entschieden sicherer fühlte. Sie konnte das alles gut verstehen. Doch als wäre sie vom Licht in den Schatten getreten, schlug ihr jenseits der Brücke sofort die Feindseligkeit der Elfen entgegen.

Im Dorf war jede Bewegung eingefroren. Kinder kamen gerannt, bis sie durch Rufe aufgehalten wurden. Erwachsene bewegten sich vorsichtig und wie von gemeinsamen Gedanken gesteuert. Waffen waren nirgends zu sehen, sie waren auch nicht nötig, um die Botschaft zu übermitteln. Die meisten Dorfbewohner trugen einfache dunkle Oberteile und Hosen. Alle waren tief gebräunt, hatten markante Gesichter und blickten finster.

»Sind die immer so gastfreundlich?«, fragte Hirad.

»Jetzt ist der Augenblick gekommen, den Mund zu halten«, sagte Ilkar scharf. Erienne sah den Unbekannten ins Zentrum der Gruppe treten, auf einer Seite war Aeb und auf der anderen Hirad. Sie selbst blieb mit Denser hinter ihnen. Darrick hatte gesehen, wie sich die Linie bildete, und trat rechts neben Hirad. Auch Thraun reihte sich instinktiv ein. Seine Hand ruhte gelassen auf dem Knauf des Schwerts, das er inzwischen trug. Er ahmte Darricks Haltung nach. Nur Ren stand etwas abseits. Hin und her gerissen zwischen Ilkar und dem Raben wusste sie nicht recht, wohin sie sich wenden sollte. Keiner von ihnen betastete nervös seine Waffen, doch sie waren bereit.

Wider Willen und trotz ihres benebelten Zustandes war Erienne beeindruckt. Es war mehr als zwei Jahreszeiten her, seit sie das letzte Mal zusammen gekämpft hatten, und doch waren ihre Instinkte so stark wie eh und je. Und zum ersten Mal seit langer Zeit fühlte sie sich in der Mitte des Raben geborgen. Vielleicht hatte Denser Recht. Vielleicht war dies der Beginn ihrer Genesung.

Den Wortwechsel zwischen Ilkar und den Dorfbewohnern konnte sie nicht verstehen, doch sie stellte sich so auf, dass sie die Einheimischen gut im Blick hatte und ihre Körpersprache beobachten konnte. Sie betrachtete Ilkar, der aufrecht stand wie ein Ladestock, und hatte absolutes Vertrauen zu ihm.

Ilkar selbst fühlte alles andere als Vertrauen. Der julatsanische Magier, der seine Heimat das letzte Mal gesehen hatte, bevor die Eltern der Rabenkrieger zur Welt gekommen waren, hatte diesen Augenblick im Geist immer wieder durchgespielt, seit sie in Herendeneth an Bord gegangen waren. In seinen Träumen hatte er lächelnde Gesichter und ausgebreitete Arme gesehen, als er über die Brücke zum Haus seiner Familie schritt – der verlorene Sohn, der endlich heimkehrt. Doch sobald er wach war, hatte er sich eingestehen müssen, dass Misstrauen das Lächeln überdecken würde, und dass die Elfen ihn und diejenigen, die er mitgebracht hatte, keineswegs mit offenen Armen empfangen würden.

Etwas wie dies hatte er jedoch keinesfalls erwartet. Ihre Gesichter zeigten keine Verwirrung. Einige erkannte er wieder, andere waren zu jung. Sie waren auch nicht überrascht. Was er sehen konnte, waren Zorn und Furcht. Er betrachtete die Elfen, die direkt vor ihm standen, und sah Nachbarn und Angehörige seiner großen Familie. Einige waren stark gealtert, andere nicht. Von seinen nächsten Angehörigen, seinen Eltern und, weniger überraschend, von seinem Bruder, war weit und breit nichts zu sehen.

Ilkar blickte hinter sich und bemerkte die Formation, die der Rabe eingenommen hatte. Es war natürlich unnötig, doch es gab ihm Sicherheit und Selbstvertrauen. Und mehr als alles andere bestätigte ihm dies, wer in Wirklichkeit seine Familie war. Sie stand hinter ihm, nicht vor ihm. Ren sah ihn etwas hilflos an. Er lächelte sie an und gab ihr zu verstehen, sie solle einfach bleiben, wo sie war. Dann nickte er Hirad zu und bedankte sich leise, ehe er sich wieder an die Dorfgemeinschaft wandte.

Er formte mit beiden Armen einen weiten Bogen vor seinem Gesicht und verhakte die Zeigefinger, um das Blätterdach anzudeuten. Es war ein uralter Gruß, der von den meisten der etwa dreißig versammelten Dorfbewohner eher reflexartig als aus echter Freundschaft erwidert wurde.

»Hallo, Kild'aar«, sagte Ilkar. Die Elfenfrau in mittleren Jahren war eine entfernte Verwandte väterlicherseits. Sie stand beinahe im Zentrum der Gruppe und hatte die Arme abweisend unter den Brüsten verschränkt. Das pechschwarze Haar war mit einem nassen Tuch bedeckt, und die leichte Kleidung klebte an ihrem schmalen Körper. Sie wirkte sehr müde, die schräg stehenden, ovalen Augen waren gerötet, und sie hatte tiefe Krähenfüße.

»Ich bin gekommen, weil ich Hilfe brauche. Dürfen meine Freunde und ich die Gastfreundschaft von Taanepol in Anspruch nehmen?«

Ilkar war dankbar für die traditionelle Eröffnungsformel, die immer gehalten wurde, wenn ein Elf ein Dorf im Regenwald besuchte. Dabei wurde der Grund des Besuchs genannt, und wenn gewünscht auch die Bitte um Unterkunft vorgetragen. Kild'aar trat mit ernstem Gesicht vor.

»Als Kind dieses Dorfs bist du willkommen, und ebenso das Kind der Drech, das bei dir ist«, sagte sie und nickte Ren zu. »Die Fremden müssen jedoch gehen. Jetzt sofort.«

Ilkar erschrak über Kild'aars heftige Antwort.

»Meine Bitte bezieht sich auf uns alle«, wandte Ilkar ein. »Auf Calaianer und Balaianer gleichermaßen. Julatsa steht kurz vor der Zerstörung. Das Herz ist vergraben, und es sind nicht mehr genügend Magier in Balaia, um es zu bergen, damit es wieder zu schlagen beginnt und das Kolleg wieder zum Leben erwacht. Welche Konsequenzen hätte es für die Elfen auf Calaius, wenn es zerstört würde? Bitte, lasst uns alle aus dem Regen herauskommen und reden.«

»Die julatsanische Magie hat nichts mit denen zu tun, die neben dir stehen«, sagte Kild'aar.

»Wenn du mich nicht anhörst, wirst du nie erfahren, wie sehr du dich irrst«, erklärte Ilkar. »Kild'aar, haben sich die Dinge denn in meiner Abwesenheit so sehr verändert, dass du die Hand der Freundschaft nicht mehr ausstrecken kannst?«

»Das ist gut möglich«, entgegnete Kild'aar. »Hier ist ein großes Verbrechen verübt worden. Fremde tragen die Schuld. Und jetzt sucht die Krankheit das Dorf heim. Du hast die angebundenen Fischerboote gesehen. Sie liegen dort, weil es nicht genug Leute gibt, um sie zu bemannen. Wer kann schon sagen, ob die Fremden nicht die Krankheit mitgebracht haben? Wer kann schon sagen, dass diejenigen, die bei dir stehen, nicht diejenigen unterstützen, die sich die Entweihung haben zuschulden kommen lassen?«

Ilkar hob eine Hand. »Warte, warte. Das verstehe ich nicht.« Er sah Kild'aar an und betrachtete die ängstlichen, zornigen Gesichter hinter ihr. »Wir haben schon in Ysundeneth von der Krankheit gehört, als wir vor drei Tagen dort gelandet sind, doch was wurde entweiht?«

»Ysundeneth hat die Krankheit?« Kild'aar ignorierte seine Frage und sah sich zu ihren Leuten um. »Da kommen oft Fremde hin.« Sie zuckte mit den Achseln.

»Aber nicht hierher«, sagte Ilkar. »Und es ist vielleicht nicht einmal die gleiche Krankheit. Warum lässt du unsere Magier nicht nach den Kranken sehen? Wir haben auch in Ysundeneth den Elfen geholfen.«

Kild'aar seufzte. »Um ehrlich zu sein, wir sind sehr nervös«, sagte sie. »Wir können keine Ursache und kein Heilmittel finden, und die Krankheit schlägt willkürlich zu. Morgen könnte ich das Opfer sein oder sonst irgendjemand. Die Ersten sind schon gestorben.«

»Dann lass uns versuchen, euch zu helfen«, flehte Ilkar. »Diese Leute hinter mir sind mehr als nur Freunde. Ich liebe sie wie meine Familie. Sie sind gute Leute, und ich schwöre bei jedem Geschöpf im Wald, das sie nichts mit der Entweihung zu tun haben.« Er hielt inne. »Kild'aar, was ist entweiht worden?«

Die Elfenfrau wirkte auf einmal viel älter und erschöpfter und nagte an der Unterlippe. »Aryndeneth«, flüsterte sie.

»Was?« Ilkars Mund wurde trocken. Der Regen, der auf seinen Kopf trommelte, war vergessen.

»Was ist geschehen?«

»Wir wissen es nicht«, sagte Kild'aar. »Aber wir wissen, dass Al-Arynaar getötet wurden.« Sie hielt inne. »Einen Moment.«

Ilkar nickte und sah zu, wie sie sich umdrehte und leise mit einer Gruppe junger und alter Elfen sprach. Er sah, wie sie nickten und die Köpfe schüttelten, sah, wie sie mit den Fingern zeigten, und hörte scharfe Antworten. Am Ende war jedoch klar, dass Kild'aar sich durchgesetzt hatte.

»Bring deine Freunde, wenn sie es wirklich sind, ins Haus deines Vaters. Sie können sich vom Topf über dem Feuer etwas zu trinken nehmen, wenn sie wollen. Ich erwarte dich. Es gibt etwas, das du sehen musst.«

»Und was ist mit meinen Eltern?«, fragte Ilkar. Es war die Frage, die sie erwartet hatte und der er schon viel zu lange ausgewichen war.

»Was denkst du, Ilkar? Du warst zu lange fort.« Sie schüttelte den Kopf. »Wir hätten jemanden wie dich hier gebraucht, und du hast nicht einmal eine Nachricht geschickt, dass du noch lebst.«

Sie drehte sich um, entfernte sich und nahm die anderen Dorfbewohner mit, die sich murmelnd in kleineren Gruppen zerstreuten. Ilkar wandte sich wieder an den Raben und bemerkte Rens Blick.

»Hast du es gehört?«, fragte er sie.

Sie nickte und legte ihm eine Hand auf den Arm. »Alles in Ordnung?«

»Wir haben uns noch nie gut verstanden«, sagte er. »Ich hätte zurückkommen müssen, als man mich gebraucht hat.«

»Das meinte ich aber nicht.«

»Ich weiß«, sagte er. Im Grunde wusste er aber selbst nicht genau, wie er sich fühlte. Er war nicht sicher, ob er damit gerechnet hatte, seine Eltern noch lebend vorzufinden. Die Eröffnung, dass sie nicht mehr lebten, hatte ihn traurig gestimmt, doch er war nicht sehr bekümmert.

»He!«

Ilkar wandte sich an Hirad. Der Barbar stand mit ausgebreiteten Armen und nach oben gedrehten Handflächen im Regen. Aus seinem langen, dunklen Haar tropfte es, und es sah nicht so aus, als würde der Regen bald aufhören.

»Es tut mir Leid, Hirad.«

»Wenn du genügend elfisch geschwatzt hast, könntest du uns vielleicht mal in das große Geheimnis einweihen. Wollen sie uns fertig machen, oder dürfen wir uns ein wenig trocknen?«

»Nun, ich musste feilschen«, sagte Ilkar. Er ging zu Hirad und tätschelte dessen nasse Wange. »Sie fanden, du seist zu hässlich, um in ein so schönes Dorf eingelassen zu werden. Immerhin gibt es hier Kinder.«

Denser lachte laut auf und umarmte Erienne. Auch sie konnte ein Lächeln nicht unterdrücken. Diese Bemerkung entschädigte für vieles. Hirad drehte sich zu dem Xeteskianer um.

»Du hast noch nicht gehört, was sie über diesen Pilzbefall sagen, den du einen Bart nennst«, sagte er zu Denser.

»Wenigstens verschreckt der keine kleinen Kinder.«

»Aber nur, weil sie es nicht verstehen. Mir macht es eine Heidenangst, dass du denkst, er könnte attraktiv sein.«

»Lasst uns aus dem Regen verschwinden«, sagte der Unbekannte. »Ich weiß nicht, wie ihr es seht, aber ich bin diese Schauer so langsam leid.«

Ilkar nickte. Wieder hatten ein paar Sätze des großen Mannes ausgereicht, um sie zur Ordnung zu rufen.

»Folgt mir. Und bringt nichts durcheinander. Ihr werdet gleich mein Haus sehen.«

Er nahm Rens Hand und führte sie durchs Dorf. Er war nicht sicher, was ihnen bevorstand, und die skeptischen Blicke der Dorfbewohner machten es nicht leichter. Es gab so viel mehr zu tun, als er angenommen hatte. Er seufzte. Eigentlich war es ein ganz einfacher Plan gewesen. Hierher kommen, ausgebildete Magier suchen und ein wohlwollendes Netzwerk schaffen, das sie unterstützte. Er hätte es gleich wissen sollen. Wenn der Rabe im Spiel war, dann war es niemals einfach.

Zwanzigstes Kapitel

»Warum wollt ihr euch nicht von Denser und Erienne helfen lassen?« Ilkar war kurz davor, die Geduld zu verlieren.

Er hatte den Raben zu seinem Haus gebracht, das noch fast so aussah wie damals, als er es verlassen hatte, und danach Kild'aar aufgesucht. Er wollte überall sein, nur nicht an einem Ort, der ihn an die Vergangenheit erinnerte. Seine Fragen, wie viele Dorfbewohner eigentlich erkrankt waren, wurden allerdings mit vagen Schätzungen beantwortet, und sein Angebot zu helfen stieß auf schroffe Ablehnung. Das Haus, zu dem sie gingen, war höchstens fünfzig Schritte entfernt, doch er hatte bereits dreimal diese Frage gestellt.

»Weil du zuerst verstehen musst«, sagte Kild'aar.

»Ich verstehe es jetzt schon«, erwiderte er. »In meinem Dorf sterben Menschen, und du willst zwei brillante Magier nicht versuchen lassen, ihnen zu helfen, weil du ein unverbesserliches Misstrauen gegen alle Nichtelfen hast. Ich glaube, so schlimm war es noch nicht, als ich von hier fortging.«

»Ilkar, du warst sehr lange fort. Und du warst die ganze Zeit mit Fremden zusammen. Du bist derjenige, der sich verändert hat, nicht wir. Sogar deine Haut ist heller geworden. Und wie wir es jetzt sehen, war unser Misstrauen gerechtfertigt.«

»Aber ihr braucht Hilfe.«

»Das kann warten«, fauchte Kild'aar. »Bei Gyals Tränen, Ilkar, du kommst, hundert Jahre nachdem du uns verlassen hast, in unser Dorf marschiert und erwartest, dass wir dich mit offenen Armen aufnehmen? Dich und deine balaianischen Freunde? Vielleicht fassen die Menschen da drüben schnell Vertrauen. Hier dagegen hat es, wie du genau weißt, unendlich viel Schaden angerichtet, den falschen Leuten zu vertrauen.«

Ilkar musste sich eingestehen, dass sie Recht hatte, auch wenn er es niemals offen zugegeben hätte. Sie hatten sich niemals sehr nahe gestanden. Um die Wahrheit zu sagen, hatte Ilkar niemandem hier jemals besonders nahe gestanden. Abgesehen von seinem Bruder, und selbst diese Bindung war inzwischen verloren. Verschüttet unter hundert Jahren der Trennung.

»Was ist mit meinen Eltern geschehen?«, fragte er.

Kild'aar blieb kurz stehen. »Sie sind in hohem Alter gestorben und wussten nicht, ob ihr Sohn noch lebte oder schon tot war. Ob er seine Gabe erfolgreich eingesetzt hatte oder im Mana-Bad untergegangen ist, oder in einem dieser lächerlichen Konflikte der Balaianer. Vielleicht sollte die Frage eher lauten, was aus dir geworden ist.«

»Das ist eine lange Geschichte«, sagte Ilkar.

»Also eine, für die wir im Augenblick keine Zeit haben«, entschied Kild'aar und ging weiter durchs nasse Dorf. Der Regen ließ endlich etwas nach, zwischen den schweren Wolken rissen einige blaue Stellen auf.

»Was willst du mir zeigen?« Ilkar hatte Mühe mitzuhalten, nachdem sie plötzlich ihre Schritte beschleunigt hatte. Der nasse Boden war rutschig, er war nicht dran gewöhnt, und seine Reaktionen waren nach der langen Abwesenheit unbeholfen. Kild'aar bewegte sich dagegen, als liefe sie auf flachem, trockenem Stein.

Sie führte ihn zu einem Haus am Südrand des Dorfs. Auf der Veranda saß ein pechschwarz gekleideter Elf mit einem Gesicht, das zur Hälfte schwarz und zur Hälfte weiß bemalt war. Vor seinen Füßen lag ein Panther und leckte sich die Tatzen.

»Was, zum Teufel, ist hier los?«, fragte Ilkar. »Was tun die hier?«

»Sie warten auf Antworten«, erwiderte Kild'aar.

»Na gut«, sagte Ilkar. »Und was ist da drin?«

»Du wirst schon sehen.«

»Bei den Göttern, du regst mich auf, Kild'aar.«

»Bei irgendeinem bestimmten Gott? Oder nur bei dieser amorphen Gottheit, die immer von den Balaianern angerufen wird?«

»So langsam weiß ich, warum ich nicht früher zurückgekommen bin.«

Kild'aar stieß die Tür auf. »Du wirst dich gleich wieder heimisch fühlen, Ilkar. Der Raum auf der linken Seite.«

Sie ließ ihm den Vortritt. Das Zimmer wurde von stark duftenden Kerzen erhellt, die auf dem Boden und niedrigen Tischen standen. Sonst war es leer bis auf ein hochbeiniges Bett in der Mitte, auf dem eine verhüllte Gestalt lag. Ilkar drehte sich stirnrunzelnd um, wurde aber weiter hineingeschoben. Er trat näher ans Bett. Der süße Duft stieg ihm in den Kopf. Er zog die Decke zurück.

Auf dem Bett lag ein Elf, der ungefähr in seinem Alter

war, auch wenn man es kaum genau sagen konnte. Das Gesicht war faltig, als sei alle Feuchtigkeit herausgezogen worden, aus der Nase rann ein Blutfaden, ein zweiter aus dem Mundwinkel. Der Tod hatte keine Entspannung gebracht, als hätten ihn die Schmerzen, die er litt, während er den Kampf um sein Leben verlor, nicht einmal nach dem Tod losgelassen. Ilkar kannte ihn.

»Wir konnten nichts tun«, erklärte Kild'aar, als Ilkar das Tuch wieder über ihn gedeckt hatte. »Er war schon so gut wie tot, als er hierher gebracht wurde. Nichts, was wir getan haben, weder mit Magie noch mit Kräutern, hat ihm irgendetwas genützt, abgesehen davon, dass wir seine Schmerzen ein wenig lindern konnten. Jeder weiß, dass er unter großen Qualen gestorben ist, und jeder weiß, wie hilflos wir sind. Alle, die erkrankt sind, wissen, wie es für sie ausgehen wird, wenn wir keinen Weg finden, sie zu retten. Deshalb haben wir so große Angst. Wer wird der Nächste sein?«

»Dann lasst Erienne helfen«, drängte Ilkar sie. »Sie ist die beste Magier-Heilerin, die ich je gesehen habe. Sie hat auch mir schon einmal das Leben gerettet. Lass sie ihn untersuchen und sehen, ob sie etwas herausfindet. Bitte, Kild'aar, vertrau mir.«

Kild'aar zuckte mit den Achseln. »Wir werden sehen. Komm.« Sie führte Ilkar ins Nachbarzimmer. Es war ähnlich kahl, doch hier waren die Läden geöffnet, um das Tageslicht hereinzulassen. Auf einem Tisch unterm Fenster stand eine Wasserschale, über deren Rand Tücher hingen. An einer Wand befand sich ein Einzelbett, und darauf lag ein Elf auf dem Bauch, mit dem Kopf zu einer Seite gedreht. Ein Laken bedeckte ihn bis zur Hüfte, und sein Rücken war größtenteils von Bandagen bedeckt, die auf der linken Schulter besonders dick waren.

»Bei den Göttern«, sagte Ilkar. Er stürzte zum Bett und kniete nieder, um dem Mann die Haare aus dem Gesicht zu streichen. »Nicht auch er.«

»Nein«, sagte Kild'aar. »Sein Fieber wurde durch eine infizierte Wunde ausgelöst, es ist inzwischen aber zurückgegangen. Er wird überleben. Vorläufig jedenfalls.«

Ilkar war erleichtert und atmete schwer aus. Sein Atem strich übers Gesicht des liegenden Elfen.

»Rebraal«, flüsterte er, »kannst du mich hören?«

Der Elf schlug flatternd die Augen auf, kniff sie im Licht zusammen und sah sich um. Er runzelte die Stirn.

»Bist du es wirklich?« Es war kaum mehr als ein Krächzen.

»Ja, ich bin es. Was ist mit dir geschehen?«

»Du bist es nicht. Ich habe Fieber. Du bist nur ein Gespenst.« Er schien mit sich selbst zu sprechen, seine Worte waren kaum zu verstehen.

»Nein. Das Fieber ist gewichen. Kild'aar sagt, du erholst dich bereits. Ich bin es wirklich, und ich knie vor dir.« Ilkar lächelte.

Rebraals Gesicht verdüsterte sich. »Ob Gespenst oder echt, eines will ich dir sagen. Du kommst zu spät. Du kommst ein ganzes Jahrhundert zu spät. Wo warst du, als die Fremden kamen und Aryndeneth eingenommen haben? Wo warst du, als ich angeschossen wurde? Wir hätten dich gebraucht. Du hast versprochen zurückzukehren. Es war deine Bestimmung, wie es meine war. Verschwinde hier. Ich kenne dich nicht.«

»Rebraal, ich verstehe deinen Zorn. Doch meine Bestimmung hat sich verändert. Es gab andere Dinge, die ich tun musste. Aber das hat nicht die Tatsache aufgehoben, dass ich dein Bruder bin.«

»Du hast mich verraten. Du hast die Al-Arynaar verraten. Du bist nicht mein Bruder.« Er wandte sich ab. »Kehre zu deiner anderen Bestimmung zurück.«

Ilkar legte Rebraal eine Hand auf den Rücken.

»Bitte, Rebraal. Ich kann dir helfen. Ich habe Freunde mitgebracht. Wir erobern den Tempel zurück.«

»Ich will nichts von dem, was du geben kannst. Wir brauchen keine Hilfe. Geh weg.«

Ilkar spürte Kild'aars Hand auf der Schulter. Er schaute auf. Seine kurze Freude über das Wiedersehen mit seinem Bruder war verflogen. Er hatte einen Kloß im Hals und schüttelte den Kopf, um die Benommenheit zu vertreiben. Eine Flut von Gefühlen brach über ihn herein. Seine Eltern waren tot, wie er es erwartet hatte, doch darüber war er nicht sehr bekümmert. Aber Rebraal. Rebraal war nur wenig älter als er selbst, und Ilkars Liebe zu seinem Helden war nie geschwunden, auch wenn er oft lange Zeit nicht an seinen Bruder gedacht hatte. Jetzt hatte sein Bruder ihn verstoßen. Er stand auf und verließ das Haus.

»Was hast du erwartet?«, fragte Kild'aar ihn. »Er dachte, du hättest ihn im Stich gelassen. Du hättest dich den Al-Arynaar anschließen sollen. Deshalb bist du zur Ausbildung nach Julatsa gegangen.«

Ilkar fuhr zu ihr herum. »Nein, nicht deshalb!«, rief er. Dann beherrschte er sich. »Das habt ihr alle angenommen. Du, er, meine Eltern. Ihr habt mich nie gefragt, was ich dachte, ihr habt nie berücksichtigt, was ich wirklich wollte. Ich wollte niemals Rebraal und meinem Vater zu den Al-Arynaar folgen. Ich habe sie für ihr Opfer bewundert, aber ich wollte ihnen nicht nacheifern.«

Kild'aar runzelte die Stirn. »Warum hast du dann die Ausbildung gemacht?«

Ilkar hätte fast gelacht. »Weil ich ein Magier werden

wollte. Weil ich diese Berufung so stark in mir gespürt habe, dass ich sie nicht verleugnen konnte. Du hast keine Ahnung, wie erleichtert ich war, als ich von hier fortging, und wie begeistert ich an jedem Tag der Ausbildung war. Ich wusste, was ihr alle empfinden würdet, als ich nicht zurückgekehrt bin, doch ich konnte nicht herkommen und es erklären, weil ihr mich nicht wieder weggelassen hättet.«

»Hast du denn nicht an das geglaubt, was die Al-Arynaar repräsentieren?«

»Aber natürlich habe ich daran geglaubt«, sagte Ilkar. Er fuhr sich mit gespreizten Fingern durchs Haar und suchte nach den richtigen Worten, um es ihr begreiflich zu machen. »Aber ich habe nie den Drang verspürt, mein Leben mit der Verteidigung von etwas zu verbringen, das meiner Meinung nach niemals angegriffen werden würde. Ich weiß, wie töricht das jetzt klingt, aber ich wollte mehr als das.«

Kild'aar schüttelte den Kopf. »Wie kann es mehr geben als die Ehre, deinen Glauben zu verteidigen?«

»Es war nicht das, was ich wollte. Kannst du das nicht verstehen? Warum kann Rebraal es nicht verstehen?«

Ilkar hatte Lust, ihr seine Lebensgeschichte zu erzählen, oder wenigstens das letzte Jahrzehnt. Doch sie hätte nicht hören wollen, wie er zusammen mit dem Raben Dawnthief gesucht und die Wytchlords aufgehalten hatte, wie sie den Himmelsriss verschlossen und dafür gesorgt hatten, dass Balaia nicht von Drachen heimgesucht wurde. Beides hatte mehr dazu beigetragen, den Glauben der Elfen zu schützen, als die Bewachung von Aryndeneth. Das Problem war, dass die Elfen hier zu isoliert lebten. Für Kild'aar und für so viele andere Dorfbewohner im Regenwald waren die Ereignisse auf Balaia völlig unwichtig.

Das einzig Wichtige am Nordkontinent war für sie Julatsa und die Ausbildung, die ein Elf dort bekommen konnte, wenn er den Ruf der Magie in sich verspürte. Dennoch hätten die meisten Dorfbewohner die Kunde vom Untergang des Kollegs mit einem Achselzucken hingenommen, und die Elfen, die dort ausgeharrt hatten, hätten sie als Dummköpfe bezeichnet. Es war eine Paradoxie, mit der die Ältesten der Elfen jedoch bequem leben konnten.

»Auf Balaia wurde dir der Kopf verdreht, bis du die Wahrheit nicht mehr siehst«, sagte sie. »Und Rebraal wird dir zumindest teilweise die Schuld am Verlust des Tempels geben.«

»Dann überzeuge ihn, dass er mich helfen lässt, es wieder in Ordnung zu bringen«, sagte Ilkar. Er deutete auf das Haus seines Vaters. »Du weißt es nicht, aber in diesem Haus sind die fähigsten Krieger und Magier von ganz Balaia. Sie sind der Rabe, und sie können etwas bewegen.«

»Wir haben vom Raben gehört«, entgegnete Kild'aar wenig beeindruckt. »Unsere Magier, die zurückgekehrt sind, wie sie es versprochen hatten, erwähnten euch. Wir brauchen keine Söldner. Wir brauchen Gläubige. Rebraal hat Recht, du solltest gehen.«

Ilkars Wangen verfärbten sich. Ihm war sehr bewusst, dass er nach vielen Jahrzehnten in Balaia eine hellere Haut bekommen hatte, äußeres Zeichen dafür, dass er sich von seinen eigenen Wurzeln entfernt hatte. Es war sinnlos, weiter mit Kild'aar zu streiten. In gewisser Weise konnte er sogar verstehen, dass sie sich hintergangen fühlte, doch er begriff einfach nicht, warum sie so störrisch sein ernst gemeintes Hilfsangebot ausschlug.

»Ich will dir sagen, was geschehen wird«, erwiderte Ilkar und machte endlich seiner Frustration Luft. »Wir sind hier, weil wir Magier nach Julatsa holen wollen, denn wenn wir es nicht tun, wird es kein Kolleg mehr geben, in das ihr eure Verteidiger zur Ausbildung schicken könnt. Was wird dann aus deinen Al-Arynaar? Und wir werden Magier finden, ob du uns hilfst oder nicht. Zweitens werden wir den Kranken im Dorf helfen, und wir werden auch helfen, den Tempel wieder den Al-Arynaar zurückzugeben. Wir sind der Rabe, und wir werden es tun. Du kannst jetzt versuchen, uns aufzuhalten, aber überlege dir, wer es dann wäre, der das Elfenvolk und seinen Glauben verrät.

Wenn du mich jetzt entschuldigst, ich muss einige Dinge organisieren.«

Er drehte sich um und marschierte zum Haus seines Vaters zurück, getrieben von dem Wunsch, Kild'aar zu beschämen und ihr zu zeigen, dass die Gefährten, die er liebte, keine Fremden waren, die man verachten musste.

Heryst fuhr sich mit den Händen übers Gesicht und lehnte sich an. Er saß in der großen Halle im Turm von Lystern, und es kam ihm vor, als hätte er den größten Teil der letzten Tage auf diesem Stuhl verbracht und sich mit Seniormagiern besprochen, die verzweifelt nach einer Lösung suchten.

Die Last der Verantwortung war bedrückend. In den erschreckend klaren Momenten, wenn er allein war, sah er sich selbst als den Einzigen, der wirklich fähig war, die entsetzliche Spirale des Krieges aufzuhalten. Die Aussichten, doch noch einen Friedensschluss herbeizuführen, schwanden jedoch mit jeder Sekunde, und er konnte anscheinend nichts dagegen tun. Seine Delegation in Xetesk erzielte keine Fortschritte, und aus Dordover hatte er nichts als

Forderungen gehört, ein Bündnis zu schließen, um Balaia zu retten. Es waren Forderungen, denen sich zu widersetzen ihm immer schwerer fiel.

»Ihr seid müde, Heryst«, sagte Kayvel, der neben ihm saß und ihn unerschütterlich unterstützte. »Ihr solltet Euch ausruhen.«

»Es ist noch nicht einmal dunkel«, erwiderte er. »Wie könnte ich da müde sein?«

»Ihr müsstet sogar sehr müde sein, weil Ihr meines Wissens seit drei Tagen nicht geschlafen habt, mein Lord«, schalt Kayvel ihn milde. »Nehmt Euch eine Stunde Zeit, das kann nicht schaden.«

»Ich fürchte, ich habe keine Zeit«, sagte Heryst.

Der Krieg griff um sich wie ein Virus. Die schrecklichen Ereignisse in Arlen waren noch frisch im Gedächtnis. Der Spruch, den Xetesk eingesetzt hatte, war eine klare Aussage – falls es einer solchen überhaupt noch bedurft hätte –, dass sie die Absicht hatten, Dordover zu zerschmettern. Würden sie irgendwann innehalten? Vuldaroq war sicher, dass sie nicht dazu bereit waren, und Heryst fürchtete, dass er damit Recht hatte.

Die gewaltsame Vertreibung der Flüchtlinge vor den Toren des Dunklen Kollegs war eine weitere klare Botschaft, und jetzt gab es Berichte, dass es auch im Land der Kollegien zu Kämpfen gekommen sei. Dörfer, die Dordover und Xetesk mit Nahrung versorgten, wurden in Brand gesteckt, die Miliz der Kollegien musste aufgeteilt werden, um das ungeschützte Land zu verteidigen, und jeden Tag entstanden neue Anlässe für Konflikte. Hinter all dem wurde Heryst das Gefühl nicht los, dass Selik und die Schwarzen Schwingen die Einzigen waren, die wirklich davon profitierten, wenn die vier Kollegien gegeneinander Krieg führten.

Es war Zeit, einige wichtige Entscheidungen zu treffen.

»Ich reise wieder nach Dordover«, sagte er.

»Mein Lord?«

»Nimm mit Rusau in Xetesk Verbindung auf. Er soll weiter darauf dringen, vom Herrn vom Berge empfangen zu werden. Erinnere ihn aber daran, dass er sofort verschwinden soll, falls er sich bedroht fühlt.«

»Was wollt Ihr Vuldaroq sagen?«

»Ich werde ihm sagen, dass wir das ohnehin schon gestörte Gleichgewicht zwischen den Kollegien erhalten müssen. Dass wir Streitkräfte zur Verteidigung von Julatsa ausschicken müssen, und dass wir überlegen müssen, ob man den Zugang zum Land von Xetesk blockieren kann. Das könnte der einzige Weg sein, um sie an den Verhandlungstisch zu zwingen. Wir wissen alle, was sie beabsichtigen, und wir dürfen nicht zulassen, dass sie über Arlen frei verfügen. Das schließt auch den Abzug der Magier von Herendeneth ein. Wir sind nicht stark genug, um sie allein anzugreifen.«

»Dann werdet Ihr ein Bündnis anstreben?«

»Ich werde alles Notwendige tun, damit Lystern nicht zerstört wird.«

»So spricht der Politiker.«

»Ich habe schon einmal ein Bündnis mit Dordover geschlossen. Ich werde nicht den Fehler begehen, mich noch einmal auf einen förmlichen Vertrag einzulassen.«

Yron wusste nicht, wie lange sie schon gerannt waren, als sie erschöpft am Wegesrand zusammenbrachen. Ihre Beine fühlten sich an wie Gummi, und ihre Lungen pumpten gequält und unter Schmerzen in der Brust. Er war der Ansicht, dass sie mindestens vorübergehend ein oder zwei Stunden herausgeholt hatten. Doch er wusste auch, dass sie nicht anhalten durften. Also gingen sie etwas langsamer weiter, sobald sie wieder bei Atem waren. Er führte Ben-Foran nach Osten, fort vom Lager und in Richtung eines Zuflusses des Shorth, dem sie zum Hauptstrom und dann bis zur Mündung folgen konnten.

Als sie weitergingen, ermahnte er Ben, sich leise zu bewegen, möglichst wenig Spuren zu hinterlassen und auf alle Anzeichen dafür zu achten, dass sie verfolgt wurden. Ihm war bewusst, dass es im Grunde sinnlose Übungen waren, doch auf diese Weise war Ben beschäftigt und dachte nicht über das nach, was im Tempel geschehen war.

Er fragte sich, ob Ben glaubte, sie hätten die Gefahr hinter sich gelassen, und ob der Junge an die Möglichkeit dachte, dass sie jederzeit den Weg anderer Krieger kreuzen konnten. Yron musste jedenfalls ständig daran denken, während sie durch den dichten Wald stapften, sich unter Ästen duckten und großen, hängenden Blättern auswichen, um sich, so gut sie konnten, einen Weg zu suchen. Wenn die Wolken sich verzogen, konnten sie sich grob nach der Sonne orientieren, die über dem dichten Blätterdach stand.

Yron betrachtete seine Hände und war dankbar, dass er Ben angewiesen hatte, ebenfalls die Handschuhe anzuziehen. Das Leder war abgegriffen und rissig von Dornen und Baumrinde und die Götter mochten wissen was noch allem. Seinen Hosen war es nicht besser ergangen, und er war ziemlich sicher, dass einige Dornen durch den Stoff gedrungen waren und seine Haut zerstochen hatten. Die leichte Lederjacke hatte seinen Oberkörper und die Arme recht gut geschützt, doch sein Gesicht hatte ein halbes Dutzend Kratzer, die er spüren konnte, und zweifellos noch viele weitere, die er nicht bemerkte. Das warf ein Problem auf. Eigentlich sogar zwei Probleme.

Als sie das nächste Mal rasteten und auf einem hohlen Baumstamm saßen, den Yron vorher auf giftige Bewohner untersucht hatte, brachte er sie zur Sprache.

»Ben, seht mich an«, sagte er. »Und jetzt beschreibt jede Verletzung, die Ihr sehen könnt.«

»Hä?«

»Ich werde das Gleiche bei Euch tun. Wir müssen Infektionen vermeiden, und wir dürfen keine Blutspuren hinterlassen.«

»Hä?«

»Übt Ihr den Paarungsruf irgendeines Primaten, Ben?«, gab Yron zurück. »Und überhaupt, es heißt ›Hä, Hauptmann?‹«

»Verzeihung, Sir, aber sollten wir nicht einfach nur rasten und möglichst schnell weitergehen? Ihr habt nur ein paar Kratzer von Dornen. Nichts, womit man sich aufhalten müsste.«

Yron räusperte sich, stand auf und ging zu einer Rubiacpflanze, die er gerade bemerkt hatte. Er pflückte die Früchte. »Ben, nehmt dies als eine weitere Lehrstunde. Eine Lehrstunde, die keine Zeitverschwendung ist, weil wir beide überleben wollen. Ihr müsst immer planen, wie Ihr überleben könnt. In einer Umgebung wie dieser ist die Planung lebenswichtig. Und jetzt sagt mir, was wir tun werden, wenn wir den Fluss erreicht haben.«

»Ihr sagtet, wir werden hineinspringen«, erwiderte Ben-Foran unsicher. Er schauderte. »So klang es jedenfalls. Damit die Panther unsere Fährte verlieren.«

»Genau. Und das ist schon zu normalen Zeiten gefährlich. Aber dies sind keine normalen Begleitumstände. Ich zähle acht Kratzer in Eurem Gesicht, die geblutet haben.

Acht Kratzer, die, sobald Ihr in den Fluss springt, alle durchs Wasser verbreiteten Krankheiten in Euren Körper eindringen lassen werden, die Ihr Euch nur vorstellen könnt, und dazu noch zwanzig weitere, an die Ihr nicht denkt. Außerdem werdet Ihr damit die mehr als unwillkommene Aufmerksamkeit der Piranhas erregen. Und glaubt mir, das sind keine niedlichen kleinen Fische, in deren Revier Ihr mit einer blutenden Wunde eindringen wollt.«

»Oh, ich verstehe.«

»Das freut mich«, sagte Yron. »Wir nehmen uns eine halbe Stunde Zeit. Wir untersuchen unsere Schnittwunden, pflücken die Früchte, machen Umschläge und wenden sie an. Alles klar? Gut.«

»Sir?«

»Ja, Ben?«

»Werden wir überleben?«

»Was meint Ihr, haben wir bisher Glück gehabt, Ben?«

Der junge Mann zuckte mit den Achseln. »In der letzten Zeit auf jeden Fall.«

»So sehe ich es auch. Ich denke also, wir können überleben, wenn uns unser Glück nicht im Stich lässt. Und wenn Ihr fest an unser Glück glaubt, dann könnt Ihr gleich jetzt etwas dafür tun.«

»Was denn, Sir?«

»Lasst Eure Hände genau dort, wo sie sind«, sagte Yron. »Lasst die linke Hand nicht sinken, weil dort gerade ein Taipan über Euren Oberschenkel kriecht.«

Einundzwanzigstes Kapitel

Auum wartete den ganzen Tag, während sie sich versammelten - die TaiGethen, die Krallenjäger und die ersten Al-Arynaar, die zur Ablösung kamen. Jeder, der eintraf, wurde in den Tempel gebeten, damit er die Entweihung der Statue mit eigenen Augen sehen konnte. Es hatte noch schlimmere Neuigkeiten gegeben. Nach und nach hatten sich ihrem täglichen oder wöchentlichen Rhythmus entsprechend weitere Kontemplationskammern geöffnet, und die Elfen hatten erkennen müssen, dass deren Inhalt geplündert worden war. Auums Stimmung, die ohnehin schon düster war, stürzte in neue Abgründe. Für diesen Frevel mussten alle Fremden büßen.

Die Jagd begann mit einer Verzögerung. Die Krallenjäger waren schon aufgebrochen, um die beiden Fremden zu verfolgen, die er zuvor vorübergehend verschont hatte. Es war mindestens ebenso wichtig, auch alle anderen zu finden. So wartete er den ganzen Tag und betete mit seinen Tai oder allein. Manchmal saß er in stiller Kontemplation im Inneren des Tempels oder davor, bündelte die Energien und schärfte sein Bewusstsein zu höchster Konzentration, um mit Tuals Untertanen Verbindung aufzunehmen.

Schließlich kamen die Al-Arynaar, die als Erste den Ruf ihrer Brüder vernommen hatten. Ihre Zahl würde wachsen, doch ihre Aufgabe war es, sich vor allem um den Tempel zu kümmern. Sie würden nur nach Norden gehen, falls es den TaiGethen nicht gelang, alle Fremden zu fangen.

Als das Licht schwächer wurde und am Spätnachmittag der Regen einen Augenblick nachließ, rief Auum alle zu sich, die anwesend waren. Es waren zehn Zellen der TaiGethen, acht Krallenjägerpaare und fünfzehn Al-Arynaar. Ringsum war es still im Wald, sogar der Wind war eingeschlafen. Yniss schaute auf sie herab, und alles lauschte.

»Wir wurden unser Leben lang ausgebildet, um unseren Wald zu schützen und unseren Glauben zu verteidigen. Wie wir sehen können, gelang es dennoch einer großen Truppe, hier einzudringen, den Tempel zu entweihen und den Wald zu zerstören. Wir müssen uns alle den Vorwurf machen, zu nachlässig gewacht zu haben. Zweifellos muss unser Verteidigungssystem, das auf schlafenden Zellen beruht, verändert werden. Dies soll jedoch zu einer anderen Zeit erörtert werden, wenn wir uns mit Yniss' Segen wieder versammeln und in Frieden besprechen, wie wir das Leben aller Elfen schützen können.

Jetzt aber müssen wir schnell und makellos handeln. Wir müssen fünfzehn bis zwanzig Fremde finden, die anscheinend über unterschiedliche Fähigkeiten verfügen. Wir haben entdeckt, dass vier Routen vom Tempel wegführen, das fünfte Paar von Fremden wird bereits verfolgt.

Im Norden sind Krallenjäger im Wald unterwegs.

Weitere TaiGethen-Zellen werden alarmiert. Wir können sie einkreisen, und wir müssen den Ring um sie schließen.«

Auum hielt inne. Aller Augen ruhten auf ihm, alle konzentrierten sich auf ihre Aufgabe. Die Götter würden bald viele Gebete empfangen. Jetzt aber mussten die Aufgaben verteilt werden.

»Zwei TaiGethen-Zellen werden jede Gruppe der Fremden verfolgen. Die Krallenjäger bitte ich, die Spuren zu finden, die wir übersehen, und uns in den nächsten Tagen als Boten zu dienen. Und sie sollen diejenigen finden, die uns entgehen. Ihr entscheidet natürlich selbst, wie ihr uns am besten helfen könnt. Die Al-Arynaar halten sich bereit, um sich auf Befehl in Marsch zu setzen. Bis dahin bleibt ihr hier, repariert die Schäden, so gut ihr könnt, richtet die Verteidigung ein und betet, dass wir Erfolg haben.

Meine Brüder, dies ist die größte Bedrohung, der sich das Elfenvolk jemals gegenübersah. Die Fremden haben heilige Schriften mitgenommen. Jeder weiß, wie die Strafe dafür aussieht. Sie haben den Daumen von Yniss gestohlen und die Harmonie zerstört. Wir müssen jedes Blatt und jedes Bruchstück zurückholen. Wir wissen, wohin sie wollen. Zuerst zu den Flüssen und dann nach Norden zur Küste.

Sie dürfen ihre Schiffe nicht erreichen. Und jetzt betet mit mir.«

Auum betete laut für sie alle, und alle beteten mit Auum. Sie beteten zu Yniss, auf dass die Harmonie wiederhergestellt werde, und zu Shorth, auf dass an den Eindringlingen bis in alle Ewigkeit Rache geübt werde für die Entweihung.

Als die Gebete gesprochen waren, verschwanden sie

spurlos und geräuschlos im Wald. Hinter ihnen begann der Wald wieder zu singen. Die Fremden würde die gerechte Strafe ereilen.

Yron und Ben-Foran erreichten den Fluss erst am Spätnachmittag. Sie waren müde und hungrig, denn sie hatten nicht genug Zeit gehabt, nach Essbarem zu suchen. Ben-Foran hatte den Taipan, den Yron mit einem Dolchstoß durch den Kopf aufgespießt hatte, nicht essen wollen, und der ruppige Hauptmann hatte eigentlich auch keinen Hunger gehabt. Sie waren schnell gelaufen, doch der Weg zum Zufluss des Shorth war mühsam und sumpfig, und sie mussten steil hinauf und wieder bergab klettern.

Sie hörten das schnell fließende Wasser, eine Stunde bevor sie es erreichten. Dann standen sie eine Weile am Ufer und betrachteten die Schönheit, die sich vor ihnen entfaltete. Sie waren durch eine Rinne nach unten gerutscht und standen jetzt in knöcheltiefem Wasser. Auf der anderen Seite, etwa fünfzig Schritte entfernt, erhob sich eine Steilklippe gut und gern fünfhundert Fuß senkrecht in die Luft.

Die Spalten und Risse der Felswand boten einer Unmenge von Kletterpflanzen einen Halt. Tausende Vögel segelten und kurvten in den Aufwinden, die vor der Klippe entstanden. An einem Dutzend Stellen stürzte Wasser über die Kante, das sich weiter unten zu feinem Nebel verteilte. Einige Wasserfälle erreichten schimmernd und tosend den Fluss und ließen hohe Gischtwolken aufsteigen. Die Erosion und die Wucht des Wassers hatten tiefe Becken in den Fels geschlagen.

Vor ihnen rauschte der Fluss rasch durch eine Engstelle. Weiter stromaufwärts schoss das Wasser noch schneller dahin, dort donnerte es über Stromschnellen herab und prallte gegen den Fels, ehe es sich beruhigte und schnell, aber stetig weiterströmte. Yron konnte im Dunst nicht sehr weit nach Norden blicken, doch er hoffte, dass sich das mit Sedimenten befrachtete Wasser hinter der nächsten Biegung beruhigte. Entweder dies, oder sie mussten sich auf eine holprige Reise gefasst machen.

»Erst die guten oder erst die schlechten Neuigkeiten?«, fragte er Ben-Foran.

»Die schlechten«, sagte Ben.

»Es wird wehtun.«

»Und die guten?«

»Ihr müsst nicht paddeln, und solange das Wasser nicht ruhiger wird, gibt es keine Krokodile.«

»Piranhas?«

»Ich sage rechtzeitig Bescheid.« Yron schnitt eine Grimasse. »Jetzt müssen wir etwas finden, an dem wir uns festhalten können. Das dürfte allerdings nicht zu schwer sein.«

Er watete durchs relativ ruhige Wasser am Ufer stromaufwärts und suchte ein Wasserloch. Nach etwa dreißig Schritten hatte er ein Becken mit stillem Wasser gefunden, in dem sich Schlamm und wie erwartet reichlich Treibholz gesammelt hatten. Er holte mit der Axt aus, schlug den größten Stamm frei und flößte ihn zu Ben-Foran zurück, indem er ihn zwischen den Beinen einklemmte und mit einer Hand steuerte.

Trotz seiner Zuversicht, dass es in einem derart schnell fließenden Gewässer keine Krokodile gab, beobachtete er vor und hinter ihnen das Wasser, ob dort das viel sagende Kräuseln entstand, mit dem sich die vorgewölbten Augen aus dem Wasser schoben. Er schauderte und blies die Wangen auf, als er daran dachte, dass ihnen derart gnadenlose, effiziente Räuber auflauern konnten, doch er vergaß seine Ängste, als er Ben sah. Der Junge war weiß wie ein Laken, hatte die Arme um sich geschlungen und starrte wie hypnotisiert zum Fluss hinaus.

»Ben?« Der Junge drehte sich um, versuchte zu lächeln und scheiterte kläglich. »Alles klar?«

»Ist das wirklich nötig?«, fragte er. »Können wir die Spur nicht einfach verwischen, indem wir am Ufer entlang waten?«

Yron lachte. »Es kommt darauf an, ob Ihr der Ansicht seid, man könne damit einem Panther oder einem Pfeil entkommen.«

»Aber sie sind doch weit hinter uns.«

»Ihr habt wirklich keine Ahnung, was?«, sagte Yron. »In einem stillen Augenblick da draußen auf dem Strom werde ich Euch erklären, wer diese Leute sind und warum wir uns so weit von ihnen entfernen sollten, wie es nur möglich ist.«

Ben sah sich ängstlich über die Schulter zur grünen Wand des Regenwaldes um.

»Worüber macht Ihr Euch Sorgen, Ben? Könnt Ihr etwa nicht schwimmen?« Yrons ermutigendes Lächeln verschwand sofort, als Ben die Augenbrauen hob und die Lippen schürzte. »Oh, nein. Von allen Leuten, mit denen ich hätte fliehen können, habe ich mir die bleierne Ente ausgesucht.«

Es überraschte ihn selbst, und Ben noch mehr, dass er seinem Stellvertreter die mangelnde Fitness nicht weiter vorhielt, sondern nur ein schallendes Lachen ausstieß, das laut vom gegenüberliegenden Felsen zurückhallte, ehe es sich im Rauschen des Wassers verlor.

»Das ist überhaupt nicht witzig«, klagte Ben. »Ich mag einfach freies Wasser nicht; ich schwimme nicht gern darin.«

Yron krümmte den Finger, und Ben watete widerstrebend einen Schritt tiefer ins Wasser, wo der Baumstamm wartete.

»Ich will Euch ein Geheimnis verraten«, sagte Yron. »Ihr braucht nicht zu schwimmen.«

»Nein?« Ben strahlte wieder.

»Nein. Wenn ein Krokodil Euch packt, dann habt Ihr sowieso keine Chance mehr dazu.«

»Das ist nicht witzig, Hauptmann«, wiederholte Ben. Er atmete schwer und nagte an der Oberlippe. Yron sah ihn schaudern.

»Entschuldigung, Ben. Ein schlechter Scherz«, sagte Yron. »Aber es trifft zu, dass Ihr nicht schwimmen müsst. Ihr müsst nichts weiter tun, als Euch um jeden Preis festzuhalten. Das schafft Ihr doch, oder?«

»Habe ich eine Wahl?« Ben lächelte gequält.

Yron schüttelte den Kopf.

»Dann versuche ich's«, sagte er.

»Guter Junge«, lobte Yron. »Es wird schon alles klappen. Und jetzt lasst uns aufbrechen. Sichert das Schwert mit dem Riemen, Ihr wollt es ja nicht unterwegs verlieren.«

Damit stieß er den Baumstamm ab und sprang hinterher, Ben folgte ihm sofort. Der Junge hielt sich fest und wechselte einmal und dann noch einmal den Griff. Yron spürte den Zug der Strömung, als sie hinaustrieben. Die Götter mochten wissen, ob er diese Reise überlebte, aber eins war sicher: Wenn sie nicht einen deutlichen Vorsprung vor den Verfolgern bekamen, dann wären sie binnen eines Tages tot. Yron betete, dass sie nicht einer Truppe entkommen waren, nur um einer anderen, die sich im Wald herumtrieb, in die Hände zu fallen.

»Haltet Euch einfach fest und seht zu, dass Eure Beine so hoch wie möglich schwimmen. Das wird eine interessante Flusspartie.«

Die Strömung erfasste sie, der Baumstamm beschleunigte, und sie wurden mitgezogen, hatten keine Kontrolle mehr über ihr Fortkommen und konnten sich nur noch den Händen der Götter überlassen. Yron war eigentlich kein religiöser Mensch. Für ihn war Religion eine Bequemlichkeit und ein Trost für die Schwachen. Doch es gab Zeiten, in denen man sich klein und hilflos fühlte und etwas brauchte, an das man sich halten konnte, so kurz diese Momente auch sein mochten.

So beobachtete er die vorbeiziehenden Klippen, das von weit oben herabdonnernde Wasser und das Ufer, von dem sie sich entfernten. Auch dort erhoben sich jetzt Klippen, und der Fluss verengte sich weiter und strömte schneller dahin. Er begann zu beten.

Er hoffte nur, die Götter, wer sie auch waren, hörten ihm zu.

Es war nicht die Art von Neuigkeiten, auf die Blackthorne scharf war. Er wanderte mit Baron Gresse über den Markt und redete mit den Händlern, die frische Ware anboten. Sie fürchteten um ihre Gewinne und sahen ihren Lebensunterhalt bedroht. Er hatte eine Entschädigungsregelung auf der Grundlage der Preise ausgearbeitet, die er vorher an alle Lieferanten von Lebensmitteln bezahlt hatte, denn er wollte verhindern, dass diejenigen, die verkauften, was angebaut oder gezüchtet werden konnte, ins Hintertreffen gerieten. Es war schwierig, gerecht zu sein, und einige fühlten sich benachteiligt.

Wie auch immer, es war gut, dass Gresse da war, mit dem er über die Schwierigkeiten sprechen konnte, in denen das Land steckte. Er war jetzt Ende sechzig, hatte aber die Vitalität eines zwanzig Jahre jüngeren Mannes. Mit seinem boshaften Blitzen in den Augen und seiner Weigerung, sich durch Reichtum korrumpieren zu lassen, war Gresse sehr beliebt. Er hatte für sein Volk ebenso viel getan wie Blackthorne.

Sie kehrten zu ihren Pferden zurück und wollten an diesem bewölkten, kühlen Nachmittag noch einen entlegenen Weiler besuchen, wurden aber von einem jungen Knappen aufgehalten, der zu Fuß über den Markt gerannt kam. Er war noch ein halbes Kind, groß und dünn wie eine Bohnenstange und leicht zu erkennen. Er schlitterte das letzte Stück, blieb vor ihnen stehen und verneigte sich.

»Meine Lords, es tut mir Leid, dass ich Euch aufhalten muss.«

Blackthorne nickte. »Es ist doch sicher eine wichtige Botschaft, junger Berrin?«

»Ja, mein Lord. Luke persönlich hat mich geschickt, weil er meinte, Ihr müsstet es sofort erfahren.«

»Dann lass ihn nicht länger im Ungewissen, junger Mann«, sagte Gresse mit einem kleinen Lächeln. »Und mich auch nicht. In meinem Alter wird man leicht ungeduldig.«

»Verzeihung, mein Lord.« Berrin errötete heftig unter dem kurz geschnittenen braunen Haar. »Es ist nur so, dass eine Abteilung der berittenen Miliz eine Gruppe von zwanzig Reitern abgefangen hat, die zur Stadt unterwegs waren. Sie verlangen eine Audienz bei Euch, Baron Blackthorne.«

»Sie verlangen eine Audienz? Wer sind sie und wo sind sie jetzt?«, fragte Blackthorne.

»Es sind die Schwarzen Schwingen, mein Lord, und sie

sind zwei Meilen nördlich des Hauptweges. Selik ist bei ihnen.«

Blackthorne fluchte halblaut und drehte sich mit finsterer Miene im Sattel herum. »Ich werde mich sofort darum kümmern. Sage Luke, wohin ich geritten bin.«

»Jawohl, mein Lord.« Berrin rannte zur Burg zurück.

»Kommt Ihr mit, Gresse?«, fragte Blackthorne.

»Ich will mir keinesfalls entgehen lassen, was Ihr Selik zu sagen habt. Ich wundere mich freilich, dass er hierher kommt. Er muss doch wissen, wo Ihr steht.«

»Die Überheblichkeit des Mannes ist grenzenlos«, erwiderte Blackthorne mit einem unguten Gefühl. Gresse hatte Recht. Selik wäre nicht gekommen, wenn er nicht sicher wäre, ausgesprochen gute Argumente zu haben. Ob Wahrheit oder Lüge, Blackthorne fürchtete das, was er zu hören bekommen würde. Er winkte seiner sechsköpfigen Wache, ihn zu begleiten, und ließ sein Pferd die Hacken spüren.

Blackthorne ritt schnell auf der nördlichen Straße aus der Stadt heraus. Gresse hielt sich an seiner Seite, und die gut bewaffneten Wächter bildeten einen lockeren Kreis um sie. Im Osten wurde der Horizont von den Balan-Bergen dominiert, doch vor ihnen war das Land flach und mit Farn und kräftigem Gras bestanden. Es war ein kühler, aber bisher trockener Tag. Jetzt sammelten sich Wolken vor den Berggipfeln. Es würde bald regnen.

Sie sahen die Miliz und die Schwarzen Schwingen schon aus mehr als einer Meile Entfernung, als sie aus einer Wegbiegung herauskamen und ein kleines Stück weit durch zerstörten Wald ritten. Blackthorne sah acht seiner Männer, unter denen ein Magier war. Sie waren beritten und bewachten die Schwarzen Schwingen, die alle abgestiegen waren und ihre Pferde grasen ließen.

Der Baron war gereizt, dass seine kostbare Zeit derart verschwendet wurde, empfand zugleich aber auch Erleichterung, weil seine verstärkten Sicherheitsmaßnahmen sich ausgezahlt hatten und die Schwarzen Schwingen abgefangen worden waren. Er zügelte sein Pferd beim Sergeanten der Miliz und stieg ab.

»Zieht Euch etwas zurück, aber haltet Euch bereit«, sagte er.

»Ja, mein Lord.«

Blackthorne und Gresse gingen das letzte Stück bis zum Hauptmann der Schwarzen Schwingen und seinen Männern zu Fuß. Selik war an seinem entstellten Gesicht gut zu erkennen, und er lächelte nicht, als er die beiden Barone sah.

»Baron Blackthorne, es ist mir eine Freude, Sie zu sehen. Und noch angenehmer wird die Begegnung durch die Gegenwart des berühmten Baron Gresse. Ihr habt mir eine weitere Reise erspart.« Er streckte eine behandschuhte Hand aus, die beide Barone übersahen.

»Ihr habt nichts zu sagen, was ich hören will, also macht schnell und verschwindet wieder«, sagte Blackthorne. »Ich habe viel zu tun.«

»Ich dachte, es sei nur anständig, Euch einen Besuch abzustatten und Euch ein Bündnis anzubieten, Blackthorne.«

Blackthorne verschränkte die Arme vor der Brust und sah ihn finster an. »Ein Bündnis? Gegen wen?«

»Nun, gegen die Magie natürlich. Gegen die Geißel, die dieses schöne Land in die Knie gezwungen hat, die unser Land vollends zu vernichten droht und aufgehalten werden muss, ehe sie ihre Macht über das Volk zurückzugewinnen vermag.«

»Ein Land, das Ihr am liebsten auf dem Rücken liegen

sehen würdet, mit blicklosen Augen zum Himmel starrend«, sagte Blackthorne.

»Nein, ein Land, das ich gerne bei bester Gesundheit sehen möchte und ohne die allgegenwärtige Furcht vor der Vernichtung durch die Magie.«

Blackthorne wechselte einen raschen Blick mit Gresse, der die Augenbrauen hochzog und den Kopf schüttelte.

»Ihr wollt also dass ich – dass wir uns mit Euch verbünden, um die Kollegien niederzuringen? Ist das richtig?«

»Es ist ein Kreuzzug der Gerechten«, sagte Selik. »Ihr seid geachtete Männer. Eure Unterstützung könnte unnötiges Blutvergießen verhindern.«

»Die Achtung, die man uns entgegenbringt, wäre durch ein Bündnis mit Euch im Nu zerstört«, sagte Gresse. »Die Götter mögen wissen, welchen Unfug Eure Anhänger schlucken, aber behandelt bitte nicht auch uns wie Narren. Euer Ziel ist letzten Endes die Ermordung jedes Magiers in Balaia. Es gibt für Euch kein Blutvergießen, das unnötig wäre, und ich werde mich Euch widersetzen, so lange ich atmen kann.«

Seliks Auge verengte sich, er war sichtlich verstimmt. »Die Leute haben genug von der Magie. Sie wollen sie loswerden und ausrotten oder wenigstens genau kontrolliert wissen. Wer aber für die Magie ist, der ist ein Feind Balaias.«

»Ihr redet von Leuten, die im Augenblick im Dreck leben, während ihre Familien verhungern und an Krankheiten sterben. Die einzigen Geschöpfe, die gedeihen, sind die Ratten«, sagte Blackthorne.

»Und all das wurde durch die Magie verursacht.«

»Und die Magie wird die Menschen retten«, fauchte Blackthorne. »Meine Stadt ist frei von Ungeziefer. Sie ist frei von Krankheiten. Die Menschen haben genug zu essen. Sie können das Ende der Notzeit kommen sehen. Dies war jedoch nur mit der Hilfe der Magie möglich. Wer wird diese Menschen retten, falls Ihr mit Euren widerlichen Plänen Erfolg habt?«

»Die Heilung ist ein natürlicher Vorgang, und Katzen können Ratten fangen«, sagte Selik aalglatt. »Züchtet mehr Katzen.«

Blackthorne trat vor. Er war einen Kopf größer als Selik. Er blickte auf den Hauptmann der Schwarzen Schwingen herab und sah in dessen Auge einen Moment lang die Angst flackern, die er mit seinem überheblichen Gehabe zu überspielen versuchte.

»Ihr werdet den Krieg der Kollegien nicht schneller beenden, indem Ihr Euch einmischt. Ich will, dass die Magie zum Gleichgewicht zurückkehrt, aber nicht ausgerottet wird. Wir müssen diesen Krieg durch Verhandlungen und Entschlossenheit beenden. Ich bin zornig, dass dieser Krieg überhaupt entstanden ist, und empört über das Verhalten von Xetesk und Dordover, doch ich bin nicht bereit, Opportunisten wie Euch zu unterstützen, die darauf aus sind, die Kollegien zu schwächen, bis sie zusammenbrechen. Balaia braucht die Magie.«

»Die Kollegien wollen nichts lieber, als sich gegenseitig vernichten, und die Konsequenzen für dieses Land sind ihnen einerlei«, erklärte Selik. Das Feuer brannte wieder in seinem einen intakten Auge.

»Ich und die Barone, die auf meiner Seite stehen, werden auf jede nur denkbare Weise Druck ausüben, damit ein Friedensschluss zustande kommt. Ihr wisst genau, dass Heryst diesen Frieden will, und dass ich ihn darin unterstütze. Unterdessen sind meine Grenzen stark befestigt, und meine Magier sind mir treu ergeben. Auch sie wünschen so inbrünstig wie ich, dass der Konflikt beendet wird.«

»Die Gerechten werden obsiegen« sagte Selik.

»Ja, das werden sie«, erwiderte Blackthorne. »Und Ihr zählt nicht zu ihnen. Dieses Land ist getränkt mit Magie. Sie ist ein Teil von uns allen. Sie macht uns stark. Ihr werdet der Magie nie ein Ende setzen, Selik, doch ich hoffe aufrichtig, dass Ihr bei dem Versuch sterben werdet, bevor Ihr noch mehr unschuldige Männer und Frauen umbringen könnt. Und jetzt verlasst augenblicklich mein Land. Jede weitere Übertretung führt zu Eurer Verhaftung. Habe ich mich klar ausgedrückt?«

Selik lachte, es war ein rasselndes, unschönes Geräusch. »Ich habe vorgetragen, was ich Euch sagen wollte. Ich habe Euch ein Bündnis angeboten, und jetzt weiß ich, wo Ihr steht. Die Menschen werden nicht vergessen, wessen Partei Ihr ergreift, Blackthorne. Auch Euch werden sie es nicht vergessen, Gresse. Und wenn die Armee der Gerechten nach Süden reitet, solltet Ihr Euch an meine Worte erinnern.«

»Geht jetzt.« Blackthorne wandte sich an seinen Sergeanten. »Sorgt dafür, dass er unser Land verlässt, und gebt die Befehle weiter. Sie werden hier nicht mehr geduldet.«

»Ja, mein Lord.«

Blackthorne und Gresse kehrten zu ihren Pferden zurück.

»Warum habt Ihr ihn nicht gleich an Ort und Stelle festgenommen?«, fragte der ältere Baron.

»Mein lieber Gresse, es gibt Zeiten, in denen man ein Risiko eingehen muss, und dies ist ein solcher Augenblick. Es muss etwas geschehen, damit die Kollegien wieder zusammenarbeiten, damit sie sich verbünden, wie sie es getan haben, als die Wytchlords uns bedroht haben. Ich kann mir nichts Besseres vorstellen als einen Angriff der Schwarzen Schwingen. Und Ihr?«

»Und die Unschuldigen, die dabei sterben?«

Blackthorne seufzte. »Das ist bedauerlich. Bedauerlich, aber unvermeidlich. Kommt, Gresse, wir müssen noch einige Orte besuchen, und ich will möglichst schnell den Geschmack dieser Begegnung mit einem guten Ale hinunterspülen.«

Zweiundzwanzigstes Kapitel

Ilkars rasche Zusammenfassung seiner Gespräche mit Kild'aar und Rebraal hatte Erienne wieder zur Besinnung gebracht. Sie überließ es Hirad, den Julatsaner zusammenzustauchen, weil dieser nie von seinem Bruder erzählt hatte, und eilte mit Denser und Ren zum Haus, das Ilkar ihnen beschrieben hatte. Etwas ängstlich betrachtete Erienne den Panther und seinen außergewöhnlichen Hüter, der schweigend draußen saß. An der Tür wurden sie von Kild'aar aufgehalten. Die Elfenfrau sagte einige Worte, und Ren drehte sich zu ihnen um.

»Sie sagt, ihr seid hier nicht willkommen. Sie sagt, ihr werdet den Leichnam des Al-Arynaar nicht entweihen.«

»Sage ihr, dass ich ihr zustimme. Ich werde seinen Leichnam nicht entweihen. Wenn sie aber will, dass wir helfen, ihr Dorf zu retten, dann sollte sie uns lieber vorbeilassen.«

Es war spät, und Erienne war müde. Die Kopfschmerzen wurden schlimmer, und das Pochen war eine ständige Ermahnung, etwas Sinnvolles zu tun und einer Verpflichtung nachzukommen, die sie nicht empfand. Ren redete mit Kild'aar. Es war ein kurzer Wortwechsel. Irgendwann deutete die ältere Elfenfrau nachdrücklich auf den Panther, der sie bisher, genau wie sein Hüter, keines Blickes gewürdigt hatte. Schließlich gab sie die Tür frei. Die Verachtung für die Fremden kam in ihrer Körperhaltung und ihrer Miene deutlich zum Ausdruck.

»Sie sagt, der Panther wird dir die Augen auskratzen, wenn du etwas Böses mit dem Toten machst.«

Denser sah Ren mit einem Ausdruck an, den Erienne kannte. So sah er aus, wenn der Rabe bedroht war. Äußerste Geringschätzung.

»Er käme nicht einmal auf fünf Schritte an sie heran«, sagte er und stolzierte hinein.

Sie gingen wie angewiesen nach links in ein mit Kerzen beleuchtetes Zimmer, in dem ein erstickender Duft herrschte. Auf dem Einzelbett lag der verhüllte Leichnam von Mercuun. Kild'aar folgte ihnen nach drinnen und baute sich mit verschränkten Armen auf, um schweigend und missbilligend zuzuschauen.

Erienne kniete sich ans Bett, und Denser zog behutsam die Decke vom Toten, bis das Gesicht und der nackte Oberkörper entblößt waren. Im flackernden Licht konnte Erienne ein junges, markantes Gesicht erkennen. Die dunkle Haut schien unversehrt.

Sie legte ihm die Hände auf die Brust und hörte, wie Kild'aar hinter ihr scharf einatmete. Die Haut war kalt, hart und wächsern. Sie ignorierte das unangenehme Gefühl und stimmte sich auf das Mana-Spektrum ein, um vom Kopf bis zu den Zehen langsam eine Mana-Scheibe durch den Körper wandern zu lassen, während ihre Finger aufnahmen, was das Mana berührte und erkundete.

Fast sofort spürte sie eine Woge von Übelkeit, als hätte sie stinkende Luft eingeatmet. Sie hatte Mühe, ihre

Konzentration zu halten, stimmte sich wieder auf ihre Aufgabe ein und versuchte zu analysieren, was der zu ihr zurückfließende Mana-Strom ihr sagte. Das Konzept, das sie anwandte, ähnelte stark dem Körperspruch, doch Mercuun hätte auch mit dem stärksten Spruch, den ein Heiler wirken konnte, nicht gerettet werden können. Mit dem Spruch konnte man Knochen richten, Muskeln und Organe heilen, Blutungen stillen und Prellungen behandeln. Aber Verwesung und Verfall konnte man nicht umkehren.

Sie zog sich aus Mercuuns Leichnam zurück und nickte Denser zu, den Toten wieder zu bedecken. Sie blieb noch einen Moment auf den Knien hocken und rieb langsam über ihre Oberschenkel. Dabei atmete sie tief durch, um ihren Kopf von den üblen Empfindungen zu reinigen, die sie gehabt hatte, und wieder ins normale Bewusstsein zurückzukehren.

»Alles klar, Liebste?«, fragte Denser. Er hockte sich neben sie und streichelte ihre Wange.

»Ja«, sagte sie und drehte sich zu Ren um. »Ich muss einige Dinge wissen. Frage sie, wie lange er schon tot ist.«

Ren nickte und übersetzte die Frage.

»Zwei Tage«, lautete die Antwort. »Sie warten auf Rebraal, bevor sie den Toten dem Wald übergeben.«

Erienne schauderte. »So kurze Zeit erst?« Sie wechselte einen besorgten Blick mit Denser. »Frage sie, ob seine Knochenbrüche versorgt wurden.«

»Sie wurden versorgt«, kam etwas verzögert die Antwort. »Sie konnten behandelt werden und sprachen auf die Behandlung an. Dennoch ist er gestorben.«

»Der Grund ist, dass die Brüche nicht das Problem waren«, erklärte Erienne betroffen. »Was weiß man sonst noch?«

»Nichts«, übersetzte Ren. »Er ist nicht wieder zu sich gekommen.«

»Und was ist mit den anderen, die erkrankt sind?« Erienne stand, unterstützt von Denser, wieder auf.

Jetzt gab es eine längere Pause, während Ren sich mit einem Stirnrunzeln, das ihr schönes Gesicht entstellte, anhörte, was ihr berichtet wurde. Sie stellte einige ergänzende Fragen, dann holte sie tief Luft und wandte sich an Erienne.

»Es ist schrecklich«, berichtete sie. »Gleichgewichtsstörungen, Blutungen aus Ohren, Nase und After, entsetzliche Schmerzen im Bauch und in der Brust, Verlust des Gesichtssinnes und des Gehörs, Muskelschwäche und Krämpfe in Händen und Füßen. Es könnte noch mehr Symptome geben, aber dies sind die häufigsten. Das Schlimmste ist, dass anscheinend niemand weiß, wie man die Symptome bekämpfen oder lindern kann. Der Tod tritt bereits nach vier Tagen ein. Bisher hat niemand überlebt.«

»Das überrascht mich nicht«, sagte Erienne. »Wie viele sind im Augenblick erkrankt?«

»Einhundertdreiunddreißig.«

»Oh, nein«, sagte Erienne. Sie legte eine Hand auf den Mund. Die Größenordnung des Problems ließ sie schwindeln. »Kein Wunder, dass sie so feindselig war.«

Erienne ging zu Kild'aar und legte beide Hände auf ihre verschränkten Arme. Sie erkannte ein Flehen hinter der abweisenden Maske der Elfenfrau, eine kaum unterdrückte Furcht, die vor allem darauf beruhte, dass es keine Antworten gab.

»Es tut mir Leid, Kild'aar«, sagte Erienne. »Aber Ihr müsst mir einen von denen zeigen, die noch leben.«

Kild'aar nickte. Die Worte hatte sie nicht verstanden,

doch der Ausdruck und die Bewegung in Eriennes Stimme waren deutlich genug. Ren übersetzte, und Erienne musste eine Rückfrage beantworten.

»Sie will wissen, was du herausgefunden hast.«

Erienne nagte an der Unterlippe. »Er ist innerlich verwest«, sagte sie so ruhig wie möglich. Der starke Eindruck von Verfall und Krankheit hatte sie mitgenommen. »Alle seine inneren Organe haben sich aufgelöst, einige sind kaum noch zu erkennen. So auch sein Gehirn. Seine Knochen waren spröde, er hatte kein Calcium, als wäre er schlagartig um Jahrhunderte gealtert. Äußerlich war er unversehrt, aber im Innern war es, als sei er schon vor Wochen gestorben. Ich muss aber einen lebenden Patienten sehen. Jemanden, mit dem ich reden kann. Rasch.«

Ren war einen Moment lang wie vor den Kopf geschlagen, als sie Eriennes Beschreibung hörte. Sie riss sich zusammen und berichtete Kild'aar schaudernd von den schrecklichen Symptomen. Die ältere Frau nahm keuchend auf, was sie über Mercuuns Ende erfuhr. Sie warf Erienne einen Blick zu, und der Zorn war Schock und Trauer gewichen. Sie sagte einige Worte.

»Kild'aar fragt, ob du etwas tun kannst.«

Erienne zuckte hilflos mit den Achseln. »Ich weiß es nicht. Ich hoffe es, aber ich weiß es nicht. So etwas habe ich noch nie gesehen.«

Kild'aar musste nicht erst die Übersetzung hören. Sie winkte ihnen, den Raum zu verlassen, und hielt inne, als die Tür gegenüber geöffnet wurde. Ein halb nackter Elf lehnte sich kraftlos an den Türrahmen, torkelte heraus und kam ihnen durch den schmalen Gang entgegen. Seine rechte Hand war an der linken Schulter fixiert, er hatte tiefe Falten auf der Stirn, und seine Haut war von einem Schweißfilm bedeckt. Seine Augen brannten, als er Erienne und Denser sah. Ren warf er nur einen kurzen Blick zu, dann konzentrierte er sich auf Kild'aar und ließ offenbar eine Flut von Verwünschungen auf sie los.

Erienne wich unwillkürlich zurück, bis sie Denser hinter sich spürte. Sie sah, wie Kild'aar den Arm ausstreckte und den verwundeten Elf berührte, der ihre Hand jedoch wegschlug. Sie reagierte mit beruhigenden Worten auf seinen Ausbruch, doch das brachte ihn nur noch mehr in Rage. Er schrie, blickte zum anderen Zimmer, und die Sehnen an seinem Hals traten vor Wut hervor. Eriennes Herz schlug schneller, der heftige Ausbruch war schockierend. Sie tastete nach Densers Hand.

Der Elf hörte nicht auf. Was Kild'aar auch sagte, es besänftigte ihn nicht. Ren verfolgte den Streit. Immer wieder wollte sie etwas sagen, doch irgendetwas, das sie hörte, brachte sie zum Schweigen. Es wurde immer lauter im beengten Raum, auch Kild'aar schrie jetzt. Schließlich beendete Ren den Streit. Die junge Elfin ballte die Hände zu Fäusten, trat entschlossen zwischen die beiden Kontrahenten und schrie dem verwundeten Elf direkt ins Gesicht. Er erschrak über die Unterbrechung, hielt inne und sah Ren erstaunt an. Sie ergriff die Gelegenheit und sprach mit fester, aber ruhiger Stimme. Sie deutete mit dem Daumen zu Mercuun, dann auf Erienne und dann zur Vordertür. Das einzige Wort, das Erienne verstehen konnte, war »Ilkar«, aber was Ren auch sagte, es wirkte sofort.

Der Elf nickte, sprach zwei Worte, und Ren machte ihm Platz. Er ging mit Kild'aar, die ihm einen Arm um die Hüfte gelegt hatte, langsam in Mercuuns Zimmer, zog das Tuch weg und sah Mercuun lange an. Erienne konnte beobachten, wie er die Schultern hängen ließ. Er flüsterte ein kurzes Gebet, kniete sehr unbeholfen nieder, legte die linke Hand auf Mercuuns Stirn und verneigte sich. Er schwieg eine Weile, verloren in Kontemplation oder Erinnerungen.

Denser gab Erienne einen kleinen Stoß.

»Der sieht aus wie eine gebräunte Version von Ilkar, findest du nicht auch?«, flüsterte er.

»Es gibt eine gewisse Ähnlichkeit«, stimmte Erienne zu.

»Das sollte wohl auch so sein«, sagte Ren, die hinter ihnen stand, leise. »Das ist Rebraal, Ilkars Bruder.«

Als Rebraal seinen Namen hörte, richtete er sich unter Schmerzen langsam wieder auf und kehrte zu Erienne und Denser zurück. Der Zorn war aus seinem Gesicht gewichen, und Erienne war überrascht, sogar Angst in seinem Blick zu erkennen. Er sprach, und Ren übersetzte.

»Er sagt, er muss zum Tempel zurückkehren. Der Tempel muss wieder den Al-Arynaar übergeben werden. Er will morgen früh in der Dämmerung aufbrechen.«

»Sage ihm, wir kommen mit«, sagte Denser.

Der Magier zuckte zusammen, als Rebraal verächtlich schnaubte, nachdem Ren übersetzt hatte. Erienne legte ihm eine Hand auf den Arm, um ihn zu beruhigen.

»Dann will er allein gehen?«, fragte Denser.

Rebraal spie einige Worte aus. Ren hob die Hände, antwortete und bekam eine scharfe Antwort, die nur aus einem einzigen Wort bestand.

»Er will Fremde töten. Warum sollte er noch mehr Fremde dorthin lassen?«

»Er hat meine Frage noch nicht beantwortet«, sagte Denser.

»Seine Brüder, die anderen Al-Arynaar, werden sich ihm in einigen Tagen anschließen. Er hofft, dass es noch früh genug ist«, sagte Ren.

»Und wenn nicht? Die beste Chance, die er überhaupt bekommt, hat er hier, auch wenn er noch so finster dreinschaut. Erkläre ihm das. Wir kommen mit. Wir können ihm helfen, und was es auch ist, das ihm solche Angst eingejagt hat, wird umso schneller ausgeräumt werden.«

Wieder folgte eine kurze Unterhaltung der Elfen.

»Er sagt, der Wald bringt dich um.«

»Ich weiß, dass ich für uns alle spreche, wenn ich dies sage. Wir wollen helfen. Wir müssen so schnell wie möglich Magier nach Balaia holen, und deshalb werden wir alles tun, um dies zu beschleunigen, und wir werden alles tun, um das Vertrauen der Elfen zu gewinnen. Hat er überhaupt eine Wahl? Im Augenblick sind wir alles, was er hat, und bei den brennenden Göttern, einer von uns ist sogar sein Bruder.«

Erienne spürte Densers Leidenschaft. Er war von seiner Sache überzeugt, und sie konnte nur hoffen, dass auch Rebraal das erkannte. Sie sah, wie Ren mit ihm redete, sie beobachtete seine Reaktionen und sah sich über die Schulter zu Denser um. Er zuckte mit den Achseln, sein Gesicht wurde hart, doch er nickte.

»Dann hat er uns jetzt in Gnaden aufgenommen?«, fragte Denser schließlich.

»Nein«, sagte Ren. »Der Rabe ist hier geduldet, das ist alles. Er weiß, dass er jede Hilfe braucht, die er nur bekommen kann. Ilkar ist der Schlüssel. Ohne Ilkar dürftest du ihn nicht begleiten.«

»Was ist denn eigentlich passiert, dass er es nun doch mit uns versuchen will?«, fragte Erienne beklommen.

»Rebraal weiß, was die Krankheit verursacht. Er hat die Texte im Tempel studiert. Er hat sein Leben der Erhaltung der Harmonie gewidmet.«

»Und?«, drängte Denser.

»Rebraal sagt, die Harmonie sei gestört worden. Die Fremden, die den Tempel eingenommen haben, hätten es getan, doch er weiß nicht wie. Deshalb müssen wir dorthin. Du kannst die Krankheit nicht mit Magie oder Kräutern heilen, und solange die Harmonie nicht wiederhergestellt ist, werden die Elfen sterben.«

Erienne runzelte die Stirn. »Welche Elfen?«

»Wir alle.«

Aeb war unruhig. Protektoren waren daran gewöhnt, allein zu sein und mit ihrem Gebieter, einem xeteskianischen Magier, zu reisen. Doch in Zeiten von Konflikten war der Seelenverband tief unten in den Katakomben von Xetesk stets beunruhigt. Die Seelen der Protektoren, die nicht körperlich zusammen sein konnten, tauschten ihre Gedanken und Ängste aus. Aeb hatte viel gehört, und die Befürchtungen wurden stärker.

Aeb hatte eine einzigartige Position inne. Offiziell war er seinem Gebieter Denser zugeteilt, dem Dawnthief-Magier, was für sich genommen schon eine große Ehre war. Doch in Wirklichkeit war er eher der Beschützer Sols, des Unbekannten Kriegers, des einzigen Mannes, der ein Protektor war und aus der Berufung entlassen wurde, damit seine Seele wieder in seinen Körper zurückkehren konnte.

Falls ein Protektor tatsächlich Stolz empfinden konnte, dann war Aeb stolz. Doch dies änderte nichts an der Tatsache, dass er die Erregung der Seelen seiner Brüder im Kopf hören konnte. Sie kannten keine Angst. Sie wurden dazu ausgebildet, zu kämpfen und zu verteidigen. Doch wenn sie voneinander getrennt waren, dann schwächte sie die Entfernung, und so breitete sich Unsicherheit im Seelenverband aus.

Aeb hatte schweigend in seinem Zimmer gesessen, sein Gesicht gebadet und im Dunklen die Luft über das von der Maske befreite Gesicht streichen lassen. Er hatte die Brüder beruhigt, die auf ihn hören wollten, und den Gedanken der anderen gelauscht. Ihre Stimmen wisperten ständig in seinem Kopf, er konnte sie nicht ausblenden und hätte es auch nicht gewollt. Er legte die unbequeme Maske wieder an und ging hinaus, um Sol zu suchen.

Der Unbekannte Krieger war allein und drehte sich um, als der Protektor sich ihm näherte.

»Aeb.« Der Unbekannte begrüßte ihn mit einem Nicken.

Aeb erkannte sofort, dass der Unbekannte etwas gespürt hatte. Es war ein Geheimnis, das im Seelenverband oft zur Sprache kam. Niemand konnte erklären, wie Sol, dessen Seele wieder in seinen Körper zurückgekehrt war und der mit seinen Protektorenbrüdern nicht mehr in unmittelbarem Kontakt stand, fähig war, sie dennoch alle zu spüren und ihre Gefühle aufzufangen, auch wenn er sie nicht vollständig erfassen konnte. Dies schenkte ihnen Hoffnung, dass sie immer noch auf eine unauslöschliche Weise miteinander verbunden blieben, auch wenn sie eines Tages aus der Bindung entlassen werden sollten. Darum beteten sie alle.

»Verzeih mir, dass ich dich störe.«

Der Unbekannte schüttelte den Kopf. »Du bist mir immer noch nahe«, sagte er. »Und dir macht etwas Sorgen. Eigentlich solltest du ruhen.«

»Ja.«

»Dann sprich frei. Denser hat es dir bereits erlaubt.«

»Es ist immer noch schwer«, sagte er. »Nach all den Jahren …«

»Du hast etwas im Seelenverband gehört«, mutmaßte der Unbekannte.

»Ja«, sagte Aeb. »Allerdings darf ich diese Informationen nicht weitergeben, Sol. Du kennst die strengen Regeln der Berufung.«

»Aber du kannst auf eine direkte Frage deines Gebieters auch nicht lügen«, sagte Denser, der gerade zu ihnen trat. »Entschuldigung, dass ich gelauscht habe.«

Aeb drehte sich zu dem Magier herum.

»Dann frage«, sagte der Unbekannte.

»Aeb, nimm die Fragen des Unbekannten so, als kämen sie von mir. Antworte uns beiden«, sagte Denser.

»Ja.«

Denser forderte den Unbekannten mit einem Blick auf, seine Frage zu stellen.

»Kämpfen die Protektoren?«

»Ja.«

»Wo?«

»In Arlen.«

»Und Xetesk kontrolliert die Stadt?«

»Ja.«

»Wie weit wurden die Dordovaner zurückgeworfen?«

»Sie wurden vernichtet.«

»Was?« Der Unbekannte gaffte fassungslos und wandte sich an Denser.

»Gab man ihnen die Möglichkeit zu kapitulieren?«, fragte der Magier.

»Nein.«

»Und die Protektoren hatten Befehl, sie alle zu töten?«

»Alle, die den magischen Angriff überlebt haben. Kavallerie wurde ausgesandt, um die weiter außen stationierten Truppenteile zu erledigen.«

Der Unbekannte und Denser wechselten einen weiteren Blick. Aeb fand dies tröstlich, da er in ihren Gesichtern das gleiche Unbehagen erkannte, das er auch selbst empfand. Er würde dies später seinen Brüdern mitteilen.

»Beschreibe den Spruch und seine Wirkung«, befahl Denser.

Aeb hielt inne und beriet sich mit dem Seelenverband.

»Eine vereinte Feuerkugel. Die Magier nannten sie eine Flammenwalze. Sie wirkte in einem weiten Umkreis und hat das nordwestliche Viertel Arlens zerstört. Am Punkt des Aufschlags ist auch einen Tag nach der Anwendung die Hitze noch zu groß, dass man sich dort aufhalten könnte.«

Der Unbekannte fluchte. »Sie räumen einen Weg frei«, sagte er. »Und sie treten alle Regeln der ehrenhaften Kriegführung mit Füßen. Dadurch wird der Konflikt noch weiter eskalieren.«

»Für wen räumen sie einen Weg frei?«, fragte Denser.

»Für die magischen Forscher und meine Brüder auf Herendeneth«, sagte Aeb sofort. »Sie werden bald nach Balaia zurückkehren.«

»Nun«, sagte Denser und starrte den Unbekannten an. »Wer von uns wird Hirad jetzt beibringen, dass Xetesk nicht die Absicht hat, seinen Drachen zu helfen?«

Der Unbekannte zog die Augenbrauen hoch und kehrte ins Haus zurück.

Dreiundzwanzigstes Kapitel

Ben-Foran schlief. Es war der Schlaf der Erschöpfung. Er war geistig und körperlich am Ende und wusste, dass Yron ihm am folgenden Tag noch einmal solche Anstrengungen abverlangen würde. Dem Hauptmann dagegen war überhaupt nicht nach schlafen zumute. Er wusste nicht mehr, wie lange sie sich an den Baumstamm geklammert hatten. Zwei Stunden, vielleicht länger. Er wusste nur, dass er noch nie so froh gewesen war, endlich wieder festen Boden unter den Füßen zu haben, als sie die Stelle erreichten, wo der Nebenfluss in den Shorth mündete.

Sie waren durch zahlreiche Schluchten und Stromschnellen geschwommen, hatten sich an Steinen und Sandbänken die Haut aufgeschürft, waren durch Strudel getrieben und einen glücklicherweise nicht sehr hohen Wasserfall hinuntergestürzt. Yrons einziger Trost auf dieser schmerzhaften Reise war die Gewissheit gewesen, dass sie sich auf diese Weise schnell von den Jägern der Elfen entfernten, und dass kein gefährliches Raubtier ihnen folgen konnte.

Die ganze Zeit über hatte Ben kein Wort gesprochen, sondern sich nur an den Baumstamm geklammert, den Kopf über Wasser gehalten und die Beine so gerade wie möglich hinter sich ausgestreckt. Vor Kälte und Angst hatten ihm die Zähne geklappert, doch er hatte sich nicht beklagt. Obwohl die Reise ihn wie Yron völlig überanstrengt haben musste, war es Ben, der mit energischen Bewegungen zum Ufer strampelte, als sie plötzlich langsamer trieben, nachdem sie den zweihundert Schritt breiten Shorth erreicht hatten.

Sie hatten kaum einmal angehalten. Der Abend kam bald, und das Licht schwand rasch. Sie hatten einen Platz zum Rasten gesucht. Yron hatte der Wald, an dessen Saum sie gelandet waren, nicht gefallen. Er war dicht, so gut wie undurchdringlich, das Gelände stieg steil an, und weder er noch Ben wollten klettern. Deshalb waren sie im flachen Wasser ein Stück gelaufen. Sie hielten Ausschau nach Krokodilen, sahen aber keine außer denen, die auf dem gegenüberliegenden Ufer im Schlamm lagen.

Als es fast völlig dunkel war und ein abendlicher Schauer sie durchnässt hatte, fanden sie endlich ein Stück Ufer, wo der Fels direkt am Wasser etwa zweihundert Fuß hoch steil anstieg. Am anderen Ufer wuchs der Wald auf einem langen, sanften und schönen Abhang, sodass sie das Dach des Regenwaldes in seiner ganzen Pracht sehen konnten. Tausende Vögel flogen über den Wipfeln, die Luft war von ihren Schreien erfüllt, und näher am Ufer rauschten die Bäume, als ein Trupp Affen auf dem Weg zu neuen Fressplätzen vorbeikam.

Ben hatte oben in der Klippe einen Felsvorsprung entdeckt, und sie hatten sich zu einer letzten Kletterpartie aufgerafft. Es waren etwa dreißig Fuß, aber es war die Mühe wert. Dort oben auf der ebenen Fläche war Platz für etwa sechs Männer, und sobald sie die Spalten nach Schlangen, Spinnen und Skorpionen abgesucht hatten, konnten sie sich niederlassen und ausruhen. Nun waren sie vor den meisten Gefahren des Waldes sicher.

Der harte Fels sagte Ben offenbar zu, und er war fast sofort eingeschlafen. Yron hatte nicht das Bedürfnis, sich hinzulegen. Er lehnte sich mit dem Rücken an die Felswand und blickte zum Fluss und zur grünen Weite hinaus. Über ihm rollten unablässig die Wolken vorbei und hielten die Tageshitze am Boden. Er war dankbar dafür, obwohl die Wolken auch Regen mitgebracht hatten. Sie konnten es nicht riskieren, ein Feuer anzufachen. Es wäre für diejenigen, die ihnen folgten, ein unübersehbares Leuchtsignal.

Hin und wieder riss die Wolkendecke auf, das Licht von Mond und Sternen drang herab und sandte graues Licht in den Wald. Als seine Augen sich an das Zwielicht gewöhnt hatten, konnte Yron auch die Pflanzenfresser ausmachen, die im Schutz der Dunkelheit am Ufer tranken. Er konnte Nachtvögel schweben und kreisen sehen. Es war ein wahrhaft atemberaubendes Land. Urtümlich in jeder Hinsicht, doch auf eine Weise, die einem ans Herz ging. Alles wirkte hier zusammen. Die Elfen hatten Recht, wenn sie von der Harmonie sprachen. Es war wie eine perfekt arrangierte Musik und ein Tanz. Das größte Schauspiel, das die Natur überhaupt zu bieten hatte. Er wollte es nicht weiter stören, wie er es nach ihrer Landung so oft getan hatte. Jetzt bedauerte er, dass ihre Eingriffe überhaupt nötig gewesen waren.

Doch, so sagte er sich, der Wald würde sich von dem kleinen Schaden erholen, den sie angerichtet hatten, und die gestohlenen Dokumente würden eines Tages zurückgegeben werden. Er mochte die Elfen nicht besonders, wollte ihnen aber auch nichts Böses. Viel zu oft hatte er ihre Kälte zu spüren bekommen, und er hielt diejenigen, die hier lebten, für kaum mehr als halb gezähmte Wilde. Seltsam nur, dass ihre in Balaia lebenden Vettern so freundlich waren. Vielleicht musste man sich erst aus den Fesseln des Regenwaldes befreien. Oder Balaia war tatsächlich ein Ort, an dem es sich besser leben ließ.

In diesem Augenblick war er ganz gewiss dieser Meinung. Für ein weiches Bett, in dem er nicht zerstochen und von Insektenbissen übersät wieder aufwachte, hätte er fast alles gegeben. Wie auch immer, sie würden in einigen Tagen ihr Schiff erreichen, falls es ihnen gelang, den TaiGethen zu entwischen.

Er schob sich an den Rand des Felsvorsprungs, ließ die Beine baumeln und schlug mit den Hacken leicht gegen den Fels.

»Wo seid ihr?«, flüsterte er. »Wie denkt ihr? Wie jagt ihr?«

So wenig war über die TaiGethen bekannt, abgesehen davon, dass sie fanatisch waren. Einmal hatte er das Glück gehabt, einen zu Gesicht zu bekommen. Sie mieden die Städte und größeren Siedlungen und bedrohten niemanden, solange sie sich nicht bedroht fühlten. Er hatte gehofft, ihnen aus dem Weg zu gehen, doch jetzt musste er versuchen, ihnen zu entkommen. Etwas tun, das sie nicht erwarteten.

Sie mussten annehmen, er würde stromabwärts reisen, doch vielleicht hatte er sie hereingelegt, indem er zum Nebenfluss gegangen war. Sie würden ihn allerdings einholen. Sie würden an den Schlüsselpositionen wachen. Wahrscheinlich hatten sie schon erraten, wo die Schiffe waren. Eigentlich müsste er dringend Stenys oder Erys finden, doch das war so gut wie unmöglich. Die beiden konnten miteinander Kommunion halten und dafür sorgen, dass die Gegner nicht zu weit vorstießen. Man konnte an der Flussmündung, in der die Schiffe ankerten, eine Verteidigungslinie aufbauen. Diesen Befehl hatte er gegeben, doch vielleicht wurden sie nervös und schickten Suchtrupps aus. Das Problem war, dass dies im Grunde bedeutete, die Ahnungslosen zu ihrer Hinrichtung zu schicken.

Er konnte im Augenblick nichts tun und dachte über die Pläne nach, die er den Trupps für ihre Flucht mit auf den Weg gegeben hatte. Fast sofort kam ihm eine Idee. Es würde Ben nicht gefallen, doch Ben war nicht der Befehlshaber.

Da er jetzt wieder ein konkretes Ziel hatte, entspannte Yron sich, zog die Beine über die Kante zurück, kroch ein Stückchen von ihr weg und legte sich mit hinter dem Kopf verschränkten Händen hin, um zu dösen. Ein Lächeln spielte auf seinen Lippen.

»Du bist nicht in der Verfassung, das Bett zu verlassen, ganz zu schweigen davon, nach Aryndeneth zu reisen«, sagte Ilkar.

Er und Rebraal saßen allein an einem Feuer im Zentrum des Dorfs und tranken Tee mit Heilkräutern. Es war schon spät und sehr dunkel, und das Feuer hatte von überall Insekten angelockt. Was Rebraal gehört hatte, weckte zwar die Bereitschaft, mit seinem Bruder zu reden, doch es hatte seine Meinung nicht ändern können.

»Und du bist nicht in der Verfassung, dich überhaupt bei mir blicken zu lassen. Du wirst mir nicht sagen, was ich tun und lassen kann. Es ist etwas, das getan werden muss, und es wurde durch Verräter wie dich überhaupt erst notwendig.«

»Wie kommst du denn darauf?« Ilkar hätte nicht im Traum damit gerechnet, dass man ihm das Versagen der Al-Arynaar vorwerfen könnte.

»Weil Leute wie du nicht glauben. Du dachtest, du wüsstest es besser, und warst der Ansicht, der Glaube der Al-Arynaar und TaiGethen habe keine Grundlage. Und da du dich geweigert hast, dich uns anzuschließen, hast du uns geschwächt. Dies ist das Resultat dieser Schwäche.«

»Wie viele haben euch angegriffen?«, fragte Ilkar.

»Etwa hundertdreißig«, sagte Rebraal.

Ilkar war verblüfft. Er hatte bisher nur an einen Blitzangriff von wenigen, sehr erfahrenen Kämpfern gedacht, aber nicht an eine ausgewachsene Invasion.

»Und neun von uns haben fast einhundert Angreifer getötet.«

»Neun?« Ilkar schluckte.

»Ja, Ilkar, neun. Darunter waren zwei Magier. Wir haben nicht genug Leute. Es sind gerade genug, um das Netz in Gang zu halten. Du hast so viel vergessen. Wo habe ich nur einen Fehler gemacht?«

Ilkar hörte das Bedauern und die Enttäuschung in Rebraals Stimme. Das Netz hatte versagt. Weder die Al-Arynaar noch die TaiGethen oder die Krallenjäger hatten das große Überfallkommando entdeckt.

»Du hast nicht versagt«, sagte Ilkar leise. »Ich war es. Ich habe nicht geglaubt – oder nicht inbrünstig genug.«

»Betest du nicht zu Yniss, Ilkar?«

Ilkar schlug die Augen nieder und starrte ins Feuer.

»Dann habe ich wirklich versagt«, sagte Rebraal. »Ich konnte dich nicht einmal das lehren, was uns an das Land und die Götter bindet.«

»Ich kenne die Lehren«, erwiderte Ilkar. »Ich habe jedoch nicht die Berufung verspürt, die du und Vater empfunden haben. Es war mir nicht bestimmt, ein Al-Arynaar zu werden.«

»Aber du hattest es in dir, ein Magier zu werden«, sagte Rebraal. »Warum bist du nicht zurückgekommen?«

»Weil ich nicht hierher gehöre. Ich wollte ein großer Magier werden, und nicht nur ein mittelmäßiger, der sich damit zufrieden gibt, Aryndeneth zu bewachen oder sein Leben lang im Wald zu patrouillieren.«

»Du betest fremde Götter an«, sagte Rebraal. »Ich hoffe, das war es wert.«

»Ja, das war es.«

»Und jetzt? Was ist jetzt, da die Elfen durch das sterben, was Fremde aus Balaia getan haben?«

Ilkar hatte die Grenzen dessen erreicht, was er hinzunehmen bereit war. Allmählich platzte ihm der Kragen. Seltsam, aber Denser und Erienne waren in dieser Hinsicht gegenüber Rebraal anscheinend verständnisvoller als er selbst.

»Wie ist das möglich? Wie können wir so verwundbar sein, dass hundert Diebe uns an den Rand einer Katastrophe bringen? Es muss eine andere Erklärung geben, und es muss eine Heilung geben.«

»Idiot!«, wütete Rebraal. Er richtete sich abrupt auf und schnitt eine Grimasse vor Schmerzen, die sicher nicht nur von seiner Schulter herrührten. »So war es schon immer. Was glaubst du denn, warum die Al-Arynaar existieren? Oder die TaiGethen? Warum? Um die Elfen vor genau dieser Möglichkeit zu beschützen. Ich habe die Texte gelesen, die du nicht kennst, Ilkar. Ich habe mir die Mühe gemacht, die einzige Schwäche kennen zu lernen, die in der Harmonie von Yniss, Tual, Orra und allen anderen Göttern existiert, auf die ich meinen Glauben und mein Vertrauen baue.«

»Und was ist es?«

Rebraal erstarrte, und dann dämmerte Verstehen in seinem Gesicht. Er setzte sich wieder dicht neben Ilkar.

»Du fühlst es wirklich nicht, was? Deshalb bist du nicht zurückgekommen wie ich.«

»Was soll ich fühlen?« Ilkar spürte, wie enttäuscht sein Bruder war.

»Jetzt verstehe ich es. Wahrscheinlich bist du auch nicht der Einzige. Jeder Elf, der in Balaia lebt, muss so fühlen wie du.« Rebraal seufzte. Das Verstehen hatte ihm etwas Frieden gebracht.

»Was meinst du?« Ilkar hätte ihn am liebsten geschüttelt, doch er beherrschte sich und ließ Rebraal Zeit, seine Gedanken zu ordnen, ehe er es erklärte. Er hatte diesen Ausdruck schon früher bei seinem älteren Bruder gesehen. Er war immer so nachdenklich und so tief in seinem Glauben verwurzelt gewesen. Das war eines der Dinge, die Ilkar am meisten an ihm bewunderte.

Das Feuer vor ihnen zischte und knackte, als ein leichter Regen einsetzte. Ilkar schaute zum Himmel hinauf. Es war keine dichte Bewölkung, der Regen würde bald wieder aufhören.

»Es gibt einen Text, von dem du vielleicht gehört hast. Yniss gab ihn Tual, und Tual gab ihn den Elfen, als sie vom Regenwald gezeugt wurden und Aryndeneth erbauten.«

»Das Aryn Hiil.« Ilkar nickte.

Es war der Text, den die Priester und Al-Arynaar mit der allergrößten Eifersucht hüteten. Sie glaubten, dies seien die Worte der Erde, die von Yniss selbst aufgeschrieben worden waren. Nur wenige Gläubige, die sich besonders ausgezeichnet hatten, bekamen ihn jemals zu sehen. Rebraal war einer von ihnen.

»Ja, das Aryn Hiil beschreibt die Elfen und ihren Platz in der Welt. Es sagt, die Elfen sollen die Wächter des Waldes sein. Wir sind die von Tual gesegneten Bewohner des Landes, und es ist unsere Aufgabe, das Land und seine Geschöpfe zu beschützen. Zusammen mit dieser Ehre wurde uns ein langes Leben verliehen, damit wir vom Wald lernen und das Wissen den nächsten Generationen weitergeben können, aber wir sollen kein zahlreiches Volk werden, sondern vor allem weise und umsichtig. Und wir sollen dadurch geehrt werden, dass wir eins sind mit dem Wald, mit der Luft und der Magie. Wir sollen all diese Energien in uns spüren, und dies soll uns die Kraft verleihen, unsere Aufgabe für Tual zu erfüllen.

Doch zugleich erhielten wir auch eine Warnung. Falls wir aufhören zu glauben, falls wir unsere heiligen Stätten den Ranken und den Ratten überlassen, falls Unrat unseren Geist erfüllt, und falls Unwissenheit unsere Hände führt, soll uns diese Gabe genommen werden. Wir sollen dahinsiechen und sterben, die Langlebigkeit wird uns genommen, und unsere Angehörigen sollen tot neben uns an dem Ort liegen, wo sie vorher gelebt hatten. Dies soll der Elfenkummer sein, von dem wir nur geheilt werden, wenn wir uns von neuem Yniss zuwenden.

Genau dies geschieht jetzt, Ilkar, und wir müssen die Dinge wieder in Ordnung bringen.«

Ilkar dachte darüber nach. Auch wenn es eine Parabel war, sie erschien im Augenblick schrecklich real. Dies war keine ansteckende Seuche. Sie traf ihre Opfer willkürlich, Junge wie Alte, Kranke wie Gesunde. Es gab keine Gesetzmäßigkeiten und keine Erklärungen. Es geschah einfach.

Und auch wenn er sich nicht ganz überwinden konnte, dies als göttliche Vergeltung zu betrachten, es reichte aus, dass Rebraal und Kild'aar es so sahen. Dies bedeutete, dass die Elfen nicht ruhen würden, bis das Gleichgewicht wiederhergestellt war. Es bedeutete, dass kein einziger Elfenmagier das Land verlassen würde, um Julatsa zu helfen.

»Was ist es denn nun, das ich nicht fühle?«, fragte er.

Rebraal lächelte. »Den Wald, den Himmel und die Luft. Sie durchdringen dich nicht. Nur die Magie durchdringt dich. Deshalb bist du nicht zurückgekehrt. Ich hingegen hatte keine Wahl. Ich wurde von den Wurzeln meines Lebens angezogen.« Das Lächeln wich aus Rebraals Gesicht. »Aber glaube nicht, dass dich dies vor dem Elfenkummer schützen kann. Du bist immer noch einer von uns. Im nächsten Moment könnte der Elfenkummer auch dich oder mich oder Ren'erei treffen.«

Ilkar hatte noch gar nicht an die Möglichkeit gedacht, dass er selbst sterben könnte. Es war ein unangenehmer Gedanke. Er trank einen Schluck. »Und du glaubst, was diese Fremden getan haben, war genug, um die Harmonie zu zerstören und diese Warnung wahr werden zu lassen?«

»Das ist die einzige Erklärung. Wir sind vielleicht nicht mehr sehr viele, doch wir dürfen uns nicht von Yniss abwenden. Die Elfen in den Städten und Orten und Dörfern beten, wie sie es immer getan haben, und sie erweisen den Göttern die Ehre wie immer. Es ist ein auffälliges Zusammentreffen.«

»Der Rabe wird euch helfen, Rebraal, ich schwöre es. Wir werden sie töten, wie wir jeden Feind töten würden.«

»Hm, der Rabe. Wir sind nicht so weit von allem entfernt, dass wir nicht von euch oder von einigen eurer Krieger gehört hätten. Wir haben uns immer nach dir erkundigt, wenn einer von uns von der Ausbildung in Julatsa zurückkehrte. Du bist berühmt, nicht wahr?« Er stand auf. »Du hast einen großen Namen. Wir wollen nur hoffen, dass ihr nicht nur Muskeln und Titten zu bieten habt.«

Ilkar lachte, und auch Rebraal rang sich zu einem trockenen Kichern durch.

»Ich kann dir versichern, dass dem nicht so ist«, sagte Ilkar, »und wenn du solche Sprüche von dir gibst, komme ich auf die Idee, dass vielleicht auch du zu viel Zeit in Balaia verbracht hast.«

»Ein einziger Tag war schon zu viel. Aber ich musste lernen, auch wenn ich kein Magier sein konnte.«

»Es könnte sich auszahlen, dein Balaianisch aufzupolieren, falls du dich noch daran erinnern kannst.« Jetzt stand auch Ilkar auf. »Weißt du, ich habe immer bedauert, dass ich nicht zurückgekehrt bin.«

»Nein, hast du nicht. Du hast nicht geglaubt. Das wird für immer ein Schandfleck in meinem Geist bleiben.«

»Ich habe es wirklich bedauert, aber es hatte nichts mit dem Glauben zu tun. Es hatte mit dir zu tun. Ich wusste, dass ich dich enttäuscht habe.«

»Ich habe hundert Jahre lang gelebt, als hätte ich keinen Bruder. Ich bin heute noch nicht sicher, ob ich einen habe.«

»Nimm dir Zeit«, sagte Ilkar. »Und lasse Erienne nach deiner Schulter sehen. Wenn du im Morgengrauen aufbrechen willst, brauchst du eine Warme Heilung von einer Expertin.«

»Du kannst diesen Spruch nicht vollbringen, großer Magier?«

Ilkar ging nicht auf den Seitenhieb ein. »Nicht so gut wie Erienne. Komm mit, sie ist im Haus.«

Die Brüder entfernten sich vom Feuer, einer getrieben von einer Inbrunst, die nie ersterben würde, und der andere von zunehmenden Schuldgefühlen, weil er womöglich einen Fehler gemacht und nicht nur seine Familie und seine Berufung, sondern das ganze Elfenvolk verraten hatte.

Hirad legte sich aufs Bett, schloss die Augen und entspannte sich, um seinen Geist zu öffnen, wie Sha-Kaan es ihn gelehrt hatte. Er vermisste den Kontakt mit dem Großen Kaan, und als dessen Drachenmann hätte er sich längst darum bemühen müssen. Es war möglich, dass der ungeheuer mächtige Geist des Drachen schon nach ihm gesucht und festgestellt hatte, dass er nicht entspannt genug war, um die Kommunikation riskieren zu können. Überraschen würde es ihn nicht, denn die letzten drei Tage waren alles andere als ruhig verlaufen. Dennoch war er nervös. Der Große Kaan würde nicht begrüßen, was er ihm zu sagen hatte.

»Sha-Kaan, kannst du mich hören?«, fragte er und ließ seine Gedanken treiben wie ein Schiff auf dem Meer.

Fast sofort spürte er, wie Sha-Kaans Bewusstsein ihn berührte und ihn mit Wärme erfüllte.

»Meine Erinnerungen an dich begannen bereits zu verblassen, Hirad Coldheart«, sagte er mit gespielter Verstimmung. Offenbar war er guter Dinge.

»Und ich habe fast die Erinnerung an deine armseligen Scherze verloren«, antwortete Hirad. »Es tut gut, deinen Geist wieder zu spüren.«

»Und ich freue mich, dass ich deinen spüre«, sagte Sha-Kaan. »Du machst dir Sorgen. Du hast eine Frage an mich?«

»Wir müssen wissen, welche Fortschritte die Al-Drechar und ihr mit den Forschern der Xeteskianer macht«, sagte Hirad.

»Ah«, sagte Sha-Kaan. Die Wärme in Hirads Bewusstsein verstärkte sich noch, und das Gefühl dahinter war leicht zu deuten. Hoffnung. Hirads Herz schlug schneller. »Die Alten wissen so viel. Und die Xeteskianer haben eine gute Theorie, auf der man aufbauen kann. Ich rieche schon fast die Wälder von Teras und sehe die Berge von Beshara.«

Hirad biss sich auf die Unterlippe. »Haben sie gesagt, wie lange es noch dauern wird?«

»Eine halbe Jahreszeit, sagen sie, bevor sie sicher sein können, dass die Dimensionen wieder in der richtigen Position sind. Doch in der Zwischenzeit finden sie viele andere Dinge heraus.«

»Wirklich?«

»Mein Gehör ist etwas schärfer, als den Xeteskianern bewusst ist«, erklärte Sha-Kaan, und Hirad spürte abermals seine Belustigung. »Schließlich bin ich ja bloß ein Reptil, nicht wahr?«

»Ihr Fehler«, sagte Hirad.

»Ja«, stimmte Sha-Kaan zu. »Die meisten Menschen sind dumm. Sie glauben, sie hätten eine Macht isoliert, die sie im interdimensionalen Raum benutzen können, und sie brennen darauf, eine Verbindung zu der Dimension herzustellen, die der euren am nächsten ist, auch wenn ich nicht verstehe, warum sie es wollen. Es ist die Dimension der Arakhe, der Dämonen.« Er hielt inne, und Hirad spürte, wie seine gute Laune verflog. »Du verschweigst mir etwas. Tu das nicht.«

»Sie wollen fortgehen«, sagte Hirad. »Sie wollen alles benutzen, was sie gefunden haben, um den Krieg auf Balaia zu gewinnen. Wir glauben nicht, dass sie euch wirklich helfen wollen.«

In seinem Bewusstsein herrschte tiefe Stille, und einen

Moment lang dachte Hirad schon, der Drache habe den Kontakt beendet. Doch dann wuchs ein düsterer Zorn in dem Raum heran, der gerade noch voller Hoffnung gewesen war. Er empfand es wie ein Gewicht, das auf sein Gehirn drückte. Es tat weh.

»Bist du sicher?«

»Die Protektoren sind sicher«, sagte Hirad keuchend.

»Dann werden wir dafür sorgen, dass sie nicht fortgehen können.«

»Sei aber vorsichtig«, sagte Hirad. »Es ist eine starke Gruppe.«

»Ich sterbe lieber im Kampf um den Weg nach Hause, als langsam auf einem fremden Hügel dahinzusiechen«, sagte Sha-Kaan. »Die Drachen der Kaan lassen sich nicht benutzen.«

Damit war er fort. Hirad atmete wieder leichter, der Druck war verschwunden und hatte einen Kopfschmerz hinterlassen. Die Drachen waren beeindruckende Kämpfer, doch ohne ihr Feuer waren sie schwach. Er betete, dass Sha-Kaan seine Warnung beachtete. Wenn nicht, konnten die xeteskianischen Sprüche vollenden, was die Dordovaner vor zwei Jahreszeiten begonnen hatten.

Denser schlüpfte unter die groben, aber sauberen Decken und blies die einsame Kerze aus, die das kleine Zimmer erhellte. Er legte sich auf den Rücken, und Erienne rutschte zu ihm herüber, legte ihm die Hand auf die Brust. Er streichelte ihr Haar, und sie atmete tief ein und aus.

»Es wird nicht leichter, was?«, sagte er.

»Nein«, antwortete Erienne. Aber hier kann ich mich wenigstens ablenken. Nur die Dunkelheit weckt die Erinnerungen wieder.«

»Ich weiß, Liebste. Mir geht es nicht anders.«

Sein Herz war schwer wie an jedem Tag, seit sie Herendeneth verlassen hatten, und er wusste, dass Erienne empfand wie er. Jetzt hatten sie eine Aufgabe vor sich, mit der sie nicht gerechnet hatten. Die Elfen starben, auch Ilkar war in Gefahr. Wenn er erkrankte, wäre es eine Gnade gewesen, ihn sofort zu töten. Wieder starben Menschen, die sie liebten. Das durften sie nicht zulassen. Zur Hölle mit allen anderen, aber Ilkar verdiente das lange Leben, das er hoffentlich noch vor sich hatte.

»Ist es nicht komisch?«, sagte er.

»Was denn?« Ihr Kopf bewegte sich, als wollte sie zu ihm aufschauen.

»Wir sind hergekommen, um Ilkar zu helfen, Magier zu suchen, und jetzt müssen wir um einen Tempel kämpfen und das ganze Elfenvolk retten. Es ist schrecklich, aber irgendwie fühle ich mich besser, wenn wir für die Elfen etwas tun können.«

»Der Rabe braucht eine Aufgabe«, sagte Erienne. »Für eine Herde widerwilliger julatsanischer Magier als Hirten zu arbeiten, war wohl nicht genug.«

»Nein.« Denser kicherte. »Wie ging es mit Rebraal?«

»Ich glaube, er mag es nicht, wenn Menschen ihn berühren.«

»Gut so.«

Erienne schlug ihm auf die Schulter. »Aber sonst ging es ihm ganz gut. Er wird bis kurz vor der Dämmerung schlafen. Ich hoffe nur, dass es ausreicht. Er hat eine unglaubliche Entschlossenheit, und ich glaube, er wäre schon heute Nacht aufgebrochen, wenn Kild'aar und Ilkar ihn nicht aufgehalten hätten. Dabei heißt es, er sei vor zwei Tagen so gut wie tot gewesen.«

»Wie sein Bruder, wie sein Bruder«, sagte Denser. Er hielt inne. »Und wie geht es dir?«

Erienne antwortete nicht sofort. Sie lag nur schweigend da, lauschte seinem Herzschlag und dem Regen, der über ihnen auf das Blätterdach trommelte.

»Ich vermisse sie«, sagte sie mit zitternder, aber beherrschter Stimme. »In jedem stillen Augenblick überfluten mich die Erinnerungen an sie.«

»Es tut mir Leid«, sagte er. »Aber das meinte ich eigentlich nicht. Was macht dein Kopf und das Eine in dir?«

»Es tut jeden Tag mehr weh«, gab Erienne zu. »Manchmal ist es ein pulsierender Schmerz, manchmal ein dumpfes Pochen. Doch es lässt mich nie vergessen, dass es da ist.«

»Hast du schon einmal daran gedacht, dich ihm zu öffnen und die Al-Drechar um Rat zu bitten?«

Denser hatte eine zornige Antwort erwartet und wurde angenehm überrascht.

»Jeden Tag«, sagte sie. »Wenn die Schmerzen besonders schlimm sind und Lyanna mein Bewusstsein erfüllt. Dann frage ich mich, ob ich nicht beginnen sollte.«

»Und warum tust du es nicht?«

»Weil sie die Schmerzen verursachen.« Erienne verkrampfte sich. Sie stemmte sich auf die Ellenbogen hoch und sah ihn an. Er konnte in der Dunkelheit gerade eben ihr Gesicht erkennen, das von einer Flut langer Haare eingerahmt wurde. Bei den Göttern, war sie schön. »Ich weiß, dass sie es sind. Irgendwie setzen sie mich unter Druck, aber ich werde nicht nach ihrer Pfeife tanzen.«

»Wenn sie es sind, dann müssten sie es doch inzwischen begriffen haben«, sagte Denser. »Ich habe ja auch nicht sehr lange gebraucht.«

Er sah die Spur eines Lächelns. »Aber sie sind alt und haben Angst zu sterben, bevor sie die Gewissheit haben, dass das Eine überlebt. Ich bin einfach noch nicht bereit, und ich möchte, dass sie es respektieren. Ich wäre bereit, es zu lernen, aber ich kann es nicht ertragen, sie in meinem Kopf zu spüren. Noch nicht.«

»Ich verstehe. Versuche es nur nicht allein«, sagte Denser. Er rieb ihren Oberarm. »Ich bin da. Wir sind alle da.«

Sie legte sich wieder hin und ließ die Finger über seine Brust und seinen Bauch wandern. Seine Bauchmuskeln spannten sich an.

»Das kitzelt«, sagte er.

»Ich weiß.« Sie machte weiter. »Es tut gut, wieder etwas zu haben, das einem richtigen Bett ähnelt, was? Ich hasse Hängematten.«

Denser lachte. »Ich kann auch nicht gerade sagen, dass ich mich an sie gewöhnt habe.«

»Das fühlt sich schön an.« Sie stützte sich wieder auf die Ellenbogen. »Wollen wir die Gelegenheit nutzen?«

Er antwortete nicht, sondern zog sie wortlos an sich und küsste sie leidenschaftlich auf die Lippen. Sie ließen sich vom Mana einhüllen und von ihrer Leidenschaft mitreißen.

Vierundzwanzigstes Kapitel

Angeführt von Rebraal und begleitet vom Elfen mit der geheimnisvollen Gesichtsbemalung und seinem Panther marschierte der Rabe in Richtung Aryndeneth, sobald das Morgengrauen die dichte Wolkendecke durchdrang. Kurz vor der Dämmerung war ein sintflutartiger Regen niedergegangen, wie sie es noch nicht erlebt hatten, begleitet von spektakulären Blitzen und krachendem Donner.

Die beiden, die Ilkar als Krallenjäger bezeichnete, strahlten eine große Kraft aus. Zwischen ihnen bestehe eine geistige Verbindung, hatte er gesagt, und sie seien völlig voneinander abhängig. Der Panther hatte den Raben begutachtet und danach ignoriert. Alle bis auf Thraun. Der Gestaltwandler und der Panther hatten einander tief in die Augen gesehen, Thraun hatte sich gebückt und den Kopf des Tiers gestreichelt. Der Panther hatte seine Hand und sein Gesicht abgeleckt. Zwischen ihnen gab es ein tiefes Verständnis, so viel war klar. Als Thraun wieder aufstand, sah Hirad, dass der bemalte Elf ihm zunickte. Ein kleines Nicken nur, aber unverkennbar. Thraun zeigte keine Emotionen außer einem winzigen Lächeln.

Auf der Brücke aus Baumstämmen konnten sie sehen, dass der Graben vielen kleinen Nagetieren zum Verhängnis geworden war, während die Eidechsen und Schlangen die Köpfe über Wasser hielten und nach einem Ausweg suchten.

Rebraal führte sie nach Süden. Hin und wieder hielt er inne, sah sich über die Schulter um, schüttelte den Kopf und sandte Gebete zu den Gottheiten, von denen er glaubte, sie hörten ihm zu, bevor er sich wieder einen Weg durch den dichten Wald bahnte, ohne eine Spur zu hinterlassen. Das Gleiche konnte man über den Raben allerdings nicht sagen. Rebraal hatte Hirad und dem Unbekannten je eine kurze, abgewinkelte Klinge gegeben und ihnen in zögerndem, eingerostetem Balaianisch zu verstehen gegeben, dass sie das Messer nur benutzen sollten, wenn überhaupt kein Durchkommen mehr war.

Den ganzen Morgen über nahm die Hitze zu, und schließlich verstand Hirad, was Ilkar mit seiner Bemerkung über den kräftezehrenden Wald gemeint hatte. Als sie flussaufwärts gerudert und gesegelt waren, hatten sie sich außerhalb des Blätterdachs befunden, das die Hitze festhielt, und sie hatten auf dem Wasser immer noch eine leichte Brise gespürt, die die Hitze etwas milderte. Hier aber, nachdem sie erst wenige Stunden gelaufen waren, erkannte er, wie gut Ilkar daran getan hatte, darauf zu bestehen, leichte Lederrüstungen zu kaufen.

Der Schweiß strömte über sein Gesicht, lief ihm in den Nacken und tropfte an den Beinen hinunter. Er hatte das Gefühl, den Kopf in ein heißes Bad getaucht zu haben, und je mehr Schweiß er abwischte, desto mehr wurde produziert. Sie wurden von Wolken von Fliegen gepeinigt, die größer waren als alles, was ihnen auf dem Weg zum Dorf begegnet war. Hirad fragte sich, ob er sich nicht das leichte Netz über den Kopf ziehen sollte, mit dem er nachts seine Hängematte zudeckte. Als er sich vorstellte, wie er damit aussähe, entstand auf seinen Lippen das einzige Lächeln des Morgens.

Hirad zog eine Hängepflanze zur Seite und sah sich um. Denser und Erienne gingen gefasst und vorsichtig nebeneinander, ihre Blicke irrten hin und her, sobald sie irgendwo ein Geräusch hörten. Sie waren sich jedoch wieder näher gekommen, und dafür war Hirad dankbar, auch wenn ihn die Geräusche ihres Liebesspiels in der letzten Nacht nicht hatten schlafen lassen.

Darrick sah elend aus. Er schlug unablässig nach den Fliegen und kratzte sich an Armen und Beinen. Aeb ließ sich nichts anmerken, und Thraun, der ganz hinten ging, lächelte und kostete die Wanderung durch den Wald aus. Er hatte nicht viel gesprochen, doch Hirad konnte sehen, dass er innerlich zu ihnen zurückkehrte. Die Art und Weise, wie er sich vor dem Dorf beim Raben eingereiht hatte, hatte Hirads Herz jubeln lassen. Doch die Schmerzen waren noch da. Der Schmerz, sein Rudel verloren zu haben, der Schmerz nach Will Begmans Tod, an dem er sich ungerechterweise die Schuld gab.

»Komm schon, Hirad, trödele nicht herum«, rief Ilkar von vorne zurück.

Hirad drehte sich um und sah, dass Rebraal, Ren und Ilkar ihn beobachteten. Er hielt die Pflanze fest, bis Denser sie erreicht hatte, dann marschierte er finsteren Blickes weiter.

»Gott, wie ich diese herablassenden Elfen hasse«, murmelte er hinter dem breiten Rücken des Unbekannten.

»Lass dich einfach nicht davon beeindrucken«, gab der Unbekannte über die Schulter zurück.

»Es ist hoffnungslos, die sind dazu geboren. Aber eigentlich sollte ich gar nicht hier sein.«

»Natürlich nicht, Hirad«, sagte der Unbekannte. »Schließlich hast du auch noch nie gesagt, dass der Rabe niemals getrennt arbeitet.«

»Es gibt Regeln, die man früher oder später bedauert. Geht es dir nicht auch so?«, sagte er.

»Nein, ich empfinde es nicht so.« Er wurde ein wenig schneller, als er Hirad antwortete. »Was für ein Land.«

Rebraal legte den ganzen Tag ein scharfes Tempo vor. Es war eine schwierige Wanderung, und am Nachmittag ermüdeten sie rasch. Eine kurze Pause nach dem dritten Regenguss, um etwas zu essen, hatte keine große Erholung gebracht. Ihr Mahl aus kaltem Dörrfleisch und hartem, fadem Brot war zudem von einem Trupp gieriger Ameisen gestört worden, die so groß waren wie ein halber Finger.

Hirad hörte das Rauschen von Wasser schon eine ganze Weile, bevor Rebraal sie am Ufer eines breiten, träge fließenden Stromes halten ließ. Er sah das schmutzig braune Wasser hinter der dicht bewachsenen Böschung, das andere Ufer war gut hundert Schritt entfernt und gerade eben zu erkennen. Es dunkelte rasch, und er wusste nicht, wie es den anderen ging, aber er selbst war erschöpft und schweißüberströmt; er war durchnässt vom Regen, hatte sich in den Stiefeln Blasen gelaufen und wollte nur noch seine Hängematte aufhängen. Er war sicher, dass nichts ihn wieder wecken konnte, sobald er sich hingelegt hatte.

»In welche Richtung müssen wir?«

Sie hatten sich unter den Zweigen eines riesigen Baumes versammelt, der im Wald hoch aufragte und sich über den Fluss neigte.

Ilkar deutete zum gegenüberliegenden Ufer. »Da hin.«

»Wie denn, mit einem Boot?«

Ilkar lächelte. »Nein, es geht über eine Brücke.«

»Wirklich?« Hirad spähte wieder durch die Blätter und Zweige. »Wo ist sie denn?«

»Hirad, wir sind hier nicht in Korina. Hier gibt es keine Steinbögen, die den Fluss überspannen. Du wirst nicht einmal mit Seilen verbundene Baumstämme finden. Du blickst in die falsche Richtung.« Ilkar legte den Kopf in den Nacken. »Wir benutzen hier Seile. Auf diese Weise können Fremde die Übergänge nicht finden.«

Hirad folgte seinem Blick, konnte aber nichts erkennen. »Wie weit oben?«

Ilkar erkundigte sich bei Rebraal. »Ungefähr hundert Fuß. Es ist eine leichte Kletterpartie, Rebraal wird es euch zeigen.«

»Warte mal …«

Aber Rebraal kletterte schon hoch. Er schonte den rechten Arm und rannte förmlich den Baum hinauf. Seine Gewandtheit ließ Hirad mit offenem Mund starren.

»Hirad, es dämmert schon. Wir müssen heute Abend noch hinüber. Am gegenüberliegenden Ufer gibt es viel bessere Lagerplätze.«

»Warum?«

»Weniger Krokodile und mehr Platz«, erklärte Ren. »Und Rebraal will hier nicht anhalten. Hier ist Mercuun gestürzt.«

Hirad seufzte und hob ergeben beide Hände. »Dann lasst es uns tun. Sonst noch jemand, der sich nicht darauf freut?«

»Bist du denn als Kind nicht auf Bäume gestiegen?«, fragte Denser.

»Die sind nicht meilenweit in den Himmel gewachsen und waren nicht voller Schlangen«, sagte Hirad. »Was habt ihr zwei da zu grinsen?«

Erienne und Denser sahen aus wie Verurteilte, die um Haaresbreite der Hinrichtung entgangen waren.

»Pass auf«, sagte Denser. »Ich fang dich auf, wenn du fällst.«

Hirad runzelte die Stirn. Und dann wirkten Erienne und Denser einen Spruch. Ilkar folgte ihrem Beispiel, und einen Augenblick später hatten sie alle Schattenschwingen auf dem Rücken.

»Schweinehunde.«

Erienne lachte, und für einen kleinen Moment war die Angst vor dem Regenwald vergessen. »Ein freies Stück am Ufer, mehr brauchen wir nicht. Du solltest auch ein bisschen Magie lernen, Hirad.«

»Ich sollte mir neue Freunde suchen.« Hirad schüttelte den Kopf. »Ich hoffe, ihr habt wenigstens ein ordentliches Feuer in Gang gebracht, wenn ich drüben ankomme. Macht euch zur Abwechslung mal etwas nützlich.«

»Was denn, und wir sollen den Anblick verpassen, wie du auf der Seilbrücke herumwackelst?«, warf Ilkar ein.

Hirad hörte nicht auf ihn, sondern wandte sich an den Unbekannten. »Wer macht den Anfang?«

»Sei kein Trottel«, sagte der Unbekannte. »Denser, Ilkar. Tragt uns. Wir wollen deinem Bruder zeigen, dass wir nicht ganz so hilflos sind, wie er glaubt.«

Hirad lächelte. »Gute Idee.«

»Das hatten wir sowieso vor«, sagte Ilkar. »Ich wollte dich bloß ein bisschen ärgern.«

Hirad lachte, als er vom Boden gehoben wurde, nachdem er die Arme um Ilkars Hüfte geschlungen hatte.

»Was ist los?«, fragte Ilkar.

»Thraun«, sagte Hirad. »Sieh ihn dir nur an.« Der Gestaltwandler kletterte den Baum hoch, und seine Beweglichkeit stand der Rebraals in nichts nach. »Dein Bruder muss noch eine Menge über uns lernen.«

Yron wurde von fernem Donner geweckt und sah trübes Licht und dicke Wolken über sich, als er die Augen aufschlug. Im Norden hatte der Himmel etwas aufgeklart, doch es sah so aus, als stünde ihnen noch ein Regenguss bevor, bis blauer Himmel über ihnen war. Nicht, dass es viel ändern würde, wenn man berücksichtigte, was er für den Morgen geplant hatte.

Wie um ihm Recht zu geben, öffnete der Himmel seine Schleusen und ertränkte den Chor der Morgendämmerung, an den er sich inzwischen gewöhnt hatte und der ihn nicht mehr störte. Er schüttelte Ben-Foran. Der Junge fuhr erschrocken auf und stöhnte, als er seine Glieder und den Rücken streckte, die nach der unbequemen Nacht auf dem Stein steif waren. Finster beäugte er Yron, doch er überwand sich, ein Lächeln aufzusetzen, als er aufstand.

»Was gibt es zum Frühstück?«, fragte er.

Yron tätschelte seine Schulter. »Ihr kennt ja die Regeln in meiner Armee. Vor dem Frühstück gibt es etwas Bewegung.«

»Komisch, aber irgendwie bin ich nicht überrascht, Hauptmann.« Ben kam auf die Füße und streckte sich noch einmal, reckte die Arme und bog den Rücken durch. »Wohin gehen wir jetzt?«

»In die gleiche Richtung wie gestern. Es geht doch

nichts über eine gesunde Schwimmpartie am Morgen. Wie wäre es mit einem Wettschwimmen zur anderen Seite?«

Ben starrte ihn ungläubig an. »Ich hoffe, Ihr scherzt, Sir.«

Yron schüttelte den Kopf. »Wenn wir überleben wollen, müssen wir etwas mehr zwischen uns und sie bringen als nur die bloße Entfernung.«

»Hauptmann, wenn ich Euch an etwas erinnern dürfte, das Ihr vielleicht vergessen habt«, sagte Ben, der im einsetzenden Regen kreidebleich geworden war. »Erstens habe ich Angst in freien Gewässern. Zweitens sagtet Ihr, als wir diesen ruhigen Abschnitt erreichten, wir müssten schnell aus dem Wasser heraus, um den Krokodilen zu entgehen. Und jetzt schlagt Ihr vor, wir sollen wieder hineinspringen? Ist das Euer Ernst?«

»Wenn wir es nicht tun, holen sie uns ein und töten uns, bevor wir die Schiffe erreichen, falls wir nicht unglaubliches Glück haben.«

»Und wenn wir hineinspringen, dienen wir den Krokodilen als Frühstück.«

»Nicht unbedingt«, sagte Yron. »Es ist alles eine Frage des Timings und der Situation.«

Ben trat von einem Fuß auf den anderen und starrte finster ins Leere. »Ihr habt wohl mächtig Angst vor den Elfen, was?«

»Mehr als vor Krokodilen oder Piranhas«, sagte Yron.

»Wieso sind sie so gut?«

»Das erkläre ich Euch, wenn wir drüben sind«, sagte Yron. »Es wird Zeit, dass Ihr erfahrt, mit wem wir es zu tun haben.«

»Was ist mit den anderen?« Ben deutete mit dem Daumen hinter sich zum Wald.

Yron lächelte. Der Junge würde es noch weit bringen, wenn er überlebte. Er sollte gleich im Fluss sein Leben riskieren und war trotzdem noch klar genug, sich um die anderen Männer zu sorgen.

»Sie hatten einen guten Vorsprung«, sagte Yron. »Sie haben eine echte Chance.«

»Wirklich, Hauptmann?«

»Nur nicht den Glauben verlieren«, sagte Yron, auch wenn er innerlich wenig Hoffnung für die Gruppen hatte, die ohne Magier nach Norden unterwegs waren. »Kommt jetzt, wir müssen uns ein Floß und eine passende Stelle zum Übersetzen suchen.«

Yron kletterte vor Ben von der Klippe herunter. Die letzten paar Fuß sprang er und blieb im knietiefen Wasser stehen. Er beobachtete den Fluss und suchte nach den viel sagenden Wellen oder den Augen eines Krokodils, die gerade eben aus dem Wasser ragten. Ben folgte ihm langsam, er schonte das linke Bein. Es sah unbeholfen aus.

»Alles klar, Ben?«

»Ja, Sir.«

»Was ist mit dem Bein?«

»Nur etwas steif, glaube ich. Ich muss schief darauf gelegen haben oder so.«

»Na gut«, sagte Yron. Er sah genau zu, wie Ben neben ihm ins Wasser sprang und nur auf dem rechten Bein landete. »Seid Ihr sicher?«

»Ja, es geht schon.«

»Na gut«, sagte Yron noch einmal. »Bleibt hier und beobachtet das andere Ufer. Zählt die Krokodile im Schlamm und passt auf, ob sie im Wasser verschwinden, während ich unser Floß hole. Schafft Ihr das?«

»Ja, Sir.«

Yron eilte stromaufwärts zu dem Teich mit ruhigem Wasser zurück, in dem sie am Vortag ihre Flussreise beendet hatten. Der Baumstamm war noch dort, und Yron begrüßte ihn wie einen alten Freund. Er zog ihn aus der Ecke heraus, in der er hängen geblieben war, und lenkte ihn stromabwärts wie am Vortag. Er lächelte, als Ben wieder in Sicht kam. Der junge Leutnant starrte zur sechzig Schritt entfernten anderen Seite, wo vier oder fünf große Echsen auf einer schlammigen Böschung lagen.

Yron wusste, dass die Krokodile sie aus dieser Entfernung nicht sehen konnten, doch sie konnten verschwommene Bewegungen wahrnehmen.

»Hat sich was getan?«, fragte er.

»Überhaupt nichts. Sie haben sich nicht gerührt.«

»Gut zu hören. So, jetzt kommt mit. Und tretet leise auf. Alles, was im Fluss lebt, kann die Bewegungen spüren, also tretet leise und leicht auf, verstanden?«

Ben nickte, und Yron übernahm die Führung. Er steuerte den Baumstamm ein Stückchen vor sich dicht an der Felswand vorbei. Jetzt kam es darauf an; hier gab es keinen schnellen Fluchtweg mehr, hier waren sie verwundbar. Doch ihm blieb nichts anderes übrig. Krokodile waren in gewissen Grenzen berechenbar. Die TaiGethen waren unendlich gefährlicher.

Am gegenüberliegenden Ufer rührte sich immer noch nichts. Er hatte auch nicht unbedingt damit gerechnet. Natürlich ruhten nicht alle Krokodile gleichzeitig aus, doch es war noch sehr früh, und Reptilien von dieser Größe waren träge, solange die Sonne sie nicht gewärmt hatte. Es war wichtig, so früh wie möglich zur anderen Seite zu gelangen.

Ungefähr zweihundert Schritt weiter unten folgte der Fluss einer Biegung nach rechts und verengte sich bis auf vierzig oder fünfzig Schritt. Direkt vor der Biegung war die Uferböschung mit Gras bewachsen und stieg steil an, doch man konnte dort, wenn es nötig war, rasch hinaufklettern. Es war weit und breit die schmalste Stelle, doch der Nachteil war, dass der Fluss dort etwas schneller floss. Sie mussten sich sehr anstrengen und würden viel Lärm machen, wenn sie dort landen wollten, ehe sie an der Böschung vorbeigetrieben waren und wieder zwischen steilen Felswänden schwammen.

»Seid Ihr bereit?«

»Ich werde nie bereit sein«, sagte Ben. »Also mache ich es einfach.«

»Guter Junge. Wir wollen dorthin.« Yron deutete stromabwärts. »Wenn wir irgendwo in diesem Abschnitt landen, kommen wir schnell heraus. Wir machen es folgendermaßen. Wir werden wie gestern langsam in den Strom steuern und ein Stückchen gegen die Strömung schwimmen. Wenn wir mitten im Fluss sind, bleibt Ihr völlig still. Ihr werdet zu einem Teil des Baumstammes. Wenn Ihr reglos seid, lockt Ihr auch nichts an. Wir werden uns ein Stück hinuntertreiben lassen, ehe wir uns wieder ins Zeug legen, um die Böschung zu erreichen. Aber spritzt beim Schwimmen um Gottes willen nicht herum. Habt Ihr das verstanden?«

Ben-Foran nickte. »Sir.«

Vorsichtig schob Yron den Baumstamm in den Fluss und glitt ins Wasser. Trotz aller Sorgen folgte Ben seinem Beispiel. Mit langen, langsamen Beinstößen steuerte Yron sie vom Ufer weg in Richtung der Krokodile. Es war unangenehm, aber notwendig. Glücklicherweise war die Strömung hier nur schwach, und sie erreichten bald die Flussmitte. Dann drehten sie sich um und trieben stromabwärts.

»Aufpassen jetzt, Ben«, sagte er leise. »Versucht, Euch überhaupt nicht zu bewegen. Sucht mit den Augen die Oberfläche ab und sagt mir, was Ihr seht. Atmet flach.«

Der Regen hatte aufgehört, und die Wolkendecke riss rasch auf, wofür Yron in diesem Augenblick nicht dankbar war. Starker Regen störte die Wahrnehmung der Tiere, und Wolken sorgten dafür, dass kaltes Blut kalt blieb. Die Bedingungen hier draußen änderten sich rasch, doch im Augenblick herrschte tiefster Frieden. Die tieferen Wasserschichten waren kühl, und die Geräusche der unzähligen Geschöpfe des Regenwaldes waren nur noch gedämpft zu hören. Er zwang sich, sich zu entspannen, zu lauschen und zu beobachten.

Ben blieb bewundernswert still und hielt den Blick nach vorn gerichtet. Yron drehte sich um. Nichts zu sehen. Am schlammigen Ufer blieb es ruhig.

Ben riss den Kopf herum und zuckte heftig. »Verdammt!«

»Was ist denn los?« Die Anspannung war wieder da, Yron sah sich um, ob hinter ihnen eine Gefahr drohte.

»Nichts, ich … au!« Ben schlug mit einer Hand auf das Wasser. »Irgendetwas hat mich gebissen.«

Yron lief es kalt den Rücken herunter. Sie waren noch fünfundzwanzig Schritt vom Ufer entfernt. Das konnte eine sehr weite Entfernung sein. Irgendetwas prallte gegen seinen Stiefel. Er spürte einen weiteren Aufprall an der Lederrüstung. Er kannte das Verhalten. Es war die Vorhut einer Invasion. Die Armee war nicht weit dahinter, und nichts konnte sie aufhalten. Piranhas.

»Schwimmt jetzt los, Ben!«, rief er und begann mit den Beinen zu stoßen, um ihr Floß zum Ufer zu treiben. »Schwimmt mit den Beinen und hört nicht auf, schwimmt!«

Durch ihre heftigen Bewegungen lockten sie natürlich

erst recht die Räuber an, doch sie hatten keine andere Wahl. Die Fische hatten irgendwie das Blut gewittert, und er und Ben waren die Beute. Als er mit den Beinen stieß, um den Baumstamm zu drehen und direkt auf das Ufer zuzuhalten, sah er, dass die Schlammböschung leer war. Die Krokodile waren bereits im Wasser und schwammen stromabwärts. Ihr Strampeln war wie ein Ruf zur Fütterung gewesen, die niemand verpassen wollte. Sie hatten einen Vorsprung von etwa hundertfünfzig Schritt. Es würde sehr knapp werden.

Ben wurde jetzt ernstlich angegriffen. Die Bewegungen seiner Beine machten es den Fischen schwer, doch Piranhas waren schnell, und ihre Kiefer waren beängstigend stark. Er stieß wieder einen Schrei aus, als sie durch die Kleidung bis in sein Fleisch bissen. Jeder Biss beförderte noch mehr Blut ins Wasser und lockte immer mehr gefräßige Raubfische an.

Von links kamen die Krokodile näher. Mit ihren starken Schwänzen trieben sie sich schneller durchs Wasser, als ein Mensch schwimmen konnte. Das Ufer kam mit jedem Augenblick näher. Yron spürte einen kräftigen Biss am Fußgelenk, der durch seinen Lederstiefel drang. Er ruderte noch stärker mit den Beinen.

Ben stöhnte.

»Macht weiter, Junge, wir sind fast da«, drängte Yron ihn. »Ihr schafft es. Lasst mich nicht hängen, Bursche.«

»Nein … sicher nicht«, keuchte Ben, doch er wurde rasch schwächer.

»Ich habe Euch noch so viel zu lehren, Ben. Gebt jetzt nicht auf, macht weiter.«

Yrons Beine rutschten über den Grund. Er reagierte sofort, stemmte beide Füße auf den Boden und richtete sich auf. Dann zog er Ben hinter sich her und kämpfte sich durch hüfttiefes Wasser. Er spürte die ringsum herandrängenden Fische, ihre unablässigen Vorstöße, er spürte, wie sie seine Kleidung mit scharfen Zähnen packten und zerfetzten.

Er hatte sich Ben praktisch unter einen Arm geklemmt und konnte kaum noch aufrecht stehen. So kämpfte er sich durch den Schlamm am Flussufer und stieß Ben dabei vor sich her. Der Bursche stolperte durch die Pfützen und stürzte ins Gras. Sein rechtes Bein war eine blutige Masse, seine Hose war zerfetzt. Einer seiner Stiefel hing nur noch an den Schnürbändern, und an der Hüfte war sein Wams zerfetzt und zerrissen.

»Nicht nachlassen, Ben.« Er atmete schwer ein. »Wir sind noch nicht ganz in Sicherheit.«

Ben wollte aufstehen, schaffte es nicht ganz und kroch auf allen vieren die Böschung hinauf. Hinter Yron brodelte das Wasser. Ein Krokodil brach aus dem Fluss hervor und hielt mit unglaublicher Geschwindigkeit auf sie zu. Yron rutschte auf der Böschung aus, fiel auf den Rücken, schob sich aufwärts und drückte mit dem Rücken den strauchelnden Ben weiter hoch.

Das Krokodil kam schnurgerade auf sie zu und hatte die vermeintliche Beute im Visier. Hinter ihm kämpften weitere Krokodile im flachen Wasser gegeneinander. Das Reptil schnappte einmal nach ihnen und verfehlte Yrons Fuß um Haaresbreite. Der Hauptmann trat mit dem Stiefel zu und traf die Schnauze des Krokodils. Es zögerte, dann ging es wieder auf sie los. Er trat noch einmal, und wieder traf er. Das Krokodil hielt inne und fauchte.

»Ben, los«, rief er. »Los jetzt!«

Unter ihm bewegte das riesige Reptil den Kopf hin und her, schenkte Yron einen letzten empörten Blick und zog sich ins Wasser zurück. Vom oberen Rand der Böschung aus schaute er hinunter, richtete sich auf und schleifte Ben tiefer in den Wald hinein, bis sie in Deckung waren. Dort legte er den Burschen ab und starrte dessen Wunden an.

»Verdammt, Junge, Ihr habt eine Menge abbekommen, was?«

Ben nickte schwach, sackte in sich zusammen und blieb ausgestreckt liegen. Er hatte unzählige Verletzungen. Yron betrachtete seinen Schutzbefohlenen. Aus dem zerfetzten rechten Bein lief das Blut in Strömen, und auch an anderen Stellen hatte er mehr blutende Wunden, als Yron zählen konnte. Das Fleisch war ihm förmlich von den Knochen gerissen worden, wo die Piranhas die Kleidung zerfetzt hatten. Zuhause wäre das Bein amputiert worden, doch hier musste er es flicken, so gut es ging.

Eins war klar. Wenn Yron die Wunden nicht auswusch und mit den richtigen Kräutern versorgte, musste der Junge sterben.

Auum führte seine Tai mit wachsender Frustration am Ufer des Shorth entlang. Die Männer, die er in der Nähe des Tempels ignoriert hatte, erwiesen sich als schwierige Beute, und er musste ihnen widerwillig Respekt zollen. Ein Respekt, der allerdings den Zorn über das Verbrechen, für das die Fremden büßen mussten, nicht zu dämpfen vermochte.

Sie waren dem leichten Weg nach Norden und dann nach Osten bis zum Flussufer gefolgt. Dort waren die Fußspuren noch ein Stück weit zu sehen gewesen, dann hatte sich die Fährte verloren. Offensichtlich waren sie flussabwärts gegangen, doch es war im Augenblick noch nicht klar, wie weit sie gekommen waren. Duele hatte ein Stück stromaufwärts einen durchwühlten Haufen Treibholz gefunden. Auum war überrascht. Der Nebenfluss strömte rasch dahin, nicht weit unter der Oberfläche lauerten Felsen. Selbst wenn man Treibholz hatte, an dem man sich festhalten konnte, war die Gefahr, sich zu verletzen, sehr groß, und wo der Fluss langsamer strömte, lauerten zahlreiche Raubtiere.

Sie gingen schnell weiter, nie mehr als fünf Schritte auseinander in einer Linie, sodass sie den Fluss überblicken und im Osten den Wald absuchen konnten.

»Was meint ihr?«, fragte er sie.

»Die Krallenjäger haben nördlich von Shorths Zähnen, nördlich der Stromschnellen, keine Witterung von ihnen aufnehmen können«, sagte Duele. »Ich denke, sie sind oberhalb der Stromschnellen wieder an Land gegangen, wahrscheinlich am gegenüberliegenden Ufer.«

»Sie sind gestern schnell zum Fluss vorgestoßen«, sagte Evunn. »Sie haben ein Ziel vor Augen, und sie sind unverletzt. Vielleicht sind sie sogar umgekehrt und haben eine falsche Fährte gelegt.«

Diese Möglichkeit musste man in Betracht ziehen, doch Auum verwarf sie wieder. »So gut sind sie nicht«, sagte er. »Aber schnell sind sie, ja. Ich vermute, einer von ihnen kennt uns.«

»Sodass er große Risiken eingeht, um uns zu entkommen«, ergänzte Duele.

»Geschwindigkeit hat ihre Nachteile. Wir werden immer schneller sein als sie«, widersprach Evunn.

»Für einen Fremden bedeutet die Entfernung Sicherheit. Ihr Ziel ist die Flucht«, sagte Auum. »Wir müssen die Krallenjäger westlich des Flusses alarmieren. Diese Fremden dürfen nicht entkommen.«

Ein Brüllen übertönte den allgemeinen Lärm des Waldes. Es wurde in größerer Entfernung wiederholt. Die

Tai blieben stehen und warteten. Es war eine Mitteilung. Eine Reihe von Rufen ertönte ringsum, manche von Elfen und manche von Tieren. Knurren, Pfeifen, Heulen, Grunzen und Bellen erklang. Auum verstand nichts davon. Obwohl sie enge Verbündete waren, teilten die Krallenjäger ihre Geheimnisse nicht mit den anderen Elfen. Die TaiGethen würden es jedoch bald erfahren, wenn es wichtige Neuigkeiten waren.

Eine Weile wurden die unharmonischen Botschaften ausgetauscht und übertönten die anderen Waldbewohner. Es waren ungewöhnliche Geräusche, die nach Problemen klangen und nach der Entschlossenheit, eine Lösung zu finden. Keines von Tuals Geschöpfen würde dabei stören. Die meisten hatten Angst, nachdem sie dies gehört hatten. Eine instinktive Erinnerung ließ sie verharren, wo sie waren, auf dem nächsten Ast landen, still im Wasser schweben oder reglos hoch oben im Blätterdach hocken.

Sobald die Schreie aufhörten, begann der Wald wieder zu summen, und links von Auum tauchte ein Krallenjägerpaar aus dem Schatten auf. Der Panther kam angetrabt und stellte sich Auum in den Weg. Mit funkelnden Augen gab er ihm zu verstehen, dass er anhalten sollte.

»Tai«, sagte Auum, und sie kamen zu ihm.

Der Krallenjäger-Elf, ein sehr großer Mann, dessen Gesichtsausdruck unter der Farbe nicht zu erkennen war, neigte den Kopf und sprach. Man hörte, dass er das Sprechen nicht gewohnt war.

»Wir haben eine Gruppe erwischt. Zwei Fährten sind frisch. Die vierte Gruppe geht nach Westen. Die fünfte hat den Shorth überquert. Sie sind verletzt. Wir folgen ihnen.«

Er wollte wieder gehen, doch Auums Frage hielt ihn auf.

»Wohin laufen sie?«

»Verendii Tual«, sagte der Krallenjäger. »Viele Fremde warten dort. Wir beobachten.«

Er drehte sich um und verschwand wieder im Wald, der Panther nahm noch einmal schnüffelnd die Witterung der Tai auf, bevor er leise knurrte und hinter dem Elfen hertrottete.

»Verendii Tual«, sagte Auum. »Wir haben nicht mehr viel Zeit. Die Krallenjäger werden sie nicht verlieren wie ich. Wir erwarten sie an der Flussmündung.«

Seine Tai waren klug genug, keine weiteren Fragen zu stellen, und folgten ihm, als er sich vom Nebenfluss entfernte, der nicht weit vor ihnen eine Biegung nach Westen beschrieb, ehe er in den Shorth mündete. Der vereinte Fluss strömte dann weiter bis zur Mündung ins Meer bei Verendii Tual, der Bucht mit den Schwindel erregend hohen Klippen, die als tiefer Einschnitt weit in den Wald reichte.

Alle Gruppen waren aufgespürt, und die letzte sollte bis zur kommenden Morgendämmerung gefunden sein. Das Netz zog sich zusammen.

Fünfundzwanzigstes Kapitel

Kurz vor der Dämmerung war Erys voller Todesangst erwacht. Seine Gruppe hatte vor gerade einmal anderthalb Tagen den Tempel und den beruhigenden Einfluss von Hauptmann Yron verlassen. Obwohl sie sich nicht verirrt hatten, waren ihre Gedanken voller Angst vor dem Wald, und sie konnten nicht mehr vernünftig urteilen. Er hatte auf dem undisziplinierten Marsch zur Küste immer wieder versucht, sie zur Besinnung zu bringen. Er hatte sie an Yron erinnert, der darauf baute, dass ihre Flucht gelang. Der Hauptmann hatte ihnen Zeit erkauft, indem er sein eigenes Leben opferte.

Es hatte gewirkt, es hatte sie an die Aufgabe erinnert, die zu erfüllen sie geschworen hatten. Für eine Stunde vielleicht. Es war so schwer, die Zeit zu schätzen. Dann hatte das Lamentieren wieder begonnen. Die Verleumdungen und die Streitereien, wer die Führung übernehmen sollte. Erys hatte sich herausgehalten. Sollten die anderen drei unter sich klären, wer das größte Ego hatte. Er verzichtete darauf, ihnen vernünftig zuzureden, und tröstete sich mit dem Gedanken, dass er es war, der die wichtigste Fracht beförderte. Wenn es hart auf hart kam, musste nur er selbst überleben. Alle anderen waren austauschbar. Wenn es nach ihm ging, konnten sie alle zur Hölle fahren.

In der Dämmerung hatten sie bemerkt, dass sie verfolgt wurden. Irgendjemand hatte sich an ihre Fersen geheftet. Es gab keine konkreten Beweise, keine klaren Spuren. Dennoch war es da, dieses undefinierbare Gefühl, dass sie beobachtet wurden. Vielleicht eine Veränderung in der Struktur der Schatten, vielleicht ein knackender Zweig und ein Moment der Stille im allgemeinen, alltäglichen Lärm des Waldes, vielleicht auch der Ruf eines Vogels, der nicht ganz natürlich klang. Was es auch war, es hatte den letzten Anschein von Ordnung zerstört, und der Tag war kaum mehr gewesen als ein blinder Wettlauf nach Norden.

Sie achteten kaum noch darauf, wohin sie traten, und zogen sich unzählige Schnittwunden, Prellungen und Zerrungen zu. Nur Erys, der als Einziger die Bedeutung ihrer Mission begriff, hatte sich gemächlicher bewegt und doch mit ihnen Schritt halten können, indem er Verletzungen vermied. Die Götter mochten wissen, wie oft sie mit knapper Not Knochenbrüchen oder Schlangenbissen entkommen waren. Schlimmer als alles war der unirdische Chor gewesen. Überall ringsum hatte es geknurrt, gebellt, gegrunzt und geschrien. Der Radau hatte, wie es schien, eine halbe Ewigkeit lang die gewöhnliche Geräuschkulisse des Waldes übertönt. Keiner hatte ein Wort darüber verloren, alle hatten zu viel Angst vor dem, was sich dahinter verbergen mochte.

Die Nacht war in unerträglicher Spannung verlaufen, doch trotz der allgemeinen Entschlossenheit, wach zu bleiben, weil keiner dem anderen traute, war Erys in einen erschöpften Schlaf gefallen. Jetzt aber war er wach, und sein Herz hämmerte laut in seiner Brust. Er versuchte, seinen Atem zu beruhigen, lag völlig still in der Hängematte und lauschte. Langsam drehte er den Kopf hin und her, bis er im schwachen Licht einen schlafenden Soldaten entdeckte. Die anderen beiden konnte Erys von seiner Position aus nicht sehen, und er konnte auch nichts Ungewöhnliches hören.

Trotzdem, irgendetwas hatte ihn geweckt. Er war sicher, dass es kein Traum gewesen war. Erys kletterte aus seiner Hängematte und rutschte auf dem feuchten Boden aus. Ein rascher Blick in die Runde, und er schauderte. Keiner hielt Wache. Das Lager hatte etwas Gespenstisches. Rasch ging er zum nächsten seiner Begleiter. Das Gefühl des nahen Todes war so stark, dass Erys im ersten Augenblick nicht einmal sicher war, ob überhaupt noch einer von ihnen lebte.

Er schüttelte den Soldaten an der Schulter und wurde mit einem Grunzen belohnt. Er schüttelte ihn noch einmal.

»Wach auf«, zischte er. »Spürst du es nicht?«

»Was denn?«, murmelte der Soldat, ein sauertöpfischer junger Bursche namens Awin.

»Mach dich bereit. Wir müssen sofort aufbrechen«, sagte Erys.

Er eilte durchs Lager und weckte die anderen beiden, die ihre Hängematten dicht nebeneinander aufgespannt hatten. Sobald sie sich zu rühren begannen, lief er zu seinem eigenen Nachtlager zurück und löste die Seile. Dabei sah er sich nervös im Wald um, während das wässrige Licht stärker wurde. Er stopfte die Hängematte in seinen Rucksack, vergewisserte sich, dass die eingewickelten Pergamente wohlbehalten darin steckten, und warf sich den Rucksack über die Schulter.

Als er sich aufrichtete, begegnete er Awins Blick.

»Was ist denn nur in dich gefahren?«, fragte der Soldat. »Hier ist doch weit und breit nichts …«

Er hielt inne und sah an Erys vorbei. Der Magier fuhr herum und sah es auch. Ein Schatten, der am Rande seines Gesichtsfeldes huschte. Erys wich zurück.

»Stell dich hinter mich«, sagte Awin. Er zog das Schwert blank. »Ihr beiden da, es gibt Ärger, setzt euch in Bewegung. Erys, baue einen Schild auf.«

Die anderen beiden zogen sich eilig die Lederrüstungen an und packten ihre Schwerter, doch Erys machte sich gar nicht erst die Mühe, einen harten Schild zu sprechen. Er konnte noch weitere Gestalten huschen sehen, dieses Mal aufrecht. Wie Schatten, die dunkler waren als die der Pflanzen, bewegten sie sich mit unglaublicher Geschwindigkeit durch den dichten, fast undurchdringlichen Wald. Er wich weiter zurück, ihm war beinahe schwindlig vor Angst, und er betete, dass keiner der Schatten hinter ihm lauerte. Er hätte sich umdrehen müssen, um es herauszufinden, doch ihm war nicht danach.

Awin bückte sich und meldete laut, was er in den Schatten zu erkennen glaubte. Die anderen drehten sich mit gezogenen Schwertern und Messern langsam um sich selbst. Sie hatten keine Zeit gehabt, die Rüstungen ordentlich zu verschnüren, und das Leder flappte lose auf ihrem Körper. Erys sah, wie sich die Schatten bewegten. Er hörte ein Knurren. Etwas Schwarzes und Schlankes, niedrig und mit Muskeln bepackt, sprang aus dem Wald heraus. Es prallte gegen einen der Soldaten, dessen Namen Erys in der Aufregung nicht einfallen wollte. Ein unmenschlicher Schrei ertönte.

Awin und der zweite Soldat rannten in entgegengesetzte Richtungen davon. Der Soldat blieb abrupt stehen, als der Wald vor ihm in Bewegung geriet. Stahl blitzte, die Klinge riss ihm den Kopf zurück, sein Blut spritzte in der Morgendämmerung aus seinem Hals. Awin sah es und rannte zurück.

»Der Schild, Erys, mach schon!«

Erys versuchte verzweifelt, etwas Konzentration aufzubieten. Er wusste, was er tun musste. Die Mana-Gestalt war einfach, doch sie entglitt ihm immer wieder. Er musste sich beruhigen, ehe er sich retten konnte. Die Gestalt bildete sich. Er zog sie zusammen und blendete alles aus, Awins panische Schreie und die Schritte des schlanken Schattens, der einen Mann zerfetzte, den er am Abend zuvor noch hatte lachen hören. Er wirkte den Spruch, als Awin sich verzweifelt zu ihm umdrehte. Tarnzauber.

Er machte einen Schritt zurück und konnte an Awins Gesichtsausdruck erkennen, dass er unsichtbar geworden war.

»Bastard«, brüllte der Soldat. »Feigling!«

Er weinte fast. Er wusste, dass er sterben musste. Erys entfernte sich ein wenig. Awin drehte sich um, als er neue Geräusche hörte, und wimmerte leise. Die schwarze Katze war verschwunden, in die Schatten zurückgekehrt. Und dann kamen sie aus dem Wald.

Es waren drei, die mit geschmeidigen Bewegungen ins Lager eindrangen. Groß, schlank, mit schwarz, grün und braun bemalten Gesichtern. Zwei hatten kurze, schmale Klingen, der Dritte hatte die Hand in eine Gürteltasche gesteckt.

Erys versuchte möglichst leise zu atmen, und widerstand dem Drang, einfach wegzurennen. Er hörte eine Bewegung, und die schwarze Katze, die so groß war wie ein Kriegshund, tauchte neben ihm auf. Sie schnüffelte und wusste, dass etwas nicht stimmte, konnte ihn aber auch mit ihren scharfen Augen nicht entdecken. Leise knurrend lief sie weiter. Hinter ihr kam ein weiterer Elf. Sein Gesicht war zur Hälfte weiß und zur Hälfte schwarz bemalt. Im Zwielicht war der Kontrast erschreckend, als schwebte ein halbes Gespenstergesicht in der Luft. Auch er sah den sich vorsichtig zurückziehenden Erys an und ging weiter, ohne ihn zu bemerken.

Der arme Awin war umzingelt. Er richtete sich auf und ließ das Schwert fallen. Er hob die Hände.

»Bitte«, flehte er. »Ich ergebe mich.«

Doch sie sagten nichts, sondern gingen weiter auf ihn zu. Zwei nahmen ihn in die Mitte und packten seine Arme. Der Dritte trat vor ihn, drückte Awins Kinn hoch und zog ihm die Klinge durch den Hals. Die Katze brüllte, der schwarzweiße Elf jubelte.

Erys hätte beinahe aufgeschrien. Er hielt die Hände hinter sich und tastete sich weiter. Er fand einen Baumstamm und schob sich darum herum. Sein Fuß traf einen Zweig, der mit einem Knacken brach, das in seinen Ohren wie ein Donnerschlag hallte. Die Elfen und das Tier fuhren herum und sahen in seine Richtung. Awin sackte tot und unbeachtet zu Boden.

Erys kämpfte gegen den Drang an, einfach stehen zu bleiben und mucksmäuschenstill abzuwarten. Er sah, wie sie sich berieten. Sehen konnten sie ihn nicht. Einer ging in seine Richtung und starrte in den Wald, in den die ersten Sonnenstrahlen vordrangen. Erys bewegte sich mit vorsichtigen Schritten weiter. Er wollte sich umdrehen und wegrennen, doch er hatte zu viel Angst, um sie aus den Augen zu lassen.

Der Elf näherte sich ihm weiter, schüttelte aber den Kopf. Er sagte etwas, drehte sich um und gesellte sich wieder zu den anderen. Wieder eine kurze Beratung, und der schwarzweiße Elf rannte mit der Katze nach Norden. Die anderen drei bückten sich und beschäftigten sich damit, die Rucksäcke zu zerschneiden und die Toten zu durchsuchen. Erys verlor sie langsam aus den Augen, während er sich tiefer in den Wald zurückzog. Das Letzte, was er sah, war der Anblick der Elfen, die systematisch alle Teile ihrer Ausrüstung und ihrer Kleidung zerstörten.

Erys wollte nichts lieber als einen Ort finden, an dem er sich verstecken konnte, doch er behielt den Tarnzauber bei, drehte sich um und ging endlich vorwärts. Er konnte nur hoffen, bald den Fluss zu erreichen, dem er bis zur Küste folgen wollte.

Yron hatte alles getan, was er konnte. Er hatte Ben-Foran in den dichten Wald geschleppt, an einer freien Stelle abgelegt und ihm das durchnässte Lederwams als Kissen unter den Kopf geschoben. Er hatte Bambusspäne aneinander gerieben und Feuer gemacht und aus feuchtem Holz ein primitives Dreibein gebaut. Sie hatten ihre Becher aus dem Tempel mitgenommen. Yron hatte Ben verboten, seinen Becher wegzuwerfen, weil er der Ansicht war, sie könnten eines Tages lebenswichtig werden. Er hatte beide Becher im Fluss mit Wasser gefüllt und am Dreibein befestigt.

Dann zog er das Hemd aus, schnitt es in Streifen und ließ den Stoff im Wasser auskochen. Schließlich hatte er Ben zurückgelassen und gehofft, dass in der Zwischenzeit keine Raubtiere angelockt würden, während er in der Nähe Legumiarinde, Rubiacfrüchte und Vismiastängel einsammeln wollte. Letztere konnte er nicht finden. Die antiseptischen Eigenschaften der Pflanze hätten jetzt sehr geholfen. Er nahm sich vor, sich weiter danach umzusehen, falls Ben überhaupt überlebte.

Der Bursche war bei Bewusstsein, als er zurückkehrte, und versuchte sich aufzusetzen.

»Legt Euch hin, Junge«, sagte Yron. »Und seht am besten nicht hin.«

»Es tut verflucht weh«, sagte Ben.

»Ich weiß. Ich habe selbst einige Kratzer abbekommen.« Das war leicht untertrieben. Die Piranhas hatten sich zwar auf Bens Beine konzentriert, doch der Hauptmann hatte mehr Bisse eingesteckt, als er zählen konnte. Bei den meisten hatte es sich um vorsichtige, erkundende Vorstöße gehandelt, doch etliche waren kräftige Bisse gewesen, die ihm große Schmerzen bereiteten. Er durfte nicht vergessen, sich auch selbst zu behandeln. Wenn er starb, konnte er Ben nicht mehr helfen.

Yron warf die Rinde in die Becher und wartete, bis sie blubbernd kochte.

»Das wird schon wieder, Ben«, sagte er. »Es ist nichts gebrochen. Es tut höllisch weh, aber ich kann die Schmerzen später betäuben. Jetzt muss ich erst einmal die Wunden reinigen. Das wird wehtun, aber Ihr wisst ja, dass es hilft, nicht wahr?«

Mit seinen Bemerkungen wollte Yron ebenso sehr sich selbst wie den verängstigten Leutnant beruhigen. Yron starrte zum Himmel hinauf. Der Rauch stieg bis zum Blätterdach. Die Wolken hatten sich aufgelöst, und jetzt schien die Sonne hell herab. Es wurde sehr schwül. Ihm war klar, dass sie bald weitermussten. Der Rauch hielt zwar die Fliegen ab, doch er wirkte wie ein Leuchtfeuer auf alle TaiGethen und die schweigsamen Krallenjäger, die sie verfolgten.

Als er lange genug gewartet hatte, nahm Yron die Becher vom Dreibein und stellte sie neben Ben auf den Boden. Er schnitt die Reste von Bens Hose ab, holte tief

Luft, als er sah, was sich darunter verbarg, und schenkte dem Verletzten ein aufmunterndes Lächeln.

»Es ist nicht ganz so schlimm«, sagte er.

»Lügner«, antwortete Ben. »Sir.«

Yron fischte mit einem Stock einen Stofffetzen aus dem Becher, ließ ihn an der Luft etwas abkühlen und knüllte ihn in der Hand zusammen.

»Versucht, nicht zu schreien«, sagte er leise. »Ich muss es tun.«

Beginnend am Fuß säuberte er das rechte Bein. Bei der ersten Berührung des getränkten Tuchs zuckte Ben zusammen und unterdrückte einen Schrei. Yron machte weiter. Er hatte keine Wahl.

Er hatte keine Ahnung, wie lange er arbeitete. Gewissenhaft und unermüdlich säuberte er Stunde um Stunde jede einzelne Verletzung und biss die Zähne zusammen, wenn er das zerfetzte Fleisch, die Hautlappen und die tiefen Bisswunden sah. Das rechte Bein war regelrecht in Stücke gerissen worden. Knochen und Muskeln lagen frei, und er bedeckte die Wunden, so gut er konnte, mit primitiven Verbänden. Vielleicht konnte Magie noch etwas ausrichten, doch sie waren weit von magischer Unterstützung entfernt, und Bens Überlebenschancen waren gering.

Das linke Bein sah etwas besser aus, doch Ben hatte Bisswunden im Gesäß, an den Hüften und im Unterbauch. Yron säuberte und bandagierte ihn, füllte immer wieder die Becher nach, hielt das Feuer in Gang und machte als Letztes Rubiacumschläge für sich selbst, um die Infektionen zu bekämpfen.

Endlich half er Ben in die Reste seiner Hosen und legte ihm die Lederrüstung an. Ben-Foran richtete sich auf und schauderte trotz der Hitze, als schließlich der Schock einsetzte. Es war schon nach Mittag.

»Wir können hier nicht bleiben, Ben«, sagte Yron. Er beugte sich dicht über den Jungen, damit er ihm zuhörte. »Wir müssen nicht weit gehen, aber wir müssen fort. Ich will, dass Ihr Euch darauf vorbereitet. Konzentriert Euch darauf, stark zu sein, und ich werde Euch stützen. Wir können es immer noch schaffen.«

»Wenn Ihr meint, Sir«, sagte Ben. Sein Gesicht war bleich und glänzte vor Schweiß.

Yron lächelte, so gut er eben konnte. Wenn die Infektion ihn nicht umbrachte, dann konnte es immer noch der Blutverlust oder der Schock tun. Er wandte sich von Ben ab, dessen Verbände bereits fast durchgeblutet waren, und löschte das Feuer, wobei er sich bemühte, möglichst wenig Rauch entstehen zu lassen. Normalerweise hätte er auch ihre Spuren verwischt und die Glutreste und das Dreibein versteckt, um die Verfolger zu täuschen, doch bei den TaiGethen war das sinnlos. Selbst ohne das Feuer würden die Elfen genug Spuren finden, um sie mühelos zu verfolgen.

Yron legte sein Lederwams wieder an und beugte sich über Ben. »Kommt jetzt, Junge. Legt einen Arm über meine Schulter, und dann wollen wir hier verschwinden.«

Keuchend vor Schmerz richtete Ben sich auf und hielt sich an Yron fest. Er stützte sich schwer auf den Hauptmann und wagte es nicht, den rechten Fuß auf den Boden zu setzen.

»Ihr solltet mich zurücklassen, Sir«, sagte er. »Allein könntet Ihr es schaffen.«

»Welchen Sinn hätte das?«, sagte Yron, als sie sich langsam in Bewegung setzten, wobei Ben halb hüpfte und halb mitgeschleift wurde und bei jeder Bewegung zusammenzuckte. »Meine Männer sind meine Aufgabe. Ihr repräsentiert meine Männer.«

»Aber …«

»Kein Aber, Ben. Ich will Euch jedoch versichern, dass ich Euch zurückgelassen hätte, falls ich etwas Wichtiges zu überbringen hätte. Das ist jedoch nicht der Fall. Also haltet den Mund und spart Euch die Kraft fürs Humpeln.«

Trotz seiner Schmerzen musste Ben-Foran kichern. »Danke, Sir.«

»Keine Ursache.«